WO
ENGEL SICH
FÜRCHTEN

WEITERE TITEL VON D.K. HOOD

Fallen Angel

Lose Your Breath

D.K. HOOD

WO ENGEL SICH FÜRCHTEN

Übersetzt von Cornelius Hartz

bookouture

Die Originalausgabe erschien 2018 unter dem Titel
„Where Angels Fear"
bei Storyfire Ltd. trading als Bookouture.

Deutsche Erstausgabe herausgegeben von Bookouture, 2022
1. Auflage Dezember 2022

Ein Imprint von Storyfire Ltd.
Carmelite House
50 Victoria Embankment
London EC4Y 0DZ

www.bookouture.com

ISBN: 978-1-80314-921-9
eBook ISBN: 978-1-80314-920-2

Für Daniel und Gary Brown, mein Brainstorming-Team, die mir bei jedem Schritt der Reise Mut machen.

PROLOG

FREITAG

»Fahr einfach weiter.« Ella Tate bekam es mit der Angst zu tun. Entgeistert starrte sie ihre Freundin an. »Nicht anhalten! Hast du den Verstand verloren?«

»Wir lassen in Black Rock Falls keinen stranden.« Skys Stimme klang rau. »Da ist ein Schneesturm im Anmarsch. Was, wenn der arme Kerl erfriert?«

Der Mond versteckte sich hinter dichten Wolken, und schon die Vorstellung, im Stockdunkeln mitten durchs Nirgendwo zu fahren, jagte Ella eine Heidenangst ein. Und jetzt hielt Sky auch noch am Rande eines gottverlassenen Highways an, um einen Wildfremden einsteigen zu lassen? »Wir haben seit mindestens einer Stunde kein Auto mehr gesehen. Was, wenn das ein Serienmörder ist, der nur auf uns gewartet hat?«

»Ach komm, um Mitternacht, auf dieser Strecke? Es ist eiskalt da draußen, und warum sollte er den Warnblinker einschalten, wenn er nicht in Schwierigkeiten wäre?« Sky fuhr langsamer.

Die Furcht legte sich wie ein Leichentuch über Ella, ihr Herz raste. »Halt nicht an! Sein Gesicht ist verdeckt und ich kann seine Hände nicht sehen. Vielleicht ist der Typ ein Verrückter mit einer Pistole, der nur darauf wartet, dass jemand vorbeikommt, damit er ihn ermorden kann.«

»›Der Typ‹ könnte ebenso gut eine Frau sein. Alle packen sich doch gegen die Kälte ein. Wir sind im Moment ja auch nicht sehr feminin gekleidet, oder?« Sky lenkte den Wagen an den Straßenrand. »Selbst ein Verrückter wäre nicht so verrückt, sich hier draußen herumzutreiben, wenn ein Schneesturm im Anzug ist. Der oder die da braucht unsere Hilfe. Und wir sind hilfsbereite Menschen.«

Ella verspürte ein Grauen, wie wenn sie an Halloween eins der vielen Spukhäuser betrat. Die Haare in ihrem Nacken stellten sich auf. Sie musste daran denken, was ihr Bruder ihr eingebläut hatte, als sie aufs College gegangen war. Laut und deutlich hörte sie seine Stimme in ihrem Kopf: *Hilf niemals allein einem Fremden.* Dieser Ratschlag war genauso wichtig wie der, niemals per Anhalter zu fahren. Mitten in der Nacht auf einem einsamen Highway anzuhalten, meilenweit von der Stadt entfernt, war einfach nur dämlich. Sie schluckte schwer und griff nach ihrem Handy, als sich die dunkle Gestalt dem Auto näherte. »Biete ihm an, dass wir einen Abschleppwagen für ihn rufen, und fahr weiter.«

»Wir haben hier draußen doch gar keinen Empfang«, sagte Sky. »Wir sind zu weit von der Stadt entfernt.« Mit einem leisen Summen glitt das Fenster auf der Fahrerseite herunter. »Können wir Ihnen einen ...«

Die Gestalt holte aus, und im nächsten Moment spritzte warme Flüssigkeit auf Ellas Wange. Sky sank in ihren Schoß, Blut floss aus ihrer Nase in ihr blondes Haar. Die dunkle Gestalt riss die Tür auf und schnappte sich die Autoschlüssel. Ellas Herz hämmerte in ihrer Brust. Sie starrte ungläubig auf das Beil, das der Angreifer in der Hand hielt. Das blutbespritzte Metall glänzte im Schein der Innenbeleuchtung des Wagens. Zu geschockt, um auch nur einen Muskel zu bewegen, starrte sie in die schwarzen Augen eines riesigen Mannes. Er sagte nichts, sondern löste nur Skys Sicherheitsgurt, zerrte sie aus dem Auto und warf sie zu Boden, als wäre sie ein Müllsack. *O mein Gott, er hat sie umgebracht, und jetzt bin ich dran.*

Der Fremde legte das Beil auf den blutdurchtränkten Sitz und drehte sich zu ihr. Die eisige Luft traf sie wie ein Schlag ins Gesicht. Sie zuckte zusammen und lehnte sich, so weit sie konnte, von ihm weg. »F...Fassen Sie mich nicht an. Ich wähle 911.«

Panik schnürte ihr die Brust zu, und ihre Muskeln spannten sich an, als der Fluchtreflex ihres Körpers einsetzte. Er fluchte und griff nach ihrem Handy, sie warf es ihm ins Gesicht, löste den Sicherheitsgurt und tastete nach dem Türgriff. Mit einer großen behandschuhten Hand wollte er gerade ihren Arm packen, als die Tür aufschwang. Ihre Füße setzten auf dem Asphalt auf, und sie rannte den Highway hinunter, sprang über einen Graben am Straßenrand und lief in die völlige Dunkelheit hinein. Totes Wintergras und frostbedecktes Gestrüpp wickelten sich um ihre Füße. Die Angst schnürte ihr die Kehle zu, als sie über den unebenen Boden stolperte, ohne sich umzusehen. Wie aus dem Nichts tauchte ein weißes Gatter auf, und sie sprang hinüber. Sie kam so hart auf dem gefrorenen Boden auf, dass ein stechender Schmerz durch ihre Beine fuhr. Immerhin war das Gelände hier eben und nicht mit Gestrüpp bedeckt. Eisige Luft füllte ihre Lungen. Sie rappelte sich auf und rannte weiter um ihr Leben. *Ich muss hier weg.* Ohne das Licht des Mondes hatte sie keine Möglichkeit, sich zu orientieren. Sie riss die Augen weit auf, sah vor sich aber nichts als tiefste Schwärze. Jeder Atemzug tat ihr in der Brust weh, und vor Schmerzen verkrampften sich die Muskeln in ihren Beinen, aber sie rannte weiter. Etwas Hartes traf sie an der Brust, und sie prallte zurück. Vor Schreck schrie sie unwillkürlich auf. Sie versuchte die Panik zu verdrängen. Stacheldraht stach ihr durch die Kleidung. Sie war in einem unsichtbaren Zaun gefangen, unfähig, sich zu bewegen. Wie eine Fliege im Netz einer Spinne.

Hinter sich hörte sie ein Brüllen, das klang wie von einem verwundeten Tier, und stampfende Schritte auf dem Asphalt. Sie warf einen Blick über die Schulter, sah aber nur die Scheinwerfer von Skys Auto, die in der Ferne den Highway erhellten. Sie versuchte verzweifelt, ihre Jacke aus dem Stacheldraht zu lösen. Im selben Moment, als es ihr gelang und sie zu Boden fiel, sah sie ein Licht, das sich in Bögen auf sie zubewegte. Ihr Magen verkrampfte sich vor Angst. Das konnte nur der Schein einer Taschenlampe sein. Er war ihr auf den Fersen.

Als sich das Licht in eine andere Richtung bewegte und über das offene Feld schweifte, hielt sie kurz inne, um es zu beobachten, doch dann drehte es sich wieder in ihre Richtung, und ihr Magen krampfte sich vor Entsetzen zusammen. Sie musste rennen! Der Taschenlampenstrahl hüpfte auf und ab, in wenigen Augenblicken würde er das Gatter öffnen und in ihre Richtung kommen. Ein verzweifelter Schluchzer entfuhr ihren Lippen, als sie sich emporstemmte und in die Schwärze rannte. Als hätte die Natur sich gegen sie verschworen, öffneten sich plötzlich die Wolken, und der Mond schien hindurch. Ihr wurde übel. Verzweifelt schaute sie sich nach einem Versteck um.

Keine zehn Meter entfernt konnte sie mehrere Bäume ausmachen und sprintete in den Schutz der Stämme, die aufragten wie massive schwarze Pfähle. Ihre Brust brannte vor Anstrengung. Auf der anderen Seite der Baumgruppe konnte sie die schemenhaften Umrisse eines Gebäudes ausmachen. Kein Haus, aber vielleicht die Überreste einer verfallenen Scheune. Sie drehte sich um und beobachtete mit klopfendem Herzen den in der Ferne aufblitzenden Schein der Taschenlampe. Ihre Lunge schmerzte, und mit jedem Atemzug stiegen Dampfschwaden aus ihrem Mund, die ihre Position verrieten wie ein Leuchtfeuer. Erschöpft stützte sie sich mit den Händen auf den Knien ab. Sie konnte sich nirgendwo verstecken, und wie lange konnte sie noch weiterlaufen? Bald würde er sie einholen, und dann würde er sie ermorden.

Sie musste nachdenken. Wie konnte sie ihn überlisten? Er würde davon ausgehen, dass sie sich in dem Gebäude versteckte, also kam das nicht infrage. Sie holte ein paarmal tief Luft, drehte sich um und ging zurück zu den Bäumen. Die Kiefern hatten ein paar niedrige Äste, aber hoch oben wurden die Äste zahlreicher und waren dicht mit Nadeln bewachsen.

Sie keuchte mit jedem Atemzug und kämpfte gegen die Schmerzen ihrer erschöpften Muskeln an, als sie nach einem Ast griff.

Ihr ganzer Körper zitterte, als sie sich zwischen zwei kräftigen Ästen emporzog und sich in eine Astgabel setzte. Sie umklammerte den Stamm und drückte ihre Wange gegen die raue Borke. *Er kommt.* Das schwere Knirschen seiner Schritte auf dem gefrorenen Boden jagte ihr einen Schauer über den Rücken. Eine schattenhafte Gestalt tauchte auf, und der Strahl der Taschenlampe tastete die Umgebung ab. Der Mann blieb stehen und drehte den Kopf hin und her, als lausche er, wo sie sich versteckte. Dann ging er weiter. *O Gott, er hat mich entdeckt.* Das Knirschen seiner Stiefel, die durch das dünne Eis auf dem Boden brachen, war lauter geworden. Die Taschenlampe bewegte sich von einer Seite zur anderen, als er die Büsche absuchte, und sein schweres Atmen ließ Dampfschwaden in den Lichtstrahl steigen. Er war ihr jetzt so nah, dass sie hören konnte, wie er unter seinem Keuchen obszöne Flüche murmelte. Er war verdammt wütend.

»Wo steckst du, Schlampe?«, erklang seine Stimme in einer Wolke kondensierender Atemluft. »Wenn ich dich finde, schneide ich dich in kleine Stücke.«

Er entfernte sich von ihr, seine Taschenlampe hatte einen überwucherten Pfad zu der verfallenen Scheune entdeckt. Vor Erleichterung schluchzte Ella unwillkürlich auf, und zu ihrem großen Entsetzen hörte er sie. Er blieb stehen, schwenkte die Taschenlampe herum und ging zurück auf ihren Baum zu. Jetzt stand er direkt unter ihr. Ihr Mund wurde trocken, und sie biss sich so fest auf die Zunge, dass ihr der metallische Geschmack von Blut den Mund füllte. Schweiß rann ihr den Rücken hinunter. Sie betete, dass er nicht hochschauen würde, doch wie durch göttliche Fügung flog eine Eule durch den Lichtstrahl und ließ sich in einem anderen Baum nieder. Wieder vernahm sie das Knirschen, als der Fremde sich entfernte.

Ihre tauben Finger klammerten sich weiterhin an den Baum, während Ella in die Finsternis spähte. Sie hatte viel zu viel Angst, um sich zu bewegen. Minuten später kam der wippende Schein der Taschenlampe wieder näher. Schieres Entsetzen packte sie, als er die Kronen der Bäume beleuchtete. Sie schlang die Beine enger um den Stamm und versuchte, sich so klein wie möglich zu machen. Mit zitternden Fingern zog sie an der Kordel ihres Hoodies, um sich die Kapuze fester um ihr Gesicht zu ziehen, und kniff die Augen zusammen. Wenn sie ihr Gesicht verbarg, würde er sie vielleicht nicht sehen.

Das Licht kam näher. Er leuchtete jeden einzelnen Baum ab. Aus Angst, dass er ihren Atem sehen würde, drückte Ella sich den Ärmel vor das Gesicht und atmete durch die Nase, aber schnell wurde ihr vom Sauerstoffmangel schwindelig. Die Panik hatte sie fest im Griff, ihre Zähne klapperten. Sie klammerte sich fest, während er jede einzelne Kiefer absuchte und immer näher kam. Jede Sekunde schien eine Ewigkeit zu dauern. Dann hörte sie ein Geräusch, weit weg in der Ferne. Konnte das wirklich sein? Es klang wie eine Frauenstimme, die ihren Namen rief. Nein, das bildete sie sich nicht ein, denn offenbar hatte er sie auch gehört.

»Verdammt, der werde ich jetzt endgültig den Hals umdrehen, und du bist die Nächste, Schätzchen«, dröhnte die wütende Stimme des Mannes durch die Stille. Dann drehte er sich um und ging schnellen Schrittes in Richtung Highway davon.

Ella holte tief Luft und lauschte. Da war sie wieder, die dünne, schwankende, geradezu geisterhafte Stimme: »Ella, wo bist du? Hilfe!«

Voller Entsetzen spähte Ella in die Richtung, in die der Mann gelaufen war, aber die Bäume versperrten ihr die Sicht. *O mein Gott! Er geht zurück, um sie zu töten, und ich bin die Nächste.*

EINS

SAMSTAG

»Jenna, Sie sollten wirklich zum Arzt gehen.« Deputy Dave Kane reichte ihr eine Schachtel Kleenex.

»Ich bin doch nur erkältet.« Sheriff Jenna Alton schaute ihn aus geröteten Augen an. »In ein paar Tagen bin ich wieder topfit.«

Kane schüttelte den Kopf. »Diese Erkältung dauert jetzt schon über zwei Wochen, und es geht Ihnen immer schlechter. Dass Sie bei diesem Wetter auch noch versuchen, mit den Pferden zu helfen, ist da sicher auch nicht gerade hilfreich.« Er klopfte mit seinem Gehstock auf den Boden. »Dieses verdammte Knie. Ich sollte Sie ins Auto werfen und Sie zwingen, zum Arzt zu fahren.«

»Viel Glück dabei.« Jenna warf ihm einen streitlustigen Blick zu, dann schnäuzte sie sich die rote Nase und schniefte.

Duke wimmerte und legte seinen großen Kopf auf das Bett. Die traurigen Augen des Spürhundes wanderten von Jenna zu Kane, als könne er sich nicht entscheiden, wer recht hatte.

Kane zeigte auf den Hund. »Sehen Sie, sogar Duke merkt, dass Sie krank sind.« Er warf einen Arm in die Luft. »Okay, wie Sie wollen. Ich werde mal Frühstück machen.«

Resigniert schlurfte er in die Küche und füllte den Wasser-
kocher, dann schaute er in den Backofen, um sicherzustellen,
dass die Pfannkuchen, die er darin warmhielt, nicht verbrann-
ten. Unter einer Ex-Agentin der Drogenvollzugsbehörde zu
arbeiten, die im Zeugenschutzprogramm lebte und einen neuen
Namen und ein neues Gesicht bekommen hatte, nachdem sie
gegen Unterweltboss Viktor Carlos ausgesagt hatte, war eine
verrückte Erfahrung. Zumal sie immer noch um ihr Leben
fürchten musste.

Er selbst war in Black Rock Falls untergetaucht, nachdem
er seinen Job beim Special Forces Investigation Command in
Washington, D.C. aufgegeben hatte. Am Anfang hatte er große
Probleme damit gehabt, eine Lüge zu leben. Die Regierung
hatte ihm eine neue Identität verpasst, nachdem ein Terrorist
sein Auto in die Luft gejagt hatte, wobei seine Frau getötet und
er so schwer verletzt worden war, dass man ihm eine Titanplatte in den Schädel hatte einsetzen müssen. Er hatte sich an
sein neues Leben gewöhnt, bis sich im letzten Herbst plötzlich
alles wieder verändert hatte. Ein Verrückter hatte ihn ange-
schossen, er war in eine Schlucht gestürzt und hatte sich das
Knie zertrümmert. Die Titanplatte im Schädel hatte ihm zwar
das Leben gerettet, aber er hatte sein Kurzzeitgedächtnis
verloren und alles vergessen, was seit dem Tag geschehen war,
als er seine Frau verloren hatte. Für eine Weile war jede Erinnerung an die Zeit seit seiner Ankunft in Black Rock Falls
verschwunden. In der langwierigen Reha im Anschluss an die
Operation, bei der die Platte in seinem Kopf ersetzt worden
war, hatte er in mehr als einer Hinsicht sein Gleichgewicht
wiedergefunden, und sein Knie war so weit instand gesetzt
worden, dass er wieder einigermaßen laufen konnte. Doch die
chronischen Schmerzen, unter denen er seit den umfangrei-
chen Eingriffen litt, waren mit Einbruch der kalten Jahreszeit
schlimmer geworden, und seit ein paar Wochen konnte er kaum
noch vor die Tür zu gehen.

WO ENGEL SICH FÜRCHTEN 11

Nach der Entlassung aus dem Krankenhaus war er nicht in der Lage gewesen, für sich selbst zu sorgen, und er hatte Jennas Angebot dankbar angenommen, fürs Erste in ihrem Gästezimmer zu wohnen, statt zu versuchen, allein in seinem Cottage zurechtzukommen, das nur einen Steinwurf von ihrem Gebäude entfernt lag. Jenna wohnte in einem massiven, hundert Jahre alten Ranchhaus mit großen Zimmern und breiten Fluren, durch die er mit seinem Rollstuhl leichter manövrieren konnte als drüben bei sich im Haus. Für den ersten Monat hatte ihm Deputy Shane Wolfe eine Krankenschwester organisiert, die sich tagsüber um ihn kümmerte, was Kane gar nicht passte, da er wunderbar allein zurechtkam und sie eigentlich nur für seine Spritzen brauchte. Jennas gut ausgestatteter Fitnessraum war perfekt für seine Reha, auch wenn er zugeben musste, dass es ein zweischneidiges Schwert war, Jenna als Trainerin zu haben: Er genoss ihre Gesellschaft, doch beim Sport trieb sie ihn an wie ein Drill-Sergeant seine Rekruten. Als Deputy Jake Rowley seine Hilfe bei den Pferden angeboten hatte, hatte Jenna das Angebot gerne angenommen und darauf bestanden, dass er im Gegenzug sein eigenes Pferd bei ihnen auf der Ranch einstellte. Jetzt, da Jenna krank war, erwog Kane allerdings, die Pferde stattdessen in der Stadt unterzubringen. Es war zu viel verlangt, dass Rowley zweimal am Tag zur Ranch kam, um die Pferde zu versorgen, während er zugleich aufgrund ihrer beider Abwesenheit das Sheriff's Department leiten musste. Er füllte neuen Kaffee in die Kanne und lehnte sich gegen den Tresen. Wenige Augenblicke später klopfte Rowley an die Vordertür.

»Ich komme schon.« Als Kane die Tür öffnete, schlug ihm ein eiskalter Luftzug ins Gesicht und sandte einen stechenden Schmerz durch seinen Kopf. Er trat beiseite. Rowley klopfte sich vor der Eingangstür die Stiefel ab, dann trat er ein. Kane spähte hinaus in das dichte Schneetreiben. »Es wird immer schlimmer da draußen. Sie werden warten müssen, bis der

Schneepflug vorbeikommt, um ihm in die Stadt hinterher-
zufahren.«

»Sieht ganz so aus«, sagte Rowley und schlüpfte aus seiner
Jacke.

Kane spürte die Kälte, die von ihm ausging. An der Kleidung seines Kollegen roch er Schnee und Pferd.

»Die Ponys haben es gemütlich und warm. Ich habe schon
professionelle Rennställe mit schlechterer Isolierung gesehen.
Die Doppeltüren machen einen großen Unterschied, und ihr
habt genug Futter da drin, um bis Juni durchzuhalten.«

Kane ging voran in die Küche. »Ich habe extra noch Vorräte
bestellt, bevor der Schnee kam. Ich kann mich gut daran erinnern, wie es letztes Jahr war.« Er hängte seinen Stock über eine
Stuhllehne und ging zur Theke.

»Wie geht es Sheriff Alton?« Jake Rowley zog die Handschuhe aus und ließ sich auf einen Stuhl fallen.

Kane goss Kaffee ein und reichte ihm einen Becher, dann
wandte er sich wieder dem Tresen zu und schlug Eier in eine
Schüssel. »Es wird immer schlimmer, und sie will partout nicht
zum Arzt gehen.«

»Beim alten Dr. Brown wird sie kaum einen Termin bekommen, zu dem wollen alle. Ich habe gehört, dass Frauen lieber zu
Dr. Abigail Sneed gehen, aber Maggie sagt, ihre Freundin hat
da gestern drei Stunden im Wartezimmer gesessen.« Er nippte
an seinem Getränk. »Die andere Ärztin, Dr. Weaver, scheint
weniger überlaufen zu sein. Sie hat einen Zettel im Fenster, auf
dem steht, dass sie sogar Hausbesuche macht.« Er hob eine
Augenbraue. »Meinen Sie, weil sie neu in der Stadt ist, trauen
ihr die Einheimischen vielleicht nicht?«

Kane gab Butter in eine Pfanne und schüttete die
verquirlten Eier hinein. Er fragte sich, warum die Freundin
ihrer Rezeptionistin lieber drei Stunden lang wartete, als zu der
anderen Ärztin zu gehen. »Dr. Weaver war schon hier, als ich

herkam. Wie lange dauert es denn, bis man nicht mehr ›neu in der Stadt‹ ist?«

»Ach, so zwanzig Jahre dürften reichen, schätze ich.« Rowley grinste. »Vielleicht sollten Sie sie mal anrufen?«

»Wen soll er anrufen?« Jenna kam in die Küche, begann zu husten und ging zurück in den Flur. Einige Zeit später kam sie wieder, mit rotem Gesicht und tränenden Augen.

Kane stellte drei Teller mit Rührei auf den Tisch und holte die Pfannkuchen aus dem Ofen. »Die Ärztin.« Er bugsierte die Pfannkuchen auf einen großen Teller, und Rowley stand auf, um sie ihm abzunehmen. »Ich werde sie bitten herzukommen, dann müssen Sie nicht raus.« Er griff nach der Kaffeekanne.

»Sie geben wohl nie auf, was?« Jenna sah ihn streng an.

»Nö.« Er stellte den Kaffee auf den Tisch und setzte sich. »Ich rufe sie gleich nach dem Frühstück mal an. Aber da ist noch etwas, das wir besprechen müssen.«

»Und zwar?«, fragte Jenna und beäugte ihn misstrauisch.

»Wir können von Jake nicht erwarten, dass er jeden Morgen vor fünf Uhr hier herausfährt, den ganzen Tag lang arbeitet, anschließend noch einmal herkommt, um die Pferde zu versorgen, und dann erst nach Hause fährt. Vor allem bei diesem Wetter.« Kane warf Rowley einen Blick zu, der schaute gleichmütig drein. »Er hat sich noch nie beklagt, aber bis vor Kurzem konnten Sie ihm ja auch noch zur Hand gehen.«

»Das stimmt, jetzt, wo er sich auch noch um die Dienststelle kümmern muss, wird das alles zu viel«, sagte Jenna und wandte sich an Rowley, der auf seinen Teller starrte. »Könnten Sie nicht für ein paar Tage drüben bei Kane wohnen, bis ich meine Erkältung los bin?« Sie seufzte. »Ich würde Sie ja bitten, hier bei mir mit einzuziehen, aber Kane hat mein zweites Gästezimmer mit seinem ganzen Kram vollgestellt.«

»Sicher, Ma'am, ich helfe Ihnen doch gerne, und so spare ich eine Menge Zeit.« Rowley lächelte.

Kane starrte sie an. *Verdammter Mist, jetzt holt sie uns auch noch Rowley ins Haus. So war das nicht gemeint.*

»Klasse! Sein Gästezimmer ist direkt bezugsfertig.« Sie warf Kane einen Blick zu. »Wie ich Kane kenne, ist da drüben genug zu essen, um eine ganze Armee zu ernähren.« Sie schmunzelte. »Falls Sie selbst kochen wollen. Sie können auch gerne immer mit uns essen, wenn Sie möchten.«

»Das Frühstück wäre eine Hilfe, Ma'am. Aber im Prinzip bin ich es gewohnt, mich selbst zu versorgen.« Rowley lächelte. »Normalerweise frühstücke ich bei Aunt Betty's, seit Jahren schon, aber mit dem ganzen Schnee und allem weiß ich gar nicht, ob ich momentan Zeit dafür habe.«

Kane fragte sich, was mit der Wohnsituation werden würde, wenn er endlich wieder ganz fit wäre. Außerdem befand sich in seinem Cottage eine Reihe Gegenstände aus seinem früheren Leben, die niemand sehen sollte, und bevor Rowley dort einzog, würde er sich nach drüben begeben müssen, um zwei seiner Zimmer zu verrammeln. So sehr er Rowley auch vertraute und ihn respektierte, einiges aus seinem Leben war nach wie vor *streng geheim.*

»Na prima, dann wäre das ja geklärt.« Jenna stocherte in ihrem Essen herum, dann rieb sie sich die Schläfen. »Kane ist gesund genug, um von hier aus an den Akten zu arbeiten, und wenn nötig, können Sie Wolfe oder Deputy Webber anrufen, damit sie Ihnen unter die Arme greifen. Vergessen Sie nicht, Wolfe ist zwar unser Gerichtsmediziner, aber er ist immer noch mein Deputy.«

»Sicher doch, Ma'am.« Rowley trank seinen Kaffee aus und stand auf. »Ich werde mich mal auf den Weg machen. Kann den Schneepflug schon hören. Ich werde ihm zurück in die Stadt hinterherfahren.«

»Sagen Sie Deputy Walters, er soll um zwölf abschließen, und am Sonntag bleibt die Dienststelle zu. Hängen Sie einen Zettel an die Eingangstür: Wenn jemand Hilfe braucht, soll er

911 anrufen.« Jenna griff nach ihrem Kaffee. »Fahren Sie vorsichtig.«

Kane füllte ihren Becher nach. Er wartete, bis Rowley fort war, dann wandte er sich ihr zu. »Ich habe einiges drüben bei mir, von dem ich nicht möchte, dass Rowley es findet.« Er lehnte sich in seinem Stuhl zurück. »Sonst würde meine Tarnung auffliegen.«

»Sie können unmöglich im Schnee zum Cottage rübergehen. Wenn Sie stürzen, stehen Sie mit der Genesung wieder ganz am Anfang.« Jenna drückte seine Hand. »Dave, ich weiß, dass Ihre Verletzungen Ihnen höllisch wehtun und dass Sie wegen der Kopfverletzung mit Ihrer Knie-Reha weit im Rückstand sind. Der Arzt hat Ihnen doch gesagt, dass es eine Weile dauern wird, bis Sie sich erholt haben.«

Er starrte sie an. »Ich glaube, Sie verstehen nicht, worum es hier geht, Jenna. Ich muss unbedingt in mein Cottage, bevor Rowley da einzieht. Wenn es sein muss, gehe ich zu Fuß hinüber. Ich benutze den Stock doch ohnehin kaum noch.«

»Glauben Sie im Ernst, Rowley wäre in der Lage, Ihren Tresor zu knacken oder sich in Ihren Computer zu hacken?« Jenna lächelte ihn an. »Er würde es nicht einmal versuchen.«

»Woher wissen Sie von meinem Tresor?«

»Nun, *ich* wäre dazu in der Lage, und ich würde es auch versuchen.« Sie kicherte. »O mein Gott, wenn Sie Ihr Gesicht sehen könnten.« Sie nieste lautstark in ein zerknülltes Taschentuch. »Ich bin rübergegangen, um Ihre Klamotten und Ihr anderes Zeug zu holen, haben Sie das vergessen? Der Tresor ist kaum zu übersehen.«

Kane stieß einen Seufzer der Erleichterung aus. »Das ist der Waffenschrank. Ich habe zwei Tresore.« Er bedachte sie mit einem langen, nachdenklichen Blick. »Ich schätze, ich kann Ihnen den Inhalt des anderen Tresors anvertrauen.«

»Ich habe auch zwei Tresore, Sie können sich den Inhalt gerne ebenfalls anschauen.« Sie schenkte ihm ein warmherziges

Lächeln und stand auf. »Ziehen Sie sich an. Ich fahre Sie zum Cottage rüber und helfe Ihnen, Ihre Sachen zu holen.« Sie warf ihm einen ihrer unnachgiebigen Blicke zu. »Ich werde nicht an einer Lungenentzündung sterben, nur weil ich hundert Meter weit Auto fahre.«

»Okay.« Kane nahm sein Handy vom Tisch. »Sobald ich die Ärztin angerufen habe.«

»Sie müssen immer das letzte Wort haben, oder?« Jenna räumte das Geschirr ab. »Es ist schon eine Weile her, da hatten die Leute, die nebenan wohnten, einen Hund namens Oscar. Er hat immer wie verrückt gebellt, und jedes Mal, wenn der Nachbar ihn dann angebrüllt hat, dass er leise sein soll, hat er kurz aufgehört, dann aber noch ein paarmal gebellt, bevor er ganz still war. Egal, wie oft der Nachbar das gemacht hat, es war jedes Mal das Gleiche.«

Verwirrt runzelte Kane die Stirn. »Wollen Sie damit sagen, ich bin ein Hund?«

»Nicht direkt.« Jenna spülte die Teller vor und räumte sie in die Spülmaschine. »Trotzdem erinnern Sie mich an diesen Hund. Der musste auch immer das letzte Wort haben.«

Kane gluckste. »Wirklich?«

»Ja, wirklich«, sagte Jenna und sah ihm in die Augen.

Er grinste breit und sagte: »Wuff.«

ZWEI

Ella hatte eine furchtbare Nacht hinter sich. Nachdem sie einen nicht enden wollenden Schrei gehört hatte, auf den eine gespenstische Stille folgte, war mit voller Wucht der Schneesturm gekommen, der Fremde war nicht zurückgekehrt. Hin- und hergerissen, ob sie auf dem Baum bleiben und dem Wetter trotzen oder nach Sky sehen sollte, hatte sie schluchzend auf die immer dichtere Schneedecke geblickt, die sich um die Bäume herum bildete. Die Chance, es lebend zu ihr zurückzuschaffen, war gleich null. Zwischen den Ästen eingeklemmt hatte sie in der Nacht ein paar Autos gehört, aber sie hatte zu große Angst gehabt, um sich zu bewegen.

Als endlich die blasse Sonne durch die Schneewolken lugte und in den Ästen um sie herum Vögel hüpften, beschloss sie, es zu wagen. Die schneebedeckte Tanne hatte ihr Schutz geboten, und die Tatsache, dass ihre Reisetasche so klein war, hatte ihr wahrscheinlich das Leben gerettet: Da nicht alle Kleidung für die nächsten Wochen bei Sky hineingepasst hatte, hatte sie mehr Schichten als sonst angezogen. In den mit Schafsfell gefütterten Stiefeln steckten ihre Füße in zwei Paar dicken Socken.

Ihre Muskeln taten weh, und ihre Hände weigerten sich, richtig zu funktionieren, aber als sie den Baum halb heruntergeklettert war, kam das Gefühl in ihre Glieder zurück. Die Landschaft hatte sich über Nacht dramatisch verändert. Der Highway war beinahe komplett unter einer Decke aus strahlendem Weiß verschwunden. Sie erschauderte. Ganz in der Nähe, unter dem Schnee, lag vielleicht Skys brutal zugerichtete Leiche.

Sie tat ein paar vorsichtige Schritte aus dem Schutz der Bäume heraus und starrte in die weiße Wildnis, auf der Suche nach irgendwelchen Anzeichen dafür, dass der Mörder immer noch hier draußen war. Bei dem Gedanken, dass sie ihre totgeschlagene Freundin finden könnte, kam ihr die Galle hoch. Sie suchte die schneebedeckte Landschaft in alle Richtungen ab, entdeckte aber nichts, das an Skys gelbes Auto erinnerte. Die Schneeverwehungen reichten ihr bis zu den Knien, und jeder Schritt auf dem Weg zurück zum Highway fühlte sich an, als liefe sie durch Treibsand.

Die Straße war verlassen, aber sie sah Reifenspuren im frischen Schnee. Vor Kurzem war hier ein Lastwagen vorbeigefahren, also musste die Straße für den Verkehr freigegeben sein. In der Ferne ertönte das Dröhnen eines Motors, und sie sprang vor lauter Angst ins Gebüsch. Ein Sattelschlepper kam auf sie zu. Sie hatte die Wahl: entweder erfrieren oder das Risiko eingehen, bei einem Wildfremden einzusteigen. Nein, eigentlich hatte sie keine Wahl – sie musste Hilfe für Sky holen. Sie verdrängte die aufkommende Panik, ging an den Straßenrand und winkte mit den Armen. Die Bremsen des großen roten LKW kreischten, und als er einige Meter hinter ihr zum Stehen kam, blies er Dampf aus wie eine alte Lokomotive. Das Fenster surrte herunter. Ein Mann in den Vierzigern mit rosigen Wangen und einer Trappermütze streckte den Kopf heraus. Sie rannte auf ihn zu und rutschte beinahe auf dem eisbedeckten Asphalt aus, und dann hämmerte sie verzweifelt gegen seine

Tür. »Helfen Sie mir. Ein Mann hat meine Freundin ermordet. Rufen Sie 911 an.«

»Was, ermordet?« Der Mann sah in beide Richtungen und dann wieder zu ihr. »Was machst du hier draußen, ganz allein? Wo kommst du her?«

Ella starrte ihn an und schlug mit beiden Fäusten gegen seine Tür. »Rufen Sie 911 an!«

»Hier draußen gibt es keinen Handyempfang. Ich kontaktiere mal den Sheriff über CB-Funk«, sagte der Mann mit sorgenvoller Miene. »Ich glaube, du solltest besser einsteigen, es ist ganz schön kalt.« Mit einem Surren schloss sich das Fenster, und sein Gesicht verschwand hinter dem getönten Glas.

Eine plötzliche Welle der Angst durchfuhr Ella. Sie bewegte ihre bleiernen, eingefrorenen Gliedmaßen. Es blieb dabei: Entweder stieg sie zu einem Fremden in den Lastwagen, oder sie würde mitten im Nirgendwo erfrieren, wo ein axtschwingender Killer herumlief.

Im Führerhaus war es mollig warm, und der Mann wirkte eher besorgt als bedrohlich. »Bitte machen Sie schnell«, bat sie ihn.

»Ist ja gut. Komm, nimm die hier.« Der Fahrer zog hinter sich eine Wolldecke hervor und reichte sie ihr, dann sprach er in sein Funkgerät: »Zehn-vier, Kumpel, over.« Er wandte sich ihr zu. »Er will wissen, was passiert ist.«

Sofort hatte sie wieder vor Augen, was sie durchgemacht hatte, und starrte ihn an; was auch immer für ein seltsamer Code das war, er jagte ihr eine Heidenangst ein.

»Ein Deputy aus Black Rock Falls ist auf dem Weg«, erklärte der Fahrer und lehnte sich zurück. Er gab Gas, und der Motor des LKW heulte auf. »Wir treffen ihn am Highway. Ich würde ja hier mit dir auf ihn warten, aber ich bin spät dran, und ich habe ihm die Koordinaten gegeben, wo ich dich aufgelesen habe.« Er deutete auf eine Thermoskanne. »Nimm dir 'nen Kaffee.«

Endlich fiel die Anspannung von ihr ab, und sie lehnte sich im Sitz zurück. Die warme Luft der Heizung drang durch ihre Kleidung und machte sie schläfrig. Die Fahrerkabine schaukelte sanft, und ihr fielen für eine Sekunde die Augen zu. Sie schreckte auf und setzte sich kerzengerade hin. *Was, wenn er K.-o.-Tropfen in den Kaffee getan hat?* Sie musste wach bleiben und biss sich fest in die Innenseite ihrer Wange. Sie sah den Mann aus dem Augenwinkel an und räusperte sich. »Vielen Dank für den Kaffee und dass Sie mich mitnehmen.«

»Ich weiß echt nicht, warum ihr überhaupt mitten in der Nacht nach Black Rock Falls gefahren seid«, sagte er und hielt den Blick auf die Straße gerichtet. »Weißt du, wie viele Leute in den letzten Jahren in diesem County ermordet worden sind? Ich weiß, das Gebiet ist mehrere Tausend Quadratkilometer groß, aber das war doch überall in den Nachrichten.«

»Und nach dem, was letzte Nacht passiert ist, schätze ich, da läuft schon wieder ein Mörder frei herum«, sagte Ella und unterdrückte einen Anflug von Panik.

Der Mann machte eine vage Handbewegung in Richtung Straße. »Also, ich würde hier nicht wohnen wollen.«

In der Ferne tauchte ein Blaulicht auf. »Da ist er ja schon.« Er brachte den Sattelschlepper zum Stehen. »Pass auf dich auf, hörst du?«

DREI

Deputy Jake Rowley nahm die Personalien des Fernfahrers auf und wandte sich dann der blutverschmierten jungen Frau zu, die neben dem Mann stand. Sie hatte ein paar Kratzer an den Wangen, aber nicht genug, um die Menge Blut auf ihrem Gesicht und ihrer Jacke zu erklären. Da er nicht ausschließen konnte, dass sie selbst in den Mord an ihrer Freundin verwickelt war, öffnete er die Hintertür des Streifenwagens. »Okay, Ella, rein mit Ihnen ins Warme.«

»Wollen Sie denn gar nicht wissen, was passiert ist?« Ella packte ihn am Arm und zeigte in die Richtung, aus der der Sattelschlepper sie gebracht hatte. »Meine Freundin Sky muss da irgendwo auf der Straße liegen. Wir müssen sie finden.«

Rowley befreite sich aus ihrem Griff und bugsierte sie in den Wagen. »Der LKW-Fahrer hat weder ein Auto noch eine andere Person außer Ihnen auf der Straße gesehen. Aber wir können uns das ja mal anschauen.« Er schwang sich hinters Lenkrad und gab die Koordinaten in sein Navi ein, dann wendete er den Wagen.

»Hey, ich erkenne die Bäume wieder, ganz da hinten.« Ella wand sich in ihrem Sitz. Ihre Zähne klapperten. »Hier stand sein Auto, und er hatte den Warnblinker an, als ob er Hilfe brauchte.«

»Bleiben Sie hier.« Rowley rutschte vom Sitz. »Ich sehe mal nach, ob ich etwas finde.« Der eisige Wind tat ihm im Gesicht weh und peitschte ihn bei jedem Schritt, während er die Straße auf und ab ging. Er suchte nach Blut auf dem gefrorenen Asphalt, aber alles war von weißem Pulverschnee überzogen. Eine trügerische Idylle. Schließlich ging er zu seinem Auto zurück und stieg ein. Er sah Ella an und schüttelte bedauernd den Kopf. »Ich kann keine Spur von Ihrer Freundin entdecken, tut mir leid.«

»Sie müssen doch irgendetwas tun können.« Ellas Augen füllten sich mit Tränen. »Sie muss irgendwo hier draußen sein.«

Rowley fühlte mit der schockierten jungen Frau mit. »Die Rettungskräfte werden jeden Moment hier sein. Die werden einen Schneepflug haben, mit dem sie die Straße räumen, und Männer, die nach ihr suchen, noch bevor wir wieder in der Stadt sind. Keine Sorge – wenn sie hier draußen ist, werden wir sie finden. Ich habe die Beschreibung ihres Wagens und die Koordinaten. Wir werden die ganze Gegend absuchen.« Er versuchte, besonders beruhigend zu klingen. »Sie sollten sich ärztlich untersuchen lassen.«

Die junge Frau hatte dermaßen viel Blut an sich, obwohl sie keine offensichtlichen Verletzungen aufwies, dass er den Vorfall Sheriff Alton würde melden müssen, bevor er Ella ins Krankenhaus brachte. Aber er wollte sie nicht stören, falls gerade die Ärztin einen Hausbesuch bei ihr machte. Sie würde von ihm erwarten, dass er die Initiative ergriff und Deputy Wolfe anrief. Der Ex-Marine und Witwer mit drei Töchtern war seit dem vorigen Jahr bei ihrer Dienststelle beschäftigt, arbeitete aber die meiste Zeit als Gerichtsmediziner von Black Rock Falls. Falls Ella wirklich einen Mord miterlebt hatte, wie sie behauptete, würde Wolfe sie auf verwertbare Spuren untersuchen wollen.

Rowley schnappte sich das Satellitentelefon, stieg aus dem Wagen und ging ein paar Meter weg, um Wolfe anzurufen. »Hey, hier ist Rowley. Ich bin gerade auf halbem Weg zwischen Blackwater und der Stadt. Ich habe hier eine Neunzehnjährige mit Namen Ella Tate. Sie behauptet, ein Mann habe letzte Nacht ihre Freundin angegriffen und getötet. Der LKW-Fahrer, der sie gefunden hat, hat weder das gelbe Auto ihrer Freundin noch eine Leiche am Straßenrand gesehen. Ich bin die Straße abgegangen und habe ebenfalls nichts gefunden. Ich habe noch keine offizielle Aussage von ihr, aber sie ist blutüberströmt und hat wahrscheinlich ein Trauma erlitten.«

»*Ist es ihr Blut?*« Wolfe klang interessiert. »*Irgendwelche ernsthaften Verletzungen?*«

Rowley trat gegen einen grauen Eisklumpen und schaute zu Ella hinüber. »Nicht, soweit ich sehen kann. Sie hat ein paar Schrammen, das ist alles. Sieht verdächtig aus. Ich denke, die Kratzer an ihren Wangen könnten eventuell von den Fingernägeln ihrer Freundin stammen.«

»*Haben Sie Sheriff Alton benachrichtigt?*«

Rowley blinzelte Schneeflocken von seinen Wimpern. »Nein, vorhin hat sie auf die Ärztin gewartet, und ich wollte sie nicht stören. Und da sie und Kane krankgeschrieben sind, sind Sie aktuell der Ranghöchste bei uns.«

»*Okay, ich rufe sie an. Sie wird den Such- und Rettungsdienst alarmieren, aber wenn die Verletzte die ganze Nacht am Straßenrand gelegen hat, werden die nur eine Leiche finden. Nehmen Sie Tate in Gewahrsam. Aber nicht in der Dienststelle. Fahren Sie sie ins Krankenhaus und lassen Sie sie auf die Sicherheitsstation bringen. Lassen Sie niemanden in ihre Nähe. Wir müssen sie vorerst als Verdächtige behandeln. Wir sehen uns dort.*« Wolfe räusperte sich. »*Wie geht's Sheriff Alton denn heute Morgen?*«

Rowley ging zurück zum Wagen. »Es würde ihr sicher schon besser gehen, wenn sie sich mal ausruhen würde, aber sie kann es einfach nicht leiden, zu Hause eingesperrt zu sein, und will unbedingt wieder zur Arbeit.«

»*Wenn es sich um Mord handelt, wird sie mitermitteln wollen, und Kane auch. Ich bezweifle, dass eine Erkältung sie davon abhalten wird.*«

Rowley öffnete die Autotür und setzte sich hinter das Lenkrad. »Hoffentlich haben Sie recht. Wir brauchen sie auf jeden Fall wieder bei der Arbeit.« Er ließ den Motor an. »Ich hoffe, Sie können Webber entbehren. Wir sollten ihn zusammen mit Walters losschicken, um die Suchaktion zu koordinieren.«

»*Hier ist eh nichts los.*« Wolfe klang gelangweilt. »*Ich schicke ihn in die Dienststelle, wir sehen uns dann im Krankenhaus. Hoffen wir, dass nicht wieder ein verrückter Killer in Black Rock Falls unterwegs ist.*« Dann legte er auf.

VIER

Jenna wartete, bis Kane den schweren, abgeschlossenen Metallkasten in den in ihren Fußboden eingelassenen Tresor gelegt hatte, dann drückte sie ihren Daumen auf den Scanner. Sie tippte auf ein paar Ziffern auf dem Bedienfeld und sah zu ihm auf. »Scannen Sie Ihren Daumen. Man kann zwei verschiedene Fingerabdrücke eingeben, dann können wir beide an den Tresor. Ist das in Ordnung?«

»Ja, meine Sachen sind in dem Kasten sicher. Wenn den jemand knackt, gehen sie automatisch in Flammen auf.« Er lächelte sie an. »Unter uns gesagt, es ist nur das Übliche: Ausweise, Bargeld, Pässe und Wegwerfhandys.«

Jenna hob eine Augenbraue. »Auch ein Codebuch?«

»Wenn ich Ihnen das sagen würde, müsste ich Sie umbringen«, sagte Kane und schnaubte amüsiert. »Sie kennen doch die Vorschriften.«

Jennas Handy klingelte. Sie knurrte frustriert, dann schaute sie auf das Display. »Es ist Wolfe.« Sie nahm den Anruf entgegen und stellte den Lautsprecher an. »Stimmt was nicht?«

Während Wolfe von Ella Tate und dem augenscheinlichen Mord an Sky Paul berichtete, begann Jenna das Adrenalin durch die Adern zu rauschen. Sie tauschte einen Blick mit Kane aus. »Natürlich wollen wir dabei sein, ich habe bloß eine Erkältung. Ich werde die Ermittlungen von hier aus leiten. Ich rufe den Such- und Rettungsdienst an und schicke Walters und Webber los, um auf den Hubschrauber und die Freiwilligen mit dem Schneemobil zu warten und die Suche vor Ort zu koordinieren.« Sie seufzte. »Wie stehen die Chancen, Sky Paul lebend zu finden?«

»*Dass jemand, der verletzt am Straßenrand liegt, einen Schneesturm überlebt, ist ziemlich unwahrscheinlich.*« Wolfe klang angestrengt. »*Die Temperatur ist den ganzen Tag über gefallen, und ein weiterer Schneesturm ist schon im Anmarsch. Kann gut sein, dass wir sie vor der Schneeschmelze gar nicht mehr entdecken. Wenn wir sie in den nächsten vier Stunden nicht finden, werden wir auf jeden Fall eine Leiche bergen.*«

Jenna runzelte die Stirn. »Aber die andere junge Frau hat überlebt. Wie das?«

»*Im Moment weiß ich da auch nicht mehr als Sie. Rowley ist mit Ella Tate etwa zwanzig Minuten außerhalb der Stadt. Ich werde in Kürze zum Krankenhaus fahren, um ihn dort zu treffen und an dem vermeintlichen Opfer Spuren zu sichern.*«

Sie nickte, beeindruckt von Rowleys Effizienz. »Das klingt, als hätten Sie alles unter Kontrolle. Ich rufe Walters und Webber an und schicke sie raus zum vermeintlichen Tatort.«

»*Nicht nötig. Webber und Walters machen sich bereits mit einem Schneepflug auf den Weg zu den letzten bekannten Koordinaten, um entlang der Straße, auf der sich laut Miss Tate der Vorfall ereignet hat, den Schnee wegzuräumen. Rowley erwähnte, dass Walters Erfahrung mit Suchaktionen hat.*«

»Okay.« Jenna runzelte die Stirn. Sie wollte mittendrin sein im Geschehen und nicht zu Hause sitzen. Aber mit einem grippalen Infekt und Fieber in die Kälte hinauszugehen, um nach einer Leiche zu suchen – das schrie geradezu nach einer Lungenentzündung. Es war das Risiko nicht wert. Sie hatte erfahrene Deputys, und von zu Hause aus konnte sie genauso gut Befehle erteilen wie vom Büro aus, aber im Moment war im Sheriff's Department außer ihrer Rezeptionistin Magnolia – oder Maggie, wie ihre Freunde und Bekannten sie nannten – niemand zu erreichen. »Okay«, sagte Jenna, »während Sie Miss Tates Aussage aufnehmen, hat Rowley Zeit, sich um die Dienststelle zu kümmern. Ich werde Amtshilfe aus Blackwater anfordern. Im Moment ist Miss Tate entweder in Gefahr oder mordverdächtig. Wir brauchen eine Rund-um-die-Uhr-Überwachung im Krankenhaus. Hat jemand die Eltern des vermissten Mädchens kontaktiert? Wer weiß, vielleicht ist sie schon wieder zu Hause und in Sicherheit.«

»Rowley hat nicht erwähnt, ob er Sky Pauls Eltern kontaktiert hat, aber ich vermute, er hat sich erst einmal darum gekümmert, dass Miss Tate ins Krankenhaus kommt. Wenn Tate wirklich so viel Blut an sich hat, wie Rowley sagt, bezweifle ich, dass sie zu Hause ist, denn dann hätten ihre Eltern den Angriff doch sicher gemeldet.« Wolfe klang besorgt. »Ich werde mit ihm sprechen.«

Jenna tauschte einen Blick mit Kane und runzelte die Stirn. »Nein, ist schon gut, Sie haben genug zu tun. Ich rufe ihn gleich selbst an. Er kann noch mit Sky Pauls Eltern sprechen, bevor er zurück ins Büro fährt.«

»Alles klar. Ich werde Ihnen meine Ergebnisse mailen, und Walters wird Sie auf dem Laufenden halten, ob die etwas finden.«

Jenna stieß einen langen Seufzer aus. »Okay, danke.« Sie trennte die Verbindung und sah Kane an. »Ich fühle mich nutzlos, wenn ich nicht da draußen bin und die Suchaktion koordiniere.«

»Alle Beteiligten kennen ihre Aufgaben. Sie wissen so gut wie ich, dass die Rettungskräfte mit dem Helikopter diese Arbeit schon seit vielen Jahren ausüben. Dasselbe gilt für die Freiwilligen mit den Schneemobilen. Die kennen sich gut aus, und außerdem haben wir Walters da draußen, der die Aufsicht hat und eingreift, falls es nötig ist.« Kane zuckte die Schultern. »Es ist doch nicht Ihre Schuld, dass Sie krank sind. Seien Sie nicht so streng mit sich.«

»Ich habe noch nie eine Ermittlung von zu Hause aus leiten müssen.« Jenna wandte sich ab und hustete. »Ich spreche mit meinen Deputys lieber von Angesicht zu Angesicht.«

»Dann sollen sie hier vorbeikommen. Ich glaube nicht, dass es einen Unterschied machen wird, ob Sie in Ihrem Büro sitzen oder nicht. Ein Problem werden wir erst haben, wenn Wolfe vermutet, dass Ella Tate involviert war.«

Jenna rieb sich die Schläfen, um die Kopfschmerzen zu lindern, die sich gerade ankündigten. »Falls sie es war, wird einer von uns sie befragen müssen. Rowley ist ein kompetenter Deputy, aber was Verhöre angeht, ist er nicht so bewandert, und Wolfe wird genug mit der Forensik zu tun haben.«

»Kann sein.« Kane machte sich auf den Weg in die Küche und schenkte ihnen zwei frische Becher Kaffee ein. »Aber Wolfe ist am Ball. Ich denke, wir sollten seinen Bericht abwarten.« Er seufzte. »Wie Wolfe schon sagte, suchen wir da draußen wohl eher nach einer Leiche. Nach über zwölf Stunden in diesem Wetter hat sie keine Chance mehr. Und damit ist die Suche Routine, es geht nicht mehr um Leben und Tod.«

Jenna stieß einen langen Atemzug aus. »Ja, stimmt schon. Aber wenn Wolfe wirklich glauben sollte, dass Tate ihre Freundin umgebracht hat, möchte ich, dass Sie sie befragen. Sie stellen die richtigen Fragen und schaffen es, in den Kopf der Leute einzudringen.«

»Ich bin sicher, dass ich ohne Probleme zum Krankenhaus und zurück fahren kann, oder Rowley fährt mich«, sagte Kane und lächelte sie an. »Machen Sie sich nicht so viele Sorgen. Sie haben ein fähiges Team, das Ihnen auf Abruf zur Seite steht. Ruhen Sie sich aus, dann können Sie bald wieder arbeiten.«

Jenna schüttelte den Kopf. »Ausruhen kann ich mich im Moment wirklich nicht, dazu schwirrt mir zu viel im Kopf herum.«

»Dann erzählen Sie doch mal.« Kane schaute sie interessiert an. »Was schwirrt denn da so?«

»Eine Theorie«, sagte Jenna und lehnte sich in ihrem Stuhl vor. »Entweder jemand hat Sky Paul auf dem Highway angegriffen und ihr Auto verschwinden lassen – dann ist ein Mörder auf freiem Fuß. Oder wir haben die Mörderin bereits in Gewahrsam ... So oder so werde ich in Blackwater anrufen und sie bitten, uns ein paar Deputys auszuleihen, die Ella Tate im Krankenhaus bewachen. Können Sie sich mit Rowley in Verbindung setzen? Er muss mit Skys Eltern sprechen.«

»Sicher.« Kanes Stirn runzelte sich. »Ich werde nachfragen, ob er auch Ellas Angehörige benachrichtigt hat. Wenn nicht, rufe ich dort selbst an. Kann gut sein, dass ihm das entfallen ist, während er die Suchaktion organisiert und das Mädchen zu Wolfe zur Untersuchung gebracht hat.«

Jenna stieß einen Seufzer der Erleichterung aus. Trotz seiner Kopfverletzung war Kane bei der Arbeit wieder ganz der Alte, auch wenn er sich ihr gegenüber seit seiner Amnesie ein wenig distanzierter verhielt als früher. Der Vorfall hatte eine alte Wunde aufgerissen – plötzlich schien es ihm wieder kaum ein paar Wochen her, dass seine Frau gestorben war –, und Jenna erkannte bei ihm mehrere Anzeichen eines Mannes in Trauer. Ihn beschäftigt zu halten, war sicherlich die beste Medizin. »Könnten Sie mir auch ein paar mehr Informationen über Ella Tate besorgen? Wir haben bisher nur ihre Schilderung dessen, was passiert ist. Falls Sky tot ist, war sie die Letzte, die sie lebend gesehen hat.«

»Aber sicher doch.« Kane griff nach der Kaffeekanne. »Gehen Sie wieder ins Bett, und ruhen Sie sich aus. Ich bringe Ihnen noch einen Kaffee und ein Stück Obstkuchen von Aunt Betty's.«

»Ausruhen – das ist leichter gesagt als getan.« Jenna hörte
ein Fahrzeug auf das Haus zufahren und stöhnte auf. »Habe ich
schon erwähnt, wie sehr ich Ärzte hasse? Die wollen einem
immerzu Nadeln in den Arm jagen.«

»Gehen Sie zurück ins Bett. Ich lasse sie herein.« Kane rich-
tete sich auf und ging zur Tür, ohne seinen Stock zu benutzen.
Er blickte zu ihr hinüber. »Sehen Sie, mir geht's gut! Und ich
habe es ohne Probleme zum Cottage und zurück geschafft.
Wenn das so weitergeht, bin ich vor Ihnen wieder auf der
Arbeit.«

»Ha, ha, sehr witzig«, sagte Jenna und funkelte ihn an.
Dann ging sie zurück in ihr Schlafzimmer, um auf die Ärztin zu
warten.

Als Kane die Ärztin in den Raum geleitete, musterte Jenna
das wenige, was sie von der Frau sehen konnte. Die Ärztin war
in einen dicken Schafsfellmantel gehüllt, der ihr bis zu den Stiefeln reichte, und schaute sie durch eine übergroße Brille mit
schwarzer Fassung an, die ihre dunklen Augen riesig und
unwirklich erscheinen ließ.

»Guten Morgen, Sheriff.« Die Ärztin hatte einen ausge-
prägten britischen Akzent, und als sie den gestrickten Schal
löste, den sie sich um den Hals gewickelt hatte, und die Mütze
abnahm, fiel langes schwarzes Haar herab und umrahmte ihr
Gesicht. »Ich bin Dr. Mavis Weaver. Was haben wir denn?« Sie
stellte eine braune Ledertasche auf dem Bett ab und neigte den
Kopf von einer Seite zur anderen wie ein Raubvogel, dann
schaute sie zu ihr hinunter.

Jenna rümpfte die Nase, als ihr starker Lavendelduft ins
Gesicht schlug, und sie blinzelte die Ärztin an. Sie wirkte, als
wäre sie den Vierzigerjahren entsprungen. Sie war massig,
Ende dreißig und trug diverse ungewöhnliche Kleidungsstücke,
die sie ein wenig wie eine Lumpensammlerin wirken ließen.
Verblüfft, räusperte Jenna sich kurz, dann hustete sie unkon-
trolliert.

»Ah, ich sehe schon.« Dr. Weaver öffnete ihre Tasche, nahm ein Stethoskop heraus und begann, sie zu untersuchen. »Sie haben eine Infektion der oberen Atemwege. Sie hätten mich vor einer Woche anrufen sollen, junge Frau. Bleiben Sie bitte drinnen. Wenn Sie bei diesem Wetter nach draußen gehen, könnte das zu ernsthaften Komplikationen führen.«

»Oh, ich dachte, es wäre nur eine Erkältung«, sagte Jenna und blinzelte erstaunt.

»Sind Sie allergisch gegen Penizillin?« Die Ärztin griff in ihre Tasche, nahm eine kleine Flasche und eine Spritze heraus und bereitete eine Injektion vor.

Jenna las das Etikett – Fremden, die ihr irgendetwas injizieren wollten, traute sie aus Prinzip nicht. Dann schüttelte sie den Kopf. »Nein.«

»Gut! Ich gebe Ihnen eine Spritze. Rollen Sie sich von mir weg auf die Seite, und heben Sie Ihr Nachthemd hoch. Die hier kommt in Ihren Hintern.« Dr. Weaver grinste. »Und sie tut leider höllisch weh.«

»Äh ... ist das wirklich nötig?« Jenna beäugte misstrauisch die Spritze. »Tabletten würden mir reichen.«

»Oh, die bekommen Sie außerdem.« Die Ärztin kicherte, als würde sie sich darauf freuen, ihrer Patientin Schmerzen zuzufügen, säuberte die Stelle und stach die Kanüle hinein. »So, bitte sehr. Ich werde Ihnen gleich noch etwas Blut abnehmen, wenn ich schon mal hier bin, nur damit wir nichts übersehen.«

Jenna rieb sich den Hintern. So schlimm war die Spritze dann doch nicht gewesen. Sie setzte sich auf und streckte den Arm aus.

Die Ärztin war schnell und effizient. Jenna sah ihr zu, wie sie ein Rezept ausschrieb, und fragte sich, warum sie wohl ihre eigene Praxis betrieb. »Arbeiten Sie auch im Krankenhaus?«

»Im Krankenhaus geht es immer nur um Versicherungen, und in dieser Gegend gibt es Menschen, die kaum über die

Runden kommen. Ich weise niemanden ab und kann die meisten Notfälle behandeln.« Dr. Weaver musterte Jenna. »Ich habe außerdem ein paar Kollegen, die bereit sind, Menschen gratis zu behandeln, wenn es nötig ist.«

»Das ist nobel von Ihnen, aber Geringverdiener bekommen doch Sozialleistungen und Beihilfe für die Gesundheitsversorgung. Wenn Sie kostenlose Dienstleistungen anbieten, wie bezahlen Sie dann Ihre Rechnungen?« Jenna drückte einen Wattebausch in ihre Armbeuge. »Wir müssen uns schließlich alle ernähren.«

»An denen, die zahlen können, verdiene ich mehr als genug. Ich brauche nicht viel.« Dr. Weaver reichte ihr das Rezept. »Nehmen Sie das hier ein, und wenn es Ihnen in vier bis fünf Tagen nicht besser geht, rufen Sie mich an. Falls sich Ihr Zustand verschlechtert, gehen Sie in die Notaufnahme.«

»Okay.« Jenna beäugte die Frau misstrauisch. So richtig vertrauenswürdig fand sie die Ärztin nicht. Sie griff nach ihrer Brieftasche auf dem Nachttisch. »Ich bezahle bar, wenn das in Ordnung ist. Wenn Sie meine Blutprobe hierlassen, wird einer meiner Deputys sie im gerichtsmedizinischen Labor abgeben. Wolfe kann die Tests durchführen.«

»Sie brauchen sich keine Sorgen zu machen, meine Liebe.« Dr. Weaver klopfte ihr auf die Schulter. »Deputy Kane hat mir bereits vorhin seine Kreditkartendaten gegeben. Ich werde ihm eine Quittung mailen, und da ich auf dem Heimweg direkt am Labor vorbeikomme, kann die Probe dort direkt abgeben. Falls Sie jemanden haben, der Ihre Medikamente für Sie abholen wird, kann ich auf dem Heimweg auch gleich das Rezept in der Apotheke abgeben. Ich werde mich nur bei Ihnen melden, falls die Tests etwas Besorgniserregendes ergeben.«

»Danke, das ist eine große Hilfe.« Jenna blickte zur Tür. Sie fragte sich, warum Kane ihre Behandlung bezahlen wollte. »Ich bin sicher, dass es mir in ein paar Tagen wieder gut geht.« Sie gab der Ärztin das Rezept zurück.

Sie sah zu, wie die Ärztin in ihren Mantel schlüpfte, ihren knallroten Hut aufsetzte, die lila Handschuhe anzog und hinaus in den Flur watschelte. In dem Moment, als sie hörte, dass die Ärztin die Haustür hinter sich schloss, schlüpfte sie aus dem Bett und marschierte in die Küche. »Kane, warum haben Sie den Hausbesuch bezahlt? Ich habe doch Bargeld hier.«

»Ich habe ihr gesagt, dass Sie krankenversichert sind, und sie hat am Telefon nach einer Kreditkarte gefragt, also habe ich ihr meine Daten durchgegeben.« Er seufzte. »So etwas tun Freunde füreinander, das ist doch keine große Sache.«

»Aha.« Jenna stemmte die Fäuste in die Hüften. »Ich wäre trotzdem lieber in die Stadt gefahren, zu Dr. Brown. Diese Frau war irgendwie ... seltsam.«

»Tut mir leid, aber ich konnte mir die Ärztin leider nicht aussuchen.« Kane sah sie verlegen an. »Ich wüsste sonst niemanden hier, der Hausbesuche macht. Aber es stimmt, sie wirkt, als wäre sie aus den Fünfzigern hergebeamt worden.«

Jenna rieb sich den Hintern. »Das können Sie laut sagen. Und sie hat mir eine Spritze gegeben. Ich hasse Spritzen.« Sie ging zum Tresen und füllte die Kaffeekanne auf. »Wenn sie die Quittung schickt, gebe ich Ihnen das Geld zurück.«

»Wenn es sein muss. Aber das ist wirklich nicht nötig.« Er nahm zwei Kaffeebecher aus dem Regal. »Es war schließlich meine Idee, sie anzurufen.«

Jenna sah ihn skeptisch an. »Mag sein, aber bald weiß jeder in der Stadt, dass wir zusammenleben und Sie meine Arztrechnungen bezahlen.«

»Ach, das wird sie schon nicht herumerzählen«, sagte Kane und grinste sie an. »Das fällt bestimmt unter die ärztliche Schweigepflicht.« Er lehnte sich gegen den Tresen. »Zu Ihrer Information: Die Leute glauben ohnehin längst, dass wir was miteinander haben. Neulich hat mich eine alte Dame gefragt, wann ich endlich eine ehrbare Frau aus Ihnen mache.«

Verblüfft starrte Jenna ihn an. »O mein Gott, sagen Sie bitte, dass das nicht stimmt.«

»Klar stimmt das. Ich habe ihr gesagt, dass Sie mich nicht einmal nehmen würden, wenn ich der letzte Mensch auf Erden wäre, und dass unsere Beziehung rein beruflich ist.« Kane ging zum Kühlschrank und holte die Kaffeesahne heraus. »Sie hat mir den Arm getätschelt und gesagt, ich solle mir keine Sorgen machen, irgendwann würde ich schon jemanden kennenlernen.«

Jennas Kichern mündete in einen Hustenanfall. »Ich gehe besser wieder ins Bett. Rufen Sie mich, wenn der Kaffee fertig ist.«

»Was hat die Ärztin denn gesagt, was haben Sie?«, fragte Kane. Er runzelte die Stirn und hielt sie am Arm fest. »Warum haben Sie ihr erlaubt, Ihnen Blut abzunehmen? Das ist riskant. Man weiß nie, wer einen beobachtet.«

Jenna lachte. »Ich glaube nicht, dass diese Ärztin eine Bedrohung für die nationale Sicherheit darstellt.«

»Okay.« Kane runzelte die Stirn. »Sind Sie denn ansteckend?«

Jenna winkte ab. »Nein, es ist nur eine Infektion der oberen Atemwege, und ich bekomme ein paar Medikamente, die nachher noch jemand von der Apotheke abholen muss. Sie wollte eine Blutprobe, ›damit wir nichts übersehen‹, wie sie meinte. Ich habe ihr gesagt, sie soll sie Wolfe geben. Ich werde ihn fragen, was sie testen lassen will. Ich bin sicher, er wird dafür sorgen, dass sie kein Schindluder damit treibt.« Sie schnäuzte sich die Nase. »Ich hatte das Gefühl, als würde ich von einer Oma behandelt werden. Sie hat etwas von einer alten Frau.« Sie wechselten Blicke. »Was gucken Sie so? Fanden Sie etwa, dass sie wie eine normale Ärztin aussieht?«

»Sie wirkte schon ein wenig seltsam.« Kane gluckste. »Ich hätte mich nicht gewundert, wenn Sie versucht hätte, Sie zur

Ader zu lassen. Sie sieht aus, als wäre sie direkt aus einer Zeitmaschine gestiegen.«

»Das ist nicht witzig. Ihnen hat niemand eine Spritze in den Hintern gejagt.« Jenna stupste ihn auf die Brust, damit er aufhörte zu lachen. »Das nächste Mal gehe ich definitiv zu Dr. Brown.«

»Den würde ich auch vorziehen«, sagte Kane und ließ die weißen Zähne aufblitzen.

Sie konnte ihn noch kichern hören, als sie in ihr Schlafzimmer zurückging.

FÜNF

Ein eisiger Windhauch schlug Wolfe ins Gesicht, als er das gerichtsmedizinische Labor verließ und hinaus in die Kälte trat. Der Winter hatte Einzug gehalten, und an allen Gebäuden hingen unterschiedlich lange Eiszapfen von den Dachrinnen. Der Schnee verlieh der Stadt ein malerisches Aussehen, aber die bitterkalten Temperaturen trugen dazu bei, dass man in den abgelegeneren Gegenden Gefahr lief, isoliert zu werden. Er hatte gehört, dass immer wieder ältere Leute erfroren und Autos in Schneeverwehungen verschwanden. Er wohnte gerne in Black Rock Falls, aber angesichts des massiven Temperaturabfalls in diesem Jahr hatte man fast den Eindruck, dass sie auf eine neue Eiszeit zusteuerten.

Auf dem Weg zu seinem Wagen knarrten die gefrorenen Ahornbäume vor dem Gebäude. Ein Zweig knackte und landete mit einem leisen Geräusch im Schnee. Seine Tochter Emily ging neben ihm. Sie rutschte auf dem vereisten Fußweg aus, aber er bekam sie am Arm zu fassen. Er sah ihre rosigen Wangen unter der Kapuze ihres Hoodies. Wolfe hatte sie auch heute nicht davon abhalten können, ihm bei der Arbeit zu helfen. Er war nur froh, dass seine beiden anderen Töchter zu Hause im Warmen saßen.

Trotz des Schneesturms der vergangenen Nacht gingen die Einwohner der Stadt ihren Geschäften nach. Die Schneepflüge hatten die Straßen noch vor Tagesanbruch geräumt, und es waren genauso viele Autos wie sonst unterwegs. Viele kamen von der Weihnachtsbaumschule und hatten eine Tanne auf dem Dachgepäckträger. Überall liefen Kinder herum, die sich freuten, dass sie Ferien hatten und dass Schnee lag. Er beobachtete ein Pärchen, dass sich angeregt unterhielt, während es zu seinem Pick-up ging. Eine Dampfwolke schien ihnen zu folgen, ihre roten Nasen lugten zwischen mit Schneeflocken bedeckten Schals und Mützen hervor.

Er stieg in sein Auto und wartete, bis Emily sich angeschnallt hatte, bevor er den Motor anließ. »Bist du sicher, dass du mitkommen willst? Drinnen ist es wärmer.«

»Das lasse ich mir doch nicht entgehen«, sagte Emily und lächelte ihren Vater an. »Dieser Fall klingt total faszinierend. Nur die Aussage der Zeugin kommt mir etwas weit hergeholt vor. Die wäre letzte Nacht im Schneesturm garantiert gestorben. Das klingt sehr verdächtig. Nach allem, was wir wissen, könnte ebenso gut Miss Tate ihre Freundin getötet haben, und dann hat sie sich eine Geschichte ausgedacht, um das Verbrechen zu vertuschen.«

Wolfe verkniff sich ein Grinsen. Nach dem vorläufigen Bericht hatte er genau dasselbe gedacht. »Man sollte immer davon ausgehen, dass die letzte Person, die das Opfer lebend gesehen hat, verdächtig ist, bis das Gegenteil bewiesen ist. In Fällen wie diesem müssen wir so viele Spuren sichern wie möglich. Kann schon sein, dass es sich so zugetragen hat, wie sie sagt, aber als Gerichtsmediziner brauche ich in jedem Fall Beweise.«

Wolfe war stolz darauf, dass Emily sich entschlossen hatte, in seine Fußstapfen zu treten und forensische Wissenschaft zu

studieren. In den Semesterferien und an den meisten Wochen-
enden ging sie ihm im gerichtsmedizinischen Labor zur Hand.
Intelligenz lag bei ihm in der Familie, alle seine Töchter waren
in ihrem Studium überdurchschnittlich erfolgreich. Aber diese
Intelligenz hatte ihren Preis. Emily war eigensinnig, und er
musste jedes Quäntchen seiner beträchtlichen Geduld aufwen-
den, um seine Mädchen bei Laune zu halten. Wenn er ihnen zu
viel verbot, würde das ihre Wissbegier zügeln, wenn er ihnen zu
viel erlaubte, würden sie garantiert in Schwierigkeiten geraten.
Seit seine Frau einige Jahre zuvor an Krebs gestorben war, fand
er es oft schwieriger, als er sich eingestehen wollte, hier das richtige Gleichgewicht zu finden. Glücklicherweise hatte Emily in
Jenna eine gute Freundin gefunden. Seine Chefin war fast so
etwas wie eine große Schwester für Emily. Sie hatten sich
während Kanes Genesung im Krankenhaus angefreundet, und
Jenna als Vorbild zu haben, konnte ihr nur nützen.

»Wie gehen wir vor?«, fragte Emily und schaute ihn an.
»Sie ist neunzehn, wir brauchen also nicht die Zustimmung
ihrer Eltern, um sie zu untersuchen.«

Er wandte sich ihr zu. »Wir gehen ganz vorsichtig vor.
Bisher können wir die junge Frau gar nicht einschätzen. Sie hat
Deputy Rowley gesagt, dass sie Zeugin eines Mordes war. Wir
müssen die Blutspritzer an ihr untersuchen, um festzustellen,
ob sie an der Tat beteiligt war.«

»Soll ich Proben nehmen oder nur zuschauen?« Emily
faltete die Hände in ihrem Schoß. »Oder soll ich mit ihr sprechen, von Frau zu Frau? Sie ist etwa so alt wie ich, vielleicht
kann ich etwas aus ihr herausquetschen. Denk dran, du wirkst
auf die meisten Leute eher einschüchternd.« Sie lächelte ihn
an. »Wenn du mir zum ersten Mal begegnen würdest, würde
ich auch Reißaus nehmen.«

Wolfe bog auf den Highway ein und fuhr in Richtung
Krankenhaus. »Wir sind zu einer gerichtsmedizinischen Untersuchung dort, also möchte ich, dass du ihr beim Entkleiden

zusiehst und ihre Kleidung einsammelst. Sag ihr so wenig wie möglich. Ich nehme ihre Aussage auf, und ich bin mir ziemlich sicher, dass Sheriff Alton sie später befragen will.«

»Jenna fühlt sich immer noch krank. Ich habe sie vorhin angerufen, und sie meinte, die Ärztin hätte ihr eine Penizillinspritze gegeben.« Emily runzelte die Stirn. »Da Kane auch zu Hause ist, bist du wohl der ranghöchste diensthabende Beamte.« Trotzig reckte sie den Unterkiefer vor. »Damit hast du das Recht, das Kommando zu übernehmen.«

Wolfe wischte sich mit der Hand über das Gesicht und zwang sich, seine Konzentration auf die gefährlich rutschige Straße zu richten. »Nicht nötig. Jenna ist durchaus in der Lage, eine Suche von zu Hause aus zu organisieren. Rowley leitet für sie vor Ort die Dienststelle, und im Moment macht er seine Sache sehr gut. Ich muss mir nicht noch zusätzliche Arbeit aufhalsen, Emmy. Ich habe so schon kaum noch Zeit für dich und die Mädchen.« Er warf ihr einen flüchtigen Blick zu. »Ich möchte nur, dass du dir das Verfahren der Beweisaufnahme anschaust, okay?«

»Na klar.« Emily schmollte. »Wenn du das sagst.«

Wolfe hielt auf dem für Polizeifahrzeuge reservierten Parkplatz und kletterte aus dem Wagen. Er holte seine Tasche vom Rücksitz, dann wandte er sich an Emily. »Sie ist auf der Sicherheitsstation, und Rowley sollte bei ihr sein.« Er trat über einen Haufen grauen, gefrorenen Schnee, den der Schneepflug aufgeworfen hatte, und reichte Emily die Hand.

Sie betraten das Krankenhaus und fuhren mit dem Aufzug in die für Unbefugte gesperrte Etage. Das Sheriff's Department hatte in den letzten Monaten einige Änderungen vornehmen lassen, um die Sicherheit aller Personen auf dieser Etage zu verbessern. An jeder Tür war nun ein Scanner angebracht, und für jedes Zimmer und jeden Flur brauchte man eine Karte, um Zutritt zu erhalten. Niemand konnte ein Zimmer betreten, ohne dass ein Deputy anwesend war. Als er einen Deputy aus

Blackwater erblickte, musste Wolfe lächeln. Obwohl Jenna krank und ihre Abteilung unterbesetzt war, hatte sie dafür gesorgt, dass das Mädchen rund um die Uhr bewacht wurde.

Ein Arzt, der mit Rowley vor einem Untersuchungsraum wartete, warf Wolfe einen verärgerten Blick zu. »Mr. Wolfe, ich muss protestieren. Meine Patientin ist seit ihrer Ankunft nicht behandelt worden«, sagte der Arzt. Sein Gesicht war rot vor Zorn. »Ich muss die Fürsorgepflicht aufrechterhalten, aber Deputy Rowley besteht darauf, dass Sie sie zuerst untersuchen. Dazu haben Sie kein Recht. Sie ist ein lebendiger Mensch, keine Leiche. Sie könnte Erfrierungen erlitten haben.«

Wolfe richtete sich auf. »Bei jedem Verbrechen habe ich als Gerichtsmediziner das Recht, potenzielle Verdächtige zu untersuchen und Beweismaterial zu sammeln. Sie wissen doch bestimmt, dass Deputy Rowley mit Miss Tate gesprochen hat, und er hat mir versichert, dass sie keiner dringenden medizinischen Behandlung bedarf. Der Lastwagenfahrer, der sie gefunden hat, hat ihr ein heißes Getränk und eine Decke gegeben – was leider schon jegliche Spuren eines Dritten bei diesem Verbrechen kontaminiert hat.« Er warf dem Arzt seinen besten abwehrenden Blick zu. »Ich muss ihre Kleidung unbedingt in situ untersuchen. Die Blutspritzer werden Aufschluss darüber geben, ob sie über die Entführung ihrer Freundin und den eventuellen Mord die Wahrheit sagt.« Er deutete in Richtung Tür. »Es wird nicht lange dauern, aber ich kann keine weitere Kontamination riskieren. Sie können gerne zusehen.«

»Ich werde warten.« Der Arzt lehnte sich gegen die Wand und verschränkte die Arme vor der Brust.

Wolfe zog Handschuhe und Jacke aus und wandte sich an Rowley. »Ich werde ab hier übernehmen. Hat Sheriff Alton angerufen?«

»Ich habe mit Kane gesprochen, kurz bevor Sie kamen«, sagte Rowley und senkte den Blick. »Ich fahre jetzt rüber, um mit Sky Pauls Eltern zu sprechen, und fahre dann zurück ins

Büro. Kane führt gerade einen Backgroundcheck zu Ella Tate durch, hat aber keinen Eintrag für ihre Familie gefunden. Würden Sie sie bitte nach den Kontaktdaten ihrer nächsten Angehörigen fragen?«

Wolfe nickte. »Mache ich. Halten Sie mich auf dem Laufenden, ich sorge dafür, dass alle eine Kopie meines Berichts bekommen.« Plötzlich kam ihm ein Gedanke. Er sah Rowley an. »Haben Sie sie über ihre Rechte belehrt?«

»Nee. Ich dachte, sie ist das Opfer.« Rowley wurde rot. »Sie ist in Gewahrsam, und Sie werden sie zu einem Verbrechen befragen, oder?«

»Ja. Aber so ist das übliche Verfahren. Der Letzte, der ein Opfer lebend gesehen hat, ist der erste Verdächtige, den wir uns anschauen.«

»Im Grunde weiß ich das ja, aber sie klang so überzeugend.« Rowley zuckte die Schultern. »Ich mach es jetzt schnell.«

Wolfe seufzte. »Nein, Sie haben genug zu tun. Ich erledige das. Sie sollten sich besser auf den Weg machen.«

»Ja, Sir.« Rowley machte auf dem Absatz kehrt und ging zum Aufzug.

Wolfe wandte sich an Emily. »Ich werde nach der Untersuchung Miss Tates Aussage aufnehmen, aber ich möchte, dass du unser Gespräch von dem Moment an, in dem wir den Raum betreten, mitschneidest.« Er öffnete seine Tasche und reichte ihr sein Diktiergerät.

»Okay.« Emily nahm ihm das Gerät ab.

Im Untersuchungsraum angekommen, stellte Wolfe sich und Emily vor. Er zog ein Paar Latexhandschuhe an und setzte sich eine OP-Maske auf. »Ich werde Ihre Aussage aufnehmen«, sagte er. »Stört es Sie, wenn ich zuerst ein paar Fotos von Ihrem Gesicht und Ihrer Kleidung mache und Proben nehme?«

»Nein, machen Sie, was Sie wollen, wenn wir dadurch Sky schneller finden.«

Wolfe ging um sie herum und betrachtete die Kratzer in ihrem Gesicht und die Blutspritzer an ihrer linken Seite, an ihrer Wange und ihrem linken Handschuh. Falls sie Linkshänderin war, konnte sie die Mörderin sein. »Sie haben sicher Hunger«, sagte er und holte einen Schokoriegel aus der Tasche. »Ich habe bei so einem Wetter ständig Hunger.« Er reichte ihr den Schokoriegel. Sie nahm ihn mit der linken Hand.

»Danke.« Ella warf ihm einen fragenden Blick zu. »Ich hatte gehofft, dass das Krankenhaus mir bald etwas zu essen gibt.«

Wolfe lächelte. »Sie bekommen etwas, sobald ich hier fertig bin. Bevor wir anfangen, muss ich Sie laut Gesetz noch über Ihre Rechte belehren.« Nachdem er damit fertig war, holte er seine Kamera aus der Tasche. »Haben Sie Ihre Rechte verstanden?«

»Ja, aber Sie verhaften mich doch wohl nicht, oder?« Ella starrte ihn mit großen Augen an. »Ich habe nichts getan, ich brauche keinen Anwalt. Was sollte das mit den Rechten? Ich bin doch eines der Opfer. Ich verstehe das alles nicht.«

»Ich bin Polizeibeamter und nehme Sie bis auf Weiteres in Gewahrsam. Ich werde Ihnen Fragen zu einem Verbrechen stellen. Eine junge Frau wird vermisst, wir müssen davon ausgehen, dass sie ermordet wurde. Und da Sie die letzte Person sind, die sie lebend gesehen hat, möchte ich Sie davor bewahren, dass Sie sich selbst belasten.« Wolfe ging um sie herum und machte Fotos von den Blutspritzern. »Sind Sie Linkshänderin, Miss Tate?«

»Ja, warum?« Ella schaute ihn unter der Kapuze ihrer Jacke hervor an. »Mir ist sehr warm. Kann ich denn die Jacke und die Handschuhe jetzt endlich ausziehen?«

Wolfe hob Ellas Arm an. »Strecken Sie den Arm aus, und drehen Sie ihn in beide Richtungen.« Er schoss Fotos. »Ich muss noch ein paar Abstriche von Ihrem Gesicht machen, dann bringe ich Ihre Kleidung ins Labor. Die Klinik stellt Ihnen

einen Krankenhauskittel und einen Morgenmantel zur Verfügung, bis Ihre Familie eintrifft.«

»Aber vorsichtig bitte. Auf diese Jacke habe ich ewig
gespart.« Zornig blitzten Ellas Augen. »Meine Stiefel haben
zweihundert Dollar gekostet.«

»Willst du die wirklich noch tragen, wenn da das Blut
deiner Freundin dran ist?«, fragte Emily und trat näher an sie
heran. »Oder hast du noch gar nicht mitbekommen, dass du voll
mit Blut bist?«

»N…Nein.« Ella starrte auf ihren Arm. »Wo denn?«

»Die ganze linke Seite.« Emily runzelte die Stirn. »Ich
fürchte, deine Klamotten sind hin.«

Wolfe beobachtete genau die Reaktion der jungen Frau.
»Haben Sie eine Nummer, die wir anrufen können, um Ihrer
Familie mitzuteilen, wo Sie sind?«

»Das geht nicht«, antwortete Ella und sah ihn trotzig an.
»Mein Bruder ist vor ein paar Wochen zu seinem Militäreinsatz
aufgebrochen. Deshalb wollte ich die Feiertage mit Sky verbringen. Weihnachten in Black Rock Falls soll beeindruckend sein,
aber es ist ganz schön kalt.«

»Es ist wirklich kalt hier.« Wolfe zuckte die Schultern.
»Falls nötig, kann ich Ihrem Bruder eine Nachricht zukommen
lassen. Ich bin sicher, dass er von Zeit zu Zeit mit Ihnen zoomen
darf?«

»Selbst wenn er das dürfte, würde ich es Ihnen nicht
sagen.« Ella warf ihm einen missbilligenden Blick zu. »Bitte
fragen Sie mich nicht noch einmal.«

Wolfe nickte. Er wusste genau, welche Sicherheitsvorkehrungen bei Militäreinsätzen üblich waren. »Verstehe.« Er holte
ein Spurensicherungs-Set aus seiner Tasche. »Ich werde ein
paar Proben von Ihrem Gesicht und Ihren Händen nehmen.
Keine Angst, es tut nicht weh.«

»Okay.« Ella drehte ihm ihr Gesicht zu.

»Ich leihe dir gerne ein paar von meinen Sachen«, sagte

Emily und lächelte sie an. »Wir haben ungefähr die gleiche Größe.«

»Meine Tasche ist in Skys Auto. Kannst du vielleicht meine Sachen herbringen, wenn ihr es gefunden habt?« Ella schaute sie hoffnungsvoll an. »In ihrem Auto ist so ziemlich alles, was ich besitze. Mein Handy muss auch da drin sein. Ich habe es im Auto nach dem Mann geworfen, und es ist an ihm abgeprallt und auf den Boden gefallen. Es ist rosa, und auf der Hülle steht mein Name in Strasssteinen.«

Wolfe ging um sie herum und nahm Proben des getrockneten Blutes von ihrem Gesicht und ihrem Hals. »Sie haben meinem Deputy gegenüber erwähnt, dass Skys Auto am Morgen verschwunden war. Vielleicht ist es unter einer Schneewehe verborgen. Wenn Sie mir Ihre Handynummer geben, dann gebe ich sie an die Polizisten weiter, die nach dem Auto suchen. Vielleicht hören sie es ja unter dem Schnee klingeln.«

»Gerne.« Ella sagte zweimal ihre Nummer auf, während Emily sie den Kontakten auf ihrem Handy hinzufügte.

Wolfe wandte sich an seine Tochter. »Ruf Webber an, und gib ihm die Nummer durch.«

»Okay«, sagte Emily und ging hinaus auf den Flur.

Wolfe steckte die Wattestäbchen in Plastiktütchen und beschriftete sie. Dann reichte er Ella mehrere große Plastiktüten. »Das Bad ist da drüben.« Er deutete auf eine Tür. »Wenn Emily zurückkommt, möchte ich, dass Sie unter ihrer Aufsicht all Ihre Kleidung in die Plastiktüten stecken. Ihre Unterwäsche können Sie anbehalten. Ich glaube nicht, dass das Blut bis dahin durchgedrungen ist.«

»Bestimmt nicht. Ich habe mehrere Schichten Kleidung unter meiner Jacke an. Thermosachen. Es hat nicht alles in meine Reisetasche gepasst, deshalb habe ich den Rest einfach angezogen. Wenn da kein Blut dran ist, kann ich die dann nicht auch behalten?«

Wolfe rieb sich das Kinn. *Das erklärt, warum sie nicht erfroren ist.* »Wenn Sie einverstanden sind, dass Emily Ihre Kleidung erst untersucht, um das zu entscheiden, dann können Sie alles behalten, was keine Blutspuren aufweist.«

»Prima.« Ella schaute zu Boden, dann hob sie langsam den Blick und sah ihm ins Gesicht. »Darf ich duschen?«

»Ja, aber erst mal möchte ich mir noch Ihre Hände anschauen.« Wolfe wartete, bis sie die Handschuhe ausgezogen hatte, und untersuchte dann ihre Hände auf Anzeichen von Erfrierungen oder Spuren von Blut. Er fand keine. Er begegnete ihrem Blick. »Okay, danke. Wenn Sie fertig sind, werde ich Ihre Aussage aufnehmen.«

Emily kam zurück ins Zimmer und ging mit Ella ins Bad. Kurz darauf brachte sie die Tüten mit der Kleidung heraus und wartete vor der Tür vom Bad auf Ella, die jetzt duschte.

Wolfe ging hinaus auf den Flur und rief Jenna an. »Rowley ist auf dem Weg, um sich mit Sky Pauls Eltern zu unterhalten. Ich warte darauf, dass ich die Aussage von Ella Tate aufnehmen kann.«

»*Was haben Ihnen die Blutspritzer verraten?*«, fragte Jenna und räusperte sich. »*Opfer oder Verdächtige?*«

Wolfe stieß einen langen Seufzer aus. »Ich tendiere zu Verdächtige. Die Blutspritzer würden passen, und sie verhält sich überhaupt nicht wie jemand, der gerade ein Trauma erlitten hat. Sie ist eher feindselig als erschüttert oder geschockt. Dass ihre teure Kleidung blutverschmiert ist, scheint sie mehr zu kümmern als die Tatsache, dass jemand vor ihren Augen ihre Freundin ermordet hat. Und noch etwas: Sie hat keinerlei Erfrierungen. Wenn man bedenkt, dass sie sich während eines Schneesturms sechs Stunden lang auf einem Baum versteckt haben will, ist das schon ziemlich seltsam. Allerdings trug sie mehrere Schichten Thermokleidung, zwei Paar Socken übereinander und pelzgefütterte Stiefel.«

»*Wenn auf dem Baum über ihr eine geschlossene Schnee-*

decke lag, könnte sie sich so warmgehalten haben.« Jenna musste husten. »*Entschuldigung*«, keuchte sie. »*Wo war ich? Ach ja, ich weiß zum Beispiel, dass sich kleine Tiere im Schnee eingraben, um zu überleben, das ist schon möglich.*«

Emily tauchte auf und winkte ihn zur Tür. »Ich muss wieder rein, Ma'am. Ich rufe Sie an, wenn ich mehr Informationen habe.« Er trennte die Verbindung.

SECHS

Sky Paul versuchte verzweifelt, sich an die Oberfläche ihres Bewusstseins zu kämpfen. Flüchtige Erinnerungen meldeten sich, von einer dunklen Straße in der Nacht und von jemandem, der sie schlug. Sie spürte, dass sie im Bett lag. Vielleicht war das alles nur ein böser Traum und sie war zu Hause. Sie versuchte, die Augen zu öffnen, aber der Traum zog sie zurück in die Dunkelheit, und so döste sie an dem entspannenden Punkt zwischen Schlaf und Wachsein. Eine Erinnerung nagte an ihr, und sie bemühte sich zu begreifen, was sie bedeutete. Irgendwo in den Tiefen ihres Geistes schwebte ein Albtraum. Hatte sie sich den Mann am Straßenrand und den plötzlichen stechenden Schmerz in ihrem Kopf nun eingebildet oder nicht? Sie wusste noch, dass sie mit Ella nach Black Rock Falls gefahren war, hatte aber keine Erinnerung daran, wie sie heimgekommen war. Einige Teile des Puzzles passten nicht zusammen, und sie wurde das beängstigende Gefühl nicht los, dass irgendetwas hier ganz und gar nicht stimmte. *Ich muss aufwachen.*

Sie fiel wieder in einen tiefen Schlaf und wachte einige Zeit später mit pochenden Kopfschmerzen auf. Die Erinnerung an die Kopfverletzung war also real. Ihre Zunge klebte am Gaumen. Sie konnte sich nicht daran erinnern, dass sie je so durstig gewesen war. Endlich öffnete sie die Augen. Das Erste, was sie sah, war ein Beutel mit Flüssigkeit, der an einer Stange neben ihrem Bett hing. Dann hörte sie eine Maschine piepen. *Ich bin in einem Krankenhaus.* Vorsichtig drehte sie ihren pochenden Kopf. Im Bett neben ihr lag eine junge Frau, die an eine Reihe von Geräten angeschlossen war. Sie war etwa in ihrem Alter und hatte dunkles Haar. Eine Hand mit leuchtend rosa Nagellack ruhte auf dem Laken.

Sky versuchte, sich im Gesicht zu berühren, aber es gelang ihr nicht, die Arme zu heben. War sie durch den Schlag auf den Kopf etwa gelähmt? Sie versuchte, mit den Fingern zu wackeln, und sie gehorchten. Als sie an sich hinunterblickte, sah sie, dass ihre Handgelenke mit Gurten an den Stangen seitlich am Bett fixiert waren. Sie versuchte, sich zu befreien, aber es ging nicht. Panik stieg in ihr auf. »Schwester, ich brauche Hilfe.« Ihre Stimme klang wie ein trockenes Quieken.

Sie hörte Schritte, dann trat eine Gestalt in ihr Blickfeld. Es war ein Mann in grüner OP-Kleidung. Kittel, Haube und Maske. Sky blinzelte ihn an. »Ich habe solchen Durst. Was ist denn mit mir?« Sie wand sich. »Warum bin ich gefesselt?«

»Beruhigen Sie sich, Sky. Es wird alles wieder gut. Sie hatten einen Autounfall, und ich kann Ihnen jetzt noch nichts zu trinken geben. Die Gurte sind zu Ihrer eigenen Sicherheit.« Aus einer Schale neben dem Bett nahm er eine Spritze und injizierte eine Flüssigkeit in den Schlauch, der in ihrem Arm endete. »Schlafen Sie jetzt weiter.«

Ein warmes Leuchten breitete sich in ihr aus, und sie schloss die Augen, doch da vernahm sie plötzlich eine raue Stimme, die sie schon einmal gehört hatte. Sie war mit einem Schlag wieder wach.

»Ich hab doch gesagt, sie soll im künstlichen Koma bleiben und an die andere Maschine angeschlossen werden!« Über ihr stand jetzt ein anderer Mann, ebenfalls im grünen OP-Kittel. Das war die Stimme aus ihrem Albtraum! Alle Haare an ihrem Körper standen zu Berge.

Der Mann klang ungeduldig. »Und bevor ihr heute nach Hause geht, stellt den Müll neben die Hintertür. Ich entsorge den dann später.«

Verwirrung und Angst packten sie. Was war denn bloß passiert? Keiner hatte ihr etwas erklärt. Wo war Ella? Sky kämpfte darum, wach zu bleiben, aber gegen das Medikament, das durch ihre Adern floss, kam sie nicht an. Der Schmerz verschwand, und Dunkelheit umgab sie.

SIEBEN

Er nahm Trudys entsetzten Gesichtsausdruck in sich auf und lächelte, als das Medikament seine Wirkung entfaltete. Frauen zu entführen und zu töten gab ihm so viel Kraft, dass es zu einem unstillbaren Bedürfnis für ihn geworden war. Er hatte nie gewöhnliche Gefühle gehabt, egal in welcher Form, und in den fünfundvierzig Jahren seines Lebens hatte er nur drei Menschen kennengelernt, denen er vertrauen konnte.

Es machte ihm Spaß, seine Opfer glauben zu lassen, sie seien in einem Krankenhaus in Sicherheit, und dann den Schock in ihren Gesichtern zu sehen, wenn sie merkten, dass das ganz und gar nicht stimmte und sie ihm hilflos ausgeliefert waren. Er tötete sie ganz langsam und genoss jeden Moment. Sobald sie tot waren, dachte er nicht mehr an sie. Keine Gewissensbisse zu haben war eine Gabe, die er sehr schätzte. Er hatte das von seinem Vater geerbt.

Als Kind hatte der Sohn eines Viehzüchters regelmäßig verwaisten Kälbern die Flasche geben dürfen. Doch als er zehn Jahre war, zwang sein Vater ihn, genau jene Tiere zu schlachten. Er fand das gar nicht schlimm, im Gegenteil, es war aufregend. Er hatte noch genau die Worte seines Vaters im Ohr. *Du bist wie ich, mein Sohn. Das macht uns nichts aus.*

Der Tod seines Vaters hatte ihm ebenfalls nichts ausgemacht.

Er setzte seine OP-Maske auf und zog den Vorhang, der das Bett umgab, zur Seite. Das war also Sky. Inzwischen würden die Nachrichten melden, dass sie verschwunden war. Dass ihre Freundin mit im Auto gesessen hatte, hatte alles verdorben. Er hätte sie ebenfalls mitgenommen, wenn die dumme Schlampe nicht weggelaufen wäre. Aber Ella Tate hatte ihm auf ihrem Handy alle Informationen hinterlassen, die er brauchte.

Junge Leute posteten alles online, was sie vorhatten. Jeder sollte mitbekommen, wohin sie unterwegs waren und was sie gerade taten. Er gab sich im Internet als junger Mann von Anfang zwanzig aus und hatte inzwischen dreitausend Freunde. Es war ein Leichtes gewesen, herauszufinden, wann Sky das College verlassen würde, um nach Hause zu ihren Eltern zu fahren. Um 23 Uhr hatte sie vom Blackwater Roadhouse aus ein Selfie gepostet, da hatte er gewusst, dass er genügend Zeit haben würde, um zum Highway zu fahren und auf sie zu warten. Dummerweise hatte Sky nirgendwo erwähnt, dass sie Ella mit nach Black Rock Falls nehmen würde.

Er ging hinüber in das kleine Büro neben der Krankenstation und setzte sich an den Computer. Wenige Minuten später hatte er ein paar Posts von Ella gefunden und schickte ihr eine Freundschaftsanfrage. Bald würde sie der Welt – und ihm – mitteilen, wo sie sich gerade befand und was sie tat. Das war längst Teil der neuen Kultur. Verdammt, die Leute posteten sogar Bilder von ihrem Essen. Er grinste. »Okay, Ella, ich warte einfach, bis du zu mir kommst.« Er fuhr den Rechner herunter und schlenderte hinaus auf die Station, um sich seinen Neuzugang noch einmal anzuschauen. *Das Leben wird immer einfacher.*

ACHT

Jennas Tag wurde von Sekunde zu Sekunde unerfreulicher. Sie hatte die Aussage von Ella Tate fertig durchgelesen, aber Wolfe ging nicht an sein Handy. Wie sollte sie von zu Hause aus eine Untersuchung leiten, wenn man sie nicht auf dem Laufenden hielt? Sie rief erneut auf seinem Handy an und hinterließ eine Nachricht. Eigentlich schaltete Wolfe sein Handy nur während einer Autopsie aus, aber da niemand den Fund einer Leiche gemeldet hatte, kam das nicht infrage, und sie hatte keine Ahnung, was sonst der Grund sein konnte. Zumal Wolfe eigentlich immer, wenn er nicht erreichbar war, seine Anrufe zur Sicherheit auf Kanes Handy umleitete – allein schon, weil er sich ständig Sorgen um seine Töchter machte. Doch Kanes Telefon klingelte nicht.

Sie strich sich eine Haarsträhne aus dem Gesicht und lehnte sich in die Kissen zurück. Solange sie nichts von ihren Deputys hörte, konnte sie nichts tun, außer zu warten. Als sie Kanes Schritte auf dem Flur hörte, schaute sie zur Tür. Er war ein bemerkenswert geduldiger Patient gewesen, und seit sich der Spieß umgedreht hatte, erwies er sich als fürsorglicher Krankenpfleger. Auch wenn er seit seinem Gedächtnisverlust immer wieder einmal denselben leeren Blick hatte wie damals, vor über einem Jahr, als er nach Black Rock Falls gezogen war. Sie nahm an, dass ihn die erneute frische Erinnerung an den gewaltsamen Tod seiner Frau quälte. Jenna würde versuchen, ihn so gut wie möglich zu unterstützen und ihm eine gute Freundin zu sein. Sie verstand, was in ihm vorging, schließlich hatte auch sie alle Menschen verloren, die sie geliebt hatte. Er würde Zeit brauchen, um sich geistig und körperlich zu erholen. Als er mit zwei Bechern dampfendem Kaffee in der Tür erschien, lächelte sie ihn an. »Danke sehr. Haben Sie die Aussage von dem Mädchen gelesen, die Wolfe geschickt hat?«

»Ja, und der Menge an Blut, das an Tate klebte, nach zu urteilen, dürfte Sky Paul den ersten Angriff kaum überlebt haben. Wenn es noch einen zweiten gab, wie Tate andeutete, suchen wir definitiv nach einer Leiche. Wenn der Mann sie am Straßenrand hat liegen lassen, kann sie den Schneesturm unmöglich überlebt haben.« Kane seufzte. »Ich bin übrigens fertig mit dem Background-Check.« Er stellte beide Becher auf dem Nachttisch ab und ließ sich vorsichtig auf dem Stuhl neben ihrem Bett nieder. »Ella Tate war ein verhaltensauffälliger Teenager und geriet in schlechte Gesellschaft, aber als ihre Eltern starben, zog sie zu ihrem Bruder, und seitdem scheint sie ihr Leben auf die Reihe bekommen zu haben. Ihr Bruder ist bei den Navy SEALs, und wenn er im Einsatz ist, ist sie auf sich allein gestellt. Weitere Verwandte gibt es nicht. Offenbar befindet er sich auch jetzt gerade auf einem Auslandseinsatz, weshalb sie geplant hatte, Weihnachten zusammen mit Sky bei deren Familie zu verbringen. Ich würde sie gerne befragen und herausfinden, was in ihrem Kopf vor sich geht. Ihre Geschichte liest sich fast wie ein Roman.«

Jenna seufzte. »Wolfe macht sich Sorgen. Den Blutspritzern auf ihrer Kleidung nach zu urteilen, könnte sie es selbst gewesen sein, die ihre Freundin verletzt hat, sonst haben wir nichts.« Sie kaute auf ihrer Unterlippe und dachte nach. »Ich habe ihn viermal angerufen, aber er geht nicht ran. Das sieht ihm gar nicht ähnlich. Wenn er verhindert ist, warum werden seine Anrufe dann nicht auf Ihr Telefon umgeleitet?«

»Ich schätze, er leitet sie im Moment zu Webber um«, sagte Kane und zuckte die Schultern. »Aber warum er sich nicht bei Ihnen meldet, weiß ich nicht.«

Plötzlich wurde ihr klar, was los war. »Jetzt weiß ich: Webber ist mit Walters unterwegs und sucht nach dem Opfer und ihrem Auto. So weit von der Stadt entfernt hat er keinen Empfang, und ich schätze mal, Rowley hat das Satellitentelefon in seinem Auto gelassen. Ich werde es später noch einmal versuchen. Sobald sie nachher um die Kurve kommen und an der Straße vorbeifahren, die zur Fleischfabrik führt, werden sie wieder Empfang haben.«

»Ich kontaktiere sie mal vom Funkgerät in Ihrem Wagen aus. Ich bezweifle, dass sie sich allzu weit von Walters Auto entfernen.« Kane erhob sich. »Wo ist der Autoschlüssel?«

Jenna öffnete die Schublade des Nachttischs und nahm ihr Schlüsselbund heraus. »Hier. Aber seien Sie vorsichtig auf der Treppe.«

Sie sah ihm durch die offene Tür zu, wie er sich seine Jacke anzog und die Kapuze über die Wollmütze warf, bevor er mit Duke das Haus verließ. Kane war wieder besser zu Fuß, aber die starken Kopfschmerzen, die er bekam, sobald er in die Kälte hinausging, konnte er nicht verbergen.

Nach fünf Minuten kam er zurück, und sie konnte hören, wie er den Schnee aus seiner Jacke klopfte und die Stiefel auszog. Sie nahm ihren Kaffeebecher in die Hand und nippte daran. Augenblicke später betrat er ihr Zimmer.

»Sie haben keine Spur von der vermissten Frau oder dem Fahrzeug gefunden. Auch vom Hubschrauber aus wurde nichts gesichtet. Der Hubschrauber hat meilenweit in alle Richtungen gesucht und ist jetzt zur Basis zurückgekehrt. Der Schneepflug hat von den Koordinaten aus, die der Brummifahrer Rowley gegeben hat, die Straße in beide Richtungen mehrere Kilometer weit geräumt.« Kane setzte sich und griff nach seinem Kaffee. »Die Jungs mit den Schneemobilen haben den Wald und die alte Scheune, die in der Aussage erwähnt wurde, gefunden. Sie sind auf dem Weg zu den Bäumen den Zaun abgegangen, haben aber nichts gefunden, was am Stacheldraht hängen geblieben wäre.«

Jenna seufzte. »Es müssten aber Fasern am Stacheldraht sein, wenn sie mit der Jacke daran hängen geblieben ist, wie sie sagt, es sei denn, der Schnee hat sie irgendwie weggewaschen.«

»Ich glaube kaum, dass der Schnee da etwas ausmachen würde. Webber hat es selbst überprüft, und ich bezweifle, dass er Spuren übersehen würde.« Er seufzte. »Die sind jetzt schon seit Stunden da draußen. Ich habe ihnen gesagt, sie sollen für heute Schluss machen und in die Dienststelle zurückkehren. Der Hubschrauber wird bei Tagesanbruch mit dem Rest des Teams wieder rausfliegen, um weiterzusuchen, aber die Chancen, etwas zu finden, sind quasi null, zumal es schon wieder schneit.«

Jenna nickte. »Danke. Ich nehme an, Rowley wird sich bald melden. Den beneide ich gerade wirklich nicht um seinen Job.«

Wie aufs Stichwort klingelte wenige Augenblicke später Jennas Handy. Sie nahm es in die Hand und stellte es auf Lautsprecher. »Was haben Sie für mich, Rowley?«

»*Das letzte Mal, dass Mrs. Paul Kontakt mit Sky hatte, war um 23 Uhr. Sie rief an, um ihr mitzuteilen, dass sie das Blackwater Roadhouse erreicht hätten, da wollten sie tanken und sich etwas zu essen holen. Sie meint, ihre Tochter hätte verärgert geklungen.*«

Jenna tauschte einen Blick mit Kane. »Hat sie gesagt, warum?«

»*Ja, sie und Ella haben sich über Skys Bruder gestritten. Sie ist nicht weiter ins Detail gegangen, meinte aber, der Streit wäre ziemlich heftig gewesen. Sky hat ihrer Mutter gesagt, sie würde am liebsten allein weiterfahren und Ella an der Raststätte stehen lassen.«*

»Wir brauchen die Handynummer von Sky. Falls ihr Handy eingeschaltet ist, können wir es vielleicht orten und sie so lokalisieren.«

»Die steht im Bericht. Ich bin im Büro und schicke Ihnen die Akte jetzt rüber. Ich habe eine Fahndung nach Sky, ihrem Auto und dem Mann herausgegeben, so wie Ella ihn mir beschrieben hat. Ich schreibe jetzt noch einen Bericht für die Presse, dann bin ich fertig hier. Alle Anrufe werden auf Ihr Handy umgeleitet, Ma'am. Kann ja sein, dass jemand etwas gesehen hat. Kann ich sonst noch etwas tun, Ma'am?«

Jenna tippte sich auf die Unterlippe und dachte nach. »Haben Sie Wolfe heute Nachmittag gesehen?«

»Ja.« Rowley holte tief Luft. *»Er ist bei den Pauls zu Hause und nimmt Blutproben, ich glaube, um sie mit dem Blut an Ella Tate abzugleichen.«*

Jenna stieß einen Seufzer der Erleichterung aus. »Walters und Webber sind auf dem Weg zurück ins Büro. Sobald sie zu Mittag gegessen haben, schicken Sie bitte Webber ins gerichtsmedizinische Labor, um Wolfe zu helfen. Sie können dann die Dienststelle zumachen. Es soll ja schon wieder ein Schneesturm kommen.«

»Soll ich Wolfe bitten, die Handys zu lokalisieren?«, fragte Rowley zögerlich. *»Oder soll ich im Blackwater Roadhouse anrufen und nachhaken?«*

Jenna warf Kane einen Blick zu. »Nein, ist schon okay. Kane wird die Handys von hier aus orten können. Ich rufe im Blackwater Roadhouse an und horche nach, ob man da von dem Streit der beiden etwas mitbekommen hat. Wenn Sky es so schlimm fand, dass sie es ihrer Mutter gegenüber erwähnt hat, ging es vielleicht etwas lauter zur Sache.« Sie wandte sich ab, um zu husten. »Darf ich Sie noch um einen persönlichen Gefallen bitten?«

»*Klar doch.*«

»Würden Sie auf dem Heimweg meine Medikamente aus der Apotheke abholen?«

»*Ja, Ma'am.*« Damit legte er auf.

Ihr Handy und das von Kane piepten unisono. »Das wird die Akte sein«, sagte sie und lächelte Kane an. »Na los, zeigen Sie, was Sie draufhaben!«

»Ja, Ma'am.«

NEUN

Es war ein Albtraum. Dass ihre Gliedmaßen so schwer waren und dass sie nicht in der Lage war, die Augen zu öffnen, konnte nur bedeuten, dass das alles nicht real war. Sky versuchte aufzuwachen, aber genau wie damals, wenn sie als Kind einen Albtraum gehabt hatte, weigerten sich ihre Augen, sich zu öffnen. Irgendwo gerade außerhalb ihrer Reichweite hörte sie leises Gemurmel, und helle Lichter leuchteten rot gegen ihre Augenlider. Sie versuchte zu sprechen, aber ihr Mund wollte keine Worte formen. In ihren Ohren klang ein seltsames Summen, und ganz in der Nähe hörte sie ein langsames, regelmäßiges Piepsen.

Sie versuchte, ihre Situation rational zu erfassen. Die Erinnerung an den Mann am Straßenrand, die Schmerzen in ihrem Kopf, dann die Klinik, wo sie aufgewacht war und man ihr gesagt hatte, dass sie operiert werden müsste. Sie erinnerte sich an die Kopfschmerzen und das Gefühl, zu schweben, nachdem der Pfleger etwas in den Schlauch in ihrem Arm injiziert hatte. Wenn sie sich an all diese Dinge erinnern konnte, träumte sie bestimmt nicht. *Warum kann ich dann die Augen nicht öffnen?* Die Stimmen kamen näher, und ein vertrauter Geruch rief eine weitere Erinnerung in ihr wach – aber war das eine Erinnerung oder ein Albtraum? Sie erinnerte sich an den Geruch des Mannes, der sie geschlagen und in seinen Wagen gezerrt hatte. In ihrer Panik setzte sie all ihre Kraft ein, aber ihre Augenlider flatterten nicht einmal. Jemand berührte ihr Gesicht, eine sanfte Berührung, fast eine Liebkosung, ihr Kopf wurde von einer Seite zur anderen bewegt, dann hörte sie eine Stimme.

»Ich weiß, dass du mich hören kannst.« Der Mann beugte sich über sie. »Ist das nicht lustig? Du findest die Drogen bestimmt super, oder? Zumindest einige davon.« Er gluckste. »Ich kann tun, was ich will. Ich kann dich schneiden oder dir alle Fingernägel ausreißen, und du musst daliegen und es über dich ergehen lassen. Macht dir das Angst, Sky?«

Innerlich schrie Sky auf. Vor Angst schlug ihr Herz so stark, dass das Piepen schneller wurde. Irgendjemand musste doch kommen und ihr helfen!

Sie hörte leise Schritte und eine Stimme, es war der Pfleger von vorhin. »Ist alles in Ordnung?« Er kam näher, und kühle Finger drückten gegen ihre Halsschlagader. »Vielleicht ist sie allergisch gegen die Medikamente.«

»Nee.« Die Stimme des Mannes schien jetzt noch näher. »Sie freut sich, mich zu sehen, das ist alles.«

Voller Angst versuchte Sky, zu rufen und dem Pfleger mitzuteilen, dass es ihr nicht gut ging, aber sie konnte keinen einzigen Muskel bewegen. Was geschah hier mit ihr? Dann hörte sie ein Kichern, und ein heißer Atem, der nach Zwiebeln roch, strich ihr über das Gesicht. Sie wollte sich wegdrehen, aber ihre Muskeln waren wie eingefroren.

»Er kann dir nicht helfen, Sky. Er gehört mir.« Der Mann beugte sich näher und flüsterte ihr ins Ohr. »Vielleicht behalte ich dich zwei oder drei Tage hier, bevor ich dich töte. Oder dein ganzes Leben lang. Wäre das nicht ein Riesenspaß?«

ZEHN

MONTAG

Kane war mir der Geduld am Ende. Er wollte – nein, er *musste* wieder zur Arbeit gehen. Wenn er sich noch länger rund um die Uhr im Haus verkroch, würde er wahnsinnig werden. Er hatte den ganzen Sonntag damit zugebracht, Handys zu orten und die Ermittlungen zu unterstützen, wo er nur konnte. Aber er musste einfach eine Weile raus hier. Die Suche nach Sky Paul hatte nichts ergeben. Der Suchtrupp hatte sogar diverse Fabriken in der Umgebung überprüft, aber auch dort keine Anzeichen von Leben gefunden. Über die Feiertage waren sie geschlossen. Mehrere Meter hohe Schneeverwehungen bedeckten beide Seiten des Highways, und da noch mehr Schnee vorhergesagt war, hatten sie keine Chance, Sky oder ihr Auto zu finden, bevor es im Frühjahr taute. Nachdem er ein anstrengendes Krafttraining absolviert hatte, probierte er ein paar Tritte gegen den Boxsack. Sein Knie machte gut mit. Die Rekonstruktion der gebrochenen Gelenkfläche hatte zwar die Beweglichkeit beeinträchtigt, aber wenn er seine Haltung ein wenig anpasste, wäre er immer noch in der Lage, hart genug zu treten, um jemanden zu Fall zu bringen. Nur die Drehungen würden ein Problem darstellen. Mit dem rekonstruierten Knie und den geflickten Sehnen würde sein Bein nie wieder hundertprozentig fit sein. »Dann muss ich eben umso härter zuschlagen.« Er prügelte auf den Sandsack ein und hörte gar nicht, wie Jenna in den Kraftraum kam.

»Wenn Sie noch härter zuschlagen, ist der Sandsack bald dahin.« Sie warf ihm einen langen, nachdenklichen Blick zu. »Alles okay mit Ihnen?«

»Nein.« Er schnappte sich ein Handtuch von der Bank und trocknete sich das schweißnasse Gesicht. »Ich werde noch verrückt. Jetzt, wo es Ihnen besser geht, würde ich gerne wieder zur Arbeit gehen.«

»Was ist mit den Kopfschmerzen?« Jenna warf ihm einen strengen Blick zu. »Sie waren noch nicht lange genug draußen, um festzustellen, ob Sie mit der Kälte zurechtkommen.«

Kane zuckte die Schultern und sah auf seine Hände. »Doch, das war ich. Ich habe mich heute Morgen rausgeschlichen, um Rowley mit den Pferden zu helfen.« Er lächelte. »Glauben Sie mir, es ist nicht schlimmer als vorher, und wenn ich eine Wollmütze unter meiner Kapuze trage, bleibt mein Kopf schön warm.«

»Ich kann Sie nicht daran hindern, Dave, aber bitte halten Sie sich an Ihrem ersten Tag etwas zurück, und nehmen Sie Duke mit, sonst denkt er noch, Sie kämen nicht mehr wieder.« Jenna kraulte den Hund hinter den Ohren. »Er macht sich solche Sorgen um Sie.«

Kane sah in die traurigen Hundeaugen, die zu ihm hochschauten, und lächelte. »Mach dir keine Sorgen, Duke. Du kommst natürlich mit.« Er sah wieder zu Jenna. »Soll ich irgendetwas Bestimmtes erledigen?«

»Befragen Sie doch Ella Tate im Krankenhaus. Sie wird wegen möglicher Erfrierungen behandelt, damit haben wir einen Vorwand, sie länger dortzubehalten, ohne sie festzunehmen.« Jenna setzte sich auf die Bank und schaute ihn an. »Der Arzt hat noch nicht gesagt, dass er sie entlassen will, also haben wir noch mindestens einen Tag Zeit.« Sie seufzte. »Wolfe sollte das Blut von ihrer Kleidung inzwischen ausgewertet haben.«

Kane schlang sich das Handtuch um den Hals und nahm neben ihr Platz. »Es ist ja kein Geheimnis, dass es das Blut von Sky Paul ist, das hat Ella ja selbst gesagt«, sagte er und trocknete sein Gesicht. »Da wir die beiden Handys nicht orten können und niemand Sky oder ihr Auto gesehen hat, hat der Mörder – falls es stimmt, was sie erzählt hat – die SIM-Karten wahrscheinlich zerstört und das Auto irgendwo verschwinden lassen. Am Fluss sind diverse Wasserlöcher, und überall in der Gegend gibt es Minenschächte. Der Such- und Rettungsdienst hat die Industrieanlagen durchsucht und wird noch ein paar Tage weitersuchen, aber die machen sich keine großen Hoffnungen. Wenn das Fahrzeug bei diesem Wetter irgendwo da draußen ist, werden wir es bis zur Schneeschmelze garantiert nicht finden.« Er rieb sich die Schläfen.

»Das ist wohl wahr. Zumal ja weitere Schneestürme vorhergesagt sind.« Jenna runzelte die Stirn. »Ich weiß, Sie wollen das nicht hören, aber ich finde trotzdem, dass Sie noch nicht wieder voll einsatzfähig sind. Es ist einfach noch zu früh. Tun Sie mir den Gefallen, und warten Sie wenigstens noch einen halben Tag ab. Heute Nachmittag soll sich das Wetter wieder verschlechtern. Was, wenn Sie nachher in der Stadt festsitzen?«

»In dem Fall würde ich bei Rowley pennen.« Er wandte sich Jenna zu und sah ihre besorgte Miene. »Vorschlag zur Güte: Ich fahre nach dem Frühstück ins Büro und bin vor vierzehn Uhr wieder da, okay?«

»Meinetwegen. Übrigens, jetzt, wo Sie wieder arbeiten können, ziehen Sie wohl auch wieder in Ihr Cottage ein?« Sie schob sich eine Strähne hinters Ohr und hob fragend die Augenbrauen.

Kane starrte auf den Boden und fixierte die Wirbel im polierten Holz. Er versuchte, die richtigen Worte zu finden. Er wollte die freundschaftliche Beziehung, die sie aufgebaut hatten, nicht gefährden. Er erinnerte sich zwar, wie nahe er und Jenna einander gekommen waren, aber jetzt fühlte sich das nur wie eine schöne Erinnerung an. Vom Aufkeimen einer Liebesbeziehung, wie noch vor ein paar Monaten, konnte keine Rede mehr sein. Er musste an seine Frau denken, Annie, und ihm wurde ein wenig flau im Magen. Durch seine Kopfverletzung hatte er das Gedächtnis verloren, es betraf aber nur das letzte Jahr in Black Rock Falls. Der Anschlag mit der Autobombe, bei dem seine Frau gestorben war, war ihm so präsent, als wäre es gestern gewesen. *Ich fühle mich wie ein verheirateter Mann.*

Die Erinnerung an das letzte Jahr war zwar nach und nach zurückgekehrt, aber die Trauer über den Verlust von Annie haftete wie ein schlecht angenähter Flicken an seinem Herzen. Klar, er wohnte gerne bei Jenna im Haus, aber im Moment benötigte er etwas Freiraum. Er brauchte Zeit für sich, um einen klaren Kopf zu bekommen. All seine Erinnerungen waren durcheinandergeraten, und das Letzte, was er wollte, war, eine gute Freundin zu verletzen. »Ja, sobald Sie wieder arbeiten können, ziehe ich zurück zu mir. Rowley hat angeboten, mir noch ein paar Tage mit den Pferden zu helfen.«

»Verdammt.« Jenna lachte und boxte spielerisch gegen seinen Oberarm. »Ich hatte mich gerade daran gewöhnt, Ihre stinkenden Socken zu waschen.«

»Meine Socken stinken nicht«, sagte Kane. Dann sah er sie stirnrunzelnd an. »Oder etwa doch?«

ELF

Nach dem Frühstück ließ Kane Duke auf den Rücksitz seines SUV klettern, setzte sich hinter das Lenkrad, stellte seinen Thermobecher mit Kaffee in den Getränkehalter und drehte die Heizung voll auf. Sein Hund war viel zu besitzergreifend, als dass er ihn hätte zu Hause lassen können. Sobald er seine Jacke angezogen hatte, hatte der Spürhund an ihm geklebt wie eine Klette. Sein kurzer Ausflug zu seinem Cottage letzten Samstag hatte damit geendet, dass Duke hinter der Haustür geheult hatte, als stünde das Ende der Welt bevor. Jenna war davon gar nicht begeistert gewesen. Er drehte sich zu Duke um und tätschelte ihm den Kopf. »Ich hoffe, du kommst mit dem kalten Wetter zurecht.« Er hatte ihn in einen dicken schwarzen Hundemantel gesteckt, einen von vier Stück, die Jenna gekauft hatte, nachdem sie Duke mit den Zähnen hatte klappern sehen. Außerdem hatte Kane noch eine dicke Thermodecke mitgebracht, um ihn zuzudecken. »Wenn ich ins Krankenhaus hineingehe, muss ich dich im Auto lassen, also sei schön brav.«

Der Schneepflug war vor über einer halben Stunde durchgefahren, inzwischen sollte die Straße in die Stadt freigeräumt sein. Er wartete, bis Rowley an ihm vorbeigefahren war, und folgte ihm. Obwohl er nur zum Krankenhaus fuhr, um Ella Tate zu befragen, hatte Jenna darauf bestanden, dass Rowley ein Auge auf ihn hatte. Er lächelte in sich hinein. Sie kannte ihn nicht so gut, wie sie glaubte. Er würde sich niemals hinter das Steuer eines Autos setzen, wenn er auch nur leise Zweifel an seiner Fahrtauglichkeit hatte, und der Arzt hatte ihm ebenfalls grünes Licht gegeben. Seinem Kopf ging es gut, die Schmerzen würden mit der Zeit nachlassen. *Es sei denn, es schießt noch mal jemand auf mich.*

Der entsetzte Gesichtsausdruck von Ella Tate, als Kane ihr Krankenhauszimmer betrat, sprach Bände. Sie saß am Fenster und wirkte bei seinem Anblick wie erstarrt. Aus ihren großen Augen und der Art, wie sie sich an den Armlehnen des Stuhls festkrallte, schloss er, dass sie ihn nicht als Deputy erkannt hatte. Für sie war er ein Fremder, der unbefugt ihr Zimmer betrat. Ihre Reaktion vermittelte ihm den Eindruck, dass das, was sie Rowley erzählt hatte, der Wahrheit entsprach. »Miss Tate, ich bin Deputy David Kane. Ich würde Ihnen gerne ein paar Fragen stellen, wenn Sie nichts dagegen haben.«

Er zog seine Handschuhe aus, öffnete den Reißverschluss seiner dicken Jacke, streifte sie von den Schultern und warf sie über die Lehne eines Stuhls. Das Abzeichen an seiner Dienstjacke war nun deutlich zu sehen, und sofort bemerkte er eine leichte Veränderung in ihrer Haltung. Er ließ sich Zeit, damit sie sich entspannen konnte, holte Notizbuch und Stift hervor, zog einen Stuhl ans Fenster und setzte sich ihr gegenüber. »Wie geht es Ihnen heute?«

»Mir geht es gut.« Ella blinzelte ein paarmal, als fiele es ihr schwer, sich zu konzentrieren.

Kane lächelte. »Das freut mich zu hören. Habe ich Sie erschreckt, als ich gerade hereingekommen bin?«

»Ja, Sie sehen aus wie der Mann, der Sky angegriffen hat

und mich verfolgt hat. Ich dachte, er ist zurückgekommen, um jetzt auch mich umzubringen.« Sie packte die Decke, die ihre Beine bedeckte, so fest, dass ihre Knöchel weiß wurden. »Haben Sie sie schon gefunden?«

Kane schüttelte den Kopf. »Noch nicht.« Er bemühte sich um einen möglichst harmlosen Plauderton. »Aber wir haben diverse Such- und Rettungskräfte, die nach ihr suchen.« Er lehnte sich in seinem Stuhl zurück. Nach dem Mann, der sie angegriffen hatte, würde er sie später fragen, wenn sie sich etwas beruhigt hatte. »Was können Sie mir darüber erzählen, was vor dem Vorfall war? Warum sind Sie und Sky so spät nach Black Rock Falls gefahren?«

»Mein Bruder ist auf Auslandseinsatz und ist über die Feiertage weg, also hatte mich Skys Familie eingeladen, Weihnachten bei ihnen zu verbringen. Ich habe noch nie Urlaub in Black Rock Falls gemacht, ich fand, das klang toll.« Sie seufzte. »Wir wollten eigentlich erst am Wochenende fahren, aber dann hat Skys Mutter angerufen und gesagt, ein Schneesturm kommt, also sind wir sofort los.«

»Sie sind von Billings aus ganz durchgefahren? An einem Stück? Das sind sechs Stunden. Sie sind dort beide an der Uni, stimmt das?«

»Ja, an der Montana State.« Ella zuckte die Schultern. »Einmal haben wir getankt und uns einen Burger geholt. Wir hätten es geschafft, aber Sky musste ja unbedingt anhalten.« Sie holte tief Luft und bedachte Kane mit einem langen, ernsten Blick. »Sie sehen echt genau wie der Mann aus, der Sky umgebracht hat.«

Kane nickte. »War er so groß wie ich, etwa eins neunzig? Oder sah er ansonsten irgendwie aus wie ich?«

»Genauso groß, dunkle Kleidung, Wollmütze mit Kapuze darüber, genau wie Sie.« Sie musterte ihn genau. »So große Hände wie Sie, und er machte das gleiche Geräusch, wenn er ging, das rauschte so.«

»Okay. Das ist gut«, sagte Kane und machte sich ein paar Notizen, um so zu tun, als sei das alles Routine. Dann hob er den Blick. »Falls Sie sich das immer noch fragen: Ich war es nicht. Heute bin ich zum ersten Mal seit sechs Wochen wieder vor der Tür. Die ganze Zeit über habe ich im Haus vom Sheriff gewohnt, um mich zu erholen. Ich habe mir das Knie kaputt gemacht, das musste geflickt werden, und ich denke, Ihnen wäre aufgefallen, wenn der Mann gehinkt hätte.«

»Da bin ich aber froh.« Ella wurde rot. »Also nicht wegen Ihrem Knie. Das tut mir leid. Ich meine, dass Sie es nicht gewesen sein können.«

Kane zuckte die Schultern. »Schon in Ordnung. Kommen wir zurück zu der Nacht, in der Sky verschwand. Wann haben Sie das letzte Mal getankt?«

»Blackwater.« Ella knibbelte an ihren Fingernägeln. »Wir hatten einen blöden Streit wegen ihrem Bruder.« Sie blickte sie ihn, einen Anflug von Wut in den Augen. »Sie hat mir gesagt, ich soll die Finger von ihm lassen. Ich konnte gar nicht glauben, dass sie mir das verbieten will! Seit wir auf der MSU sind, teile ich mir mit ihr ein Zimmer.« Sie wandte den Blick ab. »Als wäre jemand mit einem Soldaten als Bruder nicht gut genug für ihre Familie.«

Und deshalb hast du sie getötet. Kane rieb sich das Kinn. Die Stimmungsschwankungen waren seltsam. Das gleiche Verhalten hatte sie ja offenbar auch während des Gesprächs mit Wolfe an den Tag gelegt. Und doch hatte ihre Reaktion auf ihn ganz aufrichtig gewirkt. *Es sei denn, sie ist eine sehr gute Schauspielerin.* »Ich nehme an, Sie haben sich wieder vertragen, bevor Sie weitergefahren sind?«

»Tja. Was sollte ich auch tun? Ich habe ihr versprochen, dass ich ihn nicht anrühre.« Sie seufzte. »Wollen Sie gar nicht wissen, was dann passiert ist?«

Kane schüttelte den Kopf. »Nein, ich habe Ihre Aussage

gelesen. Ich brauche nur noch ein paar Details. Sie können sich überhaupt nicht an das Auto von dem Mann erinnern?«

»Leider nicht.« Sie starrte zu Boden.

Er wusste, dass Menschen schreckliche Ereignisse oder Unfälle oft verdrängen, also versuchte er, ihrem Gedächtnis auf die Sprünge zu helfen. »Schließen Sie doch mal die Augen, und versuchen Sie, sich daran zu erinnern, wie Sie auf das Fahrzeug zugefahren sind.«

»Es war ganz dunkel. Der Warnblinker war eingeschaltet. Aber das Auto selbst habe ich nicht wirklich erkennen können.«

Kane lächelte sie an. »Das ist doch schon mal was. Sie sagten, dass der Mann groß war, wie groß war er denn im Vergleich zu seinem Auto? War er größer oder genauso groß?«

»Ich weiß nicht genau.« Ella runzelte die Stirn. »Er hielt sich gebückt, sodass die Kapuze ihm das Gesicht verdeckte.«

»Lehnte er an der Tür?«

»Nein, er lehnte an ... Es war ein Pick-up!« Ihre Augen weiteten sich, und sie lächelte ihn an. »Ein großer, heller Pick-up.«

Kane nickte. Sie schien ehrlich überrascht zu sein, dass ihr das eingefallen war. »Okay. Sie haben gesagt, dass er eine Axt dabeihatte und auf den Sitz gelegt hat.« Er runzelte die Stirn. »Eine Axt ist ziemlich groß, und er war auch ziemlich groß, und trotzdem hat er es geschafft, sich mit einer Axt in einer Hand zwischen Lenkrad und Sitz ins Auto hineinzulehnen, ist das richtig?«

»Er hatte eine Axt.« Ella schloss ihre Augen und öffnete sie wieder. »Aber eine kleine Axt. Ungefähr so lang.« Sie hielt ihre Hände etwa dreißig Zentimeter weit auseinander.

Kane nickte. »Hatte sie eine oder zwei Klingen? Oder hatte sie eine andere Form, mit so etwas wie einem Hammer auf einer Seite zum Beispiel?«

»Ich habe die Axt nur ganz kurz gesehen, aber ich weiß, dass sie aus Metall war.« Ihr Gesichtsausdruck wurde sehr ernst. »Wir hielten an, Sky öffnete ihr Fenster, und er schlug sie mit der Axt, öffnete die Tür, zerrte sie heraus, ließ die Axt auf den Sitz fallen und versuchte, mich zu packen. Er war so groß, dass er gar nicht ganz ins Auto passte. Ich konnte gerade noch die Tür öffnen und weglaufen.

»Okay. So, wie Sie das beschreiben, war das wahrscheinlich eher ein Beil. Eine Axt hat einen sehr langen Stiel, damit fällt man Bäume. Mit einem Beil zerkleinert man zum Beispiel Holzscheite.« Kane machte sich Notizen. »Sie wissen nicht, ob Sky wirklich tot ist, oder? Später hat sie noch nach Ihnen gerufen, nicht wahr? Woher wissen Sie dann, dass er sie getötet hat?«

»Ich weiß es nicht, also nicht hundertprozentig, aber ich habe gehört, wie sie geschrien hat.« Ellas Augen füllten sich mit Tränen. »Es war schrecklich, es klang, als würde er sie umbringen. Ich konnte ihr ja nicht helfen, oder? Ich hatte solche Angst. Er wollte mir ja auch etwas antun.«

»Nicht viele Leute würden es mit einem Mann meiner Größe aufnehmen, der eine Waffe trägt.« Kane wollte verständnisvoll wirken, aber in seinem Kopf tauchten plötzlich Bilder von Jenna auf, die einen Mörder von ihm weglockte, um ihm das Leben zu retten. Gute Freunde wurden manchmal zu wahren Helden, wenn es nötig war, und das vermisste Mädchen war Ellas beste Freundin gewesen. Er musste ein wenig weiterbohren, um herauszufinden, ob sich hinter ihrer erschütterten Fassade eine dunkle Seite verbarg. »Haben Sie nicht daran gedacht, ihm heimlich zurück zur Straße zu folgen und sich selbst zu überzeugen? In Ihrer Aussage haben Sie doch erwähnt, dass es stockdunkel war, und am Straßenrand war dichtes Gebüsch. Sie hätten sich da doch leicht verstecken können.«

»Meinen Sie das ernst? Wie sind Sie denn drauf?« Ellas Augen blitzten zornig. »Glauben Sie wirklich, irgendjemand würde sich vorsätzlich so einer Gefahr aussetzen? Der hatte doch eine Axt. Oder ein Beil oder was auch immer. Ich bin halt nicht so mutig, tut mir leid.«

Er nickte. Falls die junge Frau unter einer Posttraumatischen Belastungsstörung litt, sollte er sich ein wenig zügeln. »Schon okay. Sie haben erwähnt, dass Sie die Feiertage bei Skys Eltern verbringen wollten. Möchten Sie immer noch dahin? Würden Sie da wohnen wollen, bis wir Sky gefunden haben? Im Moment wäre es uns lieber, dass Sie die Stadt nicht verlassen. Wir brauchen Sie ja noch, um den Mann zu identifizieren, der Sie angegriffen hat.«

»Ja, ich kenne Skys Familie, und ich würde gerne hierbleiben, bis ich weiß, was mit ihr ist.« Sie seufzte. »Ganz allein möchte ich lieber nicht in der Wohnung von meinem Bruder wohnen.«

Kane klappte sein Notizbuch zu und steckte es zusammen mit dem Stift in seine Tasche. »Okay, ich werde noch mit dem Arzt sprechen und mich mit Mrs. Paul in Verbindung setzen. Ich danke Ihnen für Ihre Unterstützung.«

»Finden Sie Sky«, sagte Ella und sah ihn unverwandt an.

Als Kane die Tür öffnete, drehte er sich noch einmal zu ihr um. »Ich werde mein Bestes tun.«

Auf dem Flur nickte er dem Deputy zu, der vor Ellas Tür Wache schob, und verließ die Station durch die Sicherheitstüren. Draußen traf er auf einen aufgebrachten Mann, der sich als Skys Vater vorstellte.

»Was tun Sie, um meine Tochter zu finden? Und warum darf ich nicht zu Ella?« Mr. Pauls Gesicht war rot vor Wut. »Was zum Teufel ist hier los?«

Kane senkte seine Stimme, bis er fast flüsterte. Er hatte schon vor langer Zeit festgestellt, dass die Leute ruhiger wurden und ihm zuhörten, wenn er besonders leise sprach. »Sheriff Alton hat eine Rettungsmannschaft losgeschickt, der nach ihr sucht, und wir haben nach ihr und ihrem Fahrzeug eine Fahndung herausgegeben. Wir warten darauf, dass Sichtungen gemeldet werden. Im Moment haben wir noch keine Verdächtigen, aber meine Chefin setzt sämtliche verfügbaren Ressourcen ein. Ella befindet sich zurzeit in Schutzhaft, aber sobald ich mit Sheriff Alton gesprochen habe, werde ich sehen, ob der Arzt uns grünes Licht gibt, dann wird sie in Ihre Obhut entlassen, falls Sie möchten.«

»Natürlich möchte ich.« Mr. Paul starrte ihn an. »Es ist schon schlimm genug, dass meine Tochter verschwunden ist, vielleicht sogar ermordet wurde. Aber zu glauben, dass Ella etwas damit zu tun hat, ist geradezu idiotisch.«

Kane zückte sein Handy und wedelte damit in der Luft. »Warten Sie bitte kurz.«

Er ging außer Hörweite und rief Jenna an. »Ich habe mit Ella Tate gesprochen. Sie ist schon ein bisschen seltsam und hat Stimmungsschwankungen, aber sie könnten auch Anzeichen einer PTBS sein. Sie ist defensiv und wütend. Das ist nicht das übliche Verhalten, das ich von einer Person erwarten würde, die gerade ihre beste Freundin ermordet hat. Außerdem kann ich mir nicht vorstellen, wie sie es geschafft haben soll, sowohl die Leiche als auch das Fahrzeug spurlos verschwinden zu lassen.« Er seufzte. »Ich habe sie unter Druck gesetzt, aber ihre Geschichte hat sich gegenüber ihrer Aussage nicht verändert, dabei habe ich ihr Fragen aus diversen Perspektiven gestellt. Ich glaube nicht, dass sie die Täterin oder eine Mittäterin ist. Ich glaube, es ist genauso passiert, wie sie es angegeben hat, und Fluchtgefahr besteht bei ihr sicher nicht.«

»Ich finde nicht, dass wir sie jetzt schon komplett vom Haken lassen sollten. Sie ist immer noch die einzige Zeugin.« Jennas Stimme klang heiser, man hörte ihr an, wie erkältet sie war. »Skys Mutter hat angerufen, und ich habe sie über den Stand der Dinge informiert, was die Suche nach Sky betrifft. Sie will unbedingt mit Ella sprechen. Sie kann nicht verstehen, warum sie noch im Krankenhaus ist und niemand sie besuchen darf. Aber ich glaube, wenn Sie überzeugt sind, dass Ella die

Wahrheit sagt, können wir sie unter der Bedingung gehen lassen, dass sie während unserer Ermittlungen bei den Pauls wohnt.«

»Skys Vater ist gerade hier und würde sie sofort mitnehmen.« Kane lehnte sich gegen die kalte Wand und starrte ins Leere. »Soll ich mit dem Arzt sprechen und fragen, ob er sie entlässt?«

»Nein, das ist nicht nötig, Wolfe hat schon mit ihm gesprochen. Ella ist physisch in Ordnung. Wobei Wolfe meinte, sie sollte vielleicht einen Therapeuten aufsuchen.« Jenna räusperte sich. *»Er hat bereits ihre Entlassung veranlasst. Sie können die Deputys aus Blackwater nach Hause schicken und Mr. Paul die Bedingungen für ihre Entlassung erklären.«*

»Verstanden.« Er rieb sich das Kinn. »Haben Sie eigentlich Wolfe gefragt, was die Ärztin bei Ihnen testen lassen will?«

»Noch nicht. Falls Sie zufällig an seinem Büro vorbeikommen, können Sie ihn ja vielleicht mal fragen. Sagen Sie ihm, ich hätte gesagt, dass das in Ordnung geht. Aber dann sollten Sie bitte nach Hause kommen. Rowley und Walters haben in der Dienststelle alles im Griff. In der Stadt ist eh nichts los, alle Leute verkriechen sich in ihren Häusern und warten auf den nächsten Schneesturm. Rowley hat die Presse- und Fahndungsanrufe auf mein Handy umgeleitet.« Sie seufzte. *»Falls Rowley nicht früh genug Feierabend machen kann, soll er vom Büro aus direkt nach Hause fahren, dann kümmern wir uns heute Abend um die Pferde.«*

Kane lächelte. Es war, als könnte sie seine Gedanken lesen. Ein hartnäckiger Schmerz pochte in seinem Kopf, und nach dem Fußmarsch schmerzte sein Knie, aber das hätte er ihr gegenüber nicht zugegeben. »Ich komme schon allein zurecht. Ich werde auf dem Heimweg bei Aunt Betty's Café etwas Leckeres zu essen holen. Das kalte Wetter macht einen ganz schön hungrig.«

»Ich höre Ihren Magen von hier aus knurren«, gluckste Jenna. *»Bis später!«*

ZWÖLF

Irgendwo in der Dunkelheit konnte Sky jemanden summen hören. Sie war sofort wieder bei Bewusstsein und vernahm das Zischen und Piepen von Maschinen. Schiere Panik erfasste sie, als sie sich an den Mann erinnerte, der sie entführt hatte. Ein Gefühl der Hoffnungslosigkeit umgab sie. Sie musste sich jemandem mitteilen. Nur wenn sie bei Bewusstsein blieb, gab es Hoffnung. Da sie spürte, dass jemand in der Nähe war, versuchte sie, sich nicht zu bewegen. Bis sie wusste, wer es war, war es bestimmt besser, sich tot zu stellen.

Sie öffnete die Augen einen winzigen Spalt und sah, wie sich ein Krankenpfleger in OP-Kleidung über sie beugte. Er hob einen ihrer Arme und wusch ihn. Nachdem er ihn abgetrocknet hatte, legte er ihn wieder hin, dann nahm er sich den anderen Arm vor. *Okay, einen Schwamm verkrafte ich.* Ganz langsam und vorsichtig, um keine Aufmerksamkeit zu erregen, ließ sie ihren Blick an ihrem Körper hinuntergleiten. Zu ihrem Erstaunen stellte sie fest, dass die Stangen an den Seiten des Bettes fort und ihre Handgelenke nicht mehr gefesselt waren.

Ihr Herz pochte, sie konnte hören, wie das Piepen am Monitor schneller wurde. Wenn der Pfleger merkte, dass sie wach war, würde er ihr wieder Zombie-Medikamente spritzen! Sie zwang ihre Muskeln, sich zu entspannen, und das Piepen wurde ein wenig langsamer. Zu spät. Er hörte auf zu summen und untersuchte ihr Gesicht. Panik ergriff sie, als er an der Seite des Bettes entlangging und ihr mit einem warmen Tuch über die Brüste fuhr. Es kostete sie jedes Quäntchen Willenskraft, aber es gelang ihr, langsam und gleichmäßig zu atmen.

Der Pfleger trocknete sie ab, zog ihren Krankenhauskittel wieder runter und deckte sie mit einer Decke zu. Dann nahm er seine Sachen und ging zur Tür.

Das Zimmer versank in Dunkelheit, nur der Lichtschein der Maschinen erhellte den Raum. Sie erschauderte bei dem Gedanken, wieder die Übergriffe ihres Entführers ertragen zu müssen, und wartete, bis die Schritte des Pflegers verklungen waren, dann drehte sie den Kopf und schaute zum Bett neben ihr. Es war leer und bis auf die Matratze abgezogen. Die junge Frau mit den rosa Fingernägeln war verschwunden. Sie stützte sich auf einen Ellbogen, dann setzte sie sich langsam auf. Ihr Kopf schmerzte, und sie berührte ihr Gesicht, fuhr mit den Fingern über die Beule an ihrer Wange. Ihre Nase tat weh, und sie erinnerte sich an die rasenden Schmerzen, die sie im Auto erlitten hatte. Die Erinnerungen an jene Nacht stürzten auf sie ein. Der Mann, dem sie hatten helfen wollen und der sie angegriffen und an den Straßenrand geschleudert hatte. Sie wusste noch, dass sie über das gefrorene Gras gekrochen war und nach Ella gerufen hatte. *Wo ist Ella?*

Ihr wurde schwindlig, die Monitore gaben seltsame Geräusche von sich. Was, wenn sie einen Alarm ausgelöst hatte, der den Pfleger aufscheuchte? *Ich muss ein Telefon finden und Mom anrufen.* Sie rutschte auf wackeligen Beinen aus dem Bett und suchte den Raum ab. Die Geräte konnte sie leicht zum Schweigen bringen; sie musste sie nur ausschalten. Dann fiel ihr das Gerät auf, an dem die Kanüle befestigt war, die in ihrem Arm steckte. So eines hatte sie schon einmal gesehen, als ihre

Großmutter in der Klinik gelegen hatte. Ohne zu überlegen, zog sie sich die Kanüle aus dem Arm. Als Nächstes kamen die Haftelektroden dran. Jetzt konnte sie sich frei bewegen. Sie fand eine winzige Taschenlampe, wie Ärzte sie benutzen, um Patienten in die Augen zu leuchten, und ging in Richtung Tür, wobei sie sich an der Wand abstützte.

Nachdem sie einen Blick in den dunklen Flur geworfen und einen Moment gelauscht hatte, trat sie aus dem Zimmer. Um sie herum war es so still wie in einem Grab und auch genauso kalt. Sie leuchtete mit der kleinen Taschenlampe vor sich her und schlich den Flur entlang, bis sie zu einem weiteren Zimmer kam. Voller Angst, jemand könne darin sein, presste sie das Ohr an die Tür. Kein Geräusch war zu hören, und unter der Tür schien kein Licht hindurch. Sie holte tief Luft und drehte den Türgriff. Die Tür schwang auf und gab den Blick auf eine kleine Küchenzeile frei. Metallschränke, die wie Schließfächer aussahen, säumten eine Wand, und in der Mitte standen ein Tisch und Stühle. Eine Uhr an der Wand zeigte, dass es kurz nach fünf war. Sie drehte sich wieder um und ging den Flur hinunter. Um den kleinen Lichtstrahl herum schienen Schatten zu schweben, während sie immer weiter ins Ungewisse lief. Was, wenn in der Schwärze, die sie umgab, jemand lauerte, der sie beobachtete? Der nur darauf wartete, sie zu packen und wieder zurück in ihr Zimmer zu zerren?

Ihr Herz klopfte, als wollte es zerspringen. Ganz langsam, Schritt für Schritt, bewegte sie sich durch das düstere Gebäude. Die kleine Taschenlampe erhellte den Flur und verwandelte Schatten in imaginäre Männer, die versuchten, sie zu packen. Sie hasste die Dunkelheit, und dass es keine Fenster gab, ließ den Flur immer enger erscheinen. Eine Welle der Panik überkam sie, und sie lehnte sich gegen die kalte Wand. Ihr Atem ging stoßweise und bildete große Dampfwolken. Was, wenn sie sich tief unter der Erde befand, ohne jede Fluchtmöglichkeit? Die Vorstellung machte ihr Angst.

Am Ende des Flurs stolperte sie durch die offene Tür eines kleinen Büros, aber auf dem Schreibtisch stand kein Telefon. Vor Unglauben und Entsetzen drehte sich ihr mit jedem Schritt ein Stück mehr der Magen um. Das hier war kein Krankenhaus. Es gab keine Fenster, keine Stationszimmer. Das Einzige, was an ein Krankenhaus erinnerte, war der antiseptische Geruch. Es gab auch keinen Weg hinaus, keine Treppen oder Türen, und ihr blieb nichts anderes übrig, als weiter den Flur hinunterzugehen. Der eiskalte Boden unter ihren Füßen ließ sie frösteln, ihre Füße schmerzten vor Kälte. Ihre Schritte schienen von den Wänden widerzuhallen, falls doch irgendwer in der Nähe war, würde er sie hören. Ihr Puls schlug laut in ihren Ohren und pochte im Gleichtakt mit den Schmerzen in ihrem Kopf, aber sie ging weiter. Die Taschenlampe erleuchtete zwei große Flügeltüren aus Aluminium. Der Anblick ihres Spiegelbildes ließ sie zurückschrecken. Der Weg nach draußen musste durch diese Tür führen, es gab keine andere Möglichkeit. Sie drückte die Türen auf und spähte in die Finsternis. In dem Raum roch es merkwürdig. Sie ging langsam hinein, ließ die Türen hinter sich zufallen und hob die Taschenlampe.

Der Lichtstrahl glitt über eine fahrbare Krankentrage, die mit einem fleckigen weißen Laken bedeckt war. Sie ging ein paar Schritte näher – und erstarrte. Der Schrecken schnürte ihr die Kehle zu. Sie schnappte nach Luft. An einer Seite der Bahre hing ein dünner, blasser Arm herab. Sky konnte sich kaum rühren. Ihr ganzer Körper zitterte, als der Schein ihrer Taschenlampe den Arm hinunterfuhr, über eine schlaffe Hand ... bis zu den hellrosa Fingernägeln.

DREIZEHN

Vom Manager des Blackwater Roadhouse erfuhr Jenna, dass der Streit zwischen Sky und Ella so laut gewesen war, dass man sie gebeten hatte, die Raststätte zu verlassen. Der Gedanke, dass sich Sky so wütend hinters Steuer ihres Autos gesetzt hatte, beunruhigte sie. Vielleicht war durch den Streit das Urteilsvermögen der jungen Frau getrübt gewesen, als sie beschloss, anzuhalten, um dem Mann mit der vermeintlichen Panne zu helfen. Laut Ellas Aussage hatte sie Sky angefleht, nicht anzuhalten, sondern stattdessen einen Abschleppwagen zu rufen. Sie überflog ihre Notizen zu dem Fall und folgte dann dem Geruch von frisch gebrühtem Kaffee in die Küche. Sehr zu ihrer Freude hatte Kane die Kaffeemaschine angestellt, bevor er hinausgegangen war, um sich mit Rowley um die Pferde zu kümmern.

Sie öffnete den Kühlschrank und erblickte eine Reihe von Plastikbehältern, deren Deckel das Logo von Aunt Betty's Café zierte und die jeweils damit beschriftet waren, was sie enthielten. Anscheinend hatte Kane ihren Plan, Abendessen zu kochen, über den Haufen geworfen und von Aunt Betty's so viel mitgenommen, dass sie alle drei mehrere Tage lang satt bleiben würden. Als sie das Geräusch eines herannahenden

Fahrzeugs hörte, schloss sie den Kühlschrank wieder und ging zur Haustür. Die Scheinwerfer blendeten sie, aber sie erkannte trotzdem den Wagen des Gerichtsmediziners. *Was will Wolfe denn hier?*

Als Jenna die Haustür öffnete, sah sie, wie Emily aus dem Auto sprang und in Richtung der Ställe davonlief. Sie wartete auf Wolfe, der die Stufen zur Veranda hinaufstieg. »Emily hat es aber eilig, was ist denn los?«

»Alles in Ordnung, sie wollte Kane nur etwas fragen, das ist alles.« Wolfe stampfte ein paarmal auf der Fußmatte, um sich vom Schnee zu befreien, dann kam er hinein und zog sich die Stiefel aus. »Ich habe schon mit ihm gesprochen. Er meinte, es wäre in Ordnung.« Er schlüpfte aus seiner Jacke.

Jenna nahm sie ihm ab und hängte sie an der Garderobe an einen Haken. »Kommen Sie mit in die Küche. Gleich ist Kaffee fertig.« Sie ging voraus.

»Super. Ich wollte gerne ein paar Dinge mit Ihnen unter vier Augen besprechen.« Wolfe ließ sich auf einen Stuhl gegenüber der Tür fallen und lehnte sich auf den Küchentisch. »Ich will gleich zur Sache kommen, bevor die anderen hier sind. Sie haben mich gebeten, Kane zu sagen, was das für Tests sind, die die Ärztin angeordnet hat, aber das ist sehr spezifisch und sehr persönlich, daher dachte ich, ich bespreche das lieber mit Ihnen direkt.«

Verblüfft schenkte Jenna Kaffee ein, fügte Milch und Zucker hinzu und stellte die Becher auf den Küchentisch. Sie setzte sich auf einen der Stühle und sah Wolfe an. »Die Ärztin sagte, sie wolle Tests machen lassen, ›damit wir nichts übersehen‹. Ich bin davon ausgegangen, dass sie damit das Übliche meinte.«

»Wie HIV, Hepatitis, Syphilis und Herpes?« Wolfe drehte seinen Kaffeebecher in den Händen und sah ihr in die Augen. »Sie hat auch einen HLA-Test machen und die Blutgruppe bestimmen lassen.« Er seufzte. »Ich hätte ein großes Blutbild erwartet, Eisengehalt, vielleicht Vitamin B12, aber das andere ganz sicher nicht.«

Jenna lehnte sich in ihrem Stuhl zurück. »Vielleicht denkt sie, ich sei mannstoll oder so.«

»Sie haben eher den gegenteiligen Ruf, Jenna.« Wolfe runzelte die Stirn. »Der HLA-Test ist eine Gewebetypisierung. Dabei werden die HL-Antigene bestimmt, und alles, was auf genetischer Ebene stattfindet, lässt bei mir die Alarmglocken läuten. Sie haben jetzt ein anderes Gesicht und einen anderen Namen, aber an Ihrer DNA kann man nichts ändern. Und die Leute, mit denen Sie zu tun hatten, kennen Ihre DNA.« Er sah sie an. »Ich weiß, dass es Viktor Carlos war. Ich habe mit dem Team gearbeitet, das seine Organisation gehackt hat. Wir haben herausgefunden, dass einer seiner Leute Datenbanken gehackt hat, um nach Ihnen zu suchen, und die enthielten ein DNA-Profil.«

Jenna wurde übel. Konnte nach all der Zeit wirklich noch jemand aus Viktor Carlos' Kartell am Leben sein und nach ihr suchen? Als sie noch Avril Parker geheißen und Undercover-Agentin der Drogenvollzugsbehörde gewesen war, hatte sie seine Machenschaften aufgedeckt und ihn hinter Gitter gebracht. Ein paar Jahre später hatten rivalisierende Gangster seine gesamte Organisation ausgelöscht. Sie starrte Wolfe ungläubig an. »Sie haben das alles die ganze Zeit gewusst und mir nichts gesagt?«

»Ich musste immer davon ausgehen, dass alle Mitglieder seines Kartells tot sind.« Wolfe nippte an seinem Kaffee, aber seine grauen Augen blieben auf ihr Gesicht gerichtet. »Das Problem ist, wenn so etwas passiert, müssen wir annehmen, dass seine Familie aktiv geworden ist. Ein Sohn oder ein Cousin vielleicht. Und Sie wissen ja, dass solche Leute manchmal jahrelange Rachefeldzüge führen. Sie sind ziemlich tief in die Organisation eingedrungen, oder? Die haben Ihnen vertraut.«

Erinnerungen überkamen sie wie böse Träume. Als sie das

Monster zur Strecke gebracht hatte, hatte sie alles gegeben und dabei beinahe ihre Seele verloren. Wie sollte sie das je vergessen? Sie nickte. »Ja, sie haben mir vertraut, als würde ich zur Familie gehören.«

»Ich weiß, wie schwierig das gewesen sein muss, Jenna.« Er räusperte sich. »Sie haben doch seinen Bruder geheiratet, korrekt?«

»Ja, müssen Sie mich unbedingt daran erinnern? Ich konnte das nur ertragen, weil ich wusste, dass das alles nicht echt war. Die haben ihre Frauen behandelt wie Eigentum. Oder wie Zuchtstuten. Wenn er gemerkt hätte, dass ich heimlich die Pille nahm, hätte er mich umgebracht.« Die Erkenntnis traf sie wie ein Vorschlaghammer. »O Gott, deren Hausarzt hat auch Bluttests gemacht.«

»Und hat damit Ihr DNA-Profil.« Wolfe stellte seinen Becher auf den Tisch. »Ich werde den Namen von Dr. Mavis Weaver an meine Kontaktperson weitergeben und sie überprüfen lassen. Erinnern Sie sich an den Namen des Arztes oder der Ärztin, bei der Sie damals waren?«

»Nein. Ich kann mich nicht erinnern, dass er mir seinen Namen gesagt hat.« Jenna kaute auf ihren Fingern. »Können Sie dafür sorgen, dass sie die DNA-Ergebnisse nicht bekommt?«

»Ja, das hatte ich ohnehin vor, aber wenn sie wirklich mit denen unter einer Decke steckt, wird sie mir kaum das komplette Blut gegeben haben.« Wolfe sah sie stirnrunzelnd an. »Sie wird einen Teil anderswohin zum Testen geschickt haben, und im Moment kann ich nicht herausfinden, wohin. Von jetzt an, Jenna, bitte keine Bluttests mehr, außer ich mache sie, okay?«

»Na klar. Ich hatte da gar nicht drüber nachgedacht. Ich habe mich so gut in diesem Leben eingefunden, dass ich meine Vergangenheit fast vergessen habe.« Die Haustür wurde geöffnet, sie konnte Stimmen hören. »Kennt Kane die genauen Details meiner Mission eigentlich?«

»Nein, und ich werde sie ihm auch nicht verraten, obwohl er informationsberechtigt wäre.« Er griff über den Tisch und nahm ihre Hand. »Er ist ein guter Mann, und Sie wissen ja wohl inzwischen, dass Sie ihm Ihr Leben anvertrauen können. Es kann nicht schaden, wenn Sie ihm die potenzielle Bedrohung erklären, ohne allzu sehr ins Detail zu gehen. Vielleicht sollten wir die Sicherheitsvorkehrungen hier verstärken. Überlassen Sie das mir; ich werde jemanden aus dem Hauptquartier kommen lassen.« Er zog seine Hand wieder zurück. »Ich halte Sie auf dem Laufenden.«

»Hi, Jenna.« Emily kam in die Küche geschlendert, die Wangen von der Kälte gerötet. »Wie geht's Ihnen? Sie sehen immer noch blass aus.«

Jenna zwang sich zu einem Lächeln. »Mir geht's gut. Mittwoch bin ich wieder auf der Arbeit.«

Hinter ihr kam Kane herein. Sie bemerkte seinen besorgten Gesichtsausdruck und seufzte. *Ich kann das unmöglich alles vor ihm verheimlichen. Er muss mich nur ansehen, dann weiß er, dass etwas nicht stimmt.*

VIERZEHN

Geschockt starrte Sky auf die Trage, unfähig, sich zu bewegen.
Ihre Brust schnürte sich zu, und sie konnte kaum atmen. Plötzlich hörte sie aus einiger Entfernung jemanden leise pfeifen,
und das rüttelte sie wach. Sie drehte sich um und leuchtete mit
der Taschenlampe die Wände nach möglichen Verstecken ab.
In der Nähe der Trage sah sie eine weitere Tür, über der ein
Exit-Schild angebracht war. Neben der Tür war ein Karten-
scanner an der Wand befestigt. Ihre Beine zitterten vor Angst.
Das Pfeifen kam von jenseits dieser Tür. Der Lichtstrahl glitt
über einen riesigen metallenen Kühlschrank und eine Glastür,
die zu einem weiteren Raum führte. Sie lief hin und schlüpfte
durch die Tür. Ein starker Geruch von Antiseptika schlug ihr
entgegen. Voller Angst davor, was sie dort finden könnte, sog sie
zitternd die Luft ein und suchte dann mit der Taschenlampe
die Umgebung ab.

   In dem Raum gab es ein Waschbecken und seitlich davon
einen raumhohen Schrank mit Schiebetür, der die gesamte
Wand einnahm. Sie öffnete lautlos den Schrank und schaute
hinein. Die Regalbretter waren voll mit zahlreichen Decken
und Laken sowie Behältern unterschiedlicher Größe. Sie

schnappte sich eine Wolldecke und wickelte sich darin ein, dann kletterte sie in den Schrank, wo sie gerade genug Platz neben einem Besen fand. Sie schaltete die Taschenlampe aus und schloss die Tür.

Das Pfeifen war von Sekunde zu Sekunde lauter geworden. Panik ergriff sie und verknotete ihr den Magen. Falls ihr Entführer gekommen war, um sie zu töten, würde er ihr Bett leer vorfinden und anfangen, sie zu suchen. Ihre Knie zitterten so stark, dass sie sie aneinanderpressen musste, damit sie nicht gegen die Tür klapperten. Das Pfeifen kam immer näher. Sie spähte durch einen Spalt im Schrank und hielt den Atem an. Von ihrer Position aus konnte sie das rote Licht vorne am Kühlschrank im anderen Raum sehen.

Ein Lichtstrahl erhellte den Nebenraum, als die Tür geöffnet wurde, und im nächsten Moment ging das Deckenlicht an. Sie erkannte den großen Mann sofort wieder. Es war ihr Entführer. Er trug denselben schwarzen Hoodie, die Kapuze bedeckte sein Gesicht. Für ein paar Sekunden hörte er auf zu pfeifen, als er zu der Fahrtrage mit der Leiche der Frau ging und sie durch die Tür hinaus schob. Sie führte in einen weiteren Flur. Während er sich entfernte, fing er wieder an zu pfeifen. Sky hörte, wie sich seine Schritte entfernten und das Quietschen der Räder der Trage leiser wurde.

Die Tür hatte er offen stehen lassen. Ihm jetzt zu folgen, war vielleicht ihre einzige Chance, zu entkommen. So leise wie möglich verließ sie ihr Versteck, betrat den größeren Raum und schlich sich auf den Flur hinaus. Der Flur verlief einige Meter geradeaus und knickte dann nach links ab. Eine eisige Kälte drang durch die Wolldecke, und ihre kurzen, keuchenden Atemzüge stiegen als Dampfwolken in die Luft. Voller Angst, dass der Mann sie bemerken würde, steckte sie die Taschenlampe in die Tasche des Kittels und zog sich die Decke über den Kopf. Der Ausgang war bestimmt ganz in der Nähe, aber sie dachte sich, wenn sie ihn hören konnte, dann würde er bestimmt auch sie hören, sobald er aufhörte zu pfeifen. Sie biss die Zähne zusammen und folgte ihm.

Als sie die Ecke erreichte, presste sie sich gegen die Wand und riskierte einen kurzen Blick. Der Mann war nirgends zu sehen, stattdessen aber eine offene Tür, die nach draußen führte und an der sich zu beiden Seiten der Schnee türmte. Statt der frischen, sauberen Luft, die sie erwartet hatte, hing ein schwerer Geruch in der Luft. Ein lautes Surren, gefolgt von dem unverkennbaren Geräusch schwerer Maschinen, dröhnte in ihren Ohren. Ohne sich darum zu kümmern, wie laut sie dabei war, sprintete sie zur offenen Tür. Dort drückte sie sich wieder flach gegen die Wand und spähte hinaus. Vor ihr lag ein geräumter Gehweg, auf dem schon wieder eine dünne Schnee-decke lag. Eine Reihe Lampen erhellte den Weg. Im Schnee konnte sie Fußspuren und den Abdruck der Räder der Fahr-trage erkennen. Auf einer Seite des Gehwegs befand sich eine hohe Backsteinmauer, die einige Meter weiter endete. Es blieb ihr nichts anderes übrig, als nachzusehen, wohin der Weg führte. Mit pochendem Herzschlag in den Ohren lief sie schlit-ternd und rutschend den Weg entlang, wobei sie sich mit einer Hand an der Mauer abstützte.

Das knirschende Geräusch der Maschinen war lauter geworden, und ein unfassbarer Gestank wehte ihr entgegen. Sie erreichte das Ende der Wand und erstarrte. Keine zehn Meter entfernt hievte der Mann den nackten Körper einer jungen Frau auf ein Förderband. Das breite Band trug die Frau zu einer Öffnung in einer riesigen Maschine mit surrenden Klin-gen, die wie ein Häcksler aussah. Entsetzt presste Sky ihre Fingerknöchel an den Mund, um einen Schrei zu unterdrü-cken. Schwarze Flecken tanzten vor ihren Augen, und sie blin-zelte. Sie konnte nicht glauben, was sie da sah. Als der Körper langsam in den klaffenden Schlund der Maschine hineinfuhr, ertönte wieder das furchtbare Knirschen. Sie musste würgen und erbrach Galle.

Zitternd vor Angst und Abscheu wich sie in den Schatten zurück und blickte sich um. Sie musste fliehen. Links von ihr ragten Mauern aus dem Schatten empor, dunkel wie ein Gefängnis, aber vor ihr führte ein vereister Weg zu einem Parkplatz, der keine zwanzig Meter entfernt war. Das einzige Fahrzeug dort war ein weißer Pick-up mit vereister Windschutzscheibe, dahinter lag Sicherheit verheißende Dunkelheit. Würde sie es bis dorthin schaffen, bevor der Mann sein schauriges Werk vollendet hatte?

Nachdem sie noch einen kurzen Blick auf ihn geworfen hatte, rannte sie los. Große Dampfwolken stiegen von ihren Lippen auf, als sie in der Eiseskälte nach Luft schnappte. Aber sie fand auf dem Eis kaum Halt und kam nur ein paar Meter weit, bevor hinter ihr schwere Schritte ertönten.

Er hatte sie gesehen.

Sie schrie. Mit schmerzenden Lungen rannte sie um ihr Leben. Der Parkplatz war von einem niedrigen Zaun umgeben, auf den Pfosten lag zentimeterhoch Schnee, die Kette dazwischen war von Eis bedeckt. Immer noch hörte sie hinter sich die Schritte, und sie schrie wieder, die eisige Luft brannte in ihrer Kehle. Er griff nach ihr, bekam aber nur die Decke zu fassen und riss sie ihr von den Schultern.

»Gib auf. Du kannst mir nicht entkommen.« Das war die Stimme des Mannes, der sie gekidnappt hatte. »Wehr dich nicht, sonst bringe ich dich sofort um.«

Sky warf einen Blick über die Schulter und funkelte ihn an. »Lassen Sie mich. Ich hab gesehen, was Sie getan haben.« Sie rannte auf den Zaun zu und sprang über die Kette. Sie landete schmerzhaft auf den Knien und rutschte über das Eis, rappelte sich aber wieder auf und rannte weiter. Sekunden später hatte er sie. Ein stechender Schmerz schoss ihr durch den Kopf, und der metallische Geschmack von Blut breitete sich auf ihrer Zunge aus. Der Boden kam näher, und ihr Gesicht landete in einem Haufen Neuschnee. Die Kälte drang durch ihre spärliche Kleidung, und sie versuchte zu sprechen, aber ihr Mund gehorchte ihr nicht. Eine Schneeflocke landete auf ihrem ausgestreckten Arm, ein perfektes sechseckiges Kristall. Das Licht um sie herum schwand, und die gefrorene Landschaft versank in Dunkelheit. *Jetzt sterbe ich.*

FÜNFZEHN

DIENSTAG

Ein kalter, frischer Morgen begrüßte Jenna, als sie aufwachte. Sie fühlte sich erstaunlich fit. Wie immer, seit sie krank geworden war, hatte sich Kane um die Pferde gekümmert, trainiert und geduscht, bevor er wie jetzt an ihre Tür klopfte und ihr einen dampfenden Becher Kaffee brachte. Sie setzte sich im Bett auf, strich sich das Haar aus den Augen und lächelte ihn an. »Sie verwöhnen mich viel zu sehr! Eigentlich stehe ich jeden Morgen um fünf auf, und jetzt liege ich hier immer bis fast um sieben faul herum. Morgen rechtzeitig zur Arbeit aufzustehen, wird mir ganz schön schwerfallen.«

»Ach, Sie werden sicher schnell in Ihre alte Routine zurückfinden.« Er stellte den Becher auf ihrem Nachttisch ab. »Im Moment können Sie noch keinen Sport machen, und Rowley hilft mir mit den Pferden. Sie brauchen sich also nicht draußen in der Kälte und der Dunkelheit herumzutreiben.« Er wandte sich zum Gehen. »In zehn Minuten habe ich das Frühstück fertig.«

»Dave.« Jenna nahm den Kaffeebecher. »Ich hatte gestern Abend keine Gelegenheit mehr, mit Ihnen zu sprechen, weil Rowley hier war, aber es gibt ein Problem. Wolfe hat mir einige

Informationen gegeben, über die Sie Bescheid wissen sollten. Können Sie heute Morgen noch ein wenig hierbleiben, wenn Rowley weg ist? Dann erzähle ich es Ihnen.«

Kane hielt in der Tür inne. »Über den Fall Sky Paul?«

Jenna schüttelte den Kopf. »Nein, etwas Persönliches.«

»Sie sind doch nicht ernsthaft krank, oder?«, fragte er und sah sie besorgt an. »Wenn ja, hätte ich auch jetzt Zeit. Er ist gerade drüben beim Cottage.«

»Nein, mir geht es gut. Es geht um etwas aus der Zeit, bevor wir uns kannten.« Jenna warf ihm einen, wie sie hoffte, bedeutungsvollen Blick zu. »Ich erkläre es Ihnen später.«

»Verstanden.« Kane verließ das Zimmer.

Während des Frühstücks besprach Jenna das Tagesgeschäft. Neben dem Fall Sky Paul mussten sich ihre Deputys um die üblichen alltäglichen Probleme kümmern, mit denen die Stadt zu kämpfen hatte. Rowley meldete eine gestiegene Anzahl von Autounfällen wegen Eis und Schnee, verbunden mit den üblichen Beschwerden. Sie sah ihn über den Rand ihres Bechers hinweg an, dann stellte sie den Becher auf den Tisch. »Rufen Sie beim Verkehrsministerium an, und bitten Sie sie, die Straßen im Ort besser zu streuen. Die haben dieses Jahr in mehr Schneepflüge investiert und konzentrieren sich darauf, den Highway freizuhalten. Vielleicht sollten wir sie darauf hinweisen, wie die Lage hier aussieht.«

»Ja, Ma'am, ich werde mich sofort darum kümmern.« Rowley erhob sich vom Tisch, spülte seinen Teller und Becher ab und stellte beides in den Geschirrspüler. »Es werden ja sicher viele Leute über die Feiertage herkommen, und ich dachte mir, es wäre gut, eine öffentliche Meldung herauszugeben, dass man Schneeketten oder Winterreifen aufziehen soll.«

Jenna nickte. »Ja, und vielleicht könnte dann auch gleich darauf hingewiesen werden, dass man während eines Schneesturms drinnen bleiben und nur ins Auto steigen sollte, falls es unbedingt notwendig ist.« Sie schüttelte den Kopf. »Ich habe keine Ahnung, warum überhaupt jemand im Winter hierher-kommen würde. Wenn ich die Wahl hätte, würde ich meinen Urlaub in wärmeren Gefilden verbringen.«

»Ich auch«, sagte Rowley und lächelte.

Jenna warf einen Blick auf ihr Notizbuch. Von zu Hause aus zu arbeiten, war für sie eine Qual. Es kam ihr vor, als müsse sie alle Verantwortung in fremde Hände legen. »Und noch etwas: Da wir beim Fall Sky Paul keinerlei Anhaltspunkte haben, spiele ich immer wieder verschiedene Szenarien durch. Zum Beispiel: Was, wenn der Mann, den Ella Tate gesehen hat, nicht allein war?«

»Möglich, aber falls noch einer mit im Auto war, hätte er ihm dann nicht geholfen, sie zu schnappen?« Kane schaufelte Rühreier in seinen Mund. »Wie kommen Sie überhaupt darauf, dass mehr als ein Mann beteiligt gewesen sein könnte?«

Jenna seufzte. »Weil Skys Fahrzeug verschwunden ist und der Mann, der sie angegriffen hat, die Schlüssel hatte.«

»Die meisten Fahrzeuge in dieser Gegend haben ein Abschleppseil oder etwas Ähnliches.« Rowley runzelte die Stirn. »Sky Pauls Auto mit einem Pick-up irgendwo hinzu-schleppen, wäre ein Leichtes gewesen. Mittlerweile könnten sie schon in einem anderen Bundesstaat sein.«

Jenna seufzte. »Ja, der Such- und Rettungsdienst hat das Gleiche gesagt. Die Zeit zwischen dem Vorfall und deren Eintreffen am Tatort war viel zu lang.« Sie sah ihre Deputys an und zuckte die Schultern. »War halt nur so ein Gedanke.«

»Wir könnten die Schrottplätze der Umgebung abklappern, aber die wurden ja ohnehin angewiesen, nach dem vermissten Fahrzeug Ausschau zu halten.« Kane räusperte sich. »Außerdem haben die meisten über die Feiertage geschlossen.«

Jenna nickte. »Trotzdem könnte es sich lohnen, vorbeizu-fahren. Wenn geschlossen ist, ist das Auto vielleicht einfach vor dem Tor abgestellt worden.«

»Ich kümmere mich darum.« Kane stand auf und füllte

seinen Becher nach. »Aber ich denke, der Such- und Rettungsdienst oder die Schneemobile hätten es gefunden, selbst bei
diesem Schneesturm.«

»Ich fahre in die Dienststelle und mache auf.« Rowley
schlüpfte in seine Jacke und sah Kane erwartungsvoll an. »Der
Schneepflug sollte die Straßen inzwischen geräumt haben.«

»Ich komme später nach. Ich muss noch ins gerichtsmedizinische Labor und mit Emily reden«, sagte Kane und lehnte sich
zurück. Der Stuhl ächzte unter seinem Gewicht. »Ich habe
versprochen, ihr etwas über Profiling zu erzählen.«

»Okay.« Rowley nickte Jenna zu, ging zur Haustür und zog
sich die Stiefel an.

Sobald er die Tür hinter sich geschlossen hatte, erklärte
Jenna Kane die Sache mit dem Bluttest. »Wolfe ist um meine
Sicherheit besorgt und kontaktiert das Hauptquartier.«

»Wundern Sie sich nicht, wenn hier plötzlich ein
Hubschrauber mit ein paar Spezialisten an Bord landet«, sagte
Kane und runzelte die Stirn. »Die Jungs reagieren meistens sehr
schnell. Ich werde Rowley anrufen und ihm sagen, dass ich
heute zu Hause bleibe.«

»Die Mühe müssen Sie sich nicht machen, Dave.« Jenna
hob ihr Kinn. »Ich bin ja auch ganz gut zurechtgekommen,
bevor Sie hier waren. Ich bin bewaffnet und bin mir der möglichen Gefahr durchaus bewusst. Ich halte bestimmt durch, bis
Sie um zwei Uhr nach Hause kommen.« Sie seufzte. »Dass
jemand am helllichten Tag einen Angriff riskiert, kann ich mir
sowieso nicht vorstellen.«

»Das hängt vom Grad der Bedrohung ab.« Kanes besorgter
Gesichtsausdruck sprach Bände. »Hat Wolfe erwähnt, ob er
sich in den Computer der Ärztin hacken will?«

Jenna schüttelte den Kopf. »Nein, und ich glaube auch,
dass das juristisch ziemlich heikel wäre, allein schon wegen der
Patientenrechte und der ärztlichen Schweigepflicht.«

»Ich bezweifle, dass das Hauptquartier auf eine gerichtliche

Anordnung warten würde.« Kane trommelte mit den Fingern auf den Tisch und lächelte. »Wolfe hat mir gesagt, dass Sie über geheime Informationen verfügen, die sogar meinen Dienstgrad übersteigen. Damit hat das Hauptquartier zwei Optionen: den Computer der Ärztin hacken, um zu sehen, mit wem sie Kontakt aufnimmt, oder herkommen, um Sie von hier wegzubringen und Ihnen anderswo wieder eine neue Identität zu verpassen.«

Der Gedanke, ihr Zuhause, Kane, Wolfe, Rowley, Emily und Emilys Schwestern nie wiederzusehen, bereitete ihr ein flaues Gefühl im Magen. »Ich gehe auf keinen Fall aus Black Rock Falls fort. Sie und die anderen sind die einzige Familie, die ich noch habe.« Sie starrte ihn ungläubig an. »Ich werde mich einfach weigern, zu gehen. Ich habe Sie schon einmal fast verloren, ich werde Sie nicht noch einmal verlieren.«

»Sie werden kaum eine Wahl haben.«

SECHZEHN

Kane verließ mit Duke auf den Fersen das Haus. Er ließ Jenna nur ungern allein. Das Letzte, was er angesichts der möglichen Bedrohung, der Jenna ausgesetzt war, tun wollte, war, sie auf einer abgelegenen Ranch allein zu lassen. Sie hatte ihm versprochen, dass sie ihre Glock im Schulterholster tragen würde, aber auch das beruhigte ihn wenig. Falls ein Killer ihr unzureichendes Sicherheitssystem überwand, wäre sie kaum in der Lage, noch den Schutzraum in der Scheune zu erreichen. Wenn sie den Notruf aktivierte, bekam er den Alarm auf sein Handy, aber er wäre zu weit weg, um ihr schnell Hilfe zu leisten. Und dennoch bestand sie darauf, allein zu Hause zu bleiben. Ihre Ausrede war, dass sie vor Ort sein müsse, falls Wolfe ein Team aus dem Hauptquartier organisierte, um bessere Sicherheitsmaßnahmen zu implementieren. Statt also bei Jenna zu bleiben, sollte er jetzt Schrottplätze abklappern – war das wirklich so wichtig? Er blieb einen Moment lang auf der Treppe stehen und starrte in die Landschaft hinaus.

In der Nacht war neuer Schnee gefallen und hatte die Landschaft mit einem weißen Schleier bedeckt. Die wässrigen Strahlen der Morgensonne glitzerten über den eisbedeckten

Wiesen wie Streifen von Gold. Der Winter in Black Rock Falls war von einer grausamen Schönheit und verwandelte die Bäume rund um das Haus in bedrohliche, knarrende schwarze Riesen. Das gelegentliche Knacken der gefrorenen Äste klang wie Pistolenschüsse. Ansonsten war es so still, als habe der Schnee die Lautstärke der Natur heruntergeregelt.

Auf dem Weg zur Garage knirschten seine Stiefel im Schnee. Er startete seinen SUV, ließ den Motor laufen und ging dann zurück zu seinem verschneiten Cottage. Eiszapfen hingen von der Dachrinne herab, Eisblumen bedeckten die Fenster. Er fand, ein wenig sah es aus wie ein weihnachtliches Lebkuchenhaus. Er hatte die Schlüssel schon in der Hand, doch dann beschloss er, nicht hineinzugehen. Er wollte Rowleys Privatsphäre nicht verletzen.

Am Nachmittag würde er seine Habseligkeiten aus Jennas Haus holen und wieder zu sich hinüberbringen. Rowley hatte sein Pferd bereits aus dem Stall geholt. Er hatte mehrfach durchblicken lassen, dass er gerne wieder nach Hause wollte. Man konnte es ihm nicht verdenken. Seine Familie kam über die Feiertage zu Besuch, und natürlich wollte er möglichst viel Zeit mit ihnen verbringen. Und dann war da noch sein Hund. Eigentlich hatte Rowley ihn mitbringen wollen, als er in Kanes Cottage einzog, aber sie hatten feststellen müssen, dass Duke viel zu sehr auf sein Territorium bedacht war, um einen anderen Rüden auf dem Grundstück zu dulden.

Kane ging zurück zu seinem Wagen und fuhr rückwärts aus der Garage. Erst dann hörte er das Surren der Rotoren. Ein Helikopter landete neben der Koppel und warf mehr Schnee auf als ein Schneepflug. Er war sich nicht ganz sicher, wer die vier Insassen waren, die herausgeklettert kamen. Kane fuhr zu Jennas Haus und hielt vor der Tür. Er rutschte vom Sitz und zog seine Waffe.

Einer der Männer kam auf ihn zu, die anderen drei hievten mehrere Kisten aus dem Helikopter. Als sich der Mann ihm näherte, richtete Kane seine Pistole auf dessen Kopf. »Bleiben Sie stehen, wo Sie sind.«

»Wir haben unsere Befehle, Deputy«, sagte der Mann und hob die Hände.

Kane hielt seine Glock ganz ruhig auf sein Gegenüber gerichtet. »Holen Sie Ihren Dienstausweis heraus, und halten Sie ihn so, dass ich ihn sehen kann.«

»Na klar.« Der Mann holte seinen Dienstausweis hervor und wies seine Kollegen an, es ihm gleichzutun. »Wolfe hat ein Sicherheitsupdate für eine unbekannte Person organisiert. Von hier an übernehmen wir die Sache, Deputy.«

Kane überprüfte die FBI-Ausweise der Männer, stellte fest, dass sie echt waren, und steckte seine Waffe ein. »Nicht so fix. Warten Sie hier. Ich werde mit ihr sprechen.«

Er ging die Treppe hinauf, betrat das Haus und fand Jenna mit aschfahler Miene vor. »Das sind die Jungs aus Washington, die ein neues Sicherheitssystem installieren. Ich schlage vor, Sie verkleiden sich ein wenig, vielleicht bedecken Sie Ihr Haar und setzen eine Sonnenbrille auf. Die wissen nicht, wer wir sind. Sie wurden ihnen als ›unbekannte Person‹ gemeldet.« Er drückte ihre Schulter. »Ich bleibe hier, bis sie wieder weg sind. Ich schlage vor, Sie gehen rüber in den Schutzraum. Ich hole Sie ab, wenn sie fertig sind.«

»Danke. Ich verschwinde durch die Hintertür. Ich werde Rowley anrufen und ihm sagen, dass Sie etwas später kommen. Nicht, dass er denkt, Sie hätten auf dem Weg zur Arbeit Ihren Wagen zu Schrott gefahren.« Jenna schenkte ihm ein schmales Lächeln und lief dann in ihr Schlafzimmer.

Kane öffnete die Eingangstür und blickte die vier Männer an. »Okay, wo wollen Sie anfangen?«

»Wir brauchen Zugang zu allen Räumen, um Alarmanlagen an den Fenstern zu installieren, und wir werden ein neues stummes Alarmsystem für das Grundstück einrichten.«

Kane rieb sich das Kinn. »Das dauert ja Stunden.«

»Nein, höchstens eine. Wir verwenden drahtlose Lasertechnologie, die ist kabellos und unempfindlich gegen das Wetter. Einfach zu bedienen, schnell zu installieren. Mir wurde gesagt, dass es bereits Überwachungskameras gibt?« Er zeigte Kane einen kleinen Kasten. »Dieses Ding hier sammelt die Daten und sendet einen Alarm an so viele Handys, wie Sie wollen. Wir bringen die Kameraanlage auf den neuesten Stand und sind im Handumdrehen wieder weg.«

Als er hörte, wie sich die Hintertür öffnete und wieder schloss, ließ Kane ihn herein. »Okay, Sie können loslegen.«

Genau wie er hatte Jenna weder irgendwelche Fotos noch sonst etwas Persönliches in ihrem Haus, über das man sie hätte identifizieren können. Zufällig stand nicht einmal ihr Auto vor dem Haus, das hatte er am Abend zuvor in die Scheune gebracht, um Schneeketten zu montieren, damit sie am Mittwochmorgen sicher zur Arbeit kam.

Die Männer arbeiteten schnell und effizient, und nachdem sie Kane das System erklärt hatten, stiegen sie wieder in ihren Helikopter und verschwanden in einer Wolke von aufgewirbeltem Schnee. Er holte Jenna aus dem Schutzraum. »Das ging doch schnell.«

»Woher wollen Sie wissen, dass die nicht in jedem Zimmer versteckte Kameras oder Wanzen installiert haben?«, fragte Jenna. »Ich traue niemandem.« Sie zog ihre Jacke aus und warf sie über einen Küchenstuhl.

Kane zuckte die Schultern. »Ich habe sie die ganze Zeit beobachtet. Aber wir können gerne noch mal alles absuchen, wenn Sie möchten.«

»Ach ja, ich hatte ganz vergessen, dass Sie die passenden Geräte dafür haben.« Jenna verzog das Gesicht. »Ich erinnere mich noch genau an den Tag, als Sie hier angekommen sind.«

Kane grinste. »Ich mich auch.« Er ging in sein Zimmer und kam mit einem Koffer wieder. »Sie wissen, wie man so etwas benutzt?« Er hielt Kopfhörer und Scanner hoch.

»Ja, ich erinnere mich«, antwortete Jenna und stieß einen langen Seufzer aus. »Aber es kommt mir vor, als wäre es eine Ewigkeit her. Egal, ich komme schon klar. Rowley wird auf Sie warten.«

Kane reichte ihr das Gerät. »Ich erkläre Ihnen aber noch das Sicherheitssystem, bevor ich fahre. Es ist viel einfacher als früher, und wir können es über unsere Handys aktivieren und deaktivieren. Ich habe dem Alarm drei Handynummern hinzugefügt – Ihre, Wolfes und sicherheitshalber auch meine. Sie haben mir außerdem drei Fernbedienungen gegeben, die wir im Auto aufbewahren sollen. Damit erkennt die Alarmanlage uns, wenn wir auf das Grundstück fahren. Im Falle eines Fehlalarms können Sie uns beiden eine automatisierte Nachricht senden.« Er ging voraus in das Büro mit den Überwachungsmonitoren. »Jetzt können auf der gesamten Ranch die Kameras herumschwenken und überall heranzoomen. Ich staune wirklich, dass die das alles so schnell hinbekommen haben.«

»Nicht schlecht.« Sie hörte zu, während er die Details erläuterte. »Okay, das ist leicht zu verstehen. Man kann also den Alarm wieder aktivieren, wenn man wegfährt?«

»Ja.« Kane ging auf die Tür zu. »Wenn Sie irgendwelche Wanzen finden, zerstören Sie sie besser nicht, bis Wolfe sie sich angesehen hat. Wir müssen wissen, mit wem oder was wir es zu tun haben.« In der Tür drehte er sich noch einmal um. »Ich melde mich um die Mittagszeit, was mit den Schrottplätzen ist.«

»Okay.« Sie folgte ihm nach draußen. »Fahren Sie vorsichtig.«

SIEBZEHN

Das Zischen des Beatmungsgeräts erfüllte den Raum, während er auf Sky hinunterblickte. Sein Bedürfnis, sie zum Schweigen zu bringen, war so stark gewesen, dass sein ganzer schöner Plan jetzt dahin war. Er hätte vorsichtiger sein müssen − mit dem Schlag auf den Kopf hatte er sie beinahe umgebracht, aber es hatte überhaupt keinen Spaß gemacht. Nachdem er sie zurück ins Gebäude getragen und alle Spuren ihrer Flucht beseitigt hatte, hatte er den Pfleger gerufen und ihm erklärt, er habe nicht aufgepasst und sie sei aus dem Bett gefallen und habe sich den Kopf aufgeschlagen. Der gut ausgebildete und überbezahlte Mann hatte keine Fragen gestellt, sondern sich sofort um Sky gekümmert.

Verärgert ging er zurück in sein Büro und setzte sich vor den Computer. Bei seiner Freundin am Samstagabend war es zwar nett gewesen, aber seine eigentlichen Bedürfnisse konnte sie nicht befriedigen. Sie war ein Mittel zum Zweck, und er konnte sie kontrollieren, indem er ihr sagte, was sie hören wollte. Im Laufe der Jahre war er so geschickt darin geworden, dass er jeden Menschen dazu bringen konnte, ihm alles zu glauben, was er sagte. Sein Leben war zu einem Netz aus geschickt konstruierten Lügen geraten. Die meisten Leute waren nun einmal leichtgläubig. Sie würden ihm sogar glauben, wenn er ihnen erzählte, er könne übers Wasser gehen.

Wäre sein derzeitiger Beruf nicht so lukrativ, sowohl was das Geld als auch seine Zufriedenheit betraf, hätte er auch einen anderen Weg einschlagen können. Die Leute glaubten ihm, egal welche Verbrechen er beging oder welche Lügen er erzählte. Er war extrem charmant und hatte sich schon immer sehr gut herausreden können, wenn er einmal in Schwierigkeiten geriet. Als sein Vater im Sterben lag, hatte er dessen Partner überredet, ihm das Geschäft und das Bankkonto zu überschreiben. Der Idiot hatte tatsächlich geglaubt, er würde sich um ihn und seine Familie kümmern. Verdammt, eher hätte er ihnen die Kehlen durchgeschnitten.

Bei dem Gedanken daran musste er kichern, aber das ließ schnell wieder nach. Stattdessen wuchs der Drang, wieder jemanden zu entführen; der Adrenalinstoß, den es ihm beschert hatte, Sky zu verschleppen, war längst verflogen. Das Problem war nur, mitten im Winter in einem Schneesturm jemanden zu finden. Er loggte sich in seine Social-Media-Kanäle ein und scrollte durch seine vielen Profile. Er lächelte. Mehrere junge Leute hatten Pläne geschmiedet, über die Feiertage zu ihren Eltern nach Black Rock Falls zu fahren. Er machte sich eine Liste und beschloss, so viele wie möglich von ihnen zu entführen; bis zu den Frühjahrsferien war es noch lange hin, und er wollte seine Krankenstation voll haben.

Aus Interesse ging er auf Skys Facebook-Seite und las die Beiträge. Endlich war Ella Tate wieder online. Sie hatte eine Gruppe für die Suche nach ihrer Freundin gegründet, aber noch keine Resonanz erhalten. Er ging auf ihre Seite und sah sich ihre Bilder an. Dort verriet sie, dass sie jetzt bei Skys Eltern in Black Rock Falls wohnte. Er sah zufrieden, dass sie inzwischen seine Freundschaftsanfrage angenommen hatte. Er suchte gerade nach weiteren geeigneten Personen, die er entführen konnte, da meldete der Computer, dass er eine neue Nachricht hatte. Sie war von Ella, die ihn bat, ihr bei der Suche nach Sky zu helfen. Er las sie und lächelte über diesen unverhofften Glücksfall. *Und wie ich dir helfen werde, deine Freundin zu finden!*

ACHTZEHN

Als Kane mit Rowley im Schlepptau den Hof des Schrottplatzes in Black Rock Falls verließ, sah er an seinem SUV, dass es schon wieder leicht geschneit hatte. Er atmete tief durch und befreite seine Lungen vom Gestank von Motoröl, Schmierfett und Körpergeruch. Der Winter hatte seinen ganz eigenen Geruch, frisch und sauber. Sein Atem stieg in weißen Dampfwolken auf. Er setzte sich hinters Lenkrad und ließ den Motor an. Sie hatten sich kurz auf dem Gelände umgesehen, sich die Autopresse und den Schredder angeschaut und sich dann mit dem Besitzer, Chuck Burns, unterhalten. Es war reine Zeitverschwendung gewesen, ihre Suche hatte keine neuen Hinweise ergeben. Er warf Rowley einen Blick zu, der rissige Lippen und rote Wangen hatte, wie momentan die meisten Leute in der Stadt. Er ließ den Motor laufen, schaltete die Heizung ein und wartete darauf, dass die beschlagene Windschutzscheibe aufklarte. Wenigstens hatte es jetzt fürs Erste aufgehört zu schneien, aber die Wettervorhersage hatte für später am Tag einen weiteren Schneesturm angekündigt.

Trotz der bitteren Kälte und seiner ständigen Angst, dass die Kopfschmerzen wiederkommen würden, hatte er keine

Sekunde bereut, dass er nach Black Rock Falls zurückgekehrt war. Er hatte in dieser seltsamen Stadt ein neues Zuhause gefunden, und die Menschen akzeptierten ihn. Er bewunderte der Einwohner dafür, dass nichts ihre Laune trüben konnte oder sie aus der Ruhe brachte. Sie jammerten nur selten herum und wappneten sich gegen das Wetter mit bunten Kleidern, Mützen und Schals, munteren Farbtupfern im Stadtbild. Als er zurück in die Stadt fuhr, winkte er den Leuten zu, die auf ihren Einfahrten am Schneeschippen waren. Ob Schneesturm oder Sonnenschein – für die meisten war es einfach ein ganz normaler Tag. Er bog mit dem SUV in die Hauptstraße ein und steuerte die Dienststelle an.

Die Stadt hatte sich über Nacht in eine veritable Weihnachtskarte verwandelt. Auf den Bäumen lastete der Schnee, und alle Häuser hatten weiße Dächer, Eiszapfen hingen wie kristallene Wimpel von den Fassaden. Kinder mit roter Schnupfnase bauten in den Vorgärten Schneemänner, lachten und bewarfen einander mit Schneebällen. Ihnen waren die frostigen Temperaturen ganz egal. In vielen Schaufenstern standen Christbäume mit blinkenden Lichtern, die ganze Stadt war weihnachtlich dekoriert.

»Ich denke mal«, sagte er zu Rowley, »wir sollten zum Industriegebiet fahren und uns den anderen Schrottplatz ansehen.«

»Das können wir uns sparen.« Rowley rieb sich die Hände. »Die haben über Winter immer geschlossen, mindestens vier Wochen lang.« Er warf Kane einen Blick zu. »Das Team mit den Schneemobilen hat da oben nach Sky Paul gesucht, und sie meinten, das Tor sei mit einer Kette verrammelt.«

Kane runzelte die Stirn. »Aber sie haben nicht nach Spuren eines verschrotteten Autos gesucht.« Er nahm die Straße stadtauswärts. Zum Glück war auf dem Highway inzwischen Salz gestreut worden. »In Fällen wie diesem sind wir darauf angewiesen, zu spekulieren, nach dem Motto: ›Was, wenn ...?‹ Wir haben keinerlei Anhaltspunkte, und im Grunde wissen wir nicht einmal, ob wir ein Opfer haben. Wir haben Blutspuren und den lückenhaften Bericht einer Frau, die in den Mord verwickelt sein könnte. Falls es sich überhaupt um Mord handelt.«

»Sie meinen: Was, wenn sie sie umgebracht hat? Als letzte Person, die sie lebend gesehen hat, ist sie ja automatisch eine Verdächtige.« Die Heizung verströmte endlich warme Luft, und Rowley öffnete den Reißverschluss seiner Jacke und zog die Handschuhe aus. » Aber meinen Sie, sie hat das Auto zum Schrottplatz gefahren, es mit der Leiche drin verschrottet und ist dann zur Straße zurückgelaufen?«

»Nein, denn dieses Szenario lässt ein wichtiges Detail außer Acht.« Kane warf ihm einen Blick zu, dann sah er wieder vor sich auf die verschneite Landschaft. »Dass Ella Tate irgendwen kennt, der mit dem Schrottplatz zu tun hat, ist sehr unwahrscheinlich. Und es müsste jemand da gewesen sein, um Skys Auto zu verschrotten. So etwas kriegt man nicht allein hin.«

»Und wie lautet dann Ihr Szenario in diesem Fall?« Rowley sah ihn interessiert an.

»Was, wenn sich der Vorfall so abgespielt hat, wie Tate ihn geschildert hat, und der Mörder der Besitzer vom Schrottplatz ist?«

»Das Mädchen umbringen, den Wagen abschleppen und die Beweise vernichten?« Rowley nickte. »Macht Sinn.«

Kane genoss die Schönheit der strahlend weißen Landschaft. Alles Schroffe, Unebene war vom Schnee geglättet. Er musste daran denken, wie er damals zum ersten Mal nach Black Rock Falls gefahren war. Auf demselben Highway und ebenfalls im Schnee, aber bei Nacht. Die Abgeschiedenheit und die unheimliche Stille, die schwarzen Bäume, die entlang der Straße gestanden hatten wie die Gewehre eines Bataillons strammstehender Soldaten. Er konnte sich nicht vorstellen, wie eine junge Frau eine Nacht auf einem dieser Bäume verbringen oder meilenweit durch den Schnee laufen konnte. Dass sie noch am Leben war, grenzte an ein Wunder. »Jetzt haben wir also zwei mögliche Szenarien.«

»Ich schätze, wir könnten ihre Telefondaten mit denen des Besitzers abgleichen, um festzustellen, ob sie ihn kennt.« Rowley holte sein Smartphone hervor und ging Informationen zum Fall durch, die er darauf gespeichert hatte.

Kane nickte. »Ja, und falls sie ihn kennt, könnte sie ihn vom Blackwater Roadhouse aus kontaktiert haben, um ihm mitzuteilen, dass sie auf dem Weg sind.«

»Aber warum sollte sie ihre beste Freundin umbringen?« Rowley drehte sich im Beifahrersitz zu ihm um. »Das kommt mir ein bisschen extrem vor. Nur weil sie sich mit Sky über deren Bruder gestritten hat.«

»Ja, das Motiv ist für mich ebenfalls ein Knackpunkt.« Kane warf einen Blick auf sein Navi. »Sind wir hier nicht ganz in der Nähe der Stelle, wo sie angegriffen wurden, wie Tate behauptet?«

»Ja, genau. Sehen Sie die Bäume da drüben?« Rowley deutete aus dem Fenster. »Da will Tate die Nacht verbracht haben. Ihrer Aussage nach muss der Angriff gegenüber stattgefunden haben.«

Kane verlangsamte den SUV, bis er nur noch im Schritttempo fuhr. In keiner der beiden Richtungen war ein Fahrzeug in Sicht, die Umgebung war still wie ein Grab. Er schaute sich um und sah die Spuren, die die Schneemobile auf dem teilweise geräumten Weg hinterlassen hatten. Die Gruppe von Gelbkiefern, bei der Tate angeblich Zuflucht gefunden hatte, war von Schnee bedeckt, die Äste bogen sich unter dem Gewicht. Immerhin, hoch in einem Baum wäre der sicherste Ort, um unter diesen Bedingungen eine Nacht zu überleben. Die schneebedeckten Äste bildeten eine Art Iglu um einen herum und schützten einen vor dem eisigen Wind.

Kane wandte sich an Rowley. »Wie weit ist es von hier bis zum Schrottplatz?«

»Geradeaus, erste Abzweigung rechts, da ist ein leuchtend oranges Schild. Die Straße wurde geräumt, wir sollten also gut durchkommen.« Rowley zog seine Handschuhe wieder an und schaute in den Himmel. »Ich bin gespannt, wie lange der Schneesturm noch auf sich warten lässt. Der Himmel sieht ganz schön unfreundlich aus.«

Heilfroh, dass er Winterreifen hatte, lenkte Kane seinen SUV über den vereisten Asphalt, der sich an langen Reihen verrosteter alter Autos vorbeischlängelte, von denen viele mindestens ein halbes Jahrhundert auf dem Buckel hatten. Alle waren von einer dicken Schneeschicht bedeckt, die Scheiben waren mit Reif überzogen. Er hielt vor dem riesigen Eisentor an und hupte. Nichts rührte sich, alles sah verlassen aus. Er stieg aus, zog seine Mütze über die Ohren und die Kapuze seines Hoodies darüber. Er öffnete die Tür, und Duke sprang heraus. Er schnupperte am gefrorenen Boden und nieste.

Kane schaute sich um. Durch den Maschendrahtzaun konnte er das Firmengelände überblicken. Er wandte sich an Rowley. »Wir müssen herausfinden, wann die hier zugemacht haben. Auf dem Kran, mit dem die Fahrzeuge in die Presse gehoben werden, und auf der Presse selbst scheint der Schnee nicht ganz so hoch wie auf den umliegenden Gebäuden.« Er zückte sein Handy und machte ein paar Fotos. »Und schauen Sie mal, da, wo sich das Tor öffnet, liegen nur ein paar Zentimeter Schnee.«

»Stimmt, aber hier oben wird in den Einfahrten auch eine Menge Salz gestreut.« Rowley trat sich an einem Baumstumpf den Schnee von den Stiefeln. »Und wahrscheinlich kommt ab und an jemand vorbei, der ein Auge auf den Schrottplatz hat.«

Kane steckte sein Handy zurück in die Jackentasche. »Vielleicht, aber zu klauen gibt es hier nicht viel, oder? Und ich wüsste auch nicht, wer sich mitten im Winter die Mühe machen würde, über diesen Zaun zu klettern.« Er seufzte. »Ich werde mich mal schlau machen, wann wie viel Schnee in dieser Gegend gefallen ist. Falls der Besitzer den Schrottplatz vor dem ersten Schneesturm geschlossen hat, kommt das mit den Schneemengen hier nicht hin. Falls er ihn danach geschlossen hat, hätte am Tag nach dem Vorfall noch geöffnet sein müssen. Nur stellt sich in dem Fall die Frage: Warum war er dann während unserer Suchaktion nicht da?«

»Die Jungs von den Schneemobilen meinten, das Tor sei verschlossen gewesen, als sie hier waren, und sie sind drei oder vier Mal hier vorbeigekommen, als sie die Gegend absuchten.« Rowley starrte ins Leere. »Und jetzt?«

Kane ging zurück zum Wagen, öffnete die Hintertür und ließ Duke auf seine Decke springen. »Wir finden heraus, wann sie dichtgemacht haben, und bitten sie um Erlaubnis, uns umzusehen. Wenn sie uns das nicht von sich aus erlauben, denke ich mal, dass wir genug für einen Durchsuchungsbeschluss in der Hand haben.«

Eine Pressemitteilung mit der Bitte um sachdienliche Hinweise herauszugeben, war immer ein zweischneidiges Schwert. Im Gegensatz zu einer Fahndungsmeldung, die von den Strafverfolgungsbehörden herausgegeben wurde, um vermisste Personen aufzuspüren oder Verdächtige festzunehmen, sorgte eine Pressemitteilung samt Hotline für Hinweise aus der Bevölkerung regelmäßig für eine nicht enden wollende Flut nutzloser Informationen. Und all diese Informationen mussten durchgesiebt werden, nur für den unwahrscheinlichen Fall, dass jemand tatsächlich etwas beobachtet hatte, das der Polizei weiterhalf. Nach ein paar Stunden Durchsieben hatte Jenna einen einzigen ernst zu nehmenden Hinweis, aber selbst der war so wenig vielversprechend, dass er warten konnte, bis sie ihren Kaffeebecher nachgefüllt hatte. Der hartnäckige Husten hatte nachgelassen, aber der Kopf tat ihr immer noch weh, und der Infekt hatte sie mehr geschwächt, als sie sich eingestehen mochte. Sie stand auf, stemmte die Hände in die Hüften, lehnte sich zurück und streckte den Rücken durch.

Der Schnee brachte eine unheimliche Stille mit sich, doch obwohl der Himmel wolkenverhangen war, fiel strahlend weißes Licht durch die Fenster. Das Kondenswasser von der Heizung war auf den Fensterscheiben gefroren und hatte Eisblumen gebildet. Jenna rieb ein Loch hinein, um nach draußen zu schauen. Auf der anderen Seite der Einfahrt wirkte Kanes Cottage geradezu surreal, mit dem Schnee, der das Dach bedeckte, und den langen Eiszapfen, die von der Dachrinne und den Fensterbänken hingen. Die Zweige der umliegenden Kiefern bogen sich unter der Last des Schnees. Dort, wo man die grünen Nadeln sah, wirkten die Kiefern inmitten der kahlen, dunklen Ahornbäume und des graubraunen Gestrüpps seltsam farbenfroh. Die Kälte drang durch die Fenster und kühlte ihre Haut. Das Ranchhaus war über hundert Jahre alt, und jeden Winter schwor sie sich, im nächsten Jahr überall Fenster mit Doppelverglasung einzubauen, um die bittere Kälte draußen zu halten. Aber immer kam irgendetwas dazwischen. Es war ein ewiger Kampf gegen die Zeit, und sie hatte ja meistens nicht einmal genug Muße, um zum Friseur zu gehen, geschweige denn das Haus zu renovieren.

Der stille Alarm blinkte auf der Anzeigetafel an der Wand, und ihr Handy vibrierte. Als hätte sie auf diesen Moment gewartet, wurde sie ganz ruhig. Auch wenn sie allein war, war sie durchaus in der Lage, ihr Haus zu verteidigen. Mit drei Schritten war sie beim Waffenschrank, und wenige Augenblicke später hatte sie ein geladenes Gewehr griffbereit und sich eine zusätzliche Pistole an den Knöchel geschnallt. Ihr Handy klingelte. Es war Kane, der die Warnung offenbar ebenfalls erhalten hatte. Sie überprüfte die Monitore und erkannte einen Pick-up, der sich ihrem Haus näherte. Dann nahm sie seinen Anruf entgegen. »Da ist jemand in einem alten Dodge Durango, vielleicht einem 2000er, möglicherweise silbern, liegt viel Schnee drauf.«

»Dr. Weaver fuhr einen silbernen Pick-up, wahrscheinlich ist sie das.«

Sie hörte, wie Kane Gas gab. »Ich bin im Industriegebiet,

etwa einen Kilometer hinter der Stelle, wo Sky entführt wurde. Rowley ist bei mir. Wolfe kann in zwanzig Minuten bei Ihnen sein. Ich rufe ihn direkt an.«

Jenna kaute auf ihrer Unterlippe und beobachtete, wie das Fahrzeug weiter die Einfahrt hinunterfuhr. »Nein, scheuchen Sie ihn nicht auch noch auf. Wenn sie allein ist, werde ich schon mit ihr fertig. Ich könnte so tun, als wäre ich nicht zu Hause. Andererseits ist der Rauch aus dem Schornstein ein ziemlich eindeutiges Zeichen.« Sie seufzte. »Ich komme schon klar. Der Alarm hat mich halt erschreckt, und seit Wolfe mir erzählt hat, welche Bluttests Dr. Weaver angeordnet hat, ist sie mir wirklich nicht ganz geheuer.«

»Verstanden. Ich bin auf dem Weg zurück zur Dienststelle. Legen Sie nicht auf. Ich übergebe Sie gleich an Rowley und stelle Sie auf Lautsprecher. Passen Sie nur auf, dass sie Ihnen keine Spritze reinrammt.«

»Bloß nicht! Wie sollen wir Rowley denn erklären, was hier vor sich geht?« Jenna presste sich mit dem Rücken gegen die Wand und sah, wie die dick eingepackte Frau aus dem Wagen stieg und auf die Veranda zuging. »Die Wahrheit können wir ihm ja schlecht sagen.« Sie nahm ihre Jacke vom Garderobenhaken und schlüpfte hinein. Sie würde die Frau abwimmeln müssen. Auf keinen Fall würde sie sie ins Haus lassen.

»Ich werde mir etwas einfallen lassen.« Kanes Stimme klang ernst. *»Ist sie allein?«*

Jenna spähte hinaus zum Wagen der Ärztin, dessen Seitenscheiben vereist waren. »Scheint so. Falls sich in ihrem Truck niemand versteckt. Ab sofort Funkstille, ich mache ihr jetzt auf.« Sie ließ ihr Handy in die Tasche gleiten und öffnete die Tür. »Was führt Sie hinaus in die Kälte, Frau Doktor?«

»Ich war gerade in der Nähe und dachte, ich schaue mal, wie es Ihnen geht.« Dr. Weaver schaute vom Fuß der Treppe aus zu ihr hoch.

»Schon viel besser, danke.« Jenna trat auf die Veranda hinaus, hielt aber Abstand.

Die Art und Weise, wie die Ärztin ihre Hände in den Taschen behielt, beunruhigte sie und ließ ihr ein Kribbeln über den Rücken laufen. Als die Frau näher kam, bemerkte Jenna in ihren kleinen Augen einen Ausdruck, den sie nicht recht einzuordnen vermochte. War das Besorgnis? Oder Unentschlossenheit? Als plötzlich ein Nerv in der Wange der Ärztin zuckte, war Jenna endgültig überzeugt, dass etwas nicht stimmte. Sie traute dieser Frau nicht und wollte nur eines: dass sie von ihrer Ranch verschwand.

»Sie sehen aber immer noch sehr blass aus«, sagte Dr. Weaver. Jetzt wirkte sie mit einem Mal, als wisse sie genau, was sie wollte. »Ich werde Sie noch einmal untersuchen, ganz kostenlos.«

»Nicht nötig. Mir geht es gut.« Jenna öffnete ihre Jacke gerade so weit, dass die Ärztin die Waffe in ihrem Schulterholster sehen konnte.

»Sie sollten drinnen sein, nicht hier draußen in der Kälte.« Dr. Weaver schien die Pistole entdeckt zu haben. Sie runzelte die Stirn und setzte den Fuß, den sie bereits gehoben hatte, um ihn auf die unterste Stufe der Treppe zu setzen, zurück auf den festgetrampelten Schnee am Fuß der Treppe. »Das Ergebnis Ihres Bluttests ist da, und abgesehen von einer leicht erhöhten Anzahl weißer Blutkörperchen geht es Ihnen gut. Das mit den weißen Blutkörperchen ist höchstwahrscheinlich auf die Infektion zurückzuführen. Sie sollten in ein paar Wochen noch einmal ein Blutbild machen, nur um sicherzugehen.«

Jenna zwang sich zu einem Lächeln. »Das ist doch schön zu hören. Wolfe wird das für mich erledigen. Um mir das zu sagen, hätten Sie nicht den ganzen Weg hier heraus auf sich nehmen müssen. Sie hätten einfach anrufen können. Um diese Jahreszeit sind die Straßen hier ziemlich glatt.« Sie blickte hinter sich und räusperte sich. »Ich muss wieder rein, ich habe Besuch.«

»Oh.« Die Ärztin sah sie verwirrt an. »Ich dachte, Sie wären allein. Auf der Landstraße sind mir Deputy Kane und Deputy Rowley entgegengekommen.«

»Ich weiß gar nicht mehr genau, wie sich das anfühlt, allein zu sein.« Jenna lachte und hoffte, dass es nicht hysterisch klang. »Seit ich krank bin, kommt dauernd Besuch. Wahrscheinlich werde ich mich mehr ausruhen können, wenn ich wieder auf der Arbeit bin.« Sie zitterte demonstrativ und öffnete hinter sich die Tür. »Es ist kalt hier draußen. Ich lasse Sie besser weiterarbeiten.« Sie winkte ihr. »Danke, dass Sie vorbeigekommen sind.«

Jenna schloss die Tür und verriegelte sie. Aber Dr. Weaver ging nicht weg. Sie stand einfach nur da und starrte ihr hinterher, mit demselben Ausdruck wie vorher. Ihr Anblick verunsicherte Jenna. Sie zückte ihr Handy. »Rowley, geben Sie mir Kane.«

»*Ist sie weg?*«

Ein Schauer lief Jenna über den Rücken. »Nein, sie steht nur da und starrt die Tür an.« Sie ging ins Wohnzimmer und rubbelte ein Loch in die Eisblumen, um nach draußen zu sehen. »Sie hat einen seltsamen Gesichtsausdruck, und sie meinte, sie dachte, ich wäre allein.«

»*Das klingt nicht gut. Ich setze Rowley vorm Büro ab und komme nach Hause*«, sagte Kane und räusperte sich. »*Was tut sie jetzt?*«

Jenna hatte ihren Blick nicht von der Ärztin abgewandt. »Sie lehnt an ihrem Wagen und telefoniert mit dem Handy. Wissen Sie, ob Wolfe schon irgendwelche Informationen über sie hat?«

»*Nein. Ich bin mir sicher, dass er Ihnen Bescheid geben wird, sobald das FBI seine Nachforschungen zu ihr abgeschlossen hat.*«

Jenna starrte die Frau ungläubig an. Ihr Herz klopfte. »Verdammte Scheiße, sie kommt zurück zum Haus«, sagte sie, nahm das Handy in die linke Hand und zog mit der rechten ihre Waffe. Überrascht bemerkte sie, dass ihre Hand, die den Griff der Pistole umklammerte, zitterte. »Was will diese Frau von mir?«

»*Alte Erinnerungen lassen sich nur schwer verdrängen, Jenna. Es ist normal, dass Sie in Alarmbereitschaft gehen, wenn Sie sich bedroht fühlen.*« Kanes Stimme war wie immer ruhig. »*Falls sie glaubt, dass jemand bei Ihnen im Haus ist, wäre sie schon ziemlich dumm, wenn sie Sie angreifen würde. Wenn sie an die Tür kommt, sprechen Sie durchs Fenster mit ihr.*«

Widerwillig steckte Jenna ihre Waffe weg, öffnete das Wohnzimmerfenster und sah die Ärztin an. »Stimmt was nicht?«

»Ich glaube, ich habe meine Schlüssel fallen lassen.« Dr. Weaver fuhr mit dem Stiefel durch den Schnee am Fuß der Treppe und starrte zu Boden.

Jenna hielt das Handy an ihr Ohr. »Sie hatten die ganze Zeit, während Sie mit mir gesprochen haben, die Hände in den Taschen. Ich glaube nicht, dass sie Ihnen hier heruntergefallen sind. Vielleicht sollten Sie eher drüben bei Ihrem Wagen suchen.« Sie seufzte. »Ich würde Ihnen ja helfen, aber ich muss diesen Anruf entgegennehmen. Kane ist in ein paar Minuten hier, er wird Ihnen suchen helfen, wenn er kommt.«

»Ist schon gut, hier sind sie.« Die Ärztin hielt ein Schlüsselbund hoch. »Sie waren in meiner Tasche. Wie dumm von mir. Tut mir leid, dass ich Sie belästigt habe.« Sie stapfte zurück zu ihrem Wagen, ließ den Motor an und fuhr davon.

»*Ist sie weg?*« Das Geräusch von Kanes Motor war verstummt.

Jenna staunte, wie sehr diese Frau sie verunsichert hatte. Sie stieß einen langen, erleichterten Seufzer aus. »Ja. Wo sind Sie?«

»*Vor der Dienststelle. Ich komm jetzt nach Hause.*«

»Gut.« Jenna spähte aus dem Fenster. »Ich habe keine

Ahnung, wen sie angerufen hat, also gehe ich lieber in den Schutzraum, sicher ist sicher. Holen Sie mich dort ab.« Das Geräusch des lauten Motors drang an Jennas Ohr, während Kane seinen SUV zurück auf den Highway lenkte. »Ich bleibe in der Leitung, bis Sie da sind. Fahren Sie vorsichtig!«

»*Verstanden.*«

ZWANZIG

Nervös lief Ella vor dem knisternden Kamin in Doug Pauls Zimmer auf und ab. Sie wünschte, Skys Familie würde ihr endlich zuhören und sie nicht behandeln, als hätte sie den Verstand verloren. Keiner von ihnen schien etwas unternehmen zu wollen, um Sky zu finden. Sie saßen alle nur herum und warteten auf Neuigkeiten vom Sheriff. Das Warten machte sie wahnsinnig. Sie starrte Doug an. Im Gegensatz zu seiner kleinen Schwester war er sportlich gebaut, aber sie hatten das gleiche Haar und die gleichen Augen. »Ich finde, ich habe lange genug darauf gewartet, dass die Rettungskräfte Sky finden. Die suchen bestimmt an der falschen Stelle. Kann ich mir nicht deinen Pick-up ausleihen und selber nach ihr suchen?«

»Den rührst du nicht an«, sagte Doug und starrte sie an. »Mom würde einen Anfall bekommen, wenn du da alleine rausfährst.«

Ella hob ihr Kinn. »Ich bin nicht alleine. Ich habe im Internet einen Medizinstudenten kennengelernt, der mir bei der Suche nach Sky helfen will. Mit dem treffe ich mich nachher.«

»Glaubst du wirklich, wir können sie finden, wenn der

Suchtrupp das nicht schafft? Hast du nicht die Nachrichten gesehen? Sheriff Alton hat alle verfügbaren Leute auf die Suche geschickt. Der Hubschrauber vom Fernsehen hat doch die Bilder gezeigt – da waren mindestens fünfzig Leute vor Ort. Die Deputys waren da und haben die Suche geleitet. Glaub mir, das Sheriff's Department setzt Himmel und Erde in Bewegung, um sie zu finden.« Doug schnaubte. »Du bist verrückt, wenn du glaubst, dass du und ein Medizinstudent sie mitten in der Nacht finden könnt.«

»Na ja, dann hab ich's wenigstens versucht. Anders als du, der gemütlich vor dem Kamin sitzt, während Sky da draußen erfriert.« Ella ging quer durch den Raum und zeigte auf eine gerahmte Karte von Black Rock Falls, die an der Wand hing. »Wie alt ist die Karte da?«

»Weiß nicht, aber das ist keine Karte, sondern eine von den Luftaufnahmen von meinem Vater.« Er drehte sich in seinem Sessel um, sodass die Lederpolsterung ächzte, und schaute Ella an. »Die hat er mir zu meinem letzten Geburtstag geschenkt, ist also noch nicht so alt. Wieso?«

Ella schaute auf das Foto und fuhr mit dem Finger den Verlauf des Highways nach. Sie zeigte auf eine Gruppe verstreuter Gebäude auf der einen Seite des Bildes. »Was sind das für Gebäude? Sind das Rinderfarmen?«

»Nein. Die Stelle, wo du meinst, dass Sky verschwunden ist, liegt einen Kilometer vom Industriegebiet von Black Rock Falls entfernt. Das Grasland da draußen ist voll von verlassenen Goldminen, das benutzt kaum jemand als Weideland. Die Gebäude da sind hauptsächlich Töpfereien, Eisenhütten, ein Schrottplatz und Industrieanlagen.« Er stand auf, ging zu dem Luftbild und deutete auf eine Gruppe von sechs oder acht Gebäuden. »Der einzige Ort in dieser Richtung, wo es Vieh gibt, ist die Fleischfabrik. Die Rinder werden mit Lastwagen angekarrt und vor der Verarbeitung in den eingezäunten Bereichen gehalten.« Er wies mit dem Finger auf ein großes

Gebäude. »Das ist die Fleischfabrik und hier«, er fuhr mit dem Finger über die Karte, »ist die Düngemittelfabrik.« Er wandte sich ihr zu. »Wieso?«

Ella nickte. »Sie haben nicht erwähnt, dass sie in den Fabriken nach Sky gesucht hätten, oder? Sie haben nur gesagt, dass sie am Highway suchen, aber diese ganzen Orte liegen nur einen Kilometer oder so vom Highway entfernt. Was, wenn jemand nachts in einer dieser Fabriken arbeitet und Sky entführt hat?«

»Das ist im Moment ziemlich unwahrscheinlich. Alle Fabriken sind über die Feiertage geschlossen, und sie haben Alarmsysteme. Dass Sky es bis dahin geschafft hat, kann ich mir nicht vorstellen, und wenn, dann wäre sie erfroren. Und außerdem hätte sie inzwischen jemand gefunden.« Er schüttelte den Kopf. »In den Nachrichten hieß es, der Suchhubschrauber hat die ganze Gegend abgesucht und das Team mit den Schneemobilen hat alle Fabriken überprüft.«

Ella ergriff seinen Arm. »Sie muss da irgendwo sein.«

»Wie kommst du darauf?« Doug lehnte sich mit der Schulter gegen die Wand. »Er hätte sie in seinen Kofferraum packen und irgendwohin fahren können, noch bevor du sie als vermisst gemeldet hattest. Er hatte mindestens neun Stunden Vorsprung.«

Ella schüttelte den Kopf und packte seinen Arm noch fester. »Und wo ist dann ihr Auto?« Sie hob ihr Kinn und blickte ihn an. Warum wollte er sie nicht verstehen? »Ich habe nur einen Mann gesehen. Wie hat er ihr Auto weggefahren? Ein Mann kann doch nicht zwei Autos fahren.«

»Doch, das kann er.« Doug ging zu der Tür, die zur Garage führte. »Komm her, ich zeige es dir.« Er ging voran und betrat die riesige Garage, Ella folgte ihm. »Siehst du das?« Er deutete auf ein Gerät, das an der Wand hing. »Das ist ein Abschlepprahmen. Den kann ich hinten an meinem Truck befestigen und ein anderes Fahrzeug oder einen Anhänger dranhängen. Da braucht man keinen zweiten Fahrer. Und er passt locker in einen Kofferraum. Viele Leute benutzen so was.«

»Okay.« Ella rieb sich die Arme gegen die Kälte. »Aber ich glaube trotzdem, es war ein Hinterhalt. Irgendwie wusste er, dass wir dort sein würden.«

»Um Mitternacht, wenn ein Schneesturm aufzieht? Niemals.« Doug schüttelte den Kopf. »Wir wussten ja nicht einmal, wann Sky ankommen würde, bis sie Mom vom Blackwater Roadhouse aus angerufen hat. Wie hätte dann der Mann, der sie angegriffen hat, das wissen können?«

»Weiß ich nicht«, gab Ella zu und schüttelte den Kopf. »Aber ich fühle einfach, dass sie da draußen irgendwo ist. Wir müssen sie suchen gehen.« Sie ging zurück in sein Zimmer, er folgte ihr. Sie blickte in die tanzenden Flammen im Kamin. »Wenn ich recht habe, wohnt der Mann ganz in der Nähe. Vielleicht wartet er schon auf den Nächsten, den er umbringen kann.« Sie drehte sich um und sah ihn an. »Wenn wir zur gleichen Zeit, zu der er Sky entführt hat, wieder an derselben Stelle sind, könnten wir ihn schnappen. Wir sind ihm zahlenmäßig überlegen, und dieses Mal kannst du die da mitnehmen.« Sie deutete auf eine Schrotflinte, die in einem Waffenhalter an der Wand hing. »Er wird nicht damit rechnen, dass wir uns wehren.«

»Du bist hier in Montana«, sagte Doug und schüttelte den Kopf. »Die meisten Leute hier draußen haben in ihrem Auto eine Waffe. Wenn er so vergehen würde, was du sagst, wäre er wahrscheinlich längst tot.«

Sie starrte ihn an. »Tja, als ich ihn das letzte Mal gesehen habe, war er gesund und munter. Nimm das Gewehr mit.« Sie runzelte die Stirn. »Ich bin mit einem Typen namens Jim verabredet. Der wird sich da draußen den Arsch abfrieren, wenn ich ihn warten lasse. Und ich habe keine Lust, die Nachrichten einzuschalten und zu erfahren, dass der Killer ihn auch ermordet hat.«

»Okay, ich nehme das Gewehr mit«, sagte Doug. »Da draußen hat man übrigens so gut wie keinen Handyempfang, und es ist erstaunlich, wie viele Leute da in einem Kilometer Umkreis eine Panne haben oder in einen Unfall verwickelt sind. Als wäre die Gegend verflucht.« Er sah sie mit entschlossener Miene an. »Aber wenn du unbedingt gehen willst, dann pack dich warm ein. Ich suche inzwischen ein paar Decken zusammen, falls wir da draußen stecken bleiben.«

Ella zuckte zusammen. »Meinst du, wir geraten in einen Schneesturm?«

»Vielleicht. Ich sage ja, es ist eine dumme Idee, aber wenn du darauf bestehst, dann machen wir es wenigstens auf meine Art, und wir kehren um, wenn das Wetter schlecht wird. Wir haben die Schrotflinte, und das Navi in meinem Pick-up hat einen Satelliten-Tracker. Wenn etwas passiert, werden sie uns suchen, sobald sie merken, dass wir weg sind.« Er bedeutete ihr, zu gehen. »Ich will nicht die ganze Nacht warten, bis du startklar bist. Es ist eiskalt da draußen, und ich will noch bei Aunt Betty's einen Kaffee trinken, bevor wir die Stadt verlassen, und die schließen um halb zwölf.«

Ella starrte ihn an. Sie fragte sich, ob er ihr wirklich glaubte und ob er sich bewusst war, welche Gefahr ihnen drohte, wenn sie tatsächlich dem Mann von neulich begegneten. »Alles klar, aber pack reichlich Munition ein. Ich will kein Risiko eingehen.«

EINUNDZWANZIG

Ohne einen Funken des Bedauerns warf er einen letzten Blick auf Skys Gesicht und schaute in ihre leblosen Augen. Keiner würde verstehen, wie er sich fühlte, wenn die Frauen tot waren. Sobald sie zum letzten Mal aufgeschrien und ihren letzten Atemzug getan hatten, waren sie für ihn so wertlos wie ein leeres Bonbonpapier, das man in den Müll warf. Am liebsten hätte er sie einfach am Straßenrand liegen gelassen, aber dann hätten die Polizisten bald eine Leiche. Besser alles schön ordentlich machen. Er hievte Sky auf das Förderband, zog ihr die Decke vom Körper und betätigte den Schalter. Er wartete noch, bis sie in die Rutsche glitt. Die Maschine ächzte und zitterte unter der Last. Dann, als ihr blondes Haar aus seinem Blickfeld verschwunden war, wandte er sich ab und schob die Fahrtrage wieder ins Gebäude hinein.

Den Medienberichten zufolge vermutete Sheriff Alton, dass Ella Tate etwas mit Skys Verschwinden zu tun hatte. Er kicherte, als er sein Büro betrat, sich an den Schreibtisch setzte und sein gefälschtes Social-Media-Profil löschte, um sicherzustellen, dass niemand ihn mit seinen Opfern in Verbindung bringen konnte. Wie heutzutage in der Strafverfolgung üblich, hatte die Leiterin der Ermittlung sicherlich einen Profiler, der versuchen würde, ihn zu durchschauen. Aber den würde er leicht überlisten, wie die meisten Leute. Im Moment konzentrierte sich die Polizei ohnehin auf Tate, also würde Sheriff Alton sich auch an sie halten, wenn die nächste Person verschwand. Sie waren ja jetzt schon überzeugt davon, dass sie Sky ermordet hatte. Der Profiler würde in ihr eine verwirrte, gewalttätige Studentin sehen, und der Fall wäre abgeschlossen. *Bis sie sie verhaften, kann ich tun und lassen, was ich will.*

ZWEIUNDZWANZIG

Als Ella aus dem Fenster von Dougs Pick-up schaute, überkam sie ein Gefühl der Beklemmung. Der vorhergesagte Schneesturm hatte noch nicht begonnen, aber am Himmel türmten sich bereits bedrohliche Wolken auf. Die Straßen waren menschenleer. Black Rock Falls glich einer Filmkulisse, und die Weihnachtsbeleuchtung zwischen den Laternenpfählen ließ die schneebedeckten Fassaden in bunten Farben erstrahlen. Vor Aunt Betty's Café stand ein winkender Schneemann mit einer blinkenden roten Karottennase, drinnen schimmerte ein festlicher Christbaum mit Girlanden und Glaskugeln. Laut einem Schild im Fenster bot die Küche gegen die Kälte diverse verlockende weihnachtliche Gerichte an.

Während sie aus der Stadt hinausfuhren, vorbei an dem Park mit dem riesigen Weihnachtsbaum und der Krippe, dachte sie daran, wie sich ihr Leben verändert hatte, seit ihre Eltern gestorben waren. Sie hatte ständig umziehen müssen, je nachdem wo ihr Bruder gerade stationiert wurde. Aber in etwa einem Jahr würde sie endlich auf eigenen Füßen stehen. Dann würde sie sich einen Job und eine eigene Wohnung suchen. Sie musste nur Sky finden, dann konnte sie ihren Umzug nach Black Rock Falls in Angriff nehmen. Die Pauls hatten sich so nett um sie gekümmert, und sie mochte Doug. Wenn man in einer Stadt wohnte, wo man Leute kannte, konnte das nur von Vorteil sein. Sie riss ihren Blick von der leeren weißen Landschaft los und sah Doug an. Er beugte sich über das Lenkrad und spähte durch die vereiste Windschutzscheibe. Die Schneeflocken bildeten weiße Linien auf den Wischerblättern. Sie räusperte sich. »Ich würde nach dem College gerne hier wohnen. Es ist schon lange her, dass ich irgendwo so richtig zu Hause war.«

»Die Stadt wächst und wächst. Ich will gar nicht wegziehen – es gibt hier genug Arbeit.« Doug hob das Kinn, als wolle er nach vorne deuten. »Was ist denn da los? Ist das die Karre, die du in der Nacht gesehen hast, als Sky verschwunden ist?«

Im Licht von Dougs Scheinwerfern war ein heller Pick-up am Straßenrand zu erkennen, der den Warnblinker eingeschaltet hatte. Eine dunkle, morbide Vorahnung beschlich sie. Sie klammerte sich von der Seite an seinen Sitz und versuchte, ruhig zu bleiben. »Ja, das könnte er sein. Ich bin mir ziemlich sicher, dass es ein weißer Pick-up war oder vielleicht auch ein silberner.« Sie sah ihn an. »Ich zittere total, das ist wie ein Déjà-vu.«

»Ja, aber dieses Mal bin ich bei dir, und wir haben eine Schrotflinte.« Doug schaute grimmig drein. »Komm, wir halten an.«

Sie sahen, wie eine gegen die Kälte vermummte Gestalt aus dem Fahrerhaus kletterte, sich auf ihre schwarze Wollmütze einen Cowboyhut setzte und sich einen Schal um das Gesicht wickelte. Dann ging die Person um den Pick-up herum. Als sie näher heranfuhren, glitten die Scheinwerfer über tiefe Furchen im Schnee. Ella erschrak, als sie ein weiteres Auto sah, das zur Hälfte in den Straßengraben gerutscht war. Teilweise war es unter grauen Schneemassen begraben, aber man sah die roten Rücklichter leuchten. Dampfwolken quollen unter der zerquetschten Motorhaube hervor, eine Tür stand offen. »O mein Gott, das ist ja ein Wrack.«

»Die Straßen sind glatt, da verliert man schnell die Kontrolle.« Doug fuhr langsamer und schaute zu ihr hinüber. »Was ist mit dem? Sieht er aus wie der Mann, der dich angegriffen hat?«

»Er war schwarz angezogen und hatte die Kapuze über das Gesicht gezogen, sodass ich ihn nicht richtig sehen konnte. Er war so groß wie der da ... Aber ich glaube, der Cowboyhut macht ihn größer.« Sie schüttelte den Kopf. »Nein, ich glaube nicht, dass er das ist. Das ist wahrscheinlich Jim, der Typ, den ich im Netz kennengelernt habe.«

»Hast du diesen Jim etwa nicht gefragt, wie er aussieht?« Doug starrte sie an. »Oder was für ein Auto er fährt?«

Ella lenkte ihren Blick weg von dem Unfall. »Ich *weiß*, wie er aussieht. Ich habe sein Profilbild im Internet gesehen, und er hat gesagt, er fährt einen weißen Pick-up.« Sie zeigte mit der Hand auf das geparkte Auto vor ihnen. »Ich kann von hier aus weder sein Gesicht noch die Farbe von dem Wagen genau erkennen, aber es sieht aus, als könnte er weiß sein.«

»Na gut.« Doug fuhr auf den Seitenstreifen und hielt an, ließ den Motor aber laufen. »Bleib hier mit der Schrotflinte. Ich schau mal, ob ich helfen kann.« Er warf ihr einen langen besorgten Blick zu. »Weißt du eigentlich, wie man damit umgeht?«

Die Angst packte sie. Ihre Eltern waren bei einem Autounfall ums Leben gekommen, und der Anblick des zerstörten Autos weckte bei ihr schlimme Erinnerungen. »Jaja. Nun geh schon, vielleicht stirbt da draußen gerade jemand. Ich werde die Türen nicht verriegeln, falls du schnell wieder reinmusst.« Sie streckte die Hand aus. »Gib mal dein Handy, ich schaue, ob ich Empfang habe, und rufe 911 an.«

Sie nahm das Handy und sah auf das Display. Dann tippte sie 911, aber es gab keine Verbindung. Wie Doug gesagt hatte, im Umkreis von einem Kilometer gab es keinen Handyempfang, aber dafür umso mehr Unfälle. Das hier war sozusagen das Bermudadreieck von Black Rock Falls.

DREIUNDZWANZIG

Es war schon nach Mitternacht, und Jenna konnte nicht einschlafen. Der Besuch der Ärztin hatte an ihren Nerven gezerrt und schreckliche Erinnerungen an ein anderes Leben in ihr wachgerufen – und an das Gefühl, wie es war, auf jemandes Abschussliste zu stehen. Seit Kane in der Stadt war, konnte sie sich darauf verlassen, dass er sie beschützte. Außerdem war es so gut wie ausgeschlossen, dass ihre Feinde aus ihrem früheren Leben hier auftauchten, schlicht und einfach weil die meisten von ihnen tot waren. Das Problem war nur, dass diese Männer Familien gehabt hatten, und es gab immer jemanden, der auf einen Rachefeldzug aus war. Jetzt stand sie vielleicht wieder auf der Abschussliste des Kartells, und alles nur wegen eines einzigen dämlichen Bluttests. Sie starrte an die Decke und ließ in Gedanken die letzten Monate Revue passieren. Neben ihrem Vollzeitjob hatte sie viel Zeit damit verbracht, Kane bei seiner Reha zu unterstützen. Wenn sie abends aus dem Büro kam, löste sie die Krankenpflegerin ab, die Wolfe ihm besorgt hatte. Kane hatte sich verändert, seit ihm ein mehrfacher Mörder in den Kopf geschossen hatte. Er war freundlich und rücksichtsvoll wie immer, doch er blockte all ihre Versuche ab, ihm näherzukommen. Es war wie damals, als er in die Stadt gezogen war. Irgendetwas hatte sich verändert, aber sie kam nicht dahinter, was es war. Sie seufzte. Wolfe wusste es bestimmt, aber es wäre einfacher, aus Fort Knox ein paar Goldbarren zu entwenden, als Wolfe etwas zu entlocken, das Kane ihm anvertraut hatte.

Jenna schlug die Decke zurück, schlüpfte in ihre Hausschuhe, zog den Morgenmantel an und ging in die Küche. Nachdem sie Milch und Kakaopulver herausgeholt hatte, hörte sie Schritte hinter sich. Mit klopfendem Herzen fuhr sie herum, aber es war nur Kane, der durch die Tür kam. »Sie haben mich zu Tode erschreckt.«

»Tut mir leid.« Er schaute über ihre Schulter auf den Tresen. »Machen Sie mir auch einen Becher? Ich kann irgendwie nicht schlafen.«

Jenna betrachtete ihn. Er sah zerzaust aus, seine Miene war angespannt. »Klar. Ich kann auch nicht schlafen. Mir gehen so viele Dinge durch den Kopf.« Sie bereitete den Kakao zu und reichte ihm einen Becher, dann setzte sie sich an den Tisch. »Wo ist Sky Paul, und hat Ella Tate etwas mit ihrem Verschwinden zu tun?«

»Ich wünschte, ich wüsste es.« Kane ließ sich auf einen Stuhl sinken und zuckte zusammen. »Soweit ich es in Erfahrung bringen konnte, sind die beiden befreundet, seit sie sich im Studentenwohnheim ein Zimmer teilen. Ich habe mit einigen ihrer Freunde auf dem Campus gesprochen, und die sagen alle dasselbe: dass sich die beiden ständig streiten, aber trotzdem beste Freundinnen sind.« Er musterte ihr Gesicht und seufzte. »Das ist aber nicht alles, was Ihnen Sorgen macht, oder? Sie müssen sich fühlen, als hätten Sie wieder ein Fadenkreuz auf dem Rücken, und glauben Sie mir, ich weiß, wie das ist.«

Jenna nippte an ihrem Kakao und sah ihn über den Rand des Bechers hinweg an. »Na ja, klar, das schon. Aber ich habe mit diesem Problem schon einmal gelebt«, sagte sie und zuckte die Schultern. »Und jetzt, wo ich Sie und Wolfe um mich habe, werden wir gemeinsam verhindern, dass jemand an mich herankommt.« Sie holte tief Luft. »Ich mache mir aber eher Sorgen um Sie.«

»Um mich?« Kane sah sie erstaunt an. »Mir geht es prima, von Tag zu Tag geht es mir besser.« Er legte beide Hände um den Becher, der in seinen Pranken ganz klein wirkte. »Oder meinen Sie wegen des Gedächtnisverlustes?«

Erleichtert nickte Jenna. »Ja, Sie sind seitdem so distanziert, manchmal fast wie ein Fremder.«

»Es tut mir leid, Jenna.« Kane sah sie verwundert an. »Meine Erinnerungen sind völlig durcheinander. Es kommt mir vor, als wären fünf Jahre vergangen, seit ich hier angekommen bin, und nur ein paar Monate, seit meine Frau bei dem Bombenanschlag gestorben ist. Als ich Sie nach der Schießerei in der Schlucht gesehen habe, habe ich Sie nicht erkannt, und ich hatte keine Ahnung, wo ich war. Meine letzte Erinnerung in diesem Moment war, wie ich meine Frau sterben sah.«

Plötzlich verstand sie. Kein Wunder, dass er so distanziert gewesen war! Sie langte über den Tisch und drückte seinen Arm. »Es tut mir so leid, Dave. Sie haben das damals erwähnt, aber ich war davon ausgegangen, dass Ihr Gedächtnis inzwischen vollkommen zurückgekehrt ist.« Sie seufzte. »Ihre Erinnerungen sind also alle wieder da, aber nicht in chronologischer Reihenfolge? Ach, jetzt verstehe ich so vieles. Gehen Sie es langsam an, und machen Sie sich keinen Stress. Ich kann warten, Dave. Das habe ich schon einmal getan, und das kann ich noch einmal tun.«

»Deshalb muss ich auch zurück ins Cottage ziehen.« Kane streckte sein Bein aus und rieb sich das Knie. »Ich brauche die Normalität, die alte Routine, die wir früher hatten, um wieder einen klaren Kopf zu bekommen.« Er hob den Blick und sah sie an. »Ich schätze unsere Freundschaft sehr, Jenna, und vielleicht kann ja irgendwann mehr daraus werden. Falls Sie wirklich versetzt werden, gehe ich direkt zum Präsidenten, wenn es sein muss, damit ich mit Ihnen zusammen versetzt werde.«

Jenna grinste. »Das ist genau die Art von Kumpel, die ich brauche. Können wir Wolfe und die Mädchen mitnehmen? Ich hätte gerne, dass die Familie zusammenbleibt.«

»Ich auch.«

VIERUNDZWANZIG

Es war bereits deutlich kälter geworden, als er auf den Highway eingebogen war. Er war langsam gefahren und hatte in eine Seitenstraße einbiegen wollen, um dort zu warten, bis Ella Tate und ihr Begleiter in dessen schwarzem Pick-up vorbeifuhren. Dann hatte er von hinten auffahren und sie anhupen wollen. Als plötzlich ein Auto angerauscht kam, das mit mindestens hundert Stundenkilometern über den Highway raste, staunte er nicht schlecht, und kurz darauf sah er, wie der Fahrer in der Kurve die Kontrolle über den Wagen verlor und im Straßengraben landete. Er fuhr hin, hielt hinter dem Auto an und schaltete den Warnblinker ein, dann nahm er seine Taschenlampe und stapfte durch die Schneise, die das Auto in den Schneeverwehungen hinterlassen hatte, zu dem dampfenden Wrack. Die Fahrerin, eine Frau Ende vierzig, blutete stark aus einer Wunde am Hals, sie würde bald tot sein. Doch auf dem Beifahrersitz saß eine junge Frau. Ihr Kopf ruhte auf dem Airbag, sie war bewusstlos. Er konnte sein Glück kaum fassen und grinste in die Dunkelheit hinein. »Ein Geschenk des Himmels.«

Seine Aufregung hatte sich schon wieder etwas gelegt, als zwei Scheinwerfer durch die Dunkelheit auf ihn zukamen. Das

Fahrzeug wurde langsamer, als würden die Insassen ihn beobachten. Die eisige Kälte schnitt ihm in die Wangen, als er zu seinem Wagen zurückging. Der andere Pick-up näherte sich ihm, und da er nicht wollte, dass ihn jemand identifizierte, wickelte er sich einen Schal um den Kopf und zog sich den Cowboyhut ins Gesicht. Er hoffte, dass Ella Tate in dem Wagen saß, aber in jedem Fall würde ihn so niemand erkennen können. Als das Auto noch langsamer wurde, winkte er dem Fahrer zu, blieb aber stehen.

Ein junger Mann stieg aus dem Wagen aus und kam auf ihn zu. »Bist du Jim?«

Eine Welle der Vorfreude durchfuhr ihn. *Ach, das wird so einfach sein.* »Ja. Ich nehme an, du bist Doug. Ist Ella auch da?«

»Sie ist im Wagen.« Doug warf einen Blick auf den dampfenden Unfallwagen. »Gibt es Überlebende?«

Er hatte die Hände in den Jackentaschen, die linke hielt die Spritze für Doug, die rechte die Spritze für Ella. »Ja, eine. Die Fahrerin hat es nicht geschafft.« Er zuckte die Schultern. »Hier draußen 911 anzurufen, hat keinen Zweck, hier gibt es null Empfang. Wenn du mir tragen hilfst, können wir die Beifahrerin auf den Rücksitz von meinem Pick-up legen und ich fahre mit ihr direkt in die Notaufnahme. Ich hätte das schon selbst getan, aber ich hatte Angst, dass sie eine Rückenverletzung hat. Wir müssen sie so gerade wie möglich halten und ihren Kopf stützen.«

»Gut, ich helfe dir«, sagte Doug zögerlich. »Aber was, wenn sie uns später verklagt, weil wir sie bewegt haben? Sollen wir nicht lieber die Straße hochfahren, bis wir wieder Empfang haben, und einen Krankenwagen rufen?«

Clever, aber ich bin cleverer. »Bis die Rettungssanitäter eintreffen, ist sie längst erfroren. Am meisten Chancen hat sie, wenn ich sie gleich mitnehme, aber du musst mir helfen. Du musst sie halten und aufpassen, dass ihr Hals nicht wegknickt. Kriegst du das hin?«

»Okay.« Doug sah nicht ganz überzeugt aus, aber er nickte knapp. »Ella kann uns in meinem Truck hinterherfahren.«

Mühsam holten sie die junge Frau aus dem Auto, wobei sie darauf achteten, ihren Kopf zu stützen. Doug hielt ihre Schultern, und er ließ sich schnell überreden, sich auf den Rücksitz zu setzen, den Kopf der Frau auf seinem Schoß. »In ihrem Auto liegt eine Wolldecke, die hole ich mal eben. Ihre Handtasche auch, das Krankenhaus muss ja wissen, wer sie ist.« Auf dem Weg zum Unfallwagen zog er heimlich eine der Spritzen aus der Jackentasche. Er nahm Handtaschen und Handys aus dem Fahrzeug und ging zu seinem Pick-up zurück.

Seine Hände zitterten vor Aufregung, als er die Tür neben Doug öffnete und ihm die Decke reichte. »Ich gehe und sage Ella, dass sie uns folgen soll.«

»Klar, der Schlüssel steckt.« Doug lächelte. »Aber Vorsicht, sie hat eine geladene Schrotflinte dabei.«

In dem Moment, als Doug sich umdrehte, um die junge Frau mit der Wolldecke zuzudecken, rammte er ihm die Spritze einmal in den Hals und einmal in den Oberschenkel. In Sekundenschnelle und ohne einen Mucks sank Doug in sich zusammen. *Das war Nummer eins.* Er schloss die Tür und schlitterte über den eisbedeckten schwarzen Asphalt zu Dougs Wagen. Er hielt am Heck des Pick-ups in der Dunkelheit inne, um sich zu vergewissern, dass der Schal sein Gesicht verdeckte, dann holte er die Spritze aus der Tasche und zog die Kappe von der Kanüle. Er ging langsam um den Wagen herum und leuchtete mit der Taschenlampe durch das Fenster. Da saß sie. Sie hatte keine Schrotflinte in der Hand, sondern starrte ihn nur an, ein zögerliches Lächeln auf den Lippen. *Wie dumm kann man eigentlich sein?* »Hallo, Ella. Kennst du mich noch?«

FÜNFUNDZWANZIG

MITTWOCH

Ihr war kalt, so kalt. Ella tastete nach der Decke, und zog sie sich bis zu den Ohren hoch. Ihr Nacken tat weh, und ihre Beine fühlten sich seltsam taub an. Ihre Zähne klapperten, es klang in der völligen Stille entsetzlich laut. Die Kälte war ihr bis in die Knochen gesickert. Sie blinzelte und starrte auf eine strahlend weiße Wand vor sich. Erschrocken schaute sie sich um. Sie lag in einem Auto, die weiße Wand war die mit Schnee bedeckte Windschutzscheibe. *Wie zum Teufel bin ich hierhergekommen?*

Kondenswasser rann an den Scheiben herab. Sie hob ihre Hand, die immer noch im Handschuh steckte, um es wegzuwischen, überlegte es sich dann aber anders und sah sich im Auto um. Sie fand ein Verpackungspapier von einem Hamburger und rieb damit ein Guckloch in die beschlagene Scheibe. Draußen erstreckte sich in beide Richtungen der schneebedeckte Highway. Sie versuchte sich zu erinnern, was geschehen war. Sie wusste noch, wie sie mit Doug über die Suche nach Sky gesprochen hatte. Sie waren mit einer Schrotflinte in seinen Pick-up geklettert und aus der Stadt hinausgefahren. *Was war dann passiert?*

Sie durchsuchte die Fahrerkabine. Die Schrotflinte lag auf

dem Rücksitz, genau wie sie es in Erinnerung hatte. In den Getränkehaltern der Ablage steckten zwei leere Pappbecher, ein paar Schokoriegel lagen herum. Vielleicht war sie eingeschlafen, und Doug hatte beschlossen, allein zu suchen. Wie spät war es eigentlich? Sie musste dringend aufs Klo. Dem Tageslicht nach zu urteilen, musste es schon nach neun Uhr sein. Sie öffnete vorsichtig die Tür und zuckte zusammen, als ein arktischer Luftzug ihr Gesicht traf. Falls sie mit Doug hierhergekommen war, musste er irgendwo in der Nähe sein. Mit gefühllosen Beinen trat sie auf den Asphalt und schaute sich um. Entsetzt bemerkte sie, dass in wenigen Metern Entfernung ein Auto im Straßengraben steckte. *Hatten wir einen Unfall?*

Ihr wurde übel, aber sie ging weiter. Sie konnte nicht glauben, was sie da sah. Die Tür des Wracks stand offen, und auf dem Fahrersitz befand sich eine Frau mit langem, blutverschmiertem Haar, deren Kopf durch die zertrümmerte Windschutzscheibe ragte. Eine hässliche Wunde an ihrer Kehle ließ keinen Zweifel daran, dass die arme Frau tot war. Ella starrte sie ungläubig an. Das Blut der Frau war am Rand der Motorhaube zu grotesken roten Eiszapfen gefroren. Ella unterdrückte ihren Brechreiz und stapfte durch den hohen Schnee zu dem Auto. Sie musste hineinschauen, vielleicht war noch jemand verletzt.

Zitternd vor Kälte und Angst erreichte sie das Autowrack. Sie nahm allen Mut zusammen und spähte hinein. Abgesehen von der Fahrerin war der Wagen leer. Sie wandte den Blick von den schrecklichen Verletzungen der Frau ab, hielt sich an der Seite des Fahrzeugs fest und ging langsam um das Auto herum, um nachzusehen, ob sich in der unmittelbaren Umgebung noch jemand befand. Dann ging sie zurück zu Dougs Wagen und untersuchte ihn. Sie konnte keine Spuren einer Kollision finden. Vielleicht waren sie Zeugen des Unfalls gewesen und hatten angehalten, um zu helfen. Aber wenn dem so war, wo war Doug? Sie spähte in die eisige Landschaft.

»Doug, bist du hier irgendwo?« Der Schnee schien ihre Stimme zu dämpfen. Eine unheimliche Stille umgab sie. Sie rief noch ein paarmal, aber es kam keine Antwort. Die Angst packte sie, und ihre Nackenhaare stellten sich auf. Sie war allein mitten im Nirgendwo, und ihre Begleitung war verschwunden. *Nicht schon wieder! Es kann doch nicht sein, dass mir das zweimal in einer Woche passiert!*

Sie schlitterte gefährlich nah am Rand des Straßengrabens entlang und erreichte schließlich Dougs schwarzen Pick-up. Er war schneebedeckt, und der dicken Frostschicht auf dem Lack nach zu urteilen, mussten sie die ganze Nacht hier gestanden haben. Wenn sie Doug nicht finden konnte, würde sie halt in die Stadt fahren und Hilfe holen. Das Navi würde sie zurück nach Black Rock Falls leiten. Sie riss die Tür auf und stieß einen Schluchzer der Verzweiflung aus: Im Zündschloss steckte kein Schlüssel. Es fröstelte sie bis auf die Knochen. Was war mit Doug geschehen? Warum hatte er sie und seinen Pick-up am Straßenrand stehen lassen? Das ergab keinen Sinn. Er musste irgendwo in der Nähe sein. Vielleicht hatte er sich in den Büschen verirrt. Sie lehnte sich gegen den Wagen, hielt sich die Hände an den Mund und rief: »Doug, Doug, antworte doch! Lass den Quatsch, und antworte!«

Stille. Es war kein Geräusch zu hören. Keine Vögel, kein Auto, nichts. Es kam ihr vor, als wäre sie ganz allein auf der Welt. Allein mit einer Toten, mitten im Nirgendwo.

SECHSUNDZWANZIG

Laute Stimmen am Empfangstresen der Dienststelle ließen Jenna von ihrem Computerbildschirm aufblicken. Seit sie ins Büro gekommen war, hatte sie schon fast zwei Stunden damit zugebracht, ihre Akten auf den neuesten Stand zu bringen, die Berichte von den örtlichen Rettungsteams zu sichten und die Presse über den Status quo der Suche nach Sky Paul zu informieren. Nichts schien in diesem Fall Sinn zu ergeben, sie hatten weder eine Leiche noch irgendeine Spur von der jungen Frau. Sie kam sich vor wie eine Ertrinkende, die nach jedem Strohhalm griff, der sich ihr bot. Nur dass die Strohhalme ausblieben. Ihre Mitarbeiter ließ sie aufs Geratewohl nach Personen suchen, die sich zum Zeitpunkt von Skys Verschwinden in ihrer Nähe aufgehalten haben könnten. Ihr war gerade der Gedanke gekommen, die Alibis aller Männer aus Black Rock Falls überprüfen zu lassen, auf die Ella Tates Beschreibung passte, als ihre Deputys durch den Haupteingang der Dienststelle kamen und sich den Schnee von ihren schwarzen Kapuzenpullovern schüttelten. Die Beschreibung »groß und breitschultrig« traf auf mindestens die Hälfte der Männer in der Stadt zu.

Es klopfte an ihrer Bürotür, und Maggie, die Rezeptionistin, steckte den Kopf zur Tür herein »Ich habe Mr. und Mrs. Paul im Wartebereich. Sie bestehen darauf, sofort mit Ihnen zu sprechen.«

Jenna richtete sich auf und lächelte Maggie an. »Ist gut, schicken Sie sie rein.«

Ein hochgewachsener Mann mittleren Alters, dessen Schultern von Schneeflocken bedeckt waren, und eine verstört wirkende Frau in einer leuchtend roten Winterjacke und mit passender Strickmütze betraten ihr Büro.

Jenna stellte Mrs. Paul einen Stuhl vor ihren Schreibtisch und fragte: »Gibt es etwas Neues von Sky?«

»Nein, nichts.« Mr. Paul sah sie scharf an und verzog den Mund. »Bei Ihnen?«

Überrascht von seinem barschen Tonfall, ging Jenna wieder um ihren Schreibtisch herum, um eine Barriere zwischen sich und dem wütenden Mann zu schaffen. »Wie Sie wissen, haben wir die Presse eingeschaltet und Fahndungsaufrufe an alle anderen Countys geschickt.« Sie sah ihm direkt in die Augen. »Meine Mitarbeiter arbeiten rund um die Uhr, um sie zu finden.«

»Deshalb sind wir nicht hier.« Mrs. Paul sprang auf und lehnte sich so weit über den Schreibtisch, dass ihr Gesicht keine zehn Zentimeter von Jennas entfernt war. »Mein Sohn ist gestern Abend losgefahren, um Sky zu suchen, und jetzt ist er auch noch verschwunden.«

Jenna hatte in ihrer Karriere schon mit so vielen zornigen Menschen zu tun gehabt, dass es sie wenig beeindruckte, wie sich die beiden aufführten. Sie senkte ihre Stimme, bis sie beinahe flüsterte. »Wann haben Sie Ihren Sohn zuletzt gesehen?« Sie setzte sich und faltete die Hände auf dem Schreibtisch.

»Gestern Abend beim Abendessen.« Mrs. Paul ließ sich in ihren Stuhl sinken und schluckte schwer. »Doug hat uns einen

Zettel hingelegt, dass er und Ella in Richtung Blackwater fahren. Die beiden sind bis jetzt nicht zurückgekommen, und er geht nicht ans Handy.«

»Ich dachte, sie hätten vielleicht im Blackwater Motel übernachtet, wegen des Wetters«, sagte Mr. Paul, »aber da sind sie nicht.« Er stellte sich hinter seine Frau und rieb ihr die Schultern. »Es sieht ihm überhaupt nicht ähnlich, sich nicht zu melden.«

»Haben Sie mitbekommen, dass gestern Nacht auf dem Highway einen Kilometer außerhalb von Blackwater ein Tanklaster mit giftigen Chemikalien verunglückt ist? Ein Teil der Ladung ist ausgelaufen, der Highway ist in beide Richtungen gesperrt.« Jenna seufzte. »Es war den ganzen Vormittag in den Nachrichten, die Verkehrsbehörde hat auf der Zufahrt zum Highway Warnschilder aufgestellt.«

»Sie meinen, falls Doug gestern Nacht auf dem Highway einen Unfall hatte, hätte niemand vorbeikommen können, um ihm zu helfen? Und den Notruf hätte er da draußen ohne Handyempfang natürlich auch nicht anrufen können.« Mr. Paul runzelte die Stirn. »Wir machen uns gleich auf den Weg und suchen selbst nach ihm.«

Jenna schüttelte den Kopf. »Das ist nicht nötig. Wir sind besser ausgerüstet, um so eine Situation zu meistern. Ich werde meine Deputys darauf ansetzen und persönlich die Details mit ihnen durchgehen.« Sie nahm den Hörer ab und rief Kane an. »Schnappen Sie sich Rowley, und kommen Sie mit ihm in mein Büro. Wir haben ein Problem.«

Wenige Augenblicke später kam Kane mit Rowley im Schlepptau durch die Tür. Er sah sie an und hob fragend eine Augenbraue.

Sie erklärte ihm die Lage. »Wenn wir hier fertig sind, wird Deputy Rowley eine Vermisstenanzeige aufnehmen. Ich werde sofort eine Suchaktion in die Wege leiten. Was für ein Fahrzeug fährt Ihr Sohn?«

Sie notierte die Beschreibung des Wagens, dann blickte sie wieder auf und schaute das Ehepaar an. »Um wie viel Uhr haben die zwei das Haus verlassen?«

»Das wissen wir nicht. Spät.« Mr. Paul warf Kane einen Blick zu. »Aber der Wagen hat ein Navi mit einem Peilsender. Kennen Sie das? Mein Sohn kann mit dem Handy sein Auto wiederfinden.«

»Oh, das hilft uns weiter. Dann sollten wir ebenfalls in der Lage sein, das Fahrzeug zu finden.« Kane holte Notizbuch und Stift hervor. »Wenn Sie mir das Kennzeichen und die Handynummer Ihres Sohnes geben, werde ich sofort jemanden darauf ansetzen.«

»Ich weiß sein Kennzeichen nicht.« Mr. Paul sah ihn grimmig an.

Jenna schob sich eine Haarsträhne aus dem Auge. »Wo ist sein Auto versichert? Bei Barker's, hier in der Stadt?«

»Ja, genau. Wie die anderen Autos unserer Familie auch.« Mr. Pauls Miene hellte sich auf. »Die werden das wissen.«

»Würden Sie dort bitte eben selbst anrufen? Das geht schneller.« Jenna ging die Kontakte in ihrem Handy durch und diktierte ihm die Nummer. Sie schaute Kane an. »Wenn wir das Kennzeichen haben, werde ich Wolfe bitten, das Fahrzeug zu orten. Aber wir sollten nicht auf das Ergebnis warten, sondern schon einmal in Richtung Blackwater fahren, falls sie eine Autopanne hatten. Wolfe ruft uns dann an, wenn er die Koordinaten hat. Sie wissen ja, dort gibt es keinen Handyempfang, also schnappen Sie sich Ihr Satellitentelefon und alles, was wir sonst noch brauchen könnten. Wir nehmen Ihren Wagen.«

»Ja, Ma'am.« Kane verließ ihr Büro.

Jenna wartete geduldig, bis Mr. Paul das Kennzeichen in Erfahrung gebracht hatte, und rief dann Wolfe an. Nachdem sie wieder aufgelegt hatte, sah sie das besorgte Ehepaar aufmerksam an. »Normalerweise warten wir, wenn ein Erwachsener vermisst wird, erst eine Weile ab. Aber da er auf der Suche nach Sky war, können wir nicht ausschließen, dass er nicht in Schwierigkeiten geraten ist. Als Erstes müssen wir sein Fahrzeug finden. Wenn wir innerhalb der nächsten Stunde kein Glück haben, gebe ich eine Fahndung heraus. Ich möchte, dass Sie eine Vermisstenanzeige aufgeben, damit wir alle Informationen zu Doug in den Akten haben.« Sie stand auf und deutete zur Tür. »Deputy Rowley wird sich um Sie kümmern und den Papierkram in die Wege leiten. Ich rufe Sie an, wenn wir Ihren Sohn gefunden haben.«

»Danke.« Mr. Paul ging hinaus, seine Frau folgte ihm.

Jenna zog die unterste Schublade ihres Schreibtisches auf, nahm ihre Zweitwaffe heraus und befestigte sie an ihrem Fußgelenk. Sie zog ihre Kevlarweste an, dann nahm sie ihre Jacke vom Haken und schlüpfte hinein. Als sie aufsah, versperrte Kanes massiger Körper die Tür. »Ziehen Sie Ihre Weste an«, wies sie ihn an. »Wir wissen noch nicht, mit wem wir es zu tun haben. Kann ja sein, dass man es eigentlich auf mich abgesehen hat.«

»Zwei Seelen, ein Gedanke«, sagte Kane, öffnete seine Jacke und gab den Blick auf seine schusssichere Weste frei. »Das wollte ich Ihnen auch gerade vorschlagen. Dass erst Sky verschwunden ist und dann auch noch Ella und Doug – das könnte alles ein Trick sein, um Sie aus der Deckung zu locken.« Kane sah nachdenklich aus. »Wobei das von den zeitlichen Abläufen her nicht so richtig hinkommt.«

Jenna runzelte die Stirn. Sie wollte ungern im Büro darüber sprechen. »Wir reden im Auto«, sagte sie und musterte ihn von oben bis unten. »Telefon? Ausrüstung?«

»Alles schon in meinem Wagen, genau wie eine Thermoskanne mit Kaffee, ein Behälter mit Suppe und ein paar Sandwiches, die ich vorhin bei Aunt Betty's geholt habe.« Kane lächelte sie an. »Ich dachte mir schon, dass wir heute unterwegs Mittag machen.«

Jenna setzte ihre dicke Wollmütze auf, zog ihre Handschuhe an und folgte ihm durch den Haupteingang nach draußen. Bittere Kälte schlug ihr ins Gesicht. Dicke Schneeflocken fielen auf ihre Jacke und machten den Bürgersteig rutschig. Der Winter hatte seinen ganz eigenen Geruch, eine Mischung aus Schnee, Feuerholz und Kiefern. Doch obwohl Schnee die Stadt bedeckte, war sie voller Farben – von der Weihnachtsbeleuchtung zwischen den Straßenlaternen und über der Hauptstraße bis hin zu den roten Wangen der Einwohner, ihren bunten Schals und farbenfrohen Mützen. Überall wuselten Kinder herum, deren Atem große Dampfwolken bildete, während sie Schneemänner bauten oder einander mit Schneebällen bewarfen. Die Kinder hatten in der Kälte jede Menge Spaß, aber Jenna war überzeugt, spätestens in drei Monaten würden sich auch die Kleinsten auf den Frühling freuen, wie alle anderen.

Sie warf einen Blick auf Kanes SUV – »das Biest«, wie er den modifizierten schwarzen Dodge nannte, war zur Sicherheit mit Winterreifen ausgestattet. Sie hörte ein aufgeregtes Bellen und lächelte, als Duke aus dem Fenster schaute. Sie kletterte auf den Beifahrersitz, beugte sich über die Rückenlehne und kraulte den Hund hinter den Ohren. »Hey, Duke, schickes Geschirr.«

»Ja, er mag es nicht, im Käfig zu sein«, erklärte Kane und setzte sich hinter das Steuer. »Das Geschirr war das beste Lösung, damit er sicher im Auto mitfahren kann. Ich kann sogar seine Leine daran befestigen.« Er lächelte und ließ den Motor an.

Jenna wartete eine Weile, bevor sie ein Gespräch begann. Sie wollte Kane nicht vom Verkehr auf den vereisten Straßen ablenken, bevor sie den Highway erreichten – in der Stadt und in den Vororten fuhren manche Leute trotz des Wetters wie Idioten. In der Zwischenzeit füllte sie zwei To-go-Becher mit Kaffee aus der Thermoskanne. Der Highway nach Black Rock Falls war seit dem letzten Schneesturm wieder geräumt und gestreut worden, links und rechts erstrahlte die Landschaft in endlosem Weiß. Am Straßenrand informierte ein Schild mit blinkenden gelben Warnleuchten die Autofahrer: *Highway zwischen Peak Crossing und Blackwater gesperrt.*

Sie reichte Kane einen Becher mit Kaffee. »Wie meinten Sie das vorhin mit den zeitlichen Abläufen?«

»Ach ja.« Kane nahm den Becher, trank einen Schluck und stellte ihn in den Getränkehalter. »Sky ist Freitagnacht verschwunden, aber die Ärztin hat Ihnen erst am Samstag Blut abgenommen. Falls Sie die Zielperson sind, würde es eher Sinn machen, dass sie in Doug Pauls Verschwinden verwickelt ist. Sie hätte gewusst, dass Sie die Ermittlungen von zu Hause aus leiten und nicht draußen nach ihr suchen.« Er seufzte. »Als Scharfschütze würde ich es nicht riskieren, hier draußen im Schnee meine Zielperson auszuschalten, wenn über mir ein Hubschrauber kreist und am Boden Suchtrupps unterwegs sind. Da wäre ich ziemlich leichte Beute.«

Jenna dachte über seine Worte nach und nickte. »Ja, aber sie wusste, dass ich heute wieder zur Arbeit gehe.«

»Eben.« Kane warf ihr einen Blick zu, dann richtete er seine Aufmerksamkeit wieder auf die Straße. »Keine Fahrzeuge auf dem Highway und kein Such- und Rettungsdienst, der einen Scharfschützen entdecken würde.«

Jenna lief ein Schauer über den Rücken, und ihre Nackenhaare stellten sich auf. »Ja, wenn sie mich anhand meiner DNA identifiziert hat und wusste, dass ich gestern allein zu Hause war, hat sie mich vielleicht überwältigen wollen. Deshalb wollte sie unbedingt ins Haus.« Der Gedanke ließ sie zittern. »Warum hätte sie sonst vorbeikommen sollen? Sie hätte genauso gut anrufen können. Ich traue ihr nicht. Ich hätte ihr nicht erlauben dürfen, mir Blut abzunehmen.«

»Ich traue ihr auch nicht, aber wir lassen sie ja gerade überprüfen. Wenn sie jemals auch nur bei Rot über die Straße gegangen ist, werden wir das heute Abend wissen.« Kanes

Mundwinkel zuckten. »Vielleicht arbeitet sie mit dem Kartell zusammen und soll Sie identifizieren. Aber mit Skys Verschwinden kann ich sie schon rein chronologisch nicht in Verbindung bringen. Woher hätte sie auch wissen sollen, dass Sky und Ella genau dann auf dem Highway sein würden?« Er seufzte. »Ich wüsste zu gern, was Doug und Ella dazu veranlasst hat, sich mitten in der Nacht plötzlich auf die Suche nach Sky zu machen.«

Das Satellitentelefon klingelte, und Jenna ging ran. »Alton.«

»Hier ist Wolfe. Ich habe Doug Pauls Wagen geortet. Ich gebe Ihnen die Koordinaten durch.«

Jenna gab die Informationen in das Navi ein. »Danke. Haben Sie schon etwas zu Dr. Weaver?«

»Noch nicht, aber bald müsste ein Update kommen. Ich lasse es Sie dann sofort wissen.«

»Danke.« Jenna trennte die Verbindung und schaute auf den Bildschirm des Navis. »Der Pick-up ist etwa einen halben Kilometer vor uns auf dem Highway.«

Der Wagen kam in Sicht, als sie um eine Kurve fuhren. Jemand sprang aus dem Fahrerhaus, rannte mitten auf die Straße und fuchtelte mit den Armen. Jenna sah, wie sich der Mund der Person öffnete und schloss, konnte aber nichts hören. »Ist das Ella Tate?«

»Kann gut sein.« Kane verzog das Gesicht. »Aber wo ist dann Doug Paul?«

»Vielleicht ist er verletzt.« Kane fuhr langsamer, und Jenna sah im gefrorenen Schnee mehrere tiefe Rillen, die von der Straße abgingen. »Das sieht nicht gut aus.«

»Stimmt.« Kane holte tief Luft. »Sieht aus, als wäre jemand von der Straße abgekommen und im Graben gelandet.«

Sie hielten hinter Doug Pauls Pick-up, und Jenna erkannte durch die Schneedecke hindurch die roten Rücklichter eines Autowracks. Das Fahrzeug war mit den Rädern der Beifahrerseite in den Graben gerutscht. Sie wandte sich Kane zu und zog sich ihre Kapuze über den Kopf. »Ich sehe mir das mal an. Holen Sie Ella mal besser ins Warme.«

Jenna sprang vom Pick-up. Die eisige Kälte, die durch ihre dicke Kleidung drang, ließ sie nach Luft japsen. Ihr Atem bildete weiße Wolken, während sie auf das Wrack zuging. Doch sie blieb jäh stehen, so grauenvoll war der Anblick, der sich ihr bot. Ein Kopf ragte aus der Windschutzscheibe, und auf dem weißen Lack war eine glitzernde Blutspur festgefroren. »O mein Gott.«

SIEBENUNDZWANZIG

Der durchdringende Geruch von Antiseptika riss Doug aus dem Tiefschlaf. Leise, murmelnde Stimmen drangen durch den dichten Nebel in seinem Gehirn. Er riss die Augenlider auf, aber das war viel zu anstrengend, und das Licht war viel zu hell, also schloss er sie gleich wieder. Seine Mutter riss normalerweise die Vorhänge auf und machte sein Badezimmer sauber, wenn sie wollte, dass er im Haus etwas erledigte. Er öffnete den Mund, um sie daran zu erinnern, dass er Urlaub hatte, aber seine Zunge klebte am Gaumen fest. Wo war gestern Abend passiert? Er erinnerte sich daran, wie er mit Ella das Haus verlassen hatte, um nach Sky zu suchen. Das Bild einer Frau, die durch eine Windschutzscheibe geflogen war, blitzte in seinem Kopf auf. Endlich öffnete er die Augen. Von oben schien ein helles Licht auf ihn herab. Schwere Vorhänge umgaben sein Bett. Die Pieptöne und die zischenden Geräusche der Maschinen waren ihm auf unheimliche Weise vertraut. Genauso hatte es geklungen, als er seinen Großvater im Krankenhaus besucht hatte. Kurz bevor der alte Mann gestorben war.

Liege ich etwa im Sterben? Was zum Teufel war mit ihm

geschehen? Er drehte den Kopf, um den fernen Stimmen etwas zuzurufen, aber der Raum begann sich zu drehen, und dann überkam ihn eine Welle von Übelkeit. Das konnte kein gutes Zeichen sein. Er schloss die Augen, atmete ein paarmal tief durch, und das Gefühl verschwand wieder. Unter sich spürte er ein frisches, glattes Laken an der Haut, querschnittsgelähmt war er also nicht. Dennoch fühlte er sich seltsam losgelöst von seinem Körper. Er vergewisserte sich, dass er noch alle seine Körperteile hatte. Er wackelte mit den Zehen und bewegte die Finger, aber den Arm zu heben war zu anstrengend, und er spürte ein Stechen in der linken Seite. Der Schmerz erwachte wie ein schlummernder Tiger, und jetzt nagte er ihm das Fleisch von den Knochen. *O Gott, hat jemand auf mich geschossen?* Er zitterte und keuchte vor Schmerzen. Schweiß bedeckte seine Stirn, salzige Rinnsale brannten in seinen Augen. Er versuchte, etwas zu sagen, aber seine Kehle war so trocken, dass nur ein Wort herauskam: »Hilfe!« Es war kaum mehr als ein raues Flüstern.

Trotzdem musste ihn jemand gehört haben, denn der Vorhang neben dem Bett wurde geräuschvoll zur Seite gezogen. Ein Mann in Krankenhauskittel und OP-Maske schaute ihn an. Dann verschwand er wieder und kam kurz darauf mit einer Spritze in der Hand zurück.

Doug hob das Kinn. Er musste alle Kraft zusammennehmen, um herauszupressen: »Was ... ist ... passiert?«

»Sie hatten einen Autounfall. Erinnern Sie sich nicht?«

Doug schüttelte den Kopf. »Nein, was ist ... passiert?«

»Ich weiß es nicht, aber es gibt keinen Grund zur Sorge.« In den dunklen Augen des Mannes lag keine Spur von Mitgefühl. »Kämpfen Sie nicht gegen die Medikamente an, es ist besser, Sie schlafen jetzt.« Er schob die Kanüle in einen Schlauch, der in Dougs Arm endete. »Es wird nicht lange dauern, bis es wirkt. Ich komme später wieder, um die Maschine einzurichten, dann bekommen Sie regelmäßige Dosen. Sie müssen ja nicht unnötig leiden.« Er zog den Vorhang neben dem Bett wieder zu und ging davon.

Plötzlich musste Doug an seinen alten Hund denken, der Krebs gehabt hatte. *Er muss ja nicht unnötig leiden.* Das waren genau die Worte, die der Tierarzt gesagt hatte, bevor er ihn eingeschläfert hatte. Perplex spähte Doug durch einen Spalt im Vorhang. Sein Blick begegnete dem einer jungen Frau im Bett nebenan, die ihn erschrocken anstarrte. Sie hatte einen blauen Fleck auf der Stirn und zerrte kraftlos an Fesseln, die an ihren Handgelenken befestigt waren. Er blinzelte. Sie kam ihm auf seltsame Weise bekannt vor. Ein weiterer Arzt, vielleicht auch ein Pfleger, kam in Sicht. Er trug einen Krankenhauskittel, war aber größer als der Mann eben. Er stand mit dem Rücken zu ihm, während er sich über die junge Frau beugte.

»Hallo, Olivia.«, sagte der Mann und kicherte leise. »Du schuldest mir was, weißt du? Ich habe dich in einem Autowrack gefunden. Wir werden so viel Spaß miteinander haben.« Er nahm ein Skalpell und presste die Spitze unter eines ihrer weit aufgerissenen Augen, doch dann nahm er es wieder weg und hielt es ihr vor die Nase. »Jetzt nicht. Aber ich komme bald wieder.«

Doug erkannte die Stimme des Mannes. Das war Jim, Ellas Bekannter! Um die Sicherheit der jungen Frau besorgt, kämpfte er gegen das Medikament an. Er wollte etwas sagen, aber sein Mund war wie ausgedörrt, und statt Worten drang nur ein Seufzer aus seiner Kehle. Er sah, wie Jim sich aufrichtete und zur Seite trat. *Was zum Teufel ist hier los?*

Langsam kam ihm die Erinnerung wieder. Da war ein Autowrack gewesen und eine verletzte junge Frau. Jim hatte darauf bestanden, dass er ihm half, sie in die Notaufnahme zu bringen. Und als die verletzte Frau in seinen Armen lag, hatte Jim ihm blitzschnell eine Spritze in den Hals gestochen. Das Nächste, woran er sich erinnerte, war, dass er mit höllischen Schmerzen in diesem Krankenhaus hier aufgewacht war. War ein anderes Auto in sie hineingerast? Oder spielte hier jemand ein ganz perverses Spiel? Er starrte Jim ungläubig an. Heiliger Strohsack, der Medizinstudent bedrohte eine hilflose Patientin! Ein kalter Schauer lief ihm durch die Knochen, aber er konnte sich nach wie vor nicht bewegen. Sein Körper schien davonzuschweben, und während die Wirkung des Medikaments einsetzte, verschwamm ihm alles vor Augen. Nur sein Gehör funktionierte noch einwandfrei.

»Magst du das Medikament, Olivia? Ich nenne es ›die Zombie-Droge‹. Damit kannst du alles sehen und fühlen. Das macht doch Spaß, oder?« Jim gluckste. »In den nächsten Tagen werden wir uns noch öfter begegnen.«

ACHTUNDZWANZIG

Als Kane aus dem Wagen stieg, traf ihn ein eiskalter Luftzug, und ein schmerzhafter Stich fuhr ihm in die Schläfe. Er zog sich die Wollmütze über die Ohren, streifte sich die Kapuze des Hoodies darüber und schnürte sie eng um sein Gesicht. Er schnappte sich den Erste-Hilfe-Kasten, steckte das Satellitentelefon in die Tasche und ging um die Motorhaube seines SUV herum.

Ella Tate schlitterte über den vereisten Asphalt in seine Richtung, sah ihn mit wild aufgerissenen Augen an und plapperte dabei so schnell, dass er kein Wort verstand.

»Sind Sie verletzt?«, fragte er sie.

»Nein, nur durchgefroren.«

Kane runzelte die Stirn. »Was ist passiert? Ist Doug da im Pick-up?«

»Nein, er ist weg!« Ellas Zähne klapperten wie Kastagnetten. »Ich bin gerade erst im Auto aufgewacht.«

Er ergriff sie am Arm und ging mit ihr zurück zu Dougs Wagen. »Haben Sie keinen Führerschein?«

»Doch, aber er hat den Schlüssel mitgenommen.« Ella schlang sich die Arme um die Brust. Sie zitterte.

Während unter Kanes Stiefeln das Eis knirschte, stieg ihm der Geruch von Salz in die Nase. Er ging in die Hocke, untersuchte die Fahrbahn und runzelte die Stirn. Das Eis war nicht so dick, wie er erwartet hatte. Der Schneepflug musste die Straße innerhalb der letzten vierundzwanzig Stunden geräumt und Salz gestreut haben. Er reckte sich, um in Doug Pauls Pickup zu schauen, und entdeckte die Schrotflinte. Aber ihr Besitzer war nirgends zu sehen. Es deutete auch nichts darauf hin, dass die beiden Alkohol getrunken hatten. Kane bemerkte Ellas verzweifelten Gesichtsausdruck. »Kommen Sie mit, und erzählen Sie Sheriff Alton, was passiert ist. In meinem Wagen habe ich Kaffee und Suppe.«

Kane hob die Schrotflinte vom Rücksitz, entlud sie, nahm sie mit zu seinem SUV und verstaute sie in einer Kiste im Kofferraum. Er ging zu Ella und tastete sie ab. Nachdem er sich vergewissert hatte, dass sie keine Waffen bei sich trug, öffnete er die Tür hinter dem Beifahrersitz und wies sie hinein. »Steigen Sie ein. Da liegt eine Decke, darin können Sie sich einwickeln. Ich bin gleich wieder da.« Er tätschelte Duke den Kopf und ging durch die Autospuren im Schnee zurück zu Jenna. Er sah sich den Unfallwagen an und betrachtete die Tote. »Überlebende?«, fragte er Jenna.

»Nein.« Jenna zog eine Grimasse. »Lassen Sie uns zu Ella ins Warme gehen, dann schauen wir mal, was sie zu sagen hat.«

Kane berührte ihren Arm. »Im Wagen war eine geladene Schrotflinte, aber Ella ist unbewaffnet.«

»Okay.« Jenna bürstete Schnee von ihrer Jacke, ging zurück zu seinem Wagen und kletterte hinein.

Kane tat es ihr gleich und setzte sich in das warme Auto. Er drehte sich um und sah Ella an. »Haben Sie den Unfall mitbekommen?«

»Ich kann mich nicht einmal daran erinnern, wie ich hierhergekommen bin. Das Letzte, was ich weiß, ist, dass ich gestern Abend gegen elf mit Doug geredet habe. Dann bin ich hier aufgewacht, und Doug war weg.« Ellas Zähne klapperten, während sie sprach. »Ich weiß nicht, was mit mir los ist. Ich habe das Gefühl, ich werde verrückt.«

Er betrachtete ihre aufgerissenen Augen. »Diesmal war kein fünfundsechzigjähriger Mann mit einer Axt hinter Ihnen her?«

»Nein, und es ist auch sonst niemand vorbeigekommen.« Ella zog die Decke fester um sich. »Wo sind denn alle?«

»Die Straße ist bei Blackwater gesperrt«, antwortete Kane. Dann wandte er sich an Jenna: »Soll ich sie in die Notaufnahme fahren?«

»Nein, ich will hier vor Ort bleiben. Melden Sie den Sanitätern, dass sie herkommen sollen, und benachrichtigen Sie Wolfe. Rufen Sie auch Rowley an, damit er das Nummernschild des anderen Fahrzeugs überprüft. Nehmen Sie das Satellitentelefon – Handyempfang werden Sie hier draußen keinen haben.« Jenna schniefte und wischte sich über die Nase. »Ich werde Ellas Aussage aufnehmen.«

Kane sah zu Ella und dann wieder zu Jenna. Sein Gefühl sagte ihm, dass irgendetwas nicht stimmte. »Was dagegen, wenn ich sie zuerst etwas frage?«

»Nur zu.« Jenna goss Kaffee in einen Becher und reichte ihn Ella.

Kane drehte sich im Sitz um und musterte Ella. Sie sah klein und verängstigt aus, wie sie in die Decke gewickelt dasaß. Aber Psychopathen gab es in allen möglichen Varianten. »Zwei Ihrer Freunde werden vermisst, und Sie sind mitten im Nirgendwo und haben ein Gewehr dabei. Sie sagen, Sie können sich nicht erinnern, wie Sie hergekommen sind. Haben Sie oft solche Blackouts?«

»Bis heute Morgen nicht. Hören Sie, ich habe Doug und Sky nichts getan.« Ella starrte ihn an. »Sie können doch feststellen, ob mit dem Ding vor Kurzem geschossen wurde, oder? Ich habe niemandem etwas getan.«

»Wir sagen ja gar nicht, dass Sie das waren, aber wir müssen Fragen stellen, um herauszufinden, was genau passiert ist.« Jenna sah Ella an und lächelte. »Trinken Sie den Kaffee. Der hält Sie bei Kräften, bis die Sanitäter eintreffen.« Sie warf Kane einen Blick zu. »Ich kann ab hier übernehmen.«

»Okay.« Kane stieg wieder aus und ging durch den beißenden Wind zurück zum Unfallwagen. Er lehnte sich durch die offene Tür des Unfallwagens, zog den Schlüssel aus dem Zündschloss und steckte ihn ein. Dann holte er das Satellitentelefon aus der Tasche und rief beim Krankenhaus an, um Sanitäter für Ella Tate anzufordern. Dort teilte man ihm mit, wenn es nicht um Leben und Tod gehe, müsse er sich leider mindestens zwei Stunden gedulden. Offenbar gab es in der Stadt viele kleinere Unfälle. Als er Wolfe über die Situation informierte, erklärte der sich bereit, Ella notfalls ins Krankenhaus zu bringen und das Unfallopfer abzuholen.

Nachdem Kane die Verbindung getrennt hatte, untersuchte er das Innere des Fahrzeugs. Seltsamerweise fand er weder eine Handtasche noch ein Handy, und nachdem er die leere Takeaway-Tüte vom Blackwater Roadhouse untersucht hatte, kam er zu dem Schluss, dass sich zum Zeitpunkt des Unfalls mehr als eine Person im Fahrzeug befunden haben musste. Beunruhigt suchte er in und unter dem Fahrzeug nach weiteren Spuren. Schließlich kletterte er auf den Schneehaufen, den der Schneepflug aufgetürmt hatte, um sich den Bereich jenseits des Autos anzuschauen. Graupel peitschte ihm ins Gesicht. Er schloss den Kofferraum auf und spähte hinein. Drei Koffer befanden sich darin, alle trugen Namensschilder, auf denen »Olivia Palmer« stand. Er rief Rowley über das Satellitentelefon an, um das Kennzeichen überprüfen zu lassen, und der stellte fest, dass das Fahrzeug einer gewissen Ruby Palmer, einer Witwe aus Black Rock Falls, gehörte. Dann sprach er mit Maggie, der Rezeptionistin des Black Rock Falls Sheriff's Department, die alles und jeden im Ort kannte, und Maggie wusste zu berichten, dass Olivia in ihrem dritten Jahr auf dem College war und jedes Jahr die Weihnachtstage bei ihren Eltern verbrachte. Ihre Mutter hatte sie wohl am Sweet Water Creek Airport bei Blackwater abgeholt, da die Landebahn des Black Rock Falls Airport wegen des Schneesturms vorübergehend geschlossen war.

Er bat Maggie, sich bei der Notaufnahme des Krankenhauses zu erkundigen, ob jemand Olivia dort abgeliefert hatte, dann trennte er die Verbindung und widmete sich wieder dem Auto. Falls sich beim Aufprall die Tür geöffnet hatte, war es möglich, dass Olivia ins Freie geschleudert worden war, aber er fand nirgendwo im Schnee Blutspuren oder Abdrücke eines Körpers. Wo war sie hin? Und wo war Doug Paul? Im Moment waren drei Menschen verschwunden, und sie hatten keinerlei Hinweise auf deren Verbleib. Falls jemand behauptete, sie seien von Außerirdischen entführt worden, müsste er das eventuell auf seine Liste der möglichen Szenarien setzen.

Er zückte sein Handy und machte Bilder von allem, einschließlich der Position der Leiche, dem Inhalt der Takeaway-Tüte und des Kofferraums. Anschließend ging er zurück, um die Spur des Autos von der Straße bis zum Straßengraben zu fotografieren. Er ging auf und ab und suchte auf dem Straßenbelag nach Anzeichen dafür, dass der Wagen gebremst hatte, fand aber keine. Er runzelte die Stirn und kam zu dem Schluss, dass das Auto zu schnell in die Kurve gefahren war, auf der glatten Fahrbahn die Kontrolle verloren hatte und von der Straße abgekommen war. Wahrscheinlich hatten sich die Airbags geöffnet, als das Auto gegen die Mauer aus Schnee geprallt war, die sich plötzlich vor der Fahrerin aufgetan und ihr die Sicht genommen hatte. Mrs. Palmer hatte nicht ausweichen können, und als der Wagen im Straßengraben gelandet war, hatte ihr Kopf die Windschutzscheibe durchschlagen, da sie nicht angeschnallt gewesen war.

Er ging zurück zu seinem SUV und kletterte hinein. Seine

Füße und Hände waren vor Kälte schon ganz taub. Wärme und der Duft heißer Suppe empfingen ihn. Er erzählte Jenna von seinen Schlussfolgerungen und warf einen Blick zu Ella auf dem Rücksitz, die an einem Becher nippte. Dann wandte er sich wieder an Jenna: »Wie sieht's aus?«

»Schlecht.« Sie füllte einen Becher mit Suppe aus der Thermoskanne und reichte ihn ihm, dann schob sie ihm eine Tüte mit Sandwiches hinüber. »Wir reden draußen.«

Kane stellte den Becher in die Ablage, schnappte sich ein Sandwich, öffnete widerwillig die Autotür und stieg wieder hinaus in den bitterkalten Wind. »Aber bitte schnell, mein Gehirn ist schon ganz eingefroren.«

»Na klar.« Jenna schaute ihn an und runzelte die Stirn. »Sie weiß noch, dass sie sich gestern Abend gegen elf Uhr hier draußen mit einem Bekannten treffen wollte, um nach Sky zu suchen. Die Schrotflinte hatten sie zu ihrem Schutz mitgenommen, falls der Mann mit der Axt wieder auftauchen sollte. Sie erinnert sich daran, dass sie losfahren wollten, aber nicht mehr, wie sie in Dougs Wagen eingestiegen ist.« Sie seufzte. »Das war's. Als Nächstes ist sie durchgefroren in Dougs Pick-up aufgewacht. Seine Schlüssel und sein Handy hat er mitgenommen.«

»Wir müssen also annehmen, dass sie ihren Bekannten getroffen haben.« Kane warf einen Blick auf Ella. »Ich denke mal, einiges spricht dafür, dass Doug Olivia lebend im Wrack vorgefunden und sie ins Krankenhaus gebracht hat.«

»Kann sein, aber warum hat er dann Ella hiergelassen, wo sie hätte erfrieren können? Sie hätte ihnen doch in Dougs Pick-up hinterherfahren können.« Sie warf einen Blick auf das Wrack. »Die arme Mrs. Palmer kann ja nirgendwo hin. Nein, ich glaube nicht, dass es so war. Das Krankenhaus hätte uns gestern Abend über den Unfall informiert.« Sie schob eine Haarsträhne unter ihre Mütze und runzelte die Stirn. »Aber ich rufe Rowley an, damit er der Sache nachgeht, nur für den Fall, dass jemand vergessen hat, uns zu benachrichtigen.«

»Habe ich schon getan. Maggie überprüft das gerade.« Kane rieb sich die Schläfe, um die Schmerzen zu lindern. »Wolfe ist mit Webber unterwegs. Sobald er Entwarnung gibt, lasse ich einen Abschleppwagen kommen, um den Unfallwagen abzuholen.«

»Okay, ich rufe Maggie an und frage sie, was sie herausgefunden hat.« Jenna nahm das Satellitentelefon, das er ihr hinhielt. Sie erschauderte. »Falls das hier wieder derselbe Täter war, warum hat er Ella dann beide Male nicht angerührt? Das muss doch einen Grund haben.«

Kanes Gedanken überschlugen sich. »Ich kann mir nur einen Grund vorstellen: um uns von seiner Spur abzubringen und auf eine falsche Fährte zu locken. Man muss kein Genie sein, um anzunehmen, dass bei einem Verbrechen dieser Art die Person, die das Opfer zuletzt lebend gesehen hat, der Hauptverdächtige ist und im Mittelpunkt der Ermittlungen steht, bis jemand das Gegenteil beweist

.«

»Logisch, das weiß jeder, der schon mal im Fernsehen einen Krimi gesehen hat. Er meint, wenn wir glauben, dass Ella etwas mit diesen Vorfällen zu tun hat, hat er Zeit, seine Spuren zu verwischen«, sagte Jenna und schaute grimmig drein. »Pech für ihn, dass wir in den letzten Jahren mit genügend Psychopathen zu tun hatten, um nicht in diese Falle zu tappen.«

»Ich denke mal, dass er sie unter Drogen gesetzt oder ihr ein Medikament verabreicht hat. Dass sie sich nicht mehr daran erinnert, wie sie hierhergekommen ist, soll vermutlich den Eindruck verstärken, dass sie unzurechnungsfähig ist.« Kane rieb sich das Kinn. »Wir werden mit Wolfe darüber sprechen; es könnte ein Grund dafür sein, warum sie so desorientiert wirkt.«

»Das klingt nach einem Plan. Und jetzt sollten wir lieber

wieder in den Pick-up steigen, bevor wir erfrieren.« Jenna lächelte ihn an und griff nach der Beifahrertür. »Ich werde mit ihm sprechen, sobald er mit der vorläufigen Untersuchung des Tatorts fertig ist.«

Kane setzte sich wieder hinter das Steuer, aß ein Sandwich und nippte an der Suppe. Er fütterte Duke mit Brotstückchen von seinem Sandwich, während er darauf wartete, dass Jenna ihr Telefonat beendete. Ihr Kopfschütteln und ihre besorgte Miene verhießen nichts Gutes. Zwei weitere junge Leute waren auf dieser Straße verschwunden, und sie hatten keine einzige Spur. Falls Ella die Wahrheit sagte und hier draußen ein verrückter Mörder mit einem Beil unterwegs war, mussten sie ihn finden, und zwar schnell. Es schien, als würde jede neue Jahreszeit in Black Rock Falls einen weiteren durchgedrehten Psychopathen mit sich bringen. *Mit was für einem Irrem haben wir es wohl dieses Mal zu tun?*

NEUNUNDZWANZIG

Schneeflocken landeten auf ihren Wimpern und Wangen, während Jenna geduldig darauf wartete, dass Wolfe die in einer grotesken Haltung gefrorene Leiche von Mrs. Palmer aus dem Autowrack holte und hinten in seinen Diensttransporter lud. Der Gerichtsmediziner hatte sich viel Zeit genommen, um die Leiche an Ort und Stelle zu untersuchen. Er hatte Webber die Entfernung von der Straße zur Absturzstelle messen lassen und war mit Webber und Emily akribisch den Asphalt abgeschritten, um festzustellen, wo genau Mrs. Palmer die Kontrolle über ihr Fahrzeug verloren hatte. Seine detaillierte Untersuchung des Fahrzeuginneren, insbesondere der Beifahrertür, hatte Jenna neugierig gemacht. Dennoch ging sie davon aus, dass er am Ende kaum mehr zu berichten haben würde, als dass Mrs. Palmer bei dem Unfall ums Leben gekommen war. Und das war mehr als offensichtlich.

Nachdem sie mit Ella Tate gesprochen hatte, konnte sie sich nicht entscheiden, ob die verwirrte junge Frau eine gute Lügnerin oder eine Psychopathin war oder einfach nur ihr Gedächtnis verloren hatte. Sie hatte sie zur weiteren Befragung Kanes fähigen Händen überlassen. Emily sollte ebenfalls dabei sein, um Erfahrung zu sammeln, aber auch, weil die Anwesenheit einer jungen Frau im selben Alter wie Ella nur von Vorteil sein konnte. Außerdem besaß Emily einen unglaublichen Scharfblick und war stets in der Lage, die Dinge aus einem anderen Blickwinkel zu betrachten. Als Wolfe die Türen seines Transporters schloss, ging Jenna zu ihm. »Irgendwelche interessanten Erkenntnisse?«

»Das kann ich noch nicht abschließend beantworten, aber in einem Punkt stimme ich Kane zu: Ich bin überzeugt, dass jemand anderes im Fahrzeug war. An der Kopfstütze und auf dem Sitz habe ich einige lange blonde Haare gefunden. An der Fußmatte auf der Beifahrerseite sind Spuren, die darauf hindeuten, dass dort vor Kurzem jemand mit Stiefeln gesessen hat, an denen Schnee klebte, und ich gehe nicht davon aus, dass sich die Tür bei der Kollision geöffnet hat.« Er wischte sich Schneeflocken aus dem Gesicht. »Dies hier ist ein ziemlich neues Modell, und sobald der Wagen eine Geschwindigkeit von zehn Kilometern pro Stunde erreicht, verriegeln sich die Türen automatisch. Die Wahrscheinlichkeit, dass sie beim Aufprall aufgehen, ist extrem gering. Der Sicherheitsgurt liegt quer über dem Sitz, als hätte man jemanden aus dem Auto gehoben, und am Beifahrerairbag befindet sich ein kleiner Blutfleck. Ich werde ihn mit dem Blut von Mrs. Palmer vergleichen, aber ein Ergebnis werde ich wohl erst in drei Tagen haben.«

Drei unter ähnlichen Umständen verschwundene Personen in nicht einmal einer Woche – das roch nach einem Serienmörder. Jenna zuckte zusammen, als sie sich klarmachte, was das bedeuten würde. »Also eine weitere Entführung oder Schlimmeres?«

»Ausgeschlossen ist es nicht.« Wolfe zog sich die Mütze über die Ohren. »Zumal niemand den Unfall gemeldet hat. Die andere Frage ist: Falls es ein Unfall war, warum hat man Ella dann hier draußen gelassen? Ohne etwas zu essen und ohne Autoschlüssel? Das scheint mir mehr als unverantwortlich.« Er deutete auf den Wagen. »Ich bringe die Tote ins Leichenhaus und taue sie auf. Wir gehen bislang davon aus, dass sie beim Aufprall gestorben ist. Aber solange ich sie nicht untersucht habe, können wir das nicht wissen. Könnte ja auch sein, dass sie erschossen worden ist.« Er seufzte eine Dampfwolke in die Luft. »Wir können das Fahrzeug jetzt zur weiteren Untersuchung bringen. Ich rufe den Abschleppdienst an und treffe die Vorbereitungen. Ich habe ein Satellitentelefon dabei.«

»Danke. Aber bevor Sie gehen, muss ich Sie noch etwas fragen.« Sie rieb ihre Hände aneinander, damit ihre Finger nicht einfroren.

»Schießen Sie los.« Wolfe deutete mit dem Kinn in Richtung Emily, die in Kanes Wagen saß. »Sie geht Ihnen doch nicht etwa auf die Nerven, oder?«

Jenna musste lächeln, weil er sie so besorgt anschaute. »Ganz und gar nicht, sie ist eine große Bereicherung. Sehen Sie sich vor, sonst werbe ich Sie Ihnen fürs Sheriff's Department ab.«

»Der Gedanke ist gar nicht so abwegig, wie Sie vielleicht denken. Emily plant, Sie dazu zu überreden, sie während ihrer Semesterferien bei sich mitfahren zu lassen. Sie würde gerne mehr über die polizeilichen Ermittlungen erfahren. Sie ist die geborene Profilerin, und ich glaube, nach ihrem Studium wird sie ihre Talente vielleicht kombinieren wollen.«

»So wie Sie?« Jenna grinste. »Warum überrascht mich das nicht? Wenn sie ein Mann wäre, würde ich denken, Sie hätten sich selbst geklont.«

»Ich fasse das mal als Kompliment auf, Ma'am.« Wolfe sah entsprechend stolz aus. »Hatten Sie noch etwas anderes auf dem Herzen?«

»Ja. Ich habe Ella Tate befragt, und sie behauptet, dass sie sich an nichts mehr erinnern kann, seit sie gestern Abend beschlossen hatte, Sky Paul zu suchen.« Sie stieß eine Dampfwolke aus. »Ich habe so einen plötzlichen Gedächtnisverlust schon ein paarmal beobachtet, und zwar normalerweise bei Frauen, denen K.-o.-Tropfen verabreicht wurden. Wie lange bleibt so ein Zeug im Körper? Können wir sie darauf testen?«

»Das hängt davon ab, was für ein Mittel verwendet wurde, da gibt es ja einige. Aber Sie wissen ja, die werden in der Regel in ein Getränk gemischt, und das ist in dieser Situation hier eher unwahrscheinlich. Jemand könnte ihr aber Ketamin gespritzt haben. Das wird meistens als Narkosemittel bei Tieren eingesetzt, hat aber die gleiche Wirkung.« Wolfes Augen verengten sich. »Wir haben etwa vierundzwanzig Stunden, um sie darauf zu testen, und wir sollten nach einer Einstichwunde suchen. Wenn der Täter ihr das Mittel gespritzt hat, musste er schnell handeln, damit sie sich nicht wehren konnte, also wird er kaum allzu vorsichtig vorgegangen sein. Eine Einstichwunde könnte entsprechend ausgefranst sein. Und es müsste eine unbedeckte Stelle sein, vielleicht am Hals oder im Gesicht.«

»Ich werde sie fragen, ob es ihr irgendwo wehtut.« Jenna kaute auf ihrer eiskalten Unterlippe. »Hätten Sie denn alles Nötige dabei, falls sie jetzt gleich einem Bluttest zustimmt?«

»Habe ich. Ich hole kurz, was ich brauche«, sagte Wolfe und ging zu seinem Transporter hinüber. »Vielleicht können Sie sie ja inzwischen seelisch darauf vorbereiten, dass ich ihr gleich Blut abnehmen möchte.«

Jenna bewegte sich vorsichtig über den vereisten Asphalt auf Kanes Wagen zu und öffnete die Tür. »Emily, würdest du bitte bei Webber warten? Ich muss mit Ella sprechen.«

»Na klar. Danke, dass ich mitfahren darf.« Emily wickelte sich einen Schal um den Kopf und glitt vom Beifahrersitz, dann schlitterte sie zum Wagen ihres Vaters.

Jenna tauschte einen vielsagenden Blick mit Kane aus. Sie drehte sich in ihrem Sitz um. »Ella, ich mache mir Sorgen, dass Ihr Gedächtnisverlust auf eine Droge zurückzuführen sein könnte.«

»Ich nehme keine Drogen.« Ella warf ihr einen entrüsteten Blick zu. »Doug auch nicht.«

»Das meine ich nicht, aber der Gedächtnisverlust, den Sie beschreiben, passt dazu, dass man Ihnen ein Betäubungsmittel verabreicht hat.« Jenna bemerkte den verwirrten Blick der jungen Frau. »Erinnern Sie sich vielleicht daran, ob Sie jemand mit einer Spritze gestochen hat, oder haben Sie irgendwo eine schmerzende Stelle?«

»Erinnern kann ich mich nicht, aber an meinem Hals tut es weh, hier.« Ella zeigte auf die Stelle.

Jenna beugte sich über den Rücksitz und entdeckte einen kleinen roten Punkt. »Das könnte ein Einstich sein. Wenn wir Ihnen Blut abnehmen dürfen, können wir feststellen, ob Ihnen jemand etwas verabreicht hat.«

»Gut, vielleicht glauben Sie mir dann ja endlich.« Ella seufzte. »Wie lange muss ich hier noch rumsitzen?«

»Noch fünf Minuten.« Jenna sah Kane an. »Machen Sie ein Foto von dem Nadelstich. Wolfe wird ihr gleich Blut abnehmen.« Dann lächelte sie Ella an. »Sie können mit dem Gerichtsmediziner zurück in die Stadt fahren. Ich hätte gerne, dass Sie noch kurz im Krankenhaus untersucht werden, dann können Sie zurück zu Familie Paul.«

»Nein, nicht ins Krankenhaus.« Ella starrte sie an. »Ich bin nicht verletzt, mir ist nur kalt und ich muss pinkeln.«

»Na gut, solange Sie zu Hause bleiben, bis wir herausgefunden haben, was mit Ihren Freunden passiert ist.« Jenna beobachtete, wie Kane ein paar Fotos von der Einstichstelle machte, und blickte Ella dann wieder ins Gesicht. »Einverstanden?«

»Klar.« Ella zuckte die Schultern. »Ich kenne sonst ohnehin keinen in Black Rock Falls, den ich besuchen würde.«

Nachdem Wolfe Ella Blut abgenommen und sie zu seinem Wagen geleitet hatte, lehnte sich Jenna im Sitz zurück und seufzte. »Wolfe meint, eine möglicherweise verletzte Person wurde vom Unfallwagen zu einem wartenden Fahrzeug getragen.«

»Sieht ganz so aus, aber bei den vielen Autospuren auf dem Highway kann man unmöglich feststellen, ob ein anderes Fahrzeug beteiligt war.« Kane zeigte in Richtung Straße. »Ich habe auf dem Eis gegenüber dem Unfallwagen überall Kettenspuren gefunden, aber in dieser Jahreszeit ist die Straße besonders stark befahren, weil die Leute über die Feiertage nach Hause fahren. Hier könnte jederzeit zwischen dem ersten Schnee und dem Überfrieren jemand angehalten haben, aber es gibt keine schlüssigen Beweise, die darauf hindeuten, dass hier letzte Nacht ein Fahrzeug angehalten hat.« Er starrte aus der Windschutzscheibe, als denke er über ihre verfahrene Situation nach. »Es gibt keine Hinweise auf eine Entführung, keine Fahrzeuge und keine Blutspuren, abgesehen von dem kleinen Fleck auf dem Airbag, bei dem es sich aber genauso gut um Blutspritzer von Mrs. Palmer handeln könnte. Wir haben nichts in der Hand.« Er seufzte. »Ich bezweifle, dass wir an Doug Pauls Wagen irgendetwas finden werden. Er wird sich der Wetterbedingungen bewusst gewesen sein, und sein Fahrzeug war bestens geeignet, um geschützt vor der Witterung auf Hilfe zu warten. Nur ein ausgemachter Idiot würde sich von hier aus zu Fuß auf den Weg machen, und wohin sollte er auch gehen? Hier draußen ist doch meilenweit nichts. Ich denke mal, es hat wenig Zweck, noch einmal den Such- und Rettungsdienst zu rufen, um nach zwei Menschen zu suchen, die hier irgendwo durch den Schnee stapfen. Wären sie wie jeder vernünftige Mensch in der Nähe des Highways geblieben, hätten wir sie gesehen. So langsam, wie ich gefahren bin, hätte ich sie auf keinen Fall übersehen.«

Jenna nickte. »Ich werde die Medien auf den neuesten Stand bringen und eine weitere Fahndung herausgeben, für den Fall, dass sie jemand mitgenommen hat. Und ich werde doch den Such- und Rettungsdienst noch einmal rausschicken.

Mehr können wir im Moment nicht tun. Ella weiß noch, dass sie gestern Abend gegen elf mit Doug gesprochen hat. Das Schild für die Straßensperrung war da entweder gerade aufgestellt worden, oder es wurde kurz danach aufgestellt. Ich werde mich erkundigen, wann genau das war.« Sie begegnete seinem Blick. »Wenn jemand Doug und Olivia mitgenommen hat, dann muss derjenige vor 23 Uhr, als der Laster umgekippt ist und den Highway blockiert hat, auf der Straße von Blackwater nach Black Rock Falls unterwegs gewesen sein. Und es gibt nur eine Möglichkeit, wohin sie gefahren sein können: nach Black Rock Falls oder von da aus noch weiter.« Sie sah ihn an. »Wir müssen näher an der Stadt nach ihnen suchen. Oder sogar in der Stadt.«

»Da ist noch etwas, das wir bedenken sollten«, sagte Kane und zog konzentriert die Augenbrauen zusammen. »Nach allem, was man so hört, ist Doug ein ganz vernünftiger Kerl: Wenn er Olivia lebend vorgefunden hätte, dann wäre er sofort mit ihr ins Krankenhaus gefahren und hätte uns angerufen, damit wir uns um den Unfallwagen kümmern. Es muss also etwas anderes passiert sein, und für mich ist es offensichtlich, dass Ella nichts damit zu tun hat. Ich glaube, sie ist nur der Sündenbock.« Er hob seine breiten Schultern. »Es gibt nur eine Schlussfolgerung. Das hier ist kein Zufall, und wer auch immer die zwei entführt hat, der hat auch Sky entführt. Aber Sie haben recht: Bei diesem Wetter müssen sie in der Nähe von Black Rock Falls sein. Das ist die einzige logische Schlussfolgerung.«

Jenna goss Kane und sich noch einmal Kaffee aus der Thermoskanne ein, nippte an ihrem Becher und umschloss ihn mit den Händen, um sich zu wärmen. »Aber wenn wir Ella nicht allein in Dougs Pick-up gefunden hätten, dann hätten wir das hier lediglich als schlimmen Unfall verbucht.«

»Nicht unbedingt.« Kane nippte an seinem Kaffee. »Wir hätten den Kofferraum überprüft und Olivias Gepäck gefunden. Da einer der Koffer einen Aufkleber von der Montana State University hat, wären wir davon ausgegangen, dass ihre Mutter sie vom Flughafen abgeholt hat, genau wie Maggie meinte.«

Jenna runzelte die Stirn. »Ich werde Rowley bitten, beim Flughafen anzurufen und herauszufinden, wann sie angekommen ist. Wir wissen, dass es gestern Abend vor elf gewesen sein muss, weil seitdem der umgestürzte Laster den Highway blockiert.« Sie trank ihren Kaffee aus und wandte sich an Kane. »Fahren wir zurück in die Dienststelle.«

»Ich habe kaum noch Sprit, wir müssen unterwegs kurz halten.« Kane wendete seinen SUV und fuhr zurück in Richtung Stadt. »Was ich mich frage: Warum Doug? Wenn wir es wirklich mit einem verrückten Serienmörder zu tun haben, passt das nicht ganz. Die bleiben normalerweise bei einem Geschlecht. Was ist das Motiv?«

»Beide Geschlechter, jung und gut aussehend – das könnte auf Menschenhandel hindeuten«, sagte Jenna und rümpfte angewidert die Nase. »Man macht sie drogenabhängig und benutzt die Sucht, um sie zu kontrollieren. Ich habe erlebt, wie junge Männer, Frauen und Kinder in die Zwangsprostitution nach Übersee verkauft wurden. Das ist ein immer größeres Problem, und wir sollten auch diese Möglichkeit in Betracht ziehen.«

»Sie sehen aus, als hätten Sie einen Plan.« Kane hob eine Augenbraue.

Jenna nickte. »Ich denke über potenzielle Verdächtige nach. Vielleicht ist unser Täter ein Lastwagenfahrer, der hier regelmäßig vorbeikommt. Er ist hier entlanggefahren, hat die Frauen allein in ihrem Auto gesehen und sie von der Straße gedrängt. Etwas Ähnliches ist mir auch schon mal passiert.«

»Kann sein, dass er sie vom Highway gescheucht hat, aber touchiert hat er sie sicher nicht.« Kane starrte konzentriert geradeaus, die Stirn in Falten gelegt. »Ich habe das Fahrzeug von oben bis unten untersucht und keine Kratzer oder Lackspuren von einem anderen Fahrzeug gefunden.«

Jenna schüttelte den Kopf. »Das muss nichts heißen. Wenn ein Vierzigtonner auf einen zugerollt kommt, und das in einer Kurve und bei diesen Witterungsbedingungen, würde das jeden in Panik versetzen, und im Moment habe ich keine anderen Ideen.« Sie seufzte. »Ich werde mich mit der örtlichen Vereinigung der Gewerbetreibenden in Verbindung setzen und nachfragen, welche Fabriken in der Gegend während der Betriebsferien zeitweise für Anlieferungen geöffnet haben.« Sie zuckte die Schultern. »Ich denke, das ist ein guter Anfang, ansonsten habe ich keine Idee.« Sie warf ihm einen Blick zu. »Eins ist sicher: Falls dieser Entführer ein Gelegenheitstäter ist, dann ist er ein echter Glückspilz.«

DREISSIG

DONNERSTAG

Er betrat ihr Büro und schloss hinter sich die Tür ab. Seine Besuche erregten sie, besonders wenn sie wusste, dass draußen Leute waren und sie Gefahr liefen, erwischt zu werden. Sie stand auf, begrüßte ihn und bedachte ihn mit einem ausgehungerten Blick. Er ging pflichtschuldig um den Schreibtisch herum und nahm sie in den Arm, wie ein Liebhaber das nun einmal so tat. »Ich habe dich vermisst. Ich sollte öfter vorbeikommen.«

Wie gut er diese Rolle spielte! Verdammt, er hatte sein ganzes Leben lang Theater gespielt. Es amüsierte ihn immer wieder, dass die Leute ihm tatsächlich alles abnahmen, was er ihnen vorspielte. Nicht, dass er sich um die Meinung anderer scherte, aber er fragte sich oft, wie es sich anfühlte, wenn einem jemand anderes wirklich am Herzen lag. Vielleicht kam es der Ergebenheit nahe, die er von anderen Menschen erwartete.

Man war immer nur so viel wert, wie das, was man von anderen Menschen zu erhalten verlangte – das hatte sein Pa ihm beigebracht. Er lächelte seine Freundin an, und ihm fiel auf, wie sich ihr Blick veränderte, wenn sie zu ihm aufschaute. Viele Frauen schauten ihn so an, und er wusste, er konnte jede von ihnen haben. Die meisten seiner Verehrerinnen waren extrem hübsch und wohlhabend und sahen in ihm sicherlich einen potenziellen Ehemann. Aber er ließ sich keine Fesseln anlegen.

Seine Freundin war nicht hübsch, sondern eher schlicht, ein Dutzendgesicht, doch sie erfüllte ihren Zweck. Sie war für ihn in zweierlei Hinsicht nützlich. Er benötigte ihr Fachwissen, und er benötigte ihre Loyalität. Er hatte keine Probleme gehabt, sie davon zu überzeugen, dass er sie mochte; sie dazu zu bringen, bei seinen Plänen mitzumachen, war hingegen ein Meisterstück gewesen. Er lächelte sie von oben herab an. Er hatte sie um den Finger gewickelt. Selbst wenn alles zum Teufel ging, bräuchte er sie nicht zu töten, um sicherzugehen, dass sie ihn nicht verriet: Sie würde alles dafür tun, ihn zu schützen, und den Preis dafür bezahlen.

Niemand konnte ihm ein Fehlverhalten nachweisen, denn er hatte alle überlistet, mit Ausnahme von Sheriff Alton. Sie hatte den Köder nicht geschluckt und Ella Tate laufen lassen. Er würde Alton also einen neuen Knüppel zwischen die Beine werfen müssen, indem er wahllos jemanden umbrachte. Gleich nachher würde er sich ins Auto setzen und dem ersten ahnungslosen, leichtgläubigen Trottel, der anhielt, um ihm zu helfen, den Schädel einschlagen und die blutige Leiche einfach am Straßenrand liegen lassen. Sheriff Alton würde sich am Kopf kratzen und sich fragen, wie viele Mörder wohl auf ein und demselben Abschnitt des Highways lauerten. Er unterdrückte ein Kichern. O ja, der Gedanke daran, einen Schädel bersten zu hören und zuzuschauen, wie das Blut in den Schnee sickerte, vermochte seinen Drang zu töten lange genug zu befriedigen, um noch eine Weile die Rolle des hingebungsvollen Lebensgefährten zu spielen.

EINUNDDREISSIG

An ihrem Schreibtisch ließ Jenna die Ereignisse des Tages im Kopf noch einmal Revue passieren. Aus Sorge um die Sicherheit der vermissten Personen hatte sie im Morgengrauen noch einmal den Such- und Rettungsdienst losgeschickt. Sie hatten den Highway südlich vom Unfallwagen und dem umgekippten Sattelschlepper nach gestrandeten Autos abgesucht, aber nichts gefunden. Wenigstens hatte Jenna jetzt einen zeitlichen Rahmen: Um Mitternacht hatte die Verkehrsbehörde den Highway gesperrt und sowohl in Black Rock Falls als auch in Blackwater Warnschilder aufgestellt. Der Autounfall und die Entführung von Doug und Olivia mussten sich also beide zwischen elf und Mitternacht ereignet haben. Sie hatte die Pressemitteilung aktualisiert und hoffte, dass endlich ein paar wertvolle Hinweise eingehen würden. Nachdem sie den ganzen Tag über Anrufe getätigt und Informationen gesammelt hatte, starrte sie auf ihre Notizen. Irgendwo in dem Stapel von Informationen musste es einen Anhaltspunkt darauf geben, wohin die vermissten Personen gebracht worden waren.

Wie sie vermutet hatte, hatten einige Fabriken während der Feiertage geöffnet, wenn auch nur in begrenztem Umfang. In der örtlichen Fleischfabrik wurde in der Woche vor Weihnachten einen Tag lang gearbeitet, um die Geschäfte zu den Feiertagen mit frischem Fleisch zu versorgen. Die Anlage lief lediglich mit einer Notbesetzung, verarbeitete nicht mehr als zehn Ochsen und hatte ansonsten seit zwei Wochen Betriebsferien. Die örtlichen Recyclingbetriebe waren zu unterschiedlichen Zeiten in Betrieb, je nachdem, ob etwas zerkleinert oder geschreddert werden musste. Kane und Rowley hatten alle überprüft und keine Spur von Skys Auto gefunden.

Jenna starrte auf ihre Notizen und dann wieder auf Rowleys Akten. Akribisch wie immer, hatte Rowley eine Liste mit allen Personen erstellt, die Black Rock Falls regelmäßig besuchten. Auf der Liste standen Lastwagenfahrer, die aus anderen Städten oder Bundesstaaten Waren herbrachten, Immobilienmakler und die Zustellfahrzeuge von FedEx, UPS und ähnlichen Kurierdiensten. Sie fügte eine Notiz hinzu, noch mit den Fahrern der Schneepflüge zu sprechen; die fuhren häufiger den Highway hinauf und hinunter als die meisten anderen. Andererseits war sie sich sicher, dass es nahezu unmöglich war, zwei Personen mit einem Schneepflug zu entführen. *Aber vielleicht haben sie etwas gesehen, das mir weiterhilft.*

Es klopfte an ihrer Tür. Sie riss sich vom Computerbildschirm los, sah auf und erblickte Kane. »Kommen Sie herein. Haben Sie etwas Brauchbares gefunden?«

»Ja, ich habe eine Liste mit Fahrern, die an den Tagen, an denen die Leute verschwunden sind, regelmäßig die Stadt passieren. Aber das ist nicht der Grund, warum ich hier bin.« Kane machte einen Schritt nach vorne, blieb dann aber stehen. »Es ist schon weit nach sieben, und Maggie würde gerne nach Hause zu ihrer Familie.« Er räusperte sich und sah sie ernst an. »Rowleys Magen knurrt so laut, dass Duke nervös wird. Können wir uns bald auf den Weg nach Hause machen?«

Jenna blickte aus dem Fenster in die tiefe Schwärze. Der

Tag war wie im Flug vergangen, es kam ihr vor, als wären es bloß ein paar Stunden gewesen. »O Gott, ich habe gar nicht mitbekommen, wie spät es schon ist. Tut mir leid, dieser Fall ist wirklich zeitaufwendig. Ich habe den ganzen Nachmittag gearbeitet und habe quasi keine neuen Anhaltspunkte.« Sie lehnte sich in ihrem Stuhl zurück. »Bitten Sie Maggie in meinem Namen um Entschuldigung, und schicken Sie sie nach Hause. Was ist mit Rowley, übernachtet er heute noch einmal im Cottage?«

»Nein, er hat heute Vormittag alle seine Sachen gepackt und mitgenommen.« Kane lächelte. »Ich glaube, er ist ganz froh, dass er wieder zu Hause wohnen kann.«

Jenna reckte sich und lächelte. »Ich schätze, Sie sollten ihn auch nach Hause schicken, und wir gehen zu Aunt Betty's zum Abendessen. Ich lade Sie ein.« Sie strich sich eine Haarsträhne aus dem Gesicht. »Beim Essen können wir überlegen, was wir als Nächstes tun. Macht es Ihnen etwas aus, wenn ich bei Ihnen mitfahre? Ich würde heute Abend nur ungern allein nach Hause fahren.«

»Geht mir genauso. Ich habe Duke schon gefüttert, er kann im Auto schlafen, während wir essen. In seinem Hundemantel und mit einer dicken Decke zugedeckt wird er es eine halbe Stunde lang ganz gemütlich haben.« Kane legte die Mappe auf den Tisch und lächelte. »Ich gehe dann mal und verkünde den anderen die frohe Botschaft.«

Sobald sie aus dem Schneegestöber und dem schneidenden Wind mit durchnässter Kleidung durch die Tür von Aunt Betty's Café stolperten, empfingen Jenna gemütliche Wärme und der wunderbare Duft von leckerem Essen und frisch gebrühtem Kaffee. Sie liebte die Atmosphäre in diesem Lokal; wenn sie herkam, war ihr immer ein wenig, als würde sie jemand herzlich umarmen. Dass ein Café in einer so kleinen

Stadt täglich bis elf Uhr abends geöffnet hatte, erstaunte sie immer wieder. Doch das Lokal war nie leer, und tagsüber standen die Leute Schlange, um bedient zu werden. Eines war sicher: Niemand verließ Aunt Betty's Café enttäuscht oder unzufrieden.

Sie lächelte Rowley an, der sich gerade von der Theke abwandte, eine große Tüte Essen zum Mitnehmen im Arm, und fragte ihn: »Haben Sie schon die Kürbissuppe probiert?«

»Ja, und ich nehme genug mit, dass es auch noch für das Mittagessen morgen reicht, falls wir viel zu tun haben.« Rowley tippte sich an die Mütze. »Schönen Abend, Ma'am.« Er ging zur Tür.

» 'n Abend.« Sie warf einen kurzen Blick auf die Tafel mit den Tagesangeboten, und ihr Magen knurrte anerkennend. Dann bahnte sie sich ihren Weg zu einem Tisch an der Wand im hinteren Bereich des Restaurants.

Die Geschäftsleitung hatte auf dem Tisch ein Kärtchen mit der Aufschrift »Reserviert für das Sheriff's Department« aufgestellt. Die Deputys waren meistens in Eile, wenn sie hier einen Happen essen wollten, und hatten keine Zeit, erst darauf zu warten, dass ein Tisch frei wurde. Daher bediente sie das Personal von Aunt Betty's bevorzugt, und sie alle wussten diese nette Geste zu schätzen.

Jenna zog Jacke und Handschuhe aus und nahm Platz. Ihr gegenüber hatte Kane seine Jacke bereits über der Stuhllehne drapiert. Er saß wie immer mit dem Rücken zur Wand, während er mit seinen Adleraugen die Gäste musterte und nach Fremden Ausschau hielt.

Sie bestellten, und nur wenige Minuten später brummte Jenna zufrieden über einem großen Teller Kürbissuppe. Kane hatte das Gleiche bestellt wie sie. »Ach, tut das gut.«

»Schön, dass Sie wieder Appetit haben.« Kane sah sie an, sein Löffel schwebte über dem Teller. »Während Sie heute Nachmittag beschäftigt waren, habe ich in der Datenbank nach ähnlichen Fällen gesucht. In den letzten Monaten sind sechs Personen verschwunden, die auf dem Highway von Blackwater nach hier unterwegs waren und in umliegende Orte wollten.«

Jenna löffelte genüsslich ihre Suppe und seufzte. »Warum haben wir keine Fahndungsmeldungen oder Vermisstenanzeigen erhalten?«

»Oh, das haben wir«, sagte Kane. Er lehnte sich in seinem Stuhl zurück, als die Kellnerin kurz darauf kam und die leeren Suppenteller abräumte. »Rowley und Walters haben sie bearbeitet.«

Jenna war überrascht, dass Rowley sie nicht auf die Vorfälle aufmerksam gemacht hatte. Sie runzelte die Stirn. »Rowley hält mich doch sonst immer auf dem Laufenden, Walters ebenso.«

»Stimmt, aber Sie hatten da gerade ein paar andere Dinge um die Ohren.«

Die Kellnerin kam zurück und tischte den Hauptgang auf: Steak mit allem Drum und Dran.

Kane schnitt in sein Fleisch. »Die ersten Vorfälle wurden gemeldet, als Sie in Washington waren, um mich im Krankenhaus zu besuchen, die nächsten in der Woche, in der Sie sich freigenommen hatten, um mich zu pflegen, und der letzte, als Sie zu krank waren, um mit jemandem zu sprechen. Rowley war zuständig und hat sich darum gekümmert.« Er hob seine Gabel, aber bevor er sich den Bissen in den Mund schob, hielt er inne. »Der Papierkram ist in Ordnung. Die letzte Person, die als vermisst gemeldet wurde, war Trudy Simmons, zwanzig Jahre alt, aus Glass Ridge. Sie kam gerade aus Blackwater und war auf dem Weg zu einem Klassentreffen in ihrer Heimatstadt. Alle Meldungen kamen aus unterschiedlichen Countys. Rowley hat das Krankenhaus, das Hotel und die Tankstelle im Ort überprüft und keine Spur von ihr gefunden. Er ist ganz nach Protokoll vorgegangen. Außerdem hat er Wolfe die Videos von den Überwachungskameras der verschiedenen Stellen mit seiner neuen Gesichtserkennungssoftware untersuchen lassen, aber das Ergebnis war gleich null. Rowley hat alle Fälle auf dieselbe Weise bearbeitet und die üblichen Überprüfungen durchgeführt, aber keine Spur von ihnen gefunden. Es ist genau wie bei Sky und Doug Paul. Sie scheinen spurlos verschwunden zu sein.«

Jenna nippte an ihrem Kaffee und sah ihn über den Rand ihres Bechers hinweg an. »Rowley hat also die Berichte bearbeitet, Kopien an die zuständigen Countys geschickt und mich nicht weiter behelligt. Na gut, unter den gegebenen Umständen kann ich verstehen, warum – das betraf unsere Abteilung ja gar nicht direkt.« Sie runzelte die Stirn. »Trotzdem hätte er mir hinterher etwas sagen sollen.«

»Er hat da heute überall noch einmal nachgefasst, Sie haben alle Einzelheiten in Ihren Akten.« Kane lächelte. »Sie haben den ganzen Nachmittag in Ihrem Büro am Telefon gesessen, da hat er das halt mir mitgeteilt.«

Jenna dachte darüber nach, was die neuen Informationen wohl beinhalten mochten. »Es muss etwas geben, das diese Fälle miteinander verbindet. Wie alt sind die Vermissten?«

»Alle zwischen neunzehn und zweiundzwanzig.« Kane wandte sich wieder seinem Essen zu, und eine Weile sagte keiner von beiden ein Wort.

Jenna ließ sich alle Informationen, die sie gesammelt hatte, noch einmal durch den Kopf gehen. Als sie ihre Mahlzeit beendet hatte, wartete sie darauf, dass die Kellnerin kam und ihr Kaffee nachschenkte. »Ich bin noch einmal die möglichen Verdächtigen durchgegangen.« Sie lehnte sich in ihrem Stuhl zurück. »Es muss jemand sein, der diese Straße regelmäßig benutzt, und wir haben schon eine Liste von solchen Personen. Das sind vor allem Trucker und Kurierfahrer. Wobei auch das Postfahrzeug dort täglich unterwegs sein dürfte. Die Post kommt im Postamt an, wird sortiert und dann vom örtlichen Postboten zugestellt, oder nicht?«

»Jup.« Kane nickte und kaute langsam, dann schluckte er.

»Wir sollten herausfinden, wann die Post da normalerweise eintrifft. Vielleicht ja über Nacht.«

Ein Schauer der Aufregung durchfuhr Jenna. »Okay, dann haben wir wenigstens eine Person, mit der wir reden können.« Sie lehnte sich vor. »Wer fährt da noch über Nacht lang?«

»Milchlieferanten vielleicht?« Kane schob seinen Teller beiseite und griff nach dem Kaffee. »Ich weiß nicht, welche verderblichen Waren täglich angeliefert werden. Aber als ich heute Vormittag Suppe und Sandwiches geholt habe, haben sich die Kellnerinnen hier Sorgen um die Lieferungen aus Blackwater gemacht.«

Jenna holte ihr Notizbuch hervor und sah zu Kane auf. »FedEx-Lieferungen sind auch leicht nachzuvollziehen, aber es muss noch andere Lieferanten oder LKW-Fahrer geben, die regelmäßig hier vorbeikommen.«

»Die meisten werden Fahrtenbücher haben, aber die Firmen haben ja alle über die Feiertage geschlossen.« Kane unterdrückte ein Gähnen. »Es war ein langer Tag, und ich muss noch die Pferde versorgen.«

Nachdem sie so lange zu Hause gehockt hatte, fühlte sich Jenna nicht im Geringsten müde. »Ich kann Ihnen gerne mit den Pferden helfen. Und ich habe Ihnen noch mehr zu erzählen. Aber wir können uns auch auf dem Heimweg weiter unterhalten.« Sie winkte die Kellnerin herbei, zahlte mit Kreditkarte, stand auf, zog ihre Jacke an und ging zur Tür.

Auf dem Heimweg sammelte sich Schnee auf den Scheibenwischern, und als sie von der Hauptstraße zu ihrer Ranch abbogen, wurde die Straße rutschig. Sie hatte volles Vertrauen in Kanes Fahrkünste, aber ihr blieb nicht verborgen, wie langsam er auf der vereisten Straße vorankam. Sie räusperte sich. »Was ich noch erwähnen wollte: Nicht alle Fabriken haben bis Neujahr geschlossen. Einige haben einen Tag in der Woche geöffnet, um die örtlichen Geschäfte mit Waren zu versorgen.«

»Das ist interessant, denn ich habe mich in der Gegend umgesehen und nichts gefunden, das darauf hindeutet, dass in der letzten Woche jemand dort war.« Er beugte sich vor und schaute nach vorne, während der Schnee auf seinen SUV fiel. »Beim Schrottplatz hatte ich den Eindruck, dass das Tor seit dem ersten Schneesturm geöffnet worden sein könnte, aber die örtlichen Geschäfte versorgt der ja nun nicht gerade.«

Die Hinterräder des Lastwagens kamen ins Rutschen, und Jennas Herz klopfte. Sie klammerte sich am Sitz fest und sah Kane an. Sein Gesicht war eine Maske der Konzentration.

Er wandte sich zu ihr um und lächelte. »Schon gut, wir haben nur ein besonders glattes Stück Straße erwischt. Im schlimmsten Fall rutschen wir in den Graben, aber bei dieser Geschwindigkeit können wir direkt wieder rausfahren.«

Jenna lachte auf. »Na, dann kann ja gar nichts passieren.«

»Vertrauen Sie dem Biest und seinen neuen Winterreifen.« Er grinste. »Es ist ja nicht mehr weit.«

Jenna atmete erleichtert auf. »Schön. Morgen müssen wir einiges herausfinden. Ich werde Rowley und Walters bitten, nach Leuten zu suchen, die wir befragen können. Ich denke, wir sollten uns bei den Fabriken umsehen, von denen ich mitbekommen habe, dass sie während der Feiertage zeitweise geöffnet sind, und schauen, ob wir da mit jemandem sprechen können.«

»Okay.« Kane manövrierte sein Fahrzeug durch das Tor, und die Scheinwerfer erhellten das Farmhaus.

Die Fernbedienung in Kanes Fahrzeug piepte, als sie eine Verbindung zur Alarmanlage herstellte. Er hielt vor dem Haus.

»Geben Sie mir fünf Minuten zum Umziehen«, sagte Jenna. »Wir treffen uns im Stall.« Sie schnappte sich ihre Sachen und glitt vom Beifahrersitz.

»Moment. Ich komme mit rein und sehe nach, ob alles sicher ist.« Kane stieg aus dem Wagen.

Jenna winkte ihn ab. »Ich komme schon zurecht.« Sie

zückte ihre Waffe. »Das neue Sicherheitssystem hätte mich gewarnt, wenn jemand das Grundstück betreten hätte. Aber wenn es Sie beruhigt, werde ich trotzdem nachsehen.«

»Dann warte ich hier, bis Sie mir Entwarnung geben.« Kane lehnte sich an seinen Wagen und sah zu, wie sie die Treppe hinaufstieg.

Jenna trat ins Haus und legte ihre Sachen auf dem Tisch im Eingangsbereich ab. Sie schaute in alle Zimmer, und dann ging sie zurück zur Tür und winkte Kane zu. »Die Luft ist rein.«

Sie ging ins Schlafzimmer. Wenigstens hatten sie ein paar Spuren, denen sie nachgehen konnten. Zugegeben, es waren nicht viele, aber es war ein Anfang, und falls es den Mann mit dem Beil wirklich gab und er sich in ihrer Stadt herumtrieb, würden sie ihn finden. Und dann würden sie erfahren, was mit Sky und Doug Paul und Olivia Palmer geschehen war.

ZWEIUNDDREISSIG

DIE NACHT VON DONNERSTAG AUF FREITAG

Es war schon spät, als Levi Holt durch Black Rock Falls fuhr. Er war auf dem Weg nach Blackwater, um die Feiertage mit seiner Familie zu verbringen. Laut den Verkehrsmeldungen im Radio war der Highway wieder frei. Er hatte beschlossen, notfalls die Nacht durchzufahren, statt zu riskieren, dass der nächste Schneesturm kam und dafür sorgte, dass er tagelang in Black Rock Falls festsitzen würde, während die Schneepflüge die Straßen freiräumten.

Die dunkle Straße schlängelte sich vor ihm durch die verschneite Landschaft wie eine schwarze, frostige Schlange. Als die Sonne unterging, war die Welt um ihn grau und schwarz geworden. Die Bäume und die seltsamen Gebäude waren plötzlich düster und unheimlich. Seine Mutter hatte ihn davor gewarnt, wie gefährlich es war, nachts lange Strecken zu fahren, und er hatte schon gehört, dass hier Menschen verschwunden waren, also ließ er sich Zeit und achtete darauf, ob sich plötzlich die Straßenverhältnisse änderten. Der Himmel war dicht bewölkt, nur ab und zu lugte der Vollmond zwischen den schweren Wolken hervor. Er drehte das Radio auf und sang mit. Hin und wieder nahm er sich ein Stück Dörrfleisch aus der Tüte auf dem Beifahrersitz und knabberte daran.

Er lächelte, als er daran dachte, dass er bald seine alten Freunde wiedersehen würde. Letztlich hatten ihn die Selfies, die die Jungs auf Facebook gepostet hatten, dazu veranlasst, die Nacht durchzufahren. Sie hatten darauf Nikolausmützen getragen und ihn angewiesen, nach seiner letzten Schicht bei Tire & Mechanical sofort zu ihnen zu kommen.

Er bremste leicht ab, um durch eine ausladende Kurve zu fahren, auf der das Eis glitzerte, und dann sah er ihn: einen Pick-up mit hochgeklappter Motorhaube. Das orangefarbene Licht des Warnblinkers erhellte die Dunkelheit. *Verdammt, ich glaube, ich muss anhalten.*

Er hielt neben dem Wagen und kurbelte sein Fenster herunter. »Hey. Brauchen Sie Hilfe?«

Der Fahrer öffnete die Tür. »Ja, der Motor hat einfach aufgehört zu laufen. Benzin hat er noch. Ich hatte gehofft, dass ein Brummi vorbeikommt und einen Abschleppwagen für mich anfunkt. Hier draußen ist null Handyempfang.«

Levi runzelte die Stirn. »Dann kann ich für Sie ja auch schlecht jemanden anrufen. Aber ich kenne mich mit Motoren aus. Ich sehe mir das mal eben an.« Er schloss das Fenster, holte seine Taschenlampe und begab sich in die bittere Kälte. Den Motor ließ er laufen.

»Vielen Dank.« Der Mann stieg ebenfalls aus und ging zur Kühlerhaube. »Hier, falls Ihnen das hilft?« Er wedelte mit einem großen Schraubenschlüssel.

»Ich habe selbst Werkzeug in meinem Wagen.« Levi schaltete die Taschenlampe ein und näherte sich der Vorderseite des Pick-ups.

Genau in diesem Moment kam der Mond hinter einer Wolke hervor. Ein Glück für Levi, denn sonst hätte er den Schatten des Armes nicht gesehen, den der Mann über dem Kopf erhoben hatte. Levi duckte sich zur Seite, und der Schraubenschlüssel knallte gegen den Kühler. Angst schnürte ihm die Kehle zu. Er wirbelte herum, holte mit seiner Taschenlampe aus und traf den Mann hart am rechten Arm. Als der Fremde vor Schmerz aufstöhnte und nach hinten taumelte, wartete Levi nicht auf eine Erklärung, sondern hastete in Richtung seines Autos, aber er rutschte im Schnee am Rande der Fahrbahn aus und fiel hin. »Was zum Teufel?«

Schon war der Mann wieder da. Er schlug mit dem Schraubenschlüssel nach ihm und verfehlte ihn nur um Zentimeter. Alles, was Levi hatte, war seine Taschenlampe. Er leuchtete dem Mann damit in die Augen und hoffte, dass der leistungsstarke Halogenstrahl ihn für ein paar Sekunden blendete. Dann rappelte er sich auf und lief auf die Straße. Er sprang in seinen Wagen und verriegelte mit zitternden Händen beide Türen. Gerade hatte er den Schalthebel gepackt, als der Wahnsinnige an der Tür auftauchte. Der Schraubenschlüssel zertrümmerte die Seitenscheibe und ließ Glas auf Levi niederregnen. Er trat aufs Gaspedal. Trotz der Schneeketten drehten die Räder auf dem Eis durch, aber dann setzte sich das Auto in Bewegung und schlingerte über den Highway.

Sein Herz raste so schnell, dass er es in seinen Ohren pochen hörte. Im Rückspiegel sah er, dass der Mann ihm hinterherlief. *Das muss der Kerl sein, von dem es in den Nachrichten hieß, dass er Leute entführt hat.*

Erschrocken trat er das Gaspedal durch. Der starke Motor heulte auf, aber die Hinterräder verloren wieder die Bodenhaftung. Er versuchte, die Kontrolle über das Fahrzeug zu behalten, aber es half nichts – der Wagen kam ins Rutschen und blieb im tiefen Schnee neben der Fahrbahn stehen. Ohne Vorwarnung begann der Motor zu stottern, und dann ging er aus. Jeder Muskel in Levis Körper zitterte, als er im Seitenspiegel den dunklen Schatten des Fremden sah, der zielstrebig auf ihn zueilte. Schiere Panik erfasste ihn. »Jesus Maria!«

Er atmete die eiskalte Luft ein und drehte den Zündschlüssel. Der Motor stotterte – und erstarb. Er versuchte es erneut. »Komm schon, komm schon!«

So verzweifelt er in diesem Moment auch war – mit Automotoren kannte er sich aus. Er trat kräftig aufs Gas und drehte mit zitternden Fingern den Zündschlüssel herum. Der perfekt eingestellte Motor erwachte zum Leben, und Levi stieß einen Schluchzer der Erleichterung aus. Aber der Verrückte hatte ihn schon fast eingeholt, er war kaum noch zwanzig Meter von ihm entfernt. Levi trat sanft auf das Gaspedal, und der Wagen setzte sich in Bewegung. »So ist es gut, schön langsam, du schaffst das, mein Mädchen. Hol mich hier raus, verdammte Scheiße!«

Die Schneeketten gruben sich in das Eis und gaben dem Wagen Halt, und er lenkte ihn zurück auf den Highway. Während er davonfuhr, verschwand der Mann in der Dunkelheit hinter ihm. Trotzdem sah er immer wieder in den Rückspiegel. Er hatte keine Ahnung, was er tun sollte, falls der Irre ihm hinterherfuhr. Eisiger Wind schlug ihm durch die zerbrochene Scheibe entgegen, aber er wagte nicht, anzuhalten, um sie abzudecken.

Eine halbe Stunde später erreichte er Blackwater. Noch fünf Minuten, dann wäre er zu Hause. Und sobald er im Haus war, würde er 911 anrufen.

DREIUNDDREISSIG

FREITAGMORGEN

Die Heizung im Büro kam gegen die Kälte nicht an, und Jenna stopfte ein paar Taschentücher in den Spalt unten am klappernden Fenster. Das Wetter hatte sich in letzter Zeit reichlich seltsam aufgeführt. Ein Schneesturm bedeckte die Stadt mit so hohen Schneeverwehungen, dass die Leute buchstäblich ihre Autos ausgraben mussten, und im nächsten Moment fegte ein so heftiger Wind durch die Stadt, als käme der Teufel höchstpersönlich zu Besuch. Dies musste der kälteste Winter sein, den sie in Black Rock Falls bisher erlebt hatte. Als es klopfte und Rowley mit düsterer Miene in der Tür stand, ahnte sie schon, dass es in Sachen Heizung keine guten Neuigkeiten gab. »Was hat Mr. Jeffries gesagt?«

»Wir brauchen eine neue Heizungsanlage, offenbar gibt es für unser altes Ding keine Ersatzteile mehr.« Rowley hatte seinen üblichen Stetson gegen die gleiche dicke Wollmütze eingetauscht, die auch Kane trug, und hatte sie sich bis über die Ohren gezogen. »Das Problem ist, wenn wir eine neue kaufen wollen, wird es schwierig, sie jetzt vor Weihnachten noch hierherzubekommen.« Er reichte ihr eine Rechnung vom Klempner. »Er sagt, er kann sie noch einmal zum Laufen bringen, aber länger als ein, zwei Tage wird sie nicht durchhalten. Unten auf der Rechnung steht ein Kostenvoranschlag für die neue Heizung.«

Jenna warf einen Blick auf den Zettel und nickte. »Normalerweise müsste eine so große Ausgabe erst vom Bürgermeister genehmigt werden, aber dafür reicht unser Budget noch. Danken Sie ihm in meinem Namen, und sagen Sie ihm, er soll die Reparatur in Angriff nehmen. Ich werde inzwischen schauen, wo wir eine Heizungsanlage auftreiben können. Wolfe scheint ja überall Beziehungen zu haben. Maggie wird dem Klempner bezahlen, was wir ihm für heute schulden.« Ein leichter Duft von Zimt kam vom Flur hereingeweht. »Wenn das Kane mit der Verpflegung für unser Meeting ist, schnappen Sie sich Walters, und kommen Sie so schnell wie möglich zurück.«

»Ja, Ma'am«, sagte Rowley und verschwand.

Sobald er fort war, kam Kane durch die Tür, die Wangen vom Wind gerötet. Er war mit mehreren Tüten von Aunt Betty's Café beladen.

»Ah, gerade noch rechtzeitig.« Jenna nahm ihm eine Tüte ab und warf einen Blick hinein. »Ich dachte doch, ich rieche Zimtschnecken.«

»Ja, und außerdem habe ich Thermoskannen mit heißem Kakao dabei.« Er lächelte sie an. »Wir haben genug Kuchen und Kekse, um bis zum Mittagessen durchzuhalten.« Er stellte die Tüten auf dem Tisch ab und wandte sich wieder zur Tür. »Ich bringe meine Jacke weg und hole ein paar Becher.«

Als ihre Deputys in ihrem Büro versammelt waren, rief Jenna auf dem Smartboard an der Wand die Datei auf, in der sie die Namen aller Personen eingetragen hatte, die etwas mit ihrem Fall zu tun hatten. Sie wandte sich an ihre Deputys. »Ich habe unseren Kontaktmann beim FBI angerufen und ihn gefragt, was sie dort von unseren zahlreichen Vermissten halten, und er meinte, wir wären bei diesem Fall so ziemlich auf uns allein gestellt. Tatsächlich haben wir abgesehen von Ella Tates

Aussage keine handfesten Beweise dafür, dass ein Mann die Vermissten entführt hat. Normalerweise käme sie auch als Verdächtige infrage, aber wir dürfen keine voreiligen Schlüsse ziehen. Sie war vor Ort, als mindestens zwei Personen verschwunden sind. Wir halten sie allerdings für eine unzuverlässige Zeugin aufgrund von Drogeneinfluss. Wir warten immer noch auf den toxikologischen Bericht von Wolfe, um festzustellen, ob ihr K.-o.-Tropfen verabreicht wurden. Ist das der Fall, wird sie hoffentlich bald wieder daran erinnern, was passiert ist, und wir werden sie erneut befragen.« Sie deutete auf eine Liste mit Namen. »In der Zwischenzeit haben wir zwei vermisste Personen, wahrscheinlich sogar noch eine dritte. Wir haben keinen der Verwandten von Rose Palmer erreichen können, aber wir wissen, dass sie um neun Uhr am Flughafen ankam, um Olivia Palmer abzuholen. Rowley sucht über die sozialen Medien nach Freunden von Olivia, in der Hoffnung, dass sie uns helfen können.« Sie wandte sich an Rowley. »Haben Sie jemanden gefunden?«

»Ja«, sagte Rowley und starrte auf sein iPad. »Ich habe sie eben der Datei hinzugefügt.«

»Gut.« Sie lächelte Walters an. »Ich überlasse diesen Teil der Ermittlungen Ihren fähigen Händen. Rufen Sie mich an, wenn sich neue Indizien auftun.«

»Geht klar, Ma'am.« Walters freute sich sichtlich darüber, dass er heute nicht hinaus in die Kälte musste. »Und ich werde mal schauen, ob ich dem Klempner, der die Heizung repariert, nicht ein wenig Beine machen kann.«

»Das wäre toll.« Sie sah Kane an. »Was haben Sie für mich, Kane?«

»Ich habe die Datenbank nach ähnlichen Vorfällen durchsucht, die ergänzen können, was Rowley gestern entdeckt hat. Dabei bin ich auf weitere unbestätigte Berichte über spurlos verschwundene Personen gestoßen, aus dem ganzen Bundesstaat. Alle sind zwischen achtzehn und fünfundzwanzig Jahre alt, alle bis auf einen waren allein unterwegs, und keines der Fahrzeuge wurde gefunden.« Er goss sich aus der Thermoskanne einen Becher Kakao ein und lehnte sich mit dem Becher in der Hand in seinem Stuhl zurück. »Aber eins haben alle diese Fälle gemeinsam: Die Vermissten sind allesamt durch Black Rock Falls gefahren. Ich nehme daher an, dass die Fälle miteinander in Verbindung stehen.«

Jenna stellten sich die Nackenhaare auf. Jetzt gab es kaum noch einen Zweifel: Sie hatten einen neuen Mörder in der Stadt. »Wenn der Entführer – nennen wir ihn mal den ›Mann mit dem Beil‹ – schon länger zugange ist, wie entsorgt er die Autos und die Leichen?« Sie schaute ihre Deputys an.

»Wobei wir bisher nur vermuten, dass der Mann mit dem Beil diese Menschen getötet hat«, warf Kane ein. »Der Menschenhandel, von dem wir gesprochen haben, ist ja auch noch nicht vom Tisch.« Er zog die Augenbrauen zusammen und runzelte die Stirn. »Hat Wolfe eigentlich schon die Todesursache von Mrs. Palmer festgestellt?«

»Noch nicht.« Jenna lehnte sich vor, stützte sich mit den Handflächen auf dem Schreibtisch ab und schaute Kane an. »Sicher, Menschenhandel ist immer noch eine Option. Und vielleicht finden wir nach der Schneeschmelze ja auch Leichen von Vermissten, die keines gewaltsamen Todes gestorben sind. Aber nach Ella Tates Aussage und bei der Menge an Blut, die wir gefunden haben, muss ich davon ausgehen, dass zumindest Sky von dem Angreifer erheblich verletzt wurde.« Sie richtete sich auf. »Also ja: Bis eine dieser vermissten Person quicklebendig in mein Büro spaziert, suchen wir nach Leichen.« Sie wandte sich wieder dem Smartboard zu. »Rowley, wo kann man in der unmittelbaren Umgebung der Entführungen am besten ein Fahrzeug entsorgen?«

»Das Areal, in dem er sich offenbar aufhält, ist hauptsächlich Industriegebiet.« Rowley füllte seinen Becher und runzelte konzentriert die Stirn. »Es gibt massenhaft alte Schächte von ausgebeuteten Goldminen. Da könnte man sowohl Leichen als auch Autos deponieren. Manche Schächte gehen meilenweit in die Erde hinein.« Er nahm sich eine Zimtschnecke aus der Tüte. »Wir haben den örtlichen Schrottplatz überprüft. Der war menschenleer.«

»An dem Tag schon«, sagte Kane und sah Jenna direkt an. »Aber ich bin überzeugt, dass seit der Nacht, in der Sky verschwunden ist, irgendjemand das Tor geöffnet hat. Wir können nicht ausschließen, dass der Mann mit dem Beil einen Komplizen hatte, der ihr Fahrzeug entsorgt hat.«

Jenna machte Notizen auf dem Smartboard. »Das ist natürlich möglich, aber der Täter kann das andere Auto genauso gut allein abgeschleppt haben. Der Mann mit dem Beil müsste nur Zugang zum Schrottplatz haben und wissen, wie man die nötigen Maschinen bedient. Haben Sie da vor Ort eine Schrottpresse gesehen?«

»Ja, und einen Schredder. Allerdings bräuchte er mehr als nur den Schlüssel zum Tor, wir reden hier von schweren Maschinen.« Kane griff in die Tüte und förderte einen Keks zutage. »Er bräuchte die Zündschlüssel, und er müsste in der Lage sein, den elektromagnetischen Kran zu bedienen, mit dem man das Fahrzeug in die Presse hievt.« Er zuckte die Schultern. »Eine Leiche in den Kofferraum eines Autos zu legen und das dann in der Schrottpresse zu zerkleinern, ist nichts Neues. Das war früher eine sehr beliebte Methode, um Leichen zu entsorgen.«

Bei dem Gedanken daran, wie das vor sich ging, krampfte sich Jennas Magen zusammen. »Dass er Skys Pick-up nach dem Schneesturm zu einer verlassenen Goldmine geschleppt hat, ohne Spuren zu hinterlassen, ist schlicht unmöglich. Der Schnee lag stellenweise über einen Meter hoch. Ein Schrottplatz wäre eine logische Option, und einer befindet sich in der Nähe der Entführungen.« Jenna betrachtete noch einmal das Smartboard, dann setzte sie sich hin.

Jetzt, da sie überzeugt war, dass in der Nähe der Stadt ein Verrückter sein Unwesen trieb, musste sie mit allen Kräften versuchen, ihn zu schnappen, bevor er wieder zuschlug. Aber ohne irgendwelche konkreteren Anhaltspunkte waren ihr die Hände gebunden. Sie brauchte irgendetwas, einen einzigen Hinweis, der den Ball ins Rollen brachte. »Okay. Ich habe eine Liste von Fabriken in der Gegend. Rowley, Sie suchen die Besitzer heraus und besorgen mir ihre Telefonnummern. Außerdem hätte ich gerne die Namen der Leute, die dort während der Betriebsferien arbeiten.« Sie schrieb ihre Anweisungen auf das Smartboard. »Wir fangen mit dem Schrottplatz an. Ich organisiere einen Durchsuchungsbeschluss, benachrichtige den Besitzer, damit er uns vor Ort trifft, und fahre mit Kane dorthin.« Sie sah Kane an. »Rufen Sie Wolfe an. Ich will, dass er mitkommt, um nach Spuren zu suchen, nur für den Fall, dass der Mann mit dem Beil die Leichen in der Schrottpresse entsorgt hat. Wir nehmen Ihren SUV, Kane, der ist für Schnee besser gerüstet. Suchen Sie alles zusammen, was wir brauchen?«

»Geht klar«, sagte Kane und wollte aufstehen.

»Moment noch«, sagte Jenna. Sie kaute einige Sekunden lang auf ihrem Stift herum und dachte nach. »Wenn wir davon ausgehen, dass der Mann mit dem Beil diese Leute entführt und tötet und sie dann in ihren Fahrzeugen zerquetscht, mit was für einem Typ von Verrücktem haben wir es dann zu tun?«

»Ohne Leiche und Todesursache kann ich leider kein genaues Profil erstellen.« Kane zuckte die Schultern. »Es gibt ja die Gelegenheitstäter. Die morden für den Adrenalinrausch, aber die meisten von ihnen verlassen den Tatort hinterher sofort. Der Tote nützt ihnen nichts mehr, er ist so wertlos für sie wie eine leere Getränkedose. Die meisten von ihnen wissen gar nicht, dass sie etwas Böses tun. Ich habe schon Vernehmungen mit solchen Mördern gehört, die dachten, dass das ganz normal ist. Dass jeder andere Leute tötet.« Er lehnte sich zurück und sah sie an. »Wenn dieser Mann seine Opfer und deren Habseligkeiten versteckt, dann plant er die Morde im Voraus und wählt seine Opfer nach bestimmten Kriterien aus. Er ist wahrscheinlich ein Soziopath, der sich seiner Taten und der Konsequenzen vollauf bewusst ist, aber er glaubt, dass er so schlau ist, dass wir ihn nicht erwischen werden.«

VIERUNDDREISSIG

Als Doug wieder die Augen öffnete und an die kahle weiße Decke starrte, war ihm mit einem Schlag klar, dass seine Situation leider kein Albtraum war, sondern äußerst real. Er fuhr sich mit der Zunge über die trockenen, rissigen Lippen und wackelte mit den Zehen. Das Gefühl, jemand würde ihm einen glühenden Schürhaken in die Seite stechen, war noch da, doch die Schwere in seinen Gliedern hatte ein wenig nachgelassen. Er hob die Arme, schob die Decke beiseite und versuchte aufzustehen. In seiner rechten Seite durchfuhr ihn ein Schmerz, als hätte ein Speer seinen Körper durchbohrt und würde ihm hinten aus dem Rücken ragen. Er schaute hinunter an seiner nackten Brust und fuhr mit den Fingern vorsichtig über eine dicke Wundauflage unter einem Verband. *Was ist mit mir passiert?*

Plötzlich fiel ihm der hoffnungslose Gesichtsausdruck der jungen Frau im Nachbarbett wieder ein. Bestimmt hatte der Arzt ihr das gleiche Betäubungsmittel gegeben wie ihm. Er würde ihren Blick nie vergessen, aus dem sprach, welche Angst Jim ihr eingejagt hatte. Vor Wut boxte er auf die Matratze. Kein Wunder, dass ihm ihr Gesicht bekannt vorgekommen war! Sie war das Mädchen aus dem Unfallwagen! Auf dem Rücksitz von Jims Pick-up hatte er ihren Kopf in seinem Schoß gebettet. Jim hatte das Mädchen Olivia genannt, aber nicht erwähnt, woher er sie kannte.

Vorsichtig rollte er sich auf die Seite und versuchte, sich am Rand des Bettes aufzusetzen. Trotz großer Schmerzen schaffte er es, die Beine über die Kante fallen zu lassen. Voller Abscheu betrachtete er die Elektroden an seiner Brust und den Schlauch, der in seinem Arm endete. Wahrscheinlich enthielt der Tropf bloß Schmerzmittel. Die Medikamente, die man ihm zuvor verabreicht hatte, waren weit mehr gewesen als Schmerzmittel. Sie hatten ihn in einen willenlosen Zombie verwandelt.

Als er aufrecht saß, wurde der Raum um ihn herum immer wieder unscharf und drohte an den Rändern zu kollabieren. Es folgten ausgedehnte Momente der Übelkeit, und er klammerte sich an der Bettkante fest wie an einem Rettungsring, bis das Auf und Ab nachließ und er sein Gleichgewicht fand. Er wollte mit Olivia sprechen, doch dann blickte er an sich hinunter und merkte, dass er nackt war. Ein nackter Mann, der sich ihrem Bett näherte, war sicherlich das Letzte, das sie brauchte. Er biss die Zähne zusammen, um die Schmerzen zu verdrängen, zerrte am Laken und wickelte es um sich wie eine römische Toga. Dann ließ er seine Füße auf den kalten Boden gleiten. Schon der erste Schritt war so anstrengend, dass ihm der Schweiß ausbrach und die Nase hinunterrann. Der Schmerz in der Seite schien seine Lunge zusammenzupressen und hinderte ihn am Einatmen.

Er griff nach dem Vorhang, der sein Bett umgab, und öffnete ihn. Die Metallkufen quietschten leicht. Die junge Frau starrte ihn an, und er legte einen Finger auf seinen Mund, um ihr zu bedeuten, dass sie still sein sollte. Er suchte den Raum nach Überwachungskameras ab. »Es tut mir leid, dass ich dir nicht helfen konnte«, flüsterte er. »Die haben mir irgendein seltsames Zeug gegeben, ich konnte mich nicht bewegen.« Die Stimme, die aus seiner trockenen Kehle drang, klang heiser.

»Ich weiß. Sie pumpen uns die ganze Zeit damit voll.« Sie blinzelte ihn an. »Ich konnte mich auch nicht wehren.« Ihre Unterlippe zitterte, und Tränen traten ihr in die Augen. »Es war schrecklich. Ich dachte, er würde mir das Auge ausstechen.«

Doug wusste nicht so recht, was er sagen sollte. Er nickte. »Es tut mir so leid.« Er schluckte den Kloß in seinem Hals hinunter. »Wir müssen jemandem mitteilen, was passiert ist.«

»Ärzte können doch nicht einfach irgendwelche Leute betäuben, fesseln und ihnen Angst machen.« Olivia schniefte. »Ich hoffe, wir sind nicht versehentlich in der Psychiatrie gelandet. Ich habe von Pflegern gehört, die da alle möglichen schrecklichen Dinge anstellen.«

»Ich hätte keinen Grund, in der Psychiatrie zu sein.« Doug betrachtete sie verhalten. »Du etwa?«

»Nein.« Olivia blinzelte ihre Tränen weg. »Ich wollte über die Feiertage mit meiner Mutter zu ihr nach Hause fahren, und sie ist in den Straßengraben gefahren. Als ich hier aufgewacht bin, dachte ich, ich wäre dabei verletzt worden. Dann tauchte dieser Kerl auf und ... Na ja, den Rest weißt du ja.« Sie stieß einen kleinen Schluchzer aus. Die arme Frau war offenbar außer sich vor Angst.

»Nichts hier ergibt Sinn«, sagte Doug. »Ich kann mich nicht daran erinnern, was mit mir passiert ist, aber ich habe einen Verband an der Seite, der höllisch wehtut.« Doug winkte mit einer Hand in Richtung Tür. »Wie oft kommen denn die Ärzte vorbei?«

»Ich bin mir ziemlich sicher, dass sie für heute weg sind.« Sie deutete auf die piepende Maschine neben seinem Bett. »Schalt lieber die Maschine aus, nicht dass dein erhöhter Herzschlag einen Alarm auslöst, und zieh die Kanüle aus deinem Arm. Die Maschine betäubt uns alle vier Stunden. Ich weiß das, weil ich gehört habe, wie sie darüber geredet haben.« Sie schaute ihn mit großen Augen an. »Sie geben mir ein anderes Medikament, wenn dieser schreckliche Mann zu Besuch kommt, damit ich mich nicht bewegen kann. Der ist ein kranker Mistkerl und besteht darauf, dass ich ans Bett gefesselt und betäubt bin.« Tränen liefen ihr über die Wangen. »Ich weiß nie, was er als Nächstes tut. Es ist, als würde es ihm Spaß machen, mir Angst einzujagen.«

Entsetzt über ihre Worte, wandte sich Doug um, schlich zu den Monitoren und schaltete sie alle aus, dann löste er die Elektroden von seiner Brust und entfernte die Kanüle. »Wir müssen Hilfe holen«, sagte er. Als er Olivia von ihren Fesseln befreite, fiel ihm auf, wie sie vor ihm zurückschreckte. »Hey, ich tu dir nicht weh. Ich will nur von hier verschwinden.« Er sah zur Tür. »Die lassen uns doch nicht einfach die ganze Nacht hier allein, oder?«

»Ich glaube, es ist ihnen egal, ob wir sterben.« Sie rieb sich die Handgelenke, und als hätte sie gerade eine Entscheidung getroffen, streckte sie einen zitternden Arm aus. »Kannst du mir die Nadel rausziehen?«

Er löste sie vom Tropf und wies sie an, auf die Wunde zu drücken. »Hast du jemandem erzählt, was Jim mit dir macht? So heißt er doch, oder? Wir haben dich zusammen aus dem Autowrack geholt, aber ich habe keine Ahnung, warum ich hier gelandet bin.«

»Du hast den Unfall gesehen?« Sie sah ihn mit großen, ängstlichen Augen an. »Geht es meiner Mutter gut?«

Doug schluckte schwer. Er wusste nicht, was er sagen sollte. Jim hatte gesagt, dass die Frau tot war, aber ob das auch stimmte? Um die Situation nicht noch schlimmer zu machen, zuckte er nur die Schultern. »Sie ist mit dem Kopf durch die Windschutzscheibe. Wir haben dich aus dem Auto geholt, und dann muss Jim mir eine Spritze verpasst haben.« Sie sah ihn entsetzt an. »Ich weiß es nicht genau«, fuhr Doug fort, »aber eine Freundin von mir war dabei. Sie hatte mein Handy und meinen Wagen.«

»Okay.« Olivia rang sichtlich um Fassung. »Meine Mutter könnte also ebenfalls hier sein?«

»Könnte sein.« Er warf einen Blick auf die Tür. »Das müssen wir herausfinden. Wie viele Leute arbeiten auf dieser Station?«

»Nur zwei, aber sie reden immer über jemand anderen. Der Pfleger weiß, was Jim mit mir macht. Und reißt Witze darüber.« Sie biss sich auf die Unterlippe. »Ich bin nicht verletzt, abgesehen von einer Beule am Kopf, also warum halten sie mich hier fest? Was glaubst du?«

Angesichts der Menge an Medikamenten, die der Pfleger in sie beide hineingepumpt hatte, vermutete er, dass das Krankenhaus in den Menschenhandel verwickelt war. Sobald sie süchtig und unter Kontrolle waren, würde man sie nach Übersee in die Prostitution verkaufen. Er blickte in Olivias aschfahles, verängstigtes Gesicht und schüttelte den Kopf. Im Moment brauchte sie das nicht zu wissen. »Keine Ahnung, was hier los ist, aber wir müssen hier weg.« Er fuhr sich mit der Hand durchs Haar. »Ich weiß nur, dass Jim Medizin studiert, und ich schätze, der andere ist Krankenpfleger.«

»Ja. Der verabreicht uns die Medikamente und so.« Sie wich seinem Blick aus. »Er tut, was Jim ihm sagt. Jim ist richtig unheimlich. Der hat ganz tote Augen. Ich habe Angst, dass er mich umbringt.« Olivia zwang sich in eine sitzende Position und wischte sich mit dem Laken die Tränen ab. »Ich habe sie reden hören, aber warum du hier bist oder wieso du verletzt bist, weiß ich nicht.«

Doug berührte den Verband an seiner Seite. »Ich erinnere mich auch nicht daran.«

»Keine Ahnung, aber sie haben erwähnt, dass du wegen jemandem hier bist, der Sky heißt.«

FÜNFUNDDREISSIG

FREITAGNACHMITTAG

Jenna steckte den Durchsuchungsbeschluss für den Schrottplatz in die Innentasche ihrer Jacke und schnappte sich ihr Satellitentelefon. Dann traf sie sich mit Kane am Empfangstresen. Sie sah, dass draußen Wolfe und Webber an Wolfes neuem SUV lehnten und sich angeregt unterhielten, und ging hinaus. Die Stadt lag unter einer weißen Decke. Eiszapfen, lang wie Schwerter, hingen gefährlich von den Dachrinnen, und an manchen Stellen reichten einem die Schneeverwehungen bis zur Hüfte. Ein eisiger Windstoß blies ihr ins Gesicht. Hinter sich hörte sie Kane stöhnen. Die Kälte musste ihm mit seiner Kopfverletzung ziemlich zu schaffen machen, aber sie wusste, wenn sie ihm vorschlug, er solle besser im Büro bleiben, würde er ihr nur einen seiner missmutigen Blicke zuwerfen und den Kopf schütteln. Sie musterte ihn und nahm erleichtert zur Kenntnis, dass er alle möglichen Vorkehrungen getroffen hatte, um sich warm zu halten. Nicht einmal die Nasenspitze unter seiner Sonnenbrille war zu sehen.

Unaufhörlich fiel Schnee und bedeckte alles in Minutenschnelle. Die gefrorenen Bäume knarrten, und immer wieder brach ein Zweig und schickte eine kleine Schneelawine hinunter auf die ahnungslosen Menschen auf dem Gehweg. Die Schneepflüge und Streufahrzeuge waren schon den ganzen Tag über im Einsatz, um die Straßen frei zu halten.

Sie wickelte sich ihren Schal um den Kopf, aber die Wollmütze und die Kapuzenjacke vermochten ihr Gesicht kaum vor der Kälte zu schützen. Nachdem sie sich ihre Sonnenbrille aufgesetzt hatte, bewegte sie sich vorsichtig über den eisbedeckten Bürgersteig, um mit Wolfe zu sprechen. »Wir treffen uns vor Ort mit dem Besitzer, Bill Sawyer. Er hat gesagt, dass er den Schrottplatz vor zwei Wochen geschlossen hat und seitdem niemand mehr dort gewesen ist.«

»Wie haben Sie es geschafft, einen Durchsuchungsbeschluss zu bekommen?« Wolfe richtete sich auf und bedeutete Webber, in den Wagen zu steigen. »Wir haben doch überhaupt keine konkreten Verdachtsmomente.«

»Doch, die haben wir«, sagte Jenna und sah ihn trotzig an. »Kane war am Dienstag dort, und ihm fiel auf, dass jemand nach dem Schneesturm das Tor geöffnet haben muss. Da der Besitzer behauptet, dass niemand dort war, habe ich mich auf das gestützt, was wir haben: eine Zeugin, die sagt, dass ein Mann mit einem Beil Sky angegriffen hat. Ihr Auto ist verschwunden, und wir haben Grund zu der Annahme, dass sich das Fahrzeug dort auf dem Schrottplatz befindet. Wir suchen nach Indizien dafür, dass Sky oder ihr Auto dort waren.«

»Das ist der Vorteil am Winter: Die Kälte bewahrt die DNA«, verkündete Wolfe und stieg in seinen Pick-up. »Fahren Sie voraus.«

Jenna kletterte in Kanes schwarzen SUV. Auf der Ablage stapelte sich sein üblicher Vorrat an Heißgetränken und Snacks, aber der Spürhund fehlte. »Wo ist denn Duke?«, wollte sie wissen, nachdem er auf dem Fahrersitz Platz genommen hatte.

»Ob Sie es glauben oder nicht, der liegt bei Maggie hinter dem Tresen in seinem Korb. Sie hat neben ihren Füßen einen

Heizstrahler stehen und füttert Duke den ganzen Tag lang mit Leckerlis. Schätze, seine anhängliche Phase ist damit endlich vorbei.« Kane zog seinen Schal herunter und lächelte sie an. »Ich habe ihn aufgefordert, mitzukommen, aber er hat so getan, als ob er schläft.«

Jenna kicherte und wickelte sich aus ihrem Schal. »Ich kann es ihm nicht verdenken, ich wäre bei diesem Wetter auch lieber drinnen.«

Sie fuhren durch die Stadt, vorbei am Park, der überraschenderweise voller Kinder mit rosigen Gesichtern war, die um den riesigen geschmückten Weihnachtsbaum herum spielten. Einige machten Schneeengel im frisch gefallenen Schnee. Die glucksenden Kinder waren das glatte Gegenteil ihrer Eltern, die bibbernd danebenstanden und ihnen zuschauten, die Hände tief in die Taschen gesteckt. Das laute Lachen und die Freudenschreie einer kleinen Gruppe Kinder, die sich gegenseitig mit Schneebällen bewarfen, riefen in ihr Erinnerungen an ihre eigene glückliche Kindheit hervor. Die Weihnachtsferien waren immer etwas ganz Besonderes gewesen. Eine Zeit der herzlichen Umarmungen. Sie schluckte schwer, als ihr im selben Moment klar wurde, dass sie selbst niemals Kinder haben würde. An dem Tag, an dem sie ihr Leben als Agentin Avril Parker beendet hatte, um Sheriff Jenna Alton zu werden, hatte sie alles aufgegeben. *Eigentlich existiere ich gar nicht.*

»Um Weihnachten herum ist es besonders schlimm«, sagte Kane und schaute sie an. Es war, als hätte er ihre Gedanken gelesen. »Erinnerungen können wirklich fies sein. Mich überraschen die immer in den seltsamsten Momenten.«

»Mich auch.« Sie drehte sich in ihrem Sitz um. »Ich glaube, tief in meinem Inneren wollte ich Kinder haben, aber nach dem Tod meiner Eltern habe ich meine Gefühle einfach abgeschaltet. Ich habe damals nicht wirklich über die Zukunft nachgedacht und darüber, was es bedeutet, Agentin zu sein.«

»Ich kannte die Risiken, aber ich dachte, die gäbe es nur in Übersee, nicht hier.« Kane bremste ab, um eine Kurve zu nehmen. Als sie auf den Highway einbogen, gab er Gas. »Noch schlimmer war, dass ich mit niemandem darüber sprechen und nichts dagegen unternehmen konnte.« Er wischte sich mit der Hand über das Gesicht, dann wandte er sich ihr zu und lächelte sie an. »Wolfe möchte, dass wir den Weihnachtstag mit ihm und den Mädchen verbringen.«

Jenna lächelte. Ein warmes Gefühl erfüllte sie. »Wirklich? Das wäre toll.«

»Finde ich auch.« Kane grinste. »Die Mädchen haben ihm gesagt, ohne die ganze Familie wäre es kein richtiges Weihnachtsfest. Sie wollten auch Rowley und Webber einladen, aber Rowley verbringt die Feiertage bei seinen Eltern, und Webber hat angeblich eine Freundin.«

Jenna starrte ihn an. »Wirklich? Ich dachte, er will was von Emily, und Wolfe macht sich Sorgen, weil er zu alt für sie ist.«

»Ist offenbar eine lange Geschichte«, sagte Kane und zuckte die Schultern. »Soweit ich weiß, hat Wolfe ihm gesagt, er solle auf Abstand gehen, bis Emily mit dem College fertig ist, aber seit sie nach Hause gekommen ist, scheint es mit ihrer Schwärmerei für Webber ohnehin vorbei zu sein.«

Das Funkgerät knisterte, und Wolfe gab sein Rufzeichen durch. Jenna nahm das Mikrofon in die Hand. »Gehen Sie auf unseren sicheren Kanal. Over.« Nicht, dass sie irgendeinen Kanal im Funkgerät für sicher hielt, aber sie schaltete trotzdem auf Kanal zwei um und wartete darauf, dass Wolfe sprach.

»*Da Sie ja so sehnsüchtig auf meine Erkenntnisse zur Todesursache von Mrs. Palmer warten: Ich habe vor meiner Abreise das Tempo überprüft, in dem sie auftaut. Ich gehe davon aus, dass ich Sonntagvormittag die Autopsie durchführen kann. Das Problem ist, dass unsere Haushälterin in die Kirche geht und anschließend mit ihren Freundinnen frühstückt. Ob Sie wohl ein paar Stunden auf meine Mädchen aufpassen würden? Emily könnte das auch erledigen, aber ich hätte gerne, dass sie sich die Autopsie anschaut. Over.«*

Jenna lächelte und schaute in Kanes grinsendes Gesicht. Wolfe hatte sie noch nie um einen Gefallen gebeten, und sie freute sich über die Chance, seine Familie näher kennenzulernen. »Sehr gerne. Wir kommen Sonntagfrüh vorbei und holen sie ab. Wann passt es Ihnen? Over.«

»Halb neun?« Wolfe räusperte sich. *»Julie will unbedingt die Pferde sehen. Over.«*

»Wir gehen mit ihnen ausreiten.« Jenna starrte hinaus in die weiße Landschaft und versuchte auszumachen, wo sie sich gerade befanden. »Das wird eine schöne Ablenkung von der Suche nach potenziellen Mordopfern sein. Over.«

»Sie gehen davon aus, dass der Mann mit dem Beil die Leichen seiner Opfer mithilfe der Schrottpresse entsorgt hat, oder? Over.«

Jenna tauschte einen Blick mit Kane. »Ja, genau. Gibt es da ein Problem? Over.«

»Da suchen Sie aber nach einer echten Nadel im Heuhaufen. Wenn der Mörder einigermaßen schlau ist, würde er die zusammengepressten Überreste nicht in der Nähe liegen lassen, sondern irgendwo anders deponieren. Normalerweise gibt es dort stapelweise zu Würfeln gepressten Metallschrott, der darauf wartet, dass der Recycler ihn abholt. Ich glaube, ich schaue mir am besten erst einmal die an, auf denen am wenigsten Schnee liegt. Dann suche ich das Büro nach Spuren ab. Over.«

»Alles klar. Over and out.« Sie steckte das Mikrofon zurück in die Halterung. »Der Pick-up da vor uns ist gerade zum Schrottplatz abgebogen. Ich nehme an, das ist der Besitzer, Mr. Sawyer.« Sie folgten dem Fahrzeug auf der schneebedeckten Straße. Überraschenderweise fuhr es sich nicht so schlimm, wie Jenna erwartet hatte. Sie konnte die Spuren mehrerer Fahrzeuge in dem festen Schnee erkennen. »Diese

Straße ist während der Betriebsferien auf jeden Fall bereits benutzt worden.«

»Als ich am Dienstag herkam, war hier schon geräumt«, sagte Kane. »Ich dachte, das wäre wegen der Fabriken drumherum.« Kane lenkte den SUV um eine Kurve und hielt neben einem roten Pick-up. »Wenn wir wieder in der Dienststelle sind, rufe ich beim Amt an und frage nach, wann die hier mit dem Schneepflug zugange waren.«

Jenna wandte sich ihm zu und sah ihn an. »Ich werde mit dem Besitzer sprechen, während sich Wolfe und Webber nach gepressten Autos umschauen und nach Spuren suchen.« Sie warf einen Blick auf die vielen Reihen schneebedeckter Autos. »Schauen Sie sich die vorderen Autos an, ob Skys Auto dort steht.«

»Okay.« Kane rieb sich das Kinn. »Mein SUV passt zwischen den Reihen hindurch. Wenn es nicht unter den ersten paar Fahrzeugen ist, drehe ich eine Runde auf dem Hof.« Er warf ihr einen langen Blick zu. »Ich habe einen Backgroundcheck zu Bill Sawyer durchgeführt, er ist sauber. Aber sehen Sie ihn sich an: Er passt genau auf Ellas Beschreibung von dem Mann mit dem Beil.«

Jenna betrachtete den Mann, der gerade aus seinem Pick-up ausstieg. »Sie haben völlig recht.«

SECHSUNDDREISSIG

Jenna stieg aus dem Wagen, wickelte sich den Schal wieder um das Gesicht und stapfte durch den Schnee zu dem stämmigen Mann, der neben dem Tor zum Schrottplatz stehen geblieben war. »Bill Sawyer?«

»Das will ich meinen.« Sawyers rötliches Gesicht verzog sich zu einem gutmütigen Grinsen. »Was soll das heißen, irgendwer hätte illegal meine Schrottpresse benutzt?«

Jenna holte den Gerichtsbeschluss hervor und reichte ihn dem Mann. »Wir haben einen Durchsuchungsbeschluss für Ihren Betrieb; wir glauben, dass es hier Spuren zu einem Vermisstenfall geben könnte, den wir derzeit untersuchen.«

»Okay.« Sawyer steckte das Dokument ein, ohne einen Blick darauf zu werfen, zog ein Schlüsselbund aus der Tasche und schloss das Tor auf. Er bedeutete ihnen, einzutreten. »Tun Sie sich keinen Zwang an.«

»Ich hätte gern, dass Sie mir das System erklären«, sagte Jenna. Sie ließ ihn durch das Tor vorangehen und folgte ihm dann, hinter ihr Kane und die anderen.

»Wenn ein Auto ankommt, baut mein Team alle funktionierenden Teile aus und nimmt alles raus, was man noch verkaufen kann. Gefährliche Materialien werden entfernt, die Batterie wird rausgenommen, die Klimaanlage wird entleert. Was übrig bleibt, wird gepresst oder geschreddert.«

Jenna nickte. »Wer hat alles einen Schlüssel zum Schrottplatz?«

»Ich und mein Cousin Wyatt. Er hat meine Ersatzschlüssel für den Notfall. Ich hab auch seine Ersatzschlüssel.« Sawyer deutete mit seinem Kinn an Jenna vorbei. »Ihm gehört die Fleischfabrik da drüben, aber die ist im Moment auch geschlossen.«

Jenna schrieb sich den vollen Namen des Cousins auf und blickte hinter sich. Wolfe und Webber waren damit beschäftigt, von den Würfeln aus gepresstem Metall den Schnee wegzubürsten, und Kane war auf die Schrottpresse geklettert, um von oben in die Öffnung zu schauen. Sie wandte sich wieder an Sawyer. »Haben Sie Fahrzeuge hier stehen, die demnächst in die Presse sollen?«

»Die dahinten sind als Nächstes dran.« Er deutete zu mehreren Reihen von Fahrzeugen im hinteren Teil des Geländes. »Da bauen wir noch aus, was wir als Ersatzteile verwenden können, und anschließend kommen sie in die Presse.«

»Kommen auch mal Leute vorbei und bitten Sie, ihr Auto so, wie es ist, zu pressen? Ohne dass sie etwas entfernen?« Jenna beobachtete ihn genau, aber sein Gesichtsausdruck änderte sich nicht.

»Kommt schon mal vor.« Er zuckte die Schultern. »Bei Ehestreit zum Beispiel. Manchmal kommen Frauen, die im Scheidungsverfahren das Auto von ihrem Ex-Mann bekommen haben, und wollen es kaputt machen. Das ist schon ein paarmal vorgekommen. Aber auch wenn sie darauf bestehen, dass wir das Fahrzeug im aktuellen Zustand verschrotten, entfernen wir trotzdem immer erst die Batterie und alles, was auf den Sondermüll muss. Und wir verlangen einen höheren Preis. Den meisten Profit machen wir ja mit der Wiederverwertung der Teile.«

Jenna nickte. »Ich nehme an, Sie überprüfen die Fahrzeugpapiere, bevor Sie ein Fahrzeug verschrotten?«

»Meistens schon, klar.«

»Meistens? Also nicht immer? Das wäre illegal.« Jenna starrte ihn an, aber der Mann ließ sich nicht aus der Ruhe bringen.

»Nee. Wenn ein ausrangiertes Auto gefunden wird, das keine fünfhundert Dollar mehr wert ist, kommt es einfach so in die Presse. Und manchmal bekomme ich welche von Versicherungsgesellschaften geschickt, ausgebrannte Unfallwagen, Autos ohne Kennzeichen, die irgendwo stehen gelassen wurden. Die werden registriert und dann verschrottet.« Er starrte sie einen Moment lang an. »Ich schaue mir das Innere und den Kofferraum an, bevor ein Auto in die Presse kommt. Ich will ja nicht, dass irgendwelche Leichen meinen Laden vollstinken.«

Jennas Nacken kribbelte. Damit hatte er gerade exakt ihren Verdacht formuliert. »Seltsam, dass Sie das sagen.«

»Ich habe Filme gesehen, in denen Leichen in Autos zerquetscht werden«, sagte er und schnaufte entrüstet. »So was kommt bei mir nicht vor.«

Jenna drehte sich um, als sie den Motor von Kanes SUV hörte. Er fuhr zwischen den Reihen der gestapelten Fahrzeuge hindurch, offenbar auf der Suche nach Skys gelbem Wagen. Sie wandte sich wieder Sawyer zu: »Was passiert mit dem Altmetall?«

»Das verkaufe ich.« Sawyer lächelte. »Ein Recycler kommt und holt es ab und bringt es irgendwo hin, wo es geschreddert, eingeschmolzen und wiederverwertet wird.«

»Ich nehme an, es gibt für die Schrottpresse ein Betriebstagebuch?«, sagte Jenna. »Darin würde ich mir gerne die Einträge der letzten zwei Wochen ansehen.«

»Aber sicher, das habe ich im Büro.« Sawyer ging voraus zu einem kleinen mit Schnee bedeckten Backsteingebäude, von dessen Dach Eiszapfen hingen. Er öffnete die Tür mit einem Schlüssel an seinem Schlüsselbund. »Moment, ich mach mal eben Licht.«

Jenna fiel auf, dass vor der Bürotür kein Schnee lag. Es knirschte unter ihren Stiefeln. »Ist das Streusalz?«

»Ja, wir deponieren hier immer ein paar Säcke, bevor der Schnee kommt.« Sawyer klopfte den Schnee von seinen Stiefeln und trat ein. »Wir haben drei Wochen lang dicht, aber ich komme ab und zu vorbei, um Salz zu streuen, damit wir später das Büro nicht ausbuddeln müssen.«

Jenna sah sich das Betriebstagebuch der Schrottpresse an und machte mit ihrem Handy Fotos. Die Seiten für die Zeit seit Skys Verschwinden waren leer. An der Wand entdeckte sie mehrere Reihen von Haken, an denen Schlüssel hingen, einige davon mit beschrifteten Anhängern. »Wofür sind die?«

»Maschinen, Werkzeugkästen, den Pausenraum und das Klo«.

Sie ging hinüber und starrte sie an. »Sind die Schlüssel für den Kran und die Schrottpresse auch dabei?«

»Klar.« Sawyer warf ihr einen langen, herablassenden Blick zu. »Ich kann die Schlüssel ja schlecht in den Maschinen stecken lassen. Das verstößt gegen die Sicherheitsvorschriften.«

»Verstehe. Kann man den Kran und die Schrottpresse eigentlich gleichzeitig bedienen?« Jenna begegnete dem Blick des Mannes. »Und muss man extra dafür ausgebildet sein?«

»Das muss man. Wobei es hier in der Gegend mindestens zwanzig Leute mit NCCCO-Qualifizierung gibt.« Sawyer zog die Brauen hoch und seufzte. »Der Kran ist Teil der Schrottpresse und hat extra eine Automatik, damit einer alleine beides gleichzeitig bedienen kann. Dasselbe gilt für den Schredder, da muss man nur einen Knopf drücken.«

»NCCCO?« Jenna machte sich eine Notiz. »Wofür steht das?«

»Das ist die National Commission for the Certification of Crane Operators, die zertifiziert Kranführer.« Sawyer lehnte sich lässig gegen seinen Schreibtisch. »Das hier ist ein Industriegebiet, und niemand, der klar bei Verstand ist, würde jemanden einstellen, der nicht über die nötige Qualifikation verfügt. Überall sind schwere Maschinen im Einsatz. Wenn Sie glauben, dass jemand hier eingebrochen ist und meine Schrottpresse benutzt hat, gibt es einen ganzen Haufen Leute, mit denen Sie reden könnten.«

Jenna tippte sich mit dem Stift auf die Unterlippe und ließ sich die Informationen durch den Kopf gehen. Sie entwarf hypothetische Szenarien. Was, wenn der Mann mit dem Beil die Schrottpresse benutzte, um Autos und Leichen zu entsorgen, und dies schon seit einer ganzen Weile tat? Kane hatte erwähnt, dass täglich Menschen samt ihren Fahrzeugen spurlos verschwanden. Aber selbst wenn der Mann mit dem Beil hier arbeitete, einen Schlüssel zum Schrottplatz hatte und in der Lage war, die Schrottpresse zu bedienen, wäre die Zeit immer noch ein Faktor. In Skys Fall hätte der Mann mit dem Beil Auto und Leiche hierherbringen, beides pressen und anschließend sofort wieder verschwinden müssen, damit der Schnee seine Spuren verwischen konnte. Er hätte es nicht riskiert, dass Ella es zurück zum Highway schaffte und einen vorbeifahrenden LKW anhielt, um Hilfe zu holen.

Sie dachte an Dougs und Olivias Verschwinden. Was, wenn der Mann mit dem Beil die Leichen in einem der Autowracks auf dem Parkplatz versteckt hatte? Sie warf einen Blick auf die rostigen Autowracks in Reichweite des Krans, dann auf den Stapel mit den Metallwürfeln, und ein Schauer des Entsetzens lief ihr über den Rücken. Der Mann mit dem Beil tötete nachts, und vielleicht entsorgte er die Leichen hier auf diesem Schrottplatz. Immerhin waren gerade Betriebsferien. Und wenn er schnell hineinkam und wieder hinaus, ohne dass ihn jemand sah, wäre es das perfekte Verbrechen.

Der Klang von Sawyers Stimme holte sie aus ihren Gedanken zurück.

»Kann ich Ihnen sonst noch irgendwie helfen, Sheriff?« Er holte eine Dose Kautabak hervor und stopfte sich ein Stück in den Mund.

»Nur noch eine Frage, dann wird der Rechtsmediziner Ihr Büro und die anderen Gebäude durchsuchen.« Sie räusperte sich. »Wie lange dauert es eigentlich, ein Auto zu pressen?«

»Fünfundvierzig Sekunden.«

SIEBENUNDDREISSIG

Die Wände des Krankenhauszimmers schwankten vor Dougs Augen, und er klammerte sich an die Bettkante. Er konnte nicht ganz glauben, was Olivia da gerade gesagt hatte. Eine Welle der Euphorie überkam ihn beim Gedanken daran, dass Sky vielleicht noch lebte. Er schluckte schwer. »Sky ist meine Schwester. Ist sie hier?«

»Ich weiß nicht, aber wir können jemanden fragen, wenn wir meine Mutter suchen.« Olivia zog sich die Elektroden des Vitaldatenmonitors von der Brust und schlüpfte aus dem Krankenbett. »Zuerst brauchen wir Wasser. Seit ich hier bin, haben sie mir nichts zu essen oder zu trinken gegeben. Offenbar bekommen wir alles, was wir zum Überleben brauchen, über den Tropf.« Sie stützte sich an der Wand ab, wankte zum Waschbecken, nahm zwei Pappbecher aus einem Spender und füllte einen. Sie trank hastig, füllte dann den anderen Becher und kehrte zu ihm zurück. »Hier. Aber langsam.«

Nachdem er den Becher geleert hatte, musterte Doug sein Laken und ihr Patientenhemd. »Wir brauchen etwas zum Anziehen.«

»Ich glaube, unsere Sachen sind in den Tüten da an der Tür.« Sie zeigte auf zwei pralle Plastiktüten, die an der Wand lehnten. »Jim hat den anderen Typen gebeten, sie zu verbrennen, aber ich glaube, er hat es vergessen, denn sie haben sich gestritten und sind rausgestürmt. Seitdem sind sie nicht mehr zurückgekommen.« Sie lächelte ihn an. »Ich glaube, der Pfleger hat auch vergessen, die Maschinen anzustellen, die uns die Medikamente gespritzt haben. Sonst wären wir jetzt gar nicht wach.« Sie ging zu den Tüten und schaute hinein. »Ja, das sind meine Klamotten, und ich nehme an, in der anderen sind deine.«

»Aber wieso warst du wach, als sie sich gestritten haben, und ich nicht?«

Sie nahm die Tüten und brachte sie zu ihren Betten. »Jim war da gerade bei mir. Wie gesagt, selbst unter dem Einfluss der Droge konnte ich ja alles hören und fühlen. Er steht wohl darauf, mir Angst einzujagen und mir zu drohen, er würde mir die Augen ausstechen. Ein richtiger Sadist.« Sie reichte ihm eine Tüte. »Wenn er weggegangen ist, bin ich sonst immer gleich wieder von dem Medikament aus dem Automaten betäubt worden.«

Doug war klar, dass sie sich beeilen mussten. Er kämpfte gegen die unerträglichen Schmerzen und die Übelkeit an, als er hinter den Vorhang ging und sich mühsam seine Kleidung anzog. Er durchsuchte die Taschen seiner Jeans, sie waren leer. »Verdammt, ich habe mein Handy in meinem Wagen bei Ella gelassen.« Er blinzelte ein paarmal. *O mein Gott, Ella.*

»Wer ist Ella?«, drang Olivias Stimme durch den Vorhang. »Alles gut bei dir?«

»Ja, ja.« Doug schob mit zitternden Fingern den Vorhang zurück. Sich anzuziehen war so anstrengend gewesen, dass die Schmerzen noch schlimmer geworden waren. Er wischte den Schweiß fort, der ihm von der Stirn tropfte. »Eine Freundin meiner Schwester. Ich war mit ihr auf der Suche nach Sky, als wir auf euch gestoßen sind. Sie ist klug und hatte eine Schrotflinte, und wenn sie gesehen hätte, dass Jim mir etwas antut, wäre sie mir zu Hilfe gekommen.«

»Hoffentlich.« Olivia blickte sich um. »Wir müssen sofort hier raus, solange wir noch können.« Sie zog ihre Jacke an, starrte in Richtung Tür und knibbelte geistesabwesend das getrocknete Blut von ihrem Ärmel. »Du weißt schon, dass Jim vielleicht direkt da hinter der Tür steht?«

»Es gibt nur eine Möglichkeit, das herauszufinden.« Während Doug sich in seine Jacke kämpfte, spürte er überall auf der Haut kalten Schweiß. Er ging ein paar Schritte in Richtung Tür, aber er schwankte. Der Schmerz pulsierte in seinem Körper, und er musste sich an der Wand abstützen. »Gib mir ein paar Sekunden, ich muss Luft schnappen.«

»Du brauchst Schmerzmittel.«

»Nein danke.« Er ließ die Hände in die Jackentasche gleiten, und seine Finger trafen auf das vertraute kalte Metall seines Schlüsselanhängers. Er wusste genau, dass er den Zündschlüssel hatte stecken lassen, damit Ella den Motor laufen lassen konnte, um sich warm zu halten. »Verdammt.«

Olivia starrte ihn mit großen Augen an. »Was ist?«

»Mein Autoschlüssel ist in meiner Tasche, das bedeutet, Ella ist auch hier.«

Er schlich an der Wand entlang und stieß die Schwingtüren einen Spalt weit auf. Erstaunt starrte er in beide Richtungen. Sein Herz raste bei dem Anblick, der sich ihm bot: Hinter den Türen lag ein schummriger Korridor, der nur von ein paar winzigen Lampen beleuchtet wurde; es war, als wäre das Krankenzimmer Teil einer Filmkulisse. Das da draußen war kein Krankenhaus, zumindest keines, wie er es kannte. Im Gegenteil, es wirkte eher wie ein Gefängnis. In seinem Kopf schrillten die Alarmglocken, und das Adrenalin, das ihn durchströmte, ließ sein Herz schneller schlagen. Leise schloss er die Tür und ließ sich gegen die Wand sinken. »Ich bin überzeugt, dass Jim mit Menschenhandel zu tun hat«, sagte Doug. »Das hier ist gar kein echtes Krankenhaus. Ich glaube, er hält uns hier fest, bis er uns an den Meistbietenden verkaufen kann.«

»Was sollen wir tun?« Olivia packte seinen Arm.

Er ließ den Blick durch das Zimmer schweifen. »Schau in die Schubladen, vielleicht ist da irgendwo etwas, das wir als Waffe verwenden können.«

Kurz darauf kam Olivia mit zwei Skalpellen zurück. Doug nahm ihr eines davon ab und betrachtete ihr besorgtes, blasses Gesicht. »Wenn dich jemand angreift, geh ihm an den Hals. Mit diesen Klingen kann man eine Menge Schaden anrichten.«

»Mein Bruder hat mir Selbstverteidigung beigebracht, und er hat mir gesagt, wenn die Chancen schlecht für mich stehen, kann ich nur gewinnen, wenn ich unfair kämpfe.« Sie umklammerte das Skalpell und stach probeweise damit in die Luft.

Doug nickte. »Bereit?«

»Ja.« Olivia trat näher an ihn heran.

Sie verließen das Zimmer und schlichen langsam mit dem Rücken zur Wand den Flur hinunter, immer darauf gefasst, dass jemand im Schatten lauerte. Doug ging voraus. Hier war es erheblich kälter als im Zimmer, und die Kälte drang durch seine Kleidung. Dass es kein einziges Fenster gab, beunruhigte ihn, und mit jedem Schritt in dem schmalen, schummrigen Gang war er überzeugter davon, dass sie sich hier unter der Erde befanden. Er schaute in die angrenzenden Räume, fand aber nur einen Umkleideraum und ein kleines Büro ohne Telefon. Wo waren sie hier bloß gelandet? Alles war verlassen, es gab keine Anzeichen dafür, dass hier noch weitere Patienten untergebracht waren.

Sie kamen an das Ende des Flurs und standen vor einer metallenen Doppeltür. Er wandte sich zu Olivia. »Das könnte eine weitere Station sein. Bleib hinter mir.«

Sie nickte, ihre Augen wirkten in ihrem aschfahlen Gesicht umso dunkler. »Okay.«

Außer Atem und gegen den kaum erträglichen, pulsierenden Schmerz ankämpfend, spähte Doug durch die Glasscheibe in der Tür und lehnte sich gleich wieder gegen die Wand. Verzweiflung schnürte ihm die Kehle zu. »Das ist keine Station. Sieht aus, als wären wir allein.«

»Aber wo ist der Ausgang?« Olivia umklammerte seinen Arm mit zittrigen Fingern. »Wir haben überall nachgeschaut, es muss doch einen Ausgang geben.«

Benommen deutete Doug auf die Metalltür. »Der muss dahinter sein, aber ich weiß nicht, ob ich genug Kraft habe, die verdammte Tür aufzudrücken.«

»Na, komm schon.« Olivia lehnte sich gegen die Tür, und sie öffnete sich mit einem leisen Quietschen. »Schau mal da drüben. Da ist eine Tür.«

Sie hatten es schon zur Hälfte durch den Raum geschafft, als plötzlich ein Poltern ertönte und jemand zu pfeifen begann. Dougs Herz raste so schnell, dass er glaubte, es würde in seiner Brust zerspringen. Er schaute sich nach einem Versteck um, aber es war zu spät. Er konnte nur entsetzt zusehen, wie sich langsam die Tür öffnete und Jim erschien, der eine Fahrtrage vor sich herschob. Das Lächeln, das sich auf Jims Gesicht ausbreitete, ließ Doug einen Schritt zurücktreten. Es war, als schaute er in die Fratze des personifizierten Bösen. »Na, sieh mal an, wen wir hier haben.« Mit einem irren Grinsen ließ Jim die Trage gegen ihn prallen.

Ein glühender Schmerz durchzuckte Doug. Seine Beine knickten ein, und er sackte auf die Knie. Er sah, wie Olivia, das Skalpell in der Hand, vorstürmte, doch im nächsten Moment flog sie quer durch den Raum, prallte gegen die Wand und fiel zu Boden, als wäre sie eine Stoffpuppe. Doug versuchte, aufzustehen, aber es gelang ihm nicht. »Lass sie in Ruhe, du Arschloch!«

Er zuckte zusammen, als Jim einen Schraubenschlüssel von der Fahrtrage nahm und auf ihn zukam. Das schwere Werkzeug ließ er lässig in einer Hand pendeln.

»Na, Doug, wo wollen wir denn hin?«

ACHTUNDDREISSIG

SAMSTAG, WOCHE ZWEI

Kanes Tag wurde immer unerfreulicher. Nachdem er sein Training mit Jenna beendet hatte – das erste, seit sie krank geworden war –, war er in seine Garage gegangen und hatte feststellen müssen, dass sein SUV einen Platten hatte. Bei näherer Betrachtung entdeckte er ein scharfkantiges Metallstück, das sich tief in der Lauffläche verkeilt hatte – zweifellos ein Andenken an seine Rundfahrt auf dem Schrottplatz. Die Aktion war reine Zeitverschwendung gewesen, sie hatten nichts Interessantes gefunden. Wolfe war auf der Schrottpresse herumgeklettert und hatte von allen verdächtigen geschrotteten Fahrzeugen Proben genommen, aber keine Blutspuren gefunden.

Den Reifen zu wechseln und zu George's Garage zu fahren, um einen neuen Ersatzreifen zu besorgen, hatte Zeit gekostet, und nachdem er Jenna angerufen und ihr die Situation erklärt hatte, war er gar nicht erst in die Dienststelle gefahren, sondern hatte beschlossen, stattdessen persönlich mit zwei Kurierfahrern und einem Postbeamten zu sprechen.

Die Männer waren nicht sonderlich erfreut, als Kane am frühen Samstagvormittag vor ihrer Tür stand, nachdem sie

gerade bei minus zwanzig Grad eine Nachtschicht absolviert
hatten. Es war bei allen dreien das Gleiche. Sie beantworteten
jede Frage bloß mit einem knappen »Nein«, als hätten sie sich,
um ihn zu ärgern, in die sprichwörtlichen drei Affen verwandelt – nichts sehen, nichts hören, nichts sagen. Als er das Haus
des Postbeamten verließ, fragte er sich, ob sie vielleicht alle drei
etwas zu verbergen hatten.

Er setzte sich hinter das Steuer seines SUV, froh, im
Warmen zu sein, und schaute in seine Notizen. Sein Kopf tat
höllisch weh, aber er beschloss, trotzdem noch einer weiteren
Spur nachzugehen, bevor er ins Büro fuhr. Jenna hatte mit Ella
Tate vereinbart, dass sie sie nach dem Mittagessen noch einmal
befragen würden, und ein kurzer Blick auf die Uhr sagte ihm,
dass die Zeit knapp wurde. Er drehte sich zu Duke um, der auf
dem Rücksitz saß, und rubbelte ihm die Ohren. Der Spürhund
hatte sich zum Schlafen in seine Decke gekuschelt. Jetzt öffnete
er eines seiner dunkelbraunen Augen, um Kane anzuschauen,
dann stieß er einen Seufzer aus und vergrub seinen Kopf
wieder in der weichen blauen Decke. »Ich bring dich so schnell
wie möglich ins Büro. Wobei, wenn Maggie dich weiterhin so
verwöhnt, bist du im Frühjahr zu dick, um mit den Pferden
mitzuhalten.«

Bei seiner letzten Amtshandlung vor dem Mittag würde er
den örtlichen Postboten John Wright besuchen, der auf ihrer
Hotline angerufen hatte. Er gab die Adresse des Postboten in
das Navi ein und lenkte seinen Wagen auf die Straße. An den
Scheiben hatten sich trotz der warmen Heizungsluft Eiskristalle gebildet, und auf den Wischerblättern sammelte sich bei
jedem Wischvorgang fingerdick der Schnee. Am Samstag war
in Black Rock Falls normalerweise viel los, und überall
wuselten Leute herum, aber an diesem Morgen war es ungewöhnlich ruhig in der Stadt. Abgesehen von der einen oder
anderen dick eingemummten Person, die mit ihrem Hund
spazieren ging, und dem Rauch aus den Schornsteinen hätte

man denken können, dass die ganze Stadt den Winter über in den Süden gezogen war. Zweifellos sorgte der angekündigte Schneesturm dafür, dass die Leute zu Hause blieben.

Kane lenkte den Wagen über die strahlend weißen Straßen und bog in eine Einfahrt ein. Er ließ den Motor laufen, damit Duke es warm hatte, und ging vorsichtig über den teilweise geräumten Weg zur Haustür.

Seine Stiefel knirschten auf dem Eis. Als er die Veranda betrat, musste er sich unter den Eiszapfen ducken, die von der Regenrinne hingen. An der Haustür war ein festlicher Kranz aus Tannenzweigen befestigt, aber er sah nirgends eine Klingel oder einen Türklopfer. Also klopfte er einfach so an die Tür. Von drinnen war Musik zu hören, und auf den schneebedeckten Fensterbänken spiegelten sich die blinkenden grünen und roten Lichter eines Weihnachtsbaums.

Die Tür wurden einen Spaltbreit geöffnet, und ein kleines Mädchen mit großen blauen Augen, dem seine blonden Locken auf die Schultern fielen, schaute zu ihm auf. Auf ihrem Gesicht prangte ein breites Lächeln.

Er lächelte zurück und freute sich über diesen Sonnenstrahl an einem ansonsten so trübsinnigen Tag. »Ich bin Deputy Kane, ist dein Vater zu Hause?«

»Ich hole ihn.« Sie runzelte die Stirn. »Aber ich muss die Tür wieder zumachen. Du bleibst da.«

Das Mädchen schloss die Tür, aber wenige Augenblicke später wurde sie wieder geöffnet. Ein Mann in den Dreißigern, groß und kräftig mit dichtem braunen Haar, blickte ihn an. »Guten Morgen, Deputy, was kann ich für Sie tun?«

Kane zückte sein Notizbuch. »John Wright? Sie haben bei unserer Hotline wegen der vermissten Frau angerufen?«

»Ja, das stimmt.« Wright sah ihn erwartungsvoll an.

Kane zuckte zusammen, als in seinem Nacken eine Schneeflocke schmolz und seinen Hals hinunterlief. »Deshalb bin ich hier. Wenn Sie Zeit haben ...?«

»Aber sicher doch.« Wright trat zurück und blickte auf Kanes schneebedeckte Jacke. »Sie können Ihre Jacke gerne hier aufhängen.« Er wies zu einem Abstellraum voller Mäntel und Stiefel nahe der Eingangstür. »Wir können uns in der Küche unterhalten. Jilly hat gerade Kakao gemacht.«

Kane bedankte sich. Bevor er das Haus betrat, klopfte er sich den Schnee von den Stiefeln und trat sie auf der Fußmatte sauber. Er zog die Handschuhe aus, schlüpfte aus seiner Jacke und suchte sich an der Wand im Abstellraum einen leeren Haken.

Weiter drinnen im Haus roch es nach heißem Kakao, Zimt und frisch gebackenem Kuchen. Hinter mehreren Ecken lugten Kinder hervor und schauten ihn neugierig an. Er folgte Wright durch den Flur und konnte einen Blick in das Wohnzimmer werfen, wo ein herrlich warmes Kaminfeuer loderte. In der Küche saß eine kleine Frau mit vielen blonden Locken und den gleichen großen blauen Augen wie ihre Tochter. Sie begrüßte Kane, als wären sie schon seit Jahren befreundet.

»Kommen Sie rein, Sie sehen durchgefroren aus.« Sie wies auf einen Stuhl am Küchentisch. »Setzen Sie sich. Es gibt heißen Kakao und Kekse, falls Sie Hunger haben. Direkt aus dem Ofen.«

Kane lächelte sie an. »Danke, das wäre toll.« Er setzte sich auf den ihm zugewiesenen Stuhl, und Wright nahm ihm gegenüber Platz.

»Das ist meine Frau Jilly.« Wright lehnte sich in seinem Sitz vor und nahm einen Becher in die Hand. »Sie hat mich überredet, anzurufen. Es ist vielleicht ein bisschen banal, aber in den Nachrichten hieß es, man soll anrufen, wenn man etwas Ungewöhnliches gesehen oder gehört hat, und das habe ich.«

Kane nickte dankend, als Mrs. Wright ihm einen Becher mit heißem Kakao reichte und einen Teller mit Keksen vor ihn stellte. Am liebsten wäre er sofort wie das Krümelmonster über die Kekse hergefallen, aber er zügelte sein Verlangen und holte stattdessen sein Notizbuch hervor, legte es aufgeschlagen vor sich auf den Tisch, zückte den Stift und sah Wright an. »Also, Sie haben eine Beobachtung gemacht?«

»Sogar zwei. Die eine ist vielleicht ganz belanglos, aber die andere könnte wichtig sein. Als Postbote bekomme ich ja mehr vom täglichen Leben der Menschen mit als die meisten anderen.« Wright senkte die Stimme zu einem konspirativen Flüstern. »Haben Sie schon einmal von einem Mann namens Jeff Knox gehört? Er kommt aus Blackwater, fährt regelmäßig mehrmals die Woche nachts mit einem Pick-up von Blackwater hierher und ist vorbestraft. Der Sheriff hat ihn einmal verhaftet, weil er eine Anhalterin vergewaltigt haben soll. Aber er kam nicht vor Gericht. Ich habe gehört, dass der Staatsanwalt von Blackwater nicht genug Beweise gefunden hat oder so was.«

Kane machte sich Notizen, dann gab er endlich der Versuchung nach und nahm sich einen Keks. »Und wie kommen Sie darauf, dass er in unseren aktuellen Fall verwickelt ist?«

»Das war in der Schlange bei Aunt Betty's, da habe ich zufällig gehört, wie sich jemand unterhalten hat. Und einer meinte, jemand hätte gesehen, wie Knox in der Nacht, in der dieses Mädel verschwunden ist, eine Frau ins Blackwater Motel getragen hat. Er hat auch erwähnt, wer es war, der das gesehen hat, nämlich Ty Aitken.« Wright lächelte selbstzufrieden. »Ich weiß zufällig, wer das ist. Der hat letzten Herbst diese schicke Bäckerei in Blackwater eröffnet.«

Das war keine heiße Spur, das war bestenfalls Hörensagen, aber er schrieb sich die Information trotzdem auf. Aitken zu befragen, konnte nicht schaden. Er nippte an seinem heißen Kakao. »Sie meinten, Sie hätten zwei Beobachtungen gemacht?« Er aß noch einen Keks. Nicht ganz so gut wie Jennas, aber trotzdem sehr lecker.

»Ja, das andere ist wahrscheinlich gar nichts, aber ich habe Dr. Weaver jetzt schon öfter auf der Straße gesehen, die in Richtung Industriegebiet führt. Ich fahre immer dienstags an ihr vorbei, wenn ich aus der Stadt rausfahre und sie auf dem Rückweg ist. Schätze mal, sie hat da irgendwo in der Gegend einen Patienten. Aber gestern hat sie mich auf dem Highway überholt, sie war viel zu schnell, und dann ist sie ins Industriegebiet abgebogen.« Wright zuckte die Schultern. »Kam mir komisch vor, weil da oben doch alles geschlossen ist.«

Ich sollte mich eingehender mit Dr. Weaver befassen. Ein Schauer glitt über Kanes Nacken, und er hob den Blick von seinen Notizen. »Um wie viel Uhr sind Sie ihr da begegnet?«

»Dienstags gegen vier, aber gestern wurde ich vom Schneepflug aufgehalten, das verdammte Ding fährt so langsam, dass ich viel zu spät an meiner letzten Station ankam, vielleicht halb fünf, kann auch sein, dass es noch später war.« Wright kratzte sich am Kinn. »Ich war erst ein ganzes Stück nach fünf zurück in der Post, das fand mein Chef nicht so toll.«

Kane trank seinen Kakao aus und schloss sein Notizbuch. »Danke, das war sehr hilfreich. Wenn Sie noch irgendetwas hören oder sehen, rufen Sie mich an.« Er zog eine Karte aus seiner Tasche und schob sie über den Tisch, dann stand er auf. »Danke für den Kakao und die Kekse.«

»Nehmen Sie gerne ein paar mit.« Mrs. Wright steckte einige Kekse in eine Papiertüte und reichte sie ihm. »Bei diesem Wetter muss man genug zu sich nehmen.«

Kane war wieder einmal überwältigt von der Großzügigkeit der Bewohner von Black Rock Falls. »Das ist sehr nett von Ihnen, Ma'am«, sagte er und lächelte sie an. Aber auf dem Weg zur Garderobe, um seine Jacke zu holen, dachte er schon wieder an ganz andere Dinge als an Kekse.

Er stieg in seinen Wagen und bot Duke einen Keks an. Dann holte er sein Handy heraus und rief Jenna an, um sie auf den neuesten Stand zu bringen. »Ich bin jetzt auf dem Weg zurück in die Dienststelle«, schloss er seinen Bericht.

»Okay. *Ich kann Rowley heute Nachmittag losschicken, um mit Ty Aitken über Knox zu sprechen. Sein Führerschein wird in den Akten sein. Ich bin gespannt, ob er die gleiche Statur hat wie der Mann mit dem Beil.«* Sie schwieg einen Moment, als würde sie nachdenken. *»Ich werde Wolfe anrufen und ihn fragen, ob seine Freunde beim FBI etwas über Dr. Weaver herausgefunden haben und ob er schon die Ergebnisse von Ellas Bluttest hat.«* Er konnte hören, wie sie mit den Fingern auf den Schreibtisch trommelte. *»Mir gefällt das nicht, Kane. Die Ärztin ist irgendwie in die Sache verwickelt, das spüre ich einfach.«*

NEUNUNDDREISSIG

Aufgrund der wetterbedingten Straßensperrungen im ganzen Bundesstaat rechnete Jenna damit, dass es noch eine ganze Weile dauern würde, bis sie die neue Heizungsanlage bekämen. Sie rief bei Bürgermeister Petersham an, um sich die Anschaffung offiziell genehmigen zu lassen, auch wenn sie ihn nur ungern am Samstag störte. Aber immerhin hatte sie eine Dienststelle zu leiten und musste dafür sorgen, dass ihre Mitarbeiter es warm hatten. Der Bürgermeister genehmigte die Anschaffung ohne weitere Nachfragen.

Die wohlige Wärme an ihren Beinen machte sie schläfrig, aber als Kane mit Rowley im Schlepptau ihr Büro betrat, war sie sofort wieder hellwach. Kane trug mehrere Tüten mit Essen, und es duftete nach frischem Kaffee.

»Ich dachte mir, Sie wollen bestimmt die Mittagspause durcharbeiten, bevor Sie sich auf den Weg machen, um mit Ella Tate zu sprechen.« Kane stellte die Tüten vor ihr auf dem Schreibtisch ab. »Ich habe Rowley inzwischen von meinem Gespräch mit dem Postboten heute Morgen erzählt. Hatte Wolfe etwas Interessantes zu berichten?«

Jenna lehnte sich in ihrem Stuhl vor, um in die Tüten zu

schauen. »Nicht wirklich. Er wartet immer noch auf Ellas Drogentest, aber wenn sie tatsächlich K.-o.-Tropfen intus hatte, wird sie sich inzwischen an das meiste wieder erinnern, also können wir loslegen. Der Test wird höchstens seinen Verdacht bestätigen und sie entlasten.« Sie nahm einen Bagel mit Frischkäse heraus – ihr Lieblingssnack. »Was mir Sorgen macht, ist der Mangel an handfesten Beweisen. Diese Fälle folgen nicht dem üblichen Schema von Entführungen.«

»Stimmt, es gibt keine Lösegeldforderung oder so was«, bestätigte Kane und seufzte. »Drei Personen sind spurlos verschwunden. Unsere einzige Zeugin gilt bisher als Hauptverdächtige, aber wir wissen im Grunde beide, dass sie nichts mit der Geschichte zu tun hat.«

»Kann sein, dass wir noch einen weiteren Zeugen haben«, verkündete Rowley. Er hielt die Tür mit dem Fuß auf, damit Duke hindurchschlüpfen konnte. Der Hund lief direkt zur Heizung und legte sich davor. »Ich bin auf einen interessanten Bericht aus Blackwater gestoßen, über einen Angriff auf einen Autofahrer. Der Vorfall ereignete sich am Donnerstagabend.« Rowley stellte ein Tablett mit To-go-Kaffeebechern auf dem Schreibtisch ab und setzte sich. »Ich habe die Details in die Akte aufgenommen.«

Jenna nahm den Becher, auf den ihr Name gekritzelt war, und trank einen Schluck. »Fassen Sie es doch mal kurz zusammen. Warum ist es für unseren Fall relevant?«

»Ich finde, was der Mann erzählt hat, ähnelt so sehr dem, was Ella Tate passiert ist, dass es sich um dieselbe Person handeln könnte.« Rowley nahm sich ein Sandwich. »Levi Holt war auf dem Weg zu seiner Familie in Blackwater, wo er die Feiertage verbringt. Hinter Black Rock Falls stieß er auf einen Pick-up mit offener Motorhaube und eingeschaltetem Warnblinker. Als er anhielt, um zu helfen, kletterte ein Mann aus dem Auto und griff ihn an. Holt konnte entkommen und meldete den Vorfall am Freitagmorgen dem Sheriff's Department in Blackwater. Ich habe in Blackwater angerufen und mit dem Deputy gesprochen, der die Anzeige aufgenommen hat. Er sagte, er sei an der Stelle vorbeigefahren und habe ein paar Glasscherben gefunden, aber da war der Schneepflug schon dort durchgekommen und hatte alles weggeräumt. Als ich ihn fragte, warum er uns die Akte nicht sofort geschickt hatte, da der Vorfall ja immerhin in unserem Bezirk stattfand, hat er plötzlich dichtgemacht. Ich hatte das Gefühl, dass er mauert.«

»Ach was? Warum das denn? Normalerweise sind die doch so kooperativ.« Jenna klickte auf die Akte und überflog den Bericht. »Abgesehen von ›Mann in einem Pick-up mit Schal‹ ist keine Beschreibung des Angreifers oder seines Fahrzeugs vermerkt.« Sie tauschte einen Blick mit Kane aus. »Deputy Bates, der den Bericht unterzeichnet hat, ist neu dort. Wir müssen mit Levi Holt sprechen und erfahren, was genau passiert ist.«

»Sein Bericht könnte Ella Tates Aussage darüber bestätigen, was in der Nacht, in der Sky Paul verschwand, geschehen ist«, sagte Kane und lehnte sich in seinem Sitz zurück. Er nahm sich ebenfalls ein Sandwich, hielt aber kurz inne, bevor er hineinbiss. »Zum Beispiel sollten wir in Erfahrung bringen, ob der Mann Holt mit einem Beil angegriffen hat.«

Jenna warf erneut einen Blick auf die Akte und seufzte über die offensichtliche Inkompetenz des Deputys, was das Verfassen von Berichten anging. Sie wandte ihre Aufmerksamkeit wieder Rowley zu. »Okay, wenn Sie nach Blackwater fahren, um Ty Aitken wegen Knox zu befragen, möchte ich, dass Sie gleich auch noch mit Holt sprechen und den Besitzer des Blackwater Motel fragen, ob er sich daran erinnert, dass Knox eine Frau auf seinem Zimmer hatte. Ich werde Webber bitten, mit Ihnen mitzufahren. Knox selbst befragen Sie bitte noch nicht. Den Angaben auf seinem Führerschein nach passt die Beschreibung vom Mann mit dem Beil auf ihn, aber ich möchte einen Backgroundcheck durchführen, bevor ich mit ihm spreche. Wenn Holt und Ella wirklich das Gleiche erlebt haben, könnte Knox unser Mann sein.« Sie dachte einen Moment lang nach. »Am besten fahren Sie zuerst zu Holt und schauen, ob seine Schilderungen mit denen von Ella übereinstimmen. Ich werde den ganzen Nachmittag über Leute befragen, also sagen Sie mir sofort Bescheid, wenn das der Fall ist, und nehmen Sie eine neue Aussage von ihm auf.«

»Ja, Ma'am.« Rowley griff nach seinem Kaffee. »Würden Sie das noch mit dem Sheriff von Blackwater abklären, bevor wir gehen? Ich möchte niemandem auf die Füße treten.«

»Gerne.« Jenna griff nach dem Telefon. »Maggie, würden Sie bitte Webber für mich anrufen? ... Nein, im Labor ist er nicht, er wird zu Hause sein. Sagen Sie ihm, ich brauche ihn heute Nachmittag.« Sie legte auf und rief das Sheriff's Department von Blackwater an.

Jenna zog gegen die bittere Kälte ihren Kapuzenpulli hoch und stieg in Kanes Wagen. Sie sah ihn an. »Ich wollte es vor Rowley nicht erwähnen, aber ich habe gute Nachrichten. Das FBI hat weder eine Verbindung zwischen Dr. Weaver und dem Kartell gefunden noch den Grund, warum sie einen DNA-Test bei mir machen wollte. Wolf wartet immer noch auf die Information, welche Tests sie an anderen Einwohnern der Stadt durchgeführt hat.«

»Das ist eine Erleichterung, aber ich vermute trotzdem, dass sie in irgendetwas Illegales verwickelt ist.« Kane drehte sich zu ihr um. »Wohin?«

»Ich hoffe, Rowley kann uns bestätigen, was Holt erzählt hat, bevor ich wieder mit Ella spreche«, sagte Jenna und schnallte sich an. »Ich glaube, sie wäre etwas mitteilsamer, wenn sie wüsste, dass der Mann mit dem Beil noch jemanden angegriffen hat. Außerdem möchte ich Dr. Weaver einen Besuch abstatten und sie fragen, warum sie ins Industriegebiet gefahren ist, obwohl dort über die Feiertage alles dicht ist.«

»Sie wohnt über ihrer Praxis, wahrscheinlich finden wir sie dort, wenn sie nicht gerade auf Hausbesuch ist.« Kane lenkte den SUV auf den Asphalt und fuhr durch die Stadt. Irgendwann bog er links ab und hielt vor einem Gebäude, an dem neben der Tür das Schild von Dr. Weaver hing. »Das Licht ist an, sieht aus, als würde sie heute arbeiten.«

Jenna schloss ihre Jacke und wickelte sich einen Schal um das Gesicht, dann kletterte sie aus dem SUV. Sie musste sich vorsehen, dass sie auf dem glatten Bürgersteig nicht stürzte. Ihr wurde flau im Magen, als sie sich der Tür näherte und an den Schreck erinnerte, den Weaver ihr auf der Ranch eingejagt hatte. Schritt für Schritt kämpfte sie sich bis zur Haustür vor und war froh, als sie die Fußmatte erreichte. Als sie eintrat, erklang eine Türglocke. Sie sah sich um. Der Vorraum war leer, hinter dem Tresen saß keine Sprechstundenhilfe. Statt dem gewohnten sterilen Weiß, wie man es aus anderen Arztpraxen kannte, waren die Wände dunkelbraun, sodass die Holzstühle mit den geraden Rückenlehnen fast davor verschwanden. Von der Deckenlampe baumelte ein alter Fliegenfänger. Sie ging zum Tresen und drückte auf die Klingel mit der Aufschrift »Falls nicht besetzt, bitte klingeln«.

Ein paar Augenblicke vergingen, bevor Schritte ertönten und Dr. Weaver durch eine Tür kam. Sie musterte erst Jenna über den Rand ihrer Brille hinweg, dann Kane.

»Sheriff. Deputy Kane. Tut mir leid, dass Sie warten mussten, meine Sprechstundenhilfe hat heute frei. Was führt Sie bei diesem Wetter zu mir?«

Jenna wusste nicht, warum diese Frau sie so sehr verunsicherte. Sie rang sich ein Lächeln ab. »Wir sind auf der Suche nach Leuten, die sich am späten Freitagnachmittag in der Nähe des Industriegebiets am Highway aufgehalten haben.« Sie bemerkte den überraschten Gesichtsausdruck der Ärztin. »Ich nehme an, Sie sind öfter zwischen Blackwater und hier unterwegs. Da es in der letzten Woche einige Vorfälle in der Gegend dort gegeben hat, sammeln wir Informationen.«

»Dienstags mache ich Hausbesuche bei Patienten außerhalb der Stadt.« Weaver runzelte die Stirn. »Ich kann Ihnen keine Namen nennen, Sie wissen ja, die ärztliche Schweigepflicht. Jetzt am Freitag habe ich draußen in der Fleischfabrik jemanden behandelt, der einen Unfall hatte.«

»Warum hat derjenige nicht 911 angerufen?«, fragte Kane und runzelte die Stirn. »Ein Arbeitsunfall muss schließlich schriftlich dokumentiert werden.«

»Nicht, wenn der Besitzer selbst den Unfall hat«, gab Dr. Weaver zurück und schaute Kane abschätzig an. »Es war nichts Gravierendes, und er wollte kein Aufhebens darum machen.«

Jenna holte ihr Notizbuch hervor. »Den Namen bitte.«

»Tut mir leid, ich kann Ihnen den Namen nicht nennen, ich habe schon viel zu viel ausgeplaudert.« Dr. Weaver lächelte schief. »Gibt es sonst noch etwas?«

Jenna fasste sich ein Herz. »Ja, warum haben Sie einen DNA-Test bei mir gemacht?«

»Das habe ich doch gar nicht.« Überrascht wich Dr. Weaver einen Schritt zurück. »Das muss ein Missverständnis sein. Ich habe ein ganz normales Blutbild und einen HLA-Test gemacht.«

»Das ist ein DNA-Test zur Gewebetypisierung«, schaltete sich Kane ein. Er trat einen Schritt näher, und seine Lippen wurden schmal. »Warum war das notwendig?«

»Oh, ich sehe schon, Sie sind wütend.« Dr. Weaver blickte von Kane zu Jenna. »Ich baue eine lokale Datenbank zur Gewebetypisierung auf. Ich teste alle Patienten, die infrage kommen. Zu viele Kinder sterben, weil sie eine Niere brauchen, und in Black Rock Falls leben so viele gesunde Menschen. Ich will denen einfach nur die Möglichkeit geben, Leben zu retten.«

Jenna stieß einen Atemzug aus. Sie konnte nicht glauben, was die Frau da sagte. »Ohne Einverständnis? Das verstößt gegen das Gesetz, und es gibt ja bereits eine weltweite Datenbank.«

»Wenn das so ist, tut es mir leid.« Dr. Weaver schaute Jenna über ihre Brille hinweg an. »Dann sollten Sie mich wohl besser verhaften. Ich hatte keine bösen Absichten.«

Jenna sah auf ihre Füße hinunter. Die Ärztin behandelte Bedürftige ohne Krankenversicherung. Wenn sie sie aus der Gemeinde entfernten, würde das für manche Menschen eine ziemliche Lücke reißen. Alles Bedrohliche war plötzlich von dieser Frau abgefallen und schmolz wie der Schnee an Jennas Stiefeln. »Fürs Erste werde ich noch mal ein Auge zudrücken, aber ich konfisziere die Datenbank, und alle Ihre Bluttests gehen ab sofort über das gerichtsmedizinische Labor und werden dort kontrolliert.« Ihr Blick verengte sich. »Ich könnte dafür sorgen, dass Sie Ihre Zulassung verlieren, das wissen Sie, oder?«

»Ist ja gut.« Dr. Weaver sah niedergeschlagen aus.

»Zeigen Sie mir die Akte«, sagte Kane. »Ist sie da drauf?« Er zeigte auf einen Computer, der auf dem Schreibtisch hinter dem Tresen stand.

»Nein, in meinem Sprechzimmer.« Dr. Weaver ging voraus. »Für die Datenbank habe ich einen separaten Rechner.«

Jenna nahm ein Blatt Papier vom Schreibtisch und kritzelte eine Erklärung darauf, in der sie festhielt, dass die Ärztin ihnen die Erlaubnis gegeben hatte, den Computer zu beschlagnahmen. »Unterschreiben Sie das hier.«

Die Ärztin gehorchte, und Jenna folgte Kane zu seinem Wagen. Als er den Laptop auf den Rücksitz legte, spürte sie, dass ihn etwas beschäftigte. »Was ist los?«

»Es steht mir nicht zu, das zu sagen, Ma'am.« Kane setzte sich hinter das Steuer und ließ den Motor an.

Nanu, auf einmal so förmlich? Jenna kletterte auf den

Beifahrersitz und wandte sich ihm zu. »Na los, spucken Sie's aus.«

»Sie hat gegen das Gesetz verstoßen, und ich hätte sie verhaftet.« Er zuckte die Schultern. »Aber das war Ihre Entscheidung.«

»Ich habe zwei Gründe, sie vorerst in Ruhe zu lassen.« Jenna lehnte sich in ihrem Sitz zurück. »Sie hilft Bedürftigen und lebt praktisch von nichts. Das sehen Sie doch ein, oder?«

»Nein.« Kane warf ihr einen düsteren Blick zu. »Sie ist eine sehr gefährliche, intrigante Frau voller Widersprüche. Sie benutzt die Fassade der freundlichen Ärztin, um die Leute zu täuschen. Da bin ich mir sicher. Und was ist Ihr zweiter Grund?«

»Ich habe auch ein ungutes Gefühl bei ihr, nach wie vor. Deshalb möchte ich sie im Auge behalten.« Jenna bemerkte den verbissenen Zug um seinen Mund. »Ich will wissen, warum sie wirklich jeden Dienstag nach Blackwater fährt, und ich will herausfinden, ob sie wirklich in der Fleischfabrik war. Ich glaube, wenn ich ihr genug Leine lasse, wird sie irgendwann darüber stolpern.«

»Hmm, kann sein.« Kane zog sich die Mütze über die Ohren. »Wohin jetzt?«

Jenna scrollte durch die Notizen auf ihrem Handy. »Ich denke, wir sollten mal dem Besitzer der Fleischfabrik einen Besuch abstatten. Ich habe seine Daten hier. Wyatt Sawyer. Wenn die Fabrik geschlossen ist, ist er vielleicht zu Hause. Er wohnt am Maple Drive, wir können über die Stanton Road fahren.« Sie gab die Adresse in das Navi ein.

»Sawyer? Hieß der Typ vom Schrottplatz nicht genauso?« Kane wendete den Wagen und fuhr zurück in Richtung Stadt.

»Stimmt, und er hat erwähnt, dass sein Cousin Wyatt seine Ersatzschlüssel hat.« Sie lehnte sich im Sitz zurück. »Trotzdem ist es vielleicht etwas weit hergeholt, anzunehmen, dass er etwas mit unserem Fall zu tun hat, oder?«

»Da der Schrottplatz sauber war, haben wir keine stichhaltigen Beweise gegen Bill Sawyer und auch keinen Grund, seinen Cousin zu verdächtigen. Wenn wir anfangen zu glauben, dass jeder in die Sache verwickelt ist, verzetteln wir uns nur.« Kane zuckte die Schultern. »Wir müssen gründlicher nachforschen.«

»Ich denke nur über den Tellerrand hinaus und will alle Spuren berücksichtigen. Wyatt Sawyer arbeitet in der Gegend und ist während der Betriebsferien zumindest an dem einen Tag vor Weihnachten, an dem Vieh verarbeitet wird, in der Fabrik. Ich werde ihn fragen, wie oft er seinen Betrieb aufsucht. Vielleicht hat er ja etwas gesehen.« Jenna holte ihr Notizbuch heraus und überflog ein paar Seiten. »Wir haben keine Leichen, und Skys Auto ist verschwunden. Ich nehme an, dass der Mann mit dem Beil seine Opfer an einem abgelegenen Ort irgendwo in der Nähe der Stadt versteckt hat. Es wäre riskant, sie allzu weit wegzubringen.« Sie klappte das Notizbuch zu. »Wir werden morgen Knox befragen und herausfinden, wo er sich in den fraglichen Nächten aufgehalten hat. Ich weiß, wir haben gerade nicht viel in der Hand, aber der Täter wird irgendwann einen Fehler machen, das tun sie alle. Bis dahin müssen wir uns halt mit zeitraubender Routinearbeit begnügen.«

»An einem abgelegenen Ort irgendwo in der Nähe der Stadt?« Kane schnaubte, was halb belustigt, halb genervt klang. »Wir würden Jahre brauchen, alle Orte zu überprüfen, auf die das zutrifft. Vielleicht ist er ein Prepper und hat einen Bunker im Keller oder unter seinem Garten.« Er wandte den Blick für eine Sekunde von der Straße ab, um sie anzusehen, und runzelte die Stirn. »Kann sein, dass unser Täter etwas mit Menschenhandel zu tun hat und seine Opfer am Leben lässt. Oder er steht darauf, Leichen um sich herum zu haben.«

Jenna rieb sich verzweifelt mit beiden Händen über das Gesicht. Sie war noch nie so frustriert von einem Fall gewesen.

Nichts schien einen Sinn zu ergeben. »Dass wir überhaupt keine Indizien haben, macht mich wahnsinnig.«

»Irgendetwas wird schon auftauchen. Ich betrachte ein Verbrechen immer wie die geschredderten Seiten eines Buchs. Wir müssen alle Teile finden und wieder zusammensetzen, um die Geschichte zu lesen.« Kane fuhr langsamer, weil ein Stück vor ihnen gerade ein paar Kinder mit ihren Eltern die Straße zum Park überquerten. »Das Schwierige ist, alle Teile zu finden.«

»Ach wirklich, das ist Ihre große Weisheit?« Jenna lachte. »Wie wäre es mit: ›Konfuzius sagt: *Das Leben ist ein Theaterstück, und wir alle spielen eine Rolle.*‹ Würden Sie da auch zustimmen?«

»Klar. Offenbar besteht unsere Rolle darin, Mörder zu fangen.« Kane zog eine Grimasse und bog in die Stanton Road ein.

VIERZIG

Die Pieptöne der Krankenhausmaschinen weckten Olivia aus dem Tiefschlaf. Sie keuchte und schüttelte sich. Hatte sie geträumt, dass sie versucht hatten, der Situation hier zu entfliehen? Sie schluckte schwer. Nein, sie weigerte sich zu glauben, dass sie sich das alles bloß eingebildet hatte. Sie waren durch einen schummrigen Korridor gegangen und hatten nichts gefunden als ein paar leere Räume. *Denk nach. Es fühlte sich so real an, es muss wirklich passiert sein.* Das Letzte, woran sie sich erinnern konnte, war, dass sie mit Doug in einem Raum war und Jim durch eine Tür hereingekommen war und Doug mit einer fahrbaren Trage gerammt hatte. Ab da waren ihre Erinnerungen weg. Angst umschloss sie wie eine Mauer, und sie zerrte an den Fesseln, mit denen ihre Handgelenke an den Gitterstäben des Bettes fixiert waren. Schmerz durchfuhr ihren Körper, als ihre Haut aufriss und Blut die weißen Laken rot färbte. Sie schrie, dass es von den Wänden widerhallte: »Ich will hier raus!«

Tränen liefen ihr über die Wangen. Sie schmeckten salzig in ihrem Mund. Sie schluchzte und schrie noch einmal: »Ihr müsst mich hier rauslassen! Ich halte das nicht länger aus.«

Abgesehen von den Pieptönen und dem Zischen der Maschinen war es still. War sie die einzige Person im Gebäude? Sie drehte sich zur Seite und starrte auf die Vorhänge, die ihr Bett umgaben. »Doug, bist du hier? Doug, sag doch was.«

Stille.

Plötzlich hörte sie Schritte. Sie kamen vom Flur her, das leise Quietschen gummibesohlter Schuhe auf Fliesen. Sie drehte den Kopf und erwartete, dass Jim durch die Tür kommen würde. Hass überkam sie auf diesen Mann, der sie behandelte, als wäre sie gar kein Mensch. Ihr Herz pochte. Sie biss die Zähne zusammen, auf das Schlimmste gefasst. Sie hörte, wie die Zimmertür geöffnet wurde, dann zog jemand den Vorhang zur Seite. Aber es war nicht Jim, sondern der Pfleger. Er schaute auf sie herab und schüttelte den Kopf. Sie funkelte ihn an. »Warum halten Sie mich hier fest? Mir fehlt doch gar nichts.«

»*Ich* halte dich hier nicht fest.« Der Mann sah ihr direkt in die Augen. »Ich arbeite hier nur.«

Olivia trat mit den Füßen und strampelte die Decke vom Bett. »Dann lassen Sie mich gehen.«

»Tut mir leid, das geht nicht.« Er zuckte die Schultern. »Der Chef ist nicht gerade erfreut, dass du abhauen wolltest. Er hat dir doch nichts getan, oder?« Er hob die Decke vom Boden und legte sie über sie. »Du solltest dankbar sein.«

»Dankbar?« Ein Schauer des Ekels lief über sie hinweg. »Sind Sie verrückt? Er hat mich mit einem Skalpell bedroht. Ich dachte, er würde mir das Auge ausstechen.«

»Das macht er mit allen. Er hat halt einen schrägen Sinn für Humor.« Der Pfleger untersuchte ihre Handgelenke und runzelte die Stirn. »Dass du versucht hast, dich zu befreien, wird ihm gar nicht gefallen, und ganz bestimmt gibt er mir die Schuld.«

»Ist mir eigentlich egal, ob er Ihnen die Schuld gibt. Sie stehen nur rum und lassen zu, dass er Leuten Todesangst einjagt.« Sie blickte zu den Vorhängen hinüber, die das andere Bett umgaben. »Wo ist Doug?«

»Der liegt da.« Der Pfleger ging um ihr Bett herum und zog beim Nachbarbett die Vorhänge zurück. »Er ist betäubt und wird es auch bleiben.«

Sie richtete sich im Bett auf und starrte auf Dougs aschfahles Gesicht. »Mein Gott, was ist denn mit ihm passiert?«

»Ein paar Nähte sind aufgeplatzt, das ist alles.« Der Pfleger öffnete mehrere Schubladen und legte Verbandszeug auf ein Tablett. »Ich muss deine Handgelenke verarzten. Der Chef kommt später zu dir, da musst du passabel aussehen.«

Zitternd vor Wut und Abscheu starrte Olivia Doug an. »Jim war das! Er hat ihn mit einer Bahre gerammt.«

»Na ja, das geht mich nichts an.« Der Pfleger drückte die Kanüle einer Spritze in Olivias Tropf, und seine Augenbrauen hoben sich. »Ich weiß nur, dass der Chef wütend wird, wenn Leute versuchen, zu verschwinden, bevor sie startklar sind.«

Um Olivia begann sich alles zu drehen. Ihr Mund wurde trocken. Er hatte ihr wieder ein Medikament verpasst. Ihre Glieder wurden schwer. Trotzdem brauchte sie Antworten. »Wie lange muss ich denn noch hierbleiben?«

»Das habe ich nicht zu entscheiden.« Der Pfleger schnallte ihre Handgelenke ab und machte sich an die Arbeit.

Olivia kämpfte gegen die Wirkung der Droge an. »*Bitte*, helfen Sie mir hier heraus. Meine Mutter gibt Ihnen Geld.«

Der Pfleger sah sie mit seinen dunklen Augen an. »Hier kommt keiner raus.«

EINUNDVIERZIG

Kane bog mit seinem SUV in die Einfahrt von Wyatt Sawyers gepflegtem Backsteinhaus ein. Er wohnte im wohlhabenderen Teil der Stadt. Der Weg zum Haus war frei von Schnee, und Streusalz knirschte unter seinen Füßen, als er hinter Jenna her zur Veranda ging. Ein Stapel Eiszapfen lag neben der Treppe, sie schienen erst kürzlich entfernt worden zu sein. Er hatte das Gleiche mit seiner eigenen Veranda gemacht, damit er nicht jedes Mal in sie hineinlief, wenn er sein Cottage betrat oder verließ. Offenbar war Wyatt Sawyer ähnlich hochgewachsen wie sein Cousin. Kane warf einen Blick durch ein frostiges Fenster. Dahinter befand sich das Wohnzimmer. In einem großen Kamin brannte ein Feuer, von den orangefarbenen tänzelnden Flammen stieg dunkler Rauch den Schornstein hinauf. Neben dem Kamin stand ein Korb voller Tannenzapfen und Holzscheite. Davor standen im Halbkreis ein großes bequemes Sofa und zwei passende Sessel. Auf einem Beistell-tisch aus poliertem Holz thronte eine Bronzefigur, die einen Hirsch darstellte und ziemlich teuer aussah. Alles wirkte makel-los, die perfekte Szenerie in einem perfekten Haus.

Er trat zur Seite, als Jenna den Klingelknopf drückte. Im Inneren erklang ein Glockenspiel.

Die Tür wurde geöffnet, und vor ihnen stand ein großer Mann in den Vierzigern, der Jeans, einen dunkelblauen Pullover und Hausschuhe trug.

Der Mann sah sie erstaunt an. »Was kann ich für Sie tun, Sheriff?« Er runzelte die Stirn. »Es ist doch nicht etwa jemand in meine Fabrik eingebrochen?«

»Nein.« Jenna holte ihr Notizbuch hervor. »Sind Sie Wyatt Sawyer?«

»Das bin ich.« Sawyer verschränkte die Arme vor der Brust.

»Ich bin Sheriff Alton, und das ist Deputy Kane.« Jenna gab ihrer Stimme einen beiläufigen Tonfall, um sich nichts anmerken zu lassen. »Offenbar gab es Freitagnachmittag in Ihrer Fabrik einen Unfall, und Dr. Weaver hat sich darum gekümmert. Ist das korrekt?«

Kane beobachtete die Körpersprache und den Gesichtsausdruck des Mannes, aber weder das eine noch das andere verriet irgendetwas.

»Ja, das ist korrekt. Ist das ein Problem?« Wyatt hob eine Augenbraue.

»Da es ein Arbeitsunfall war, leider schon«, sagte Jenna. Sie hob ihr Kinn. »Was genau ist passiert?«

»Das war alles halb so wild, Sheriff.« Wyatt trat beiseite. »Kommen Sie doch besser rein. Es ist zu kalt, um uns hier draußen zu unterhalten.« Er führte die beiden in einen kleinen Raum neben der Eingangstür, in dem sich die Garderobe befand. »Also, warum interessiert sich das Sheriff's Department für meine Verletzung?«

»Wenn der Unfall in der Fabrik passiert ist, muss er gemeldet werden.« Jenna räusperte sich. »Wer war alles beteiligt?«

»Moment mal. Das gilt doch nur für den Fall, dass die Fabrik in Betrieb ist und einer meiner Mitarbeiter verletzt wird.

Im Moment ist sie aber geschlossen.« Sawyer runzelte die Stirn. »Ich habe Wartungsarbeiten durchgeführt und mich dabei geschnitten, aber nicht so schlimm, dass ich den Notruf hätte rufen wollen, also habe ich Dr. Weaver angerufen.«

»Wenn es nicht so schlimm war, warum sind Sie dann nicht selbst in die Stadt gefahren und zum Arzt gegangen oder in die Notaufnahme?« Jenna streifte ihre Kapuze zurück und sah ihn an. »Geht es Ihnen denn jetzt wieder gut?«

»Ja.« Er bedachte Jenna mit einem einnehmenden Lächeln. »Danke der Nachfrage, aber ich habe ziemlich stark geblutet und hatte Sorge, der Schnitt könnte tiefer sein, als ich dachte.« Er trat einen Schritt auf sie zu und zog den Halsausschnitt seines Pullovers herunter. Ein kleiner Verband kam zum Vorschein. »Möchten Sie mal sehen?«

Kane räusperte sich. Sawyer ging für seinen Geschmack viel zu kumpelhaft mit Jenna um. »Vielleicht erzählen Sie mal, wie es zu der Verletzung kam?«

»Oh, sicher.« Sawyer richtete sich auf und ließ die Hände sinken. »Ich weiß nicht, ob Sie mit der Funktionsweise eines Fleischverarbeitungsbetriebs vertraut sind. Ich kann Sie gerne mal herumführen, jederzeit.« Er hob die Augenbrauen und sah Jenna an, als würde er sie gerade ins Kino einladen. »Die Rinder werden in die Halle getrieben und geschlachtet. Dann kommen die Tiere an Haken, die über eine Schiene laufen, und werden nacheinander von mehreren Mitarbeitern weiterverarbeitet, wie am Fließband, und am Ende verpackt. Ich war gerade dabei, einen der Flaschenzüge an der Schiene auszutauschen. Der Haken schwang herum und traf mich genau hier.« Er zeigte an sein Schlüsselbein. »Das verdammte Ding ging durch meine Kleidung durch und hat mir die Haut aufgerissen. Ich habe geblutet wie ein Schwein, also bin ich in mein Büro gegangen, hab mich notdürftig verbunden und die Ärztin angerufen.« Er zuckte die Schultern. »Sie hat mich untersucht, die Wunde genäht, und ich war wieder fit.«

»Haben Sie hinterher das Blut aufgewischt und den Bereich sterilisiert?« Jenna machte einen Schritt von Sawyer weg und rümpfte die Nase. »Sie sind sich doch sicher der Gefahr einer Kreuzkontamination bewusst?«

»Logisch. Ich bin seit Jahren in diesem Geschäft, und bei uns kommen ständig Inspektoren, die sich alles genau angucken. Sie werden sogar an dem einen Tag kommen, an dem wir vor Weihnachten noch einmal geöffnet haben.« Sawyer breitete die Arme aus und zuckte die Schultern. »Ich habe noch nie eine Beschwerde gehabt. Mein Betrieb ist makellos. Ich halte mich an die Regeln. Sie verschwenden hier nur Ihre Zeit.«

Kane verengte den Blick und betrachtete das gepflegte Äußere des Mannes, die manikürten Nägel und den gestutzten Dreitagebart. Er wirkte wie ein wohlhabender Geschäftsmann, und Kane fragte sich, warum so jemand sich die Mühe machte, schwere körperliche Arbeit zu verrichten. »Haben Sie keine Mitarbeiter, die sich um die Wartung der Anlage kümmern? Hätten die das mit dem Haken nicht erledigen können, wenn sie zurückkommen? Wenn ich das richtig verstanden habe, ist die Fabrik doch gerade stillgelegt?«

»Ja, wir haben vier Wochen lang geschlossen, manchmal auch länger, wenn das Wetter keine Viehtransporte zulässt, aber ich habe eine kleine Mannschaft, die in der Woche vor Weihnachten noch einmal zehn Rinder aus Black Rock Falls verarbeitet, um sicherzustellen, dass die örtlichen Läden für die Feiertage genug auf Lager haben.« Sawyer steckte beide Hände in die Gesäßtaschen und lehnte sich lässig gegen die Wand. »Mein Wartungsteam sorgt dafür, dass alles reibungslos läuft, und ich habe ein paar Jungs auf Abruf, falls ich sie brauche, aber ich wollte sie nicht extra herkommen lassen und für etwas bezahlen, das ich auch alleine machen kann.«

Aber warum hat er das nicht vor den Betriebsferien reparieren lassen? Kane rieb sich das Kinn. »Und Sie haben ganz zufällig bemerkt, dass da etwas defekt war?«

»Nein.« Ein Anflug von Verärgerung huschte über Sawyers Gesicht. »Wenn sich das Wartungsteam in einem Produktionsbereich aufhält, dürfen dort keine Arbeiter sein. Das ist eine Frage der Sicherheit. Ich hatte einen Bericht von einem der Vorarbeiter in der Schlachthalle übersehen, dass ein Flaschenzug defekt war. Ich wollte das beheben, bevor wir nächste Woche noch einmal für einen Tag in die Produktion gehen.«

»Okay, das ist alles für den Moment.« Jenna warf Kane einen bedeutungsvollen Blick zu und schloss ihr Notizbuch. »Danke, dass Sie sich die Zeit genommen haben.«

»War mir ein Vergnügen.« Sawyer führte sie zurück in den Flur. Er öffnete die Haustür und lächelte Jenna an. »Es war sehr nett, Sie kennenzulernen, Sheriff.«

Kane folgte Jenna zurück zu seinem Wagen und wartete, bis sie sich angeschnallt hatte. »Was halten Sie von ihm?«

»Ich fand das, was er erzählt hat, nachvollziehbar.« Jenna zog ihre Kapuze hoch. Ihr fröstelte. »Äußerlich entspricht er der Beschreibung vom Mann mit dem Beil, also wollte ich ihn ein wenig unter Druck setzen, um zu sehen, ob er aggressiv wird, aber er hat bloß mit mir geflirtet.« Sie verzog das Gesicht. »Ich muss wirklich nicht im Einzelnen wissen, wie man ein Rind schlachtet.«

Kane ließ den Motor an und wartete, bis der Schnee auf der Windschutzscheibe geschmolzen war, bevor er die Scheibenwischer einschaltete. »Er dachte wahrscheinlich, es würde Sie interessieren. In dieser Stadt ist doch alles voller Jäger, und die meisten Leute sind nicht gerade zimperlich, wenn es darum geht, wie ein Tier auf den Tisch kommt.« Er bugsierte den SUV rückwärts aus der Einfahrt hinaus und fuhr dann weiter in Richtung der Pauls. »Ein wenig sauer wurde er zwar, als ich ihn zur Rede gestellt habe. Aber er beschäftigt Hunderte Leute, da ist er es wohl einfach nicht gewohnt, dass ihn jemand darüber ausfragt, wie er sein Geschäft führt.«

»Wenigstens hat er Dr. Weaver einen Grund geliefert, sich während der Betriebsferien im Industriegebiet aufzuhalten.« Jenna stieß einen langen Seufzer aus und griff nach der Thermoskanne mit Kaffee. »Nicht, dass ich auch nur ansatzweise glauben würde, dass sie etwas mit dem Mann mit dem Beil zu tun hat. Aber seit sie unangemeldet vor meinem Haus aufgetaucht ist, bin ich überzeugt, dass sie etwas im Schilde führt.« Sie schenkte zwei Becher Kaffee ein. »Den trinke ich noch, bevor wir uns mit Ella unterhalten. Ich möchte, dass Sie die Leitung des Gesprächs übernehmen. Als Sie mit ihr nach Skys Verschwinden gesprochen haben, stand sie nicht unter Drogeneinfluss. Sie werden sie besser einschätzen können als ich.«

Kane sah sie an, dann richtete er seine Aufmerksamkeit wieder auf die Straße. »Ja, sie war nicht gerade bei klarem Verstand, als wir sie auf dem Highway gefunden haben. K.-o.-Tropfen wären eine gute Wahl, wenn der Mann mit dem Beil wollte, dass sie vergisst, was passiert ist.« Er seufzte. »Was nicht in das Szenario passt, ist, warum er eine Zeugin zurücklässt, wenn er eine zweite Chance hatte, sie zu entführen? Das ist doch unlogisch.«

»Es ist, als hätte er Einblick in unsere Ermittlungen, was natürlich unmöglich ist.« Jenna nippte an ihrem Kaffee. »Vielleicht denkt er, wir würden glauben, dass sie die Mörderin ist und sich den Mann mit dem Beil nur ausgedacht hat?«

Kane dachte über ihre Worte nach und nickte. »Falls wir das glauben sollten, bliebe immer noch die Frage, wo sie das Auto und Skys Leiche versteckt haben soll. Okay, andererseits haben wir nur ihre eigene Aussage, dass sie die ganze Nacht in eisiger Kälte im Schneesturm draußen war. Sie hätte ebenso gut per Anhalter zum Highway fahren und dort den Laster heranwinken können.« Er zuckte die Schultern. »Das würde eventuell Sinn ergeben, wenn sie die Täterin wäre. Aber der Mann mit dem Beil hat diese Theorie ja inzwischen widerlegt, indem er Levi Holt angegriffen hat. Wenn Rowley aus Blackwater zurückkommt und Holt das Gleiche erzählt wie Ella, wissen wir, dass wir recht haben und sie unschuldig ist.«

»Es sei denn, Holt ist ebenfalls in die Sache verwickelt und hat den Angriff nur gemeldet, damit wir Ella glauben.« Jenna hob eine Augenbraue. »Das würde hinkommen. Wenn Holt involviert ist, könnte er mit ihnen im Auto gesessen haben. Ich sage Rowley, er soll Holt fragen, wo er sich zum Zeitpunkt von Skys Verschwinden aufgehalten hat.« Sie holte ihr Handy hervor und rief Rowley an.

Schnee fiel auf die Windschutzscheibe, und der Wind nahm zu und blies große weiße Wolken über die Straße. Kane bremste ab, um nicht auf eine Auto aufzufahren, das vor ihnen den Highway entlangschlich. Er wandte sich an Jenna. »Das Wetter kommt näher. Ich hoffe, Rowley und Webber schaffen es ohne größere Probleme von Blackwater zurück.«

»Das hoffe ich auch.« Sie lachte auf. »Ich habe keine Lust, im Motel zu übernachten. Wenn das da draußen noch schlimmer wird, kommen wir nämlich auch nicht mehr nach Hause.«

Kane griff nach seinem Kaffee und lächelte. »Keine Sorge, ich bringe Sie schon heim.«

ZWEIUNDVIERZIG

In letzter Zeit lief es für Rowley wirklich gut. Sheriff Alton übertrug ihm immer mehr Verantwortung. Während sie krank gewesen war, hatte sie ihm und dem schon halb pensionierten Deputy Walters die Aufsicht über die Dienststelle übertragen; Kane war ja auch noch nicht wieder ganz hergestellt. Eigentlich war Rowley davon ausgegangen, dass er sich, sobald die Dinge wieder in normalen Bahnen liefen, wieder nur um Streitigkeiten und Strafzettel würde kümmern dürfen. Aber er musste seine Sache wohl ganz gut gemacht haben. Auch wenn es ihm wenig Spaß machte, mitten im Schneesturm nach Blackwater zu fahren: Der neue GMC Yukon machte ihm das Leben wirklich leichter. Er drehte die Musik lauter und grinste Webber an. »Tut doch gut, heute noch mal rauszukommen, oder?«

»Also ich wäre lieber im gerichtsmedizinischen Labor, als mir hier draußen in der verdammten Kälte die Eier abzufrieren.« Webber schob sich den Stetson in den Nacken und stützte einen Stiefel auf dem Armaturenbrett ab. »Warum stellen Sie den Lärm nicht wieder leiser und erklären mir, was wir hier überhaupt machen?«

Rowley war von Webbers offensichtlicher Geringschätzung

seinem brandneuen SUV gegenüber wenig angetan. »Das werde ich, sobald Sie aufhören, meinen Wagen zu beschädigen.«

»Ach, das ist Ihrer?« Webber grinste und nahm den Fuß herunter. »Netter Schlitten, da haben Sie Glück. Ich hätte gedacht, der alte Walters wäre der Nächste, der einen neuen Dienstwagen bekommt. Also schießen Sie los, worum geht's?«

Rowley berichtete ihm von dem Angriff auf Holt und davon, was Kane von dem Postboten erfahren hatte. »Levi Holt ist zu Hause. Wir sollen ihn als Ersten befragen und dann Sheriff Alton Bescheid sagen, was er erzählt hat. Sie will wissen, ob die Geschichten übereinstimmen. Wenn das der Fall ist, müssen wir die Möglichkeit ausschließen, dass die beiden unter einer Decke stecken.«

»Wenn die wirklich unter einer Decke stecken, wäre es natürlich verdammt clever, wenn Holt so tut, als wäre er auf derselben Straße ebenfalls überfallen worden.« Webber nahm sein Smartphone und rief im Browser die Fallakte auf. »Seine Aussage ist praktisch wertlos. Der Deputy, der die aufgenommen hat, muss dümmer sein als eine Handvoll Schrauben.«

Rowley nahm die Ausfahrt nach Blackwater und schaltete die Musik aus, um die Anweisungen des Navis, das sie zu Holts Haus führte, nicht zu verpassen. In der Auffahrt zu einem Haus im Ranchstil hielt er hinter einem schneebedeckten SUV an und stieg aus. Der kalte Wind traf ihn ins Gesicht wie ein Faustschlag. Der Winter roch und schmeckte, als würde man sich über eine Gefriertruhe beugen und nach der letzten Packung Eiscreme angeln. Er ging die Stufen zur Veranda hinauf und drückte auf die Klingel. Ein Mann in den Zwanzigern mit zerzaustem braunem Haar und verschlafenem Gesichtsausdruck öffnete die Tür und bedeutete ihnen sofort, einzutreten, als hätte er sie erwartet. Rowley nahm seinen Hut ab. »Levi Holt?«

»Das bin ich.« Holt ging voran durch einen schmalen Flur

in eine Küche, in der es nach gebratenem Speck und Kaffee duftete. »Sie sind die Deputys Rowley und Webber, nehm ich an? Ihre Chefin hat vorhin angerufen, um sicherzugehen, dass ich zu Hause bin. Sie sind hier wegen dem Typ, der mich angegriffen hat.« Er ging zum Tresen. »Setzen Sie sich doch. Kaffee?«

Rowley zog sich einen Stuhl heran. »Ja, danke. Ich bin Deputy Rowley.«

»Was ist mit Ihnen, Deputy Webber?« Holt stellte drei Becher, eine Zuckerdose und ein Sahnekännchen auf den Tisch. Dann ging er zur Arbeitsplatte und kam mit einer vollen Kanne Kaffee zurück.

»Sehr gerne, danke schön«, sagte Webber, nahm seinen Hut ab und ließ sich in einen Stuhl fallen. »Ich habe Ihre Aussage gelesen, die der hiesige Deputy aufgenommen hat. Die hat ja mehr Löcher als ein Schweizer Käse.« Er lehnte sich über den Tisch und beäugte Holt. »Was ist da draußen wirklich passiert?«

Rowley gefiel es nicht, dass Webber sofort zur Sache kam, anstatt den Zeugen erst einmal zur Ruhe kommen zu lassen. Er holte seinen Notizblock und einen Stift hervor. »Vielleicht erzählen Sie uns als Erstes mal, wann sich der Vorfall ereignet hat.«

»Spät ... Kurz vor Mitternacht, schätze ich.« Holt setzte sich ihnen gegenüber, goss Kaffee ein und schob jedem einen Becher hinüber. »Es ging alles superschnell. Ich hatte echt Schiss, ich dachte, der Kerl macht mich alle.«

Rowley machte sich Notizen, während Holt berichtete, was passiert war. »Können Sie den Mann beschreiben? Wie groß war er?«

»Groß, eins fünfundachtzig vielleicht.« Holt rieb sich das Kinn und starrte ins Leere. »Er war weiß, hatte dunkle Augenbrauen, kleine Augen. Sehr intensiver Blick, wie Dracula oder so. Mann, als der mit dem Schraubenschlüssel auf mich zukam, wollte ich nur noch weg.«

»Konnten Sie sein Gesicht gut sehen?«, fragte Webber und schüttete Kaffeesahne in seinen Becher.

»Nee, er trug 'nen Hoodie und 'nen Cowboyhut und hatte sich 'nen Schal um den Kopf gebunden«, erzählte Holt im Plauderton. »Sah aus wie so 'n alter Cowboy aus 'nem Film, der 'ne Bank ausrauben will.«

Die unbekümmerte Haltung des Zeugen ließ bei Rowley die Alarmglocken schrillen. Menschen, die ein Trauma erlebt hatten, machten selten Witze. Es war fast, als wäre er *zu* hilfsbereit. »Können Sie sein Fahrzeug beschreiben, die Marke oder die Farbe?«

»Er hatte Scheinwerfer und Blinker eingeschaltet, darum sah alles orange aus, aber ich denke mal, es war ein weißer Pickup, neueres Baujahr. Die Marke weiß ich nicht genau. GMC vielleicht?« Holt zuckte die Schultern. »Ich bin um mein Leben gerannt, da hab ich nicht auf die Automarke von dem Wichser geachtet.«

Rowley nickte. »Sind Sie sicher, dass es ein Schraubenschlüssel war, mit dem er Sie bedroht hat?«

»Ja, den hab ich ganz aus der Nähe gesehen.« Holt verengte seinen Blick. »Aber ich hab auch einen Treffer gelandet. Ich hab ihn mit meiner Taschenlampe geschlagen. Hab ihn garantiert verletzt.«

»Wo haben Sie ihn getroffen?«

»Am rechten Unterarm oder Handgelenk.« Holt erschauderte. »Dann kam er wieder auf mich zu. Hat mein Seitenfenster eingeschlagen und mir 'ne Delle in die Tür getreten. Der Wagen steht draußen, wenn Sie's sehen wollen. Der Deputy hat 'nen Bericht für die Versicherung geschrieben, aber reparieren lassen kann ich den Schaden erst nach Neujahr.«

»Ja, das werden wir uns anschauen, bevor wir fahren, und ein paar Fotos machen, wenn Sie nichts dagegen haben.«

Webber lehnte sich in seinem Stuhl zurück. »Woher kommen Sie eigentlich?«

»Louan. Ich arbeite da bei Tire & Mechanical und wohne in einer WG. Ich war auf dem Weg hierher zu meinen Eltern, da bin ich immer über Weihnachten.« Holt griff nach seinem Becher. »Ich war mit der Schicht fertig, bin nach Hause, hab geduscht und mich umgezogen. Meine Koffer hatte ich schon gepackt. Ich hab zwischendurch einmal angehalten, um 'nen Happen zu essen, ansonsten bin ich durchgefahren.«

Rowley blickte von seinen Notizen auf. »Haben Sie Louan in den letzten zwei Wochen verlassen?«

»Nee.« Holt funkelte ihn misstrauisch an. »Wieso?«

»Aber Sie gehen doch sicher abends mal aus, um einen zu trinken oder Frauen kennenzulernen?« Webber lächelte ihn an. »Ich mach das dauernd.«

»Ich auch, aber nicht in den letzten zwei Wochen.« Holt warf Webber einen strengen Blick zu. »Tire & Mechanical hat jetzt für vier Wochen geschlossen, und wir mussten die letzten zwei Wochen Überstunden machen, um den Rückstand aufzuholen. Die Leute wollten ihre Autos winterfit haben, die standen richtig Schlange. Die meisten Abende bin ich erst um neun nach Hause gekommen und direkt ins Bett gefallen.«

»Kann das jemand bestätigen?« Webber stützte sich mit beiden Unterarmen auf dem Tisch ab. »Wir überprüfen jeden, der in den letzten zwei Wochen durch Black Rock Falls gekommen ist.«

»Ja, sicher.« Holt schrieb drei Telefonnummern in Rowleys Notizblock. »Die oberste ist mein Boss und die beiden anderen sind meine Mitbewohner.«

»Okay.« Rowley nahm seinen Notizblock und blätterte zurück zu der Seite, auf der er Holts Aussage aus der Blackwater-Akte abgeschrieben und jetzt um die zusätzlichen relevanten Informationen ergänzt hatte. »Lesen Sie sich das durch, und wenn Sie finden, dass die Geschehnisse in der

Nacht des Vorfalls wahrheitsgetreu dargestellt sind, unterschreiben Sie bitte, mit Datum.« Er wartete, während Holt las.

»Ja, das ist alles, woran ich mich erinnere«, bestätigte Holt und unterschrieb.

Rowley nahm den Notizblock und stand auf. »Okay, danke. Wir machen noch die Fotos von Ihrem Pick-up und sind dann wieder weg.« Er wandte sich an Webber. »Sie kümmern sich um das Fahrzeug. Ich rufe bei diesen Leuten an und verständige Sheriff Alton.« Er ging voraus in Richtung Eingangstür.

Der Himmel zog sich zu, als sie im Blackwater Motel ankamen. Rowley trat ein und fand ein überraschend sauberes Foyer vor.

Am Tresen in einer Parfümwolke lehnte eine dralle Mittdreißigerin. Sie musterte ihn und machte mit ihren rubinrot geschminkten Lippen ein schmatzendes Geräusch, so als wolle sie ihn zum Abendessen verspeisen.

»Guten Tag, Ma'am«, sagte Rowley. »Könnte ich wohl mit dem Inhaber sprechen?«

»Nun, das bin ich.«

Rowley stellte sich vor und zeigte seinen Dienstausweis.

Die Motelbesitzerin musterte Webber. »Meine Güte, in Black Rock Falls werden die Jungs aber ganz schön groß.« Sie strich sich über ihr dunkles Haar. »Benötigen Sie ein Zimmer?«

Rowley verkniff sich ein Grinsen. »Nein, nein. Ich wüsste nur gerne, ob Sie sich zufällig daran erinnern, ob Jeff Knox am Freitagabend eine Frau in seinem Zimmer hatte?«

»Ich habe keine Ahnung.« Sie beäugte ihn misstrauisch. »Ich spioniere meinen Dauermietern nicht hinterher.«

»Dauermieter?« Webber merkte auf. »Es gibt Leute, die länger hier wohnen?«

»Ein paar schon.« Sie lächelte ihn an. »Die meisten sind Männer. Die haben gern ein sauberes Zimmer und eine warme

Mahlzeit, und ich biete ihnen beides. Ich wasche denen sogar die Wäsche.«

Rowley lächelte zurück. Er hatte sich schon eine Notlüge zurechtgelegt und hoffte, dass sie ihm die Zimmernummer nennen würde, wenn er sich besonders nett gab und dick genug auftrug. »Ich muss mit ihm sprechen. Wir haben bei einer Untersuchung eine Frau aufgegriffen, die sagt, dass sie Freitagabend mit ihm zusammen war; sie hatte seine Brieftasche und ein Bündel Bargeld dabei. Wir dachten, dass er das vielleicht zurückhaben will.«

»Sie sind den ganzen Weg hierhergefahren, nur um ihm seine Brieftasche zurückzugeben?« Sie runzelte die Stirn. »Wieso fällt es mir schwer, das zu glauben?«

»Knox ist ihr Alibi«, sagte Webber und zuckte die Schultern. »Aber wir verstehen schon, wenn Sie uns seine Zimmernummer nicht sagen wollen.«

»Ich denke mal, er wird seine Brieftasche brauchen, um mich zu bezahlen. Er ist in Nummer sechsundzwanzig.« Sie winkte ihnen hinterher, als sie zur Tür gingen. »Schauen Sie mal wieder rein.«

DREIUNDVIERZIG

Angewidert schaltete er den Fernseher aus und warf die Fernbedienung auf den Couchtisch, dann stürmte er aus dem Zimmer. Seine Wangen waren heiß vor Zorn, als er die Hintertür aufstieß und auf die Veranda trat. Schnee schlug ihm ins Gesicht und ließ ihm kalte Tränen über die Wangen laufen. Eine todbringende Kälte kroch in seine Kleidung und verursachte ihm eine Gänsehaut, aber er blieb trotzdem regungslos stehen, starrte auf die skeletthaften, vom Frost geschwärzten Bäume am Rande seines Grundstücks und versuchte verzweifelt, einen klaren Gedanken zu fassen. Der Winter schien alle Geräusche zu dämpfen, als ob sich die Welt unter einer Decke aus Schnee versteckte und sich nicht traute, einen Mucks zu machen. Die üblichen Tiere waren heute nirgends zu sehen. Alles wirkte kalt und tot. Aber jetzt gerade brauchte er die einsame Stille, um dem ständigen Geplapper im Radio und Fernsehen über die Vermissten von Black Rock Falls zu entkommen. Wieso konnte Sheriff Alton ihn nicht einfach in Ruhe lassen?

Er schlug so hart mit der Faust auf das Geländer, dass die Eiszapfen abbrachen und in das verschneite Beet unter ihm

fielen. Verdammt noch mal. Am Anfang war er durch alle
möglichen Countys gefahren, um Anhalter mitzunehmen und
sie in sein unterirdisches Versteck zu bringen, doch dann hatte
seine Bequemlichkeit über seinen gesunden Menschenverstand
gesiegt. Es war ein großer Fehler, so nahe von ihm zu Hause
Leute zu entführen. Er hätte wissen müssen, dass eine Frau wie
Jenna Alton ihre Nase dort hineinstecken würde, wo sie nichts
zu suchen hatte. Die meisten Sheriffs kümmerten sich nicht
weiter um vermisste Personen, wenn es sich nicht gerade um
Kinder handelte, zumal wenn sie keinen Hinweis darauf hatten,
was mit ihnen geschehen war. Ella Tate am Leben zu lassen,
war ein gewaltiger Fehler gewesen, und Alton hatte nach dem
Fall geschnappt wie ein Hund nach einem Knochen. Sie hatte
die Medien aufgescheucht, und ihre Deputys rannten durch
die ganze Stadt, um nicht existierenden Indizien nachzugehen.
Jetzt würde er seine Pläne bis zum Frühjahr verschieben und
sich dann wohl oder übel ein neues Jagdrevier suchen müssen.

Natürlich würde niemand darauf kommen, dass ausgerechnet *er* Leute entführte und tötete. Vielleicht sollte er Olivia
bis zum Frühjahr am Leben erhalten. Das wäre eine Möglichkeit. Doug würde kein Problem darstellen, den konnte er
einfach so verschwinden lassen. Er kicherte, und Dampf stieg
aus seinem Mund auf, als er an Olivias entsetzten Blick dachte.
Er konnte immer noch nicht glauben, wie glatt das gelaufen
war. Dass er ausgerechnet auf einen verunfallten Wagen mit
einer jungen Frau gestoßen war, die für seine Zwecke genau
das richtige Alter hatte und genau der richtige Typ war. Aber
dann hatte Sheriff Alton ihre Ermittlung eingeleitet und alles
verdorben. Doch er würde Sheriff Alton überlisten, er hatte
jeden seiner Schritte im Voraus geplant. Er hatte Ella absicht-
lich nicht angefasst, und mit der Droge, die er ihr verabreicht
hatte, musste sie wirken, als hätte sie den Verstand verloren. Sie
war die letzte Person, die drei Vermisste lebend gesehen hatte,
und hätte eigentlich die Hauptverdächtige sein müssen. Aber

nein, Alton war auf der Jagd nach einem mysteriösen Entführer mit einem Beil! Wie Ella auf die Idee mit dem Beil gekommen war, konnte er sich nicht erklären. Er hatte Sky schließlich mit einem Schraubenschlüssel geschlagen.

Dass Jenna Alton sich in seine Geschäfte einmischte, machte ihn rasend. Er wünschte sich, er hätte die Chance, sie aus dem Weg zu räumen. In den vergangenen zwei Tagen war der Gedanke, sie betäubt, hilflos und seiner Gnade ausgeliefert vor sich zu sehen, zu einer fixen Idee geworden. Die Vorstellung, Alton in die Maschine zu stecken und das Knirschen zu hören, wenn ihre Knochen zu Brei zermalmt wurden, befriedigte ihn ungemein. Er lächelte. Lebendig würde er sie hineinstecken, gefesselt und geknebelt vielleicht. Er konnte sich lebhaft ausmalen, wie sie ganz langsam den klaffenden Schlund der Maschine hinabrutschte. Er hatte der Maschine schon oft bei ihrem Werk zugesehen, seit er die Räumlichkeiten eingerichtet hatte, die aussahen wie eine Krankenstation. Die Idee mit der Pseudo-Klinik war einfach genial gewesen. Es war schon fast lächerlich, wie ruhig Menschen wurden, wenn sie glaubten, in einem Krankenhaus zu sein. Bis er sie auf das Fließband legte.

VIERUNDVIERZIG

Es schneite so stark, dass der Scheibenwischer kaum gegen die dicken Flocken ankam, als Kane vor dem Haus der Pauls anhielt und zur Haustür eilte, Jenna dicht hinter ihm. Skys Mutter öffnete die Tür und sah ihn hoffnungsvoll an, aber Kane schüttelte den Kopf. »Es tut mir leid, es gibt nichts Neues über Sky oder Doug. Aber wir arbeiten mit allen verfügbaren Leuten daran, sie zu finden.«

»Wir würden gerne mit Ella sprechen, falls sie da ist.« Jenna schenkte Mrs. Paul ein mitfühlendes Lächeln. »Wir hatten gehofft, dass es ihr heute ein wenig besser geht.«

»Sie ist immer noch ganz fassungslos und ziemlich deprimiert. Wir haben uns an das Militär gewandt und darum gebeten, ihren Bruder über Weihnachten nach Hause zu schicken, um sie zu trösten.« Mrs. Paul trat zur Seite. »Sie können gerne versuchen, mit ihr zu reden, aber ich habe sie schon gefragt, was passiert ist, und sie scheint sich nicht an besonders viel zu erinnern.«

Kane betrat hinter Jenna das warme Haus. Auf Mrs. Pauls Bitte hin legten sie ihre Jacken ab und folgten ihr in eine moderne Küche mit Arbeitsplatten aus Granit und Haushaltsgeräten aus Aluminium. Der Duft von Kaminholz, Zimt und frisch aufgebrühtem Kaffee lag in der Luft. Kane setzte sich neben Jenna an den Küchentisch.

»Ich werde sie holen.« Mrs. Paul verschwand wieder im Flur. Ein wenig später erschien Ella in der Küchentür. Sie sah blass aus und hatte dunkle Ringe unter den Augen. Sie warf Kane einen besorgten Blick zu und nahm dann mit kaum verhohlenem Widerwillen ihnen gegenüber Platz. Kane räusperte sich und holte Notizbuch und Stift hervor. »Ich hoffe, es geht Ihnen jetzt ein bisschen besser?«

»Nicht wirklich.« Ella warf ihm einen mürrischen Blick zu. »Ich habe das Gefühl, dass jemand in meinem Kopf herumpfuscht.«

»Ach so?« Kane lehnte sich auf den Tresen. »Inwiefern?«

»Ich habe dauernd Albträume, auch wenn ich wach bin.« Ella fuhr sich mit beiden Händen durch ihr verwuscheltes Haar. »Davon, was passiert ist, als der Mann Sky angegriffen hat und als wir den verunfallten Wagen entdeckt haben, aber immer anders.«

Kane machte sich Notizen. Er wusste, wenn man einen Verdächtigen glauben ließ, dass man jedes Wort, was er sagte, mitschrieb, beruhigte ihn das und ermutigte ihn, weiterzusprechen. Er hob den Blick. »Woran können Sie sich erinnern, bevor Sie den Unfallwagen gesehen haben?«

Ella schilderte ihr Gespräch mit Doug über die Suche nach Sky und wie sie dann aufgebrochen und in Richtung Blackwater gefahren waren.

Kane hob eine Hand, um sie zu unterbrechen. »Versuchen Sie sich an diesen Moment zu erinnern: Sie fahren durch die Stadt und biegen auf den Highway ab. Haben Sie irgendwelche Schilder gesehen?«

»Schilder?« Ella runzelte die Stirn. »Meinen Sie Straßenschilder oder Stoppschilder?«

Kane schüttelte den Kopf. »Nein, eher ein Schild auf halber

Höhe der Auffahrt zum Highway, dass die Straße gesperrt ist, mit Blinklichtern darauf?«

Er beobachtete sie genau, während sie über seine Frage nachdachte. Die Verkehrsbetriebe hatten das Schild kurz vor Mitternacht aufgestellt. »Wann sind Sie mit Doug aufgebrochen, um nach Sky zu suchen?«

»Das war kurz vor elf.« Ella schlang die Arme um ihren Bauch und wippte vor und zurück. »Ich weiß noch, dass ich mich mit einem Typ namens Jim treffen wollte. Den hatte ich auf Facebook kennengelernt. Er sagte, er wäre Medizinstudent, aber als ich später wieder nach ihm gesucht habe, war sein Profil weg. Und unser Chat auch, als ob es ihn gar nicht gegeben hätte.«

Kane tauschte einen bedeutungsvollen Blick mit Jenna aus. »Wenn er Doug und Olivia, das vermisste Mädchen aus dem Unfallwagen entführt hat, hat er wahrscheinlich seinen Account gelöscht.« Er begegnete Ellas Blick. »Nur die Ruhe, wir haben Zeit. Versuchen Sie sich zu erinnern, was passiert ist. Haben Sie Jim am Highway getroffen?«

»Auf jeden Fall habe ich seinen weißen Pick-up am Straßenrand gesehen. Die Scheinwerfer sahen ganz trübe aus, so als ob um den Wagen herum oder in der Nähe Rauch in der Luft lag.« Ella schloss die Augen. »Ich weiß auch noch, dass Doug mich gefragt hat, wie Jim aussieht, und dass Jim sich einen Schal um den Kopf gewickelt hat, als er aus dem Pick-up ausgestiegen ist.« Sie schlug die Augen auf. »Er trug einen Cowboyhut und darunter die Kapuze von einem Hoodie.«

Kane machte sich Notizen, dann lächelte er sie an. »Das ist gut. Wie groß war er? War er es vielleicht, der Sie verfolgt hat?«

»Kann sein. Schwer zu sagen, mit dem Hut und so.« Sie erschauderte und hielt sich an der Kante des Tresens fest. »Als Doug näher heranfuhr, sah man im Licht der Scheinwerfer den Unfallwagen und die arme Frau, die aus der Windschutzscheibe hing.«

»War die Tür des Unfallwagens offen?«, fragte Jenna und lehnte sich vor. »Haben Sie die Beifahrerin gesehen?«

»Ja, die saß da und hatte sich in Decken gewickelt.« Ellas Augen leuchteten auf. »Genau, ich habe gesehen, wie sie ihren Kopf bewegte. Doug ist ausgestiegen und hat Jim geholfen, sie zu seinem Pick-up zu tragen und hinten reinzulegen.«

Kane runzelte die Stirn. »Auf die Ladefläche oder auf den Rücksitz? Hatte der Pick-up vier oder zwei Türen? Erzählen Sie mir genau, was Sie gesehen haben, Schritt für Schritt.«

»Sie trugen die Frau zu Jims Pick-up. Der war groß, ein Viertürer. Sah aus wie der von meinem Bruder, mit einem riesigen Kühlergrill vorne, also vielleicht ein GMC. Doug rutschte auf den Rücksitz und hielt die Frau an den Schultern fest, Jim hielt die Beine. Dann schloss Jim die Tür und ging auf die andere Seite, öffnete die Tür und beugte sich hinein, um mit Doug zu sprechen, dann kam er zu mir.

»Sie haben keine Hilfe geholt?« Kane sah sie an und schüttelte den Kopf.

»Nein, Doug meinte, ich soll mit der Schrotflinte in seinem Pick-up bleiben, falls es Probleme gibt.« Ella schluckte schwer und schüttelte dann den Kopf. »Ich weiß noch, dass Jim die Tür öffnete, um mit mir zu sprechen, und das Nächste, woran ich mich erinnere, ist, dass ich in Dougs Thermodecken eingewickelt aufgewacht bin und den Unfallwagen gesehen habe. Mir war eiskalt. Ich weiß echt nicht, wie ich überlebt habe.« Sie stieß einen schluchzenden Laut aus. »Dann sind Sie gekommen. Das ist alles.«

Kane hielt inne, weil Jennas Handy signalisierte, dass sie eine SMS bekommen hatte. Sie warteten auf Nachricht von Rowley. Jenna schaute auf das Display. Dann nickte sie ihm leicht zu, und er wandte seine Aufmerksamkeit wieder Ella zu. »Kennen Sie einen Mann namens Levi Holt?«

»Nein.« Ella bedachte ihn mit einem langen, verwirrten

Blick. »Sie wissen doch, dass ich nicht von hier bin. Woher sollte ich jemanden von hier kennen?«

Überrascht lehnte sich Kane in seinem Stuhl zurück. »Ich habe doch gar nicht gesagt, dass er von hier ist. Er wohnt in Blackwater.«

»Ich kenne ihn trotzdem nicht.« Ella warf Jenna einen verzweifelten Blick zu. »Ich tue echt mein Bestes, um mich zu erinnern.«

»Und Sie machen das auch sehr gut«, sagte Jenna und lächelte sie an. »Das Blut, das wir Ihnen abgenommen haben, wird gerade getestet. Wir glauben, dass Jim Ihnen eine Droge injiziert hat, die dafür gesorgt hat, dass Sie vorübergehend das Gedächtnis verlieren. Dafür spricht auch, dass Sie sich jetzt an immer mehr Details erinnern.« Sie seufzte. »Nur eines verstehe ich immer noch nicht: Warum hat er die anderen mitgenommen und nicht Sie. Haben Sie eine Ahnung?«

»Nein, aber im Moment wünschte ich, er hätte mich auch mitgenommen.« Tränen liefen Ella über die Wangen. »Alle gucken mich an, als hätte ich etwas falsch gemacht. Okay, ich habe mich mit Sky an der Raststätte gestritten, aber wir haben uns im Auto wieder versöhnt, bevor dieses Arschloch sie mit der Axt«, sie sah Kane an, »oder mit dem *Beil* oder was auch immer geschlagen hat. Aber ich würde ihr oder Doug nie etwas antun. Ich hatte Doug wirklich gern. Und Sky ist für mich wie eine Schwester.«

Kane kritzelte weiter in sein Notizbuch. »Trotzdem machen Sie zum ersten Mal hier Urlaub?«

»Ja, aber auf dem College teile ich mir ein Zimmer mit Sky.« Ella nahm ein Taschentuch und wischte sich die Augen trocken. »Ist das alles?«

Auf einen Wink von Jenna hin klappte Kane sein Notizbuch zu. »Gut, ich denke mal, das reicht für heute.«

»Vielen Dank für Ihre Mitarbeit.« Jenna stand auf und lächelte Ella an. »Wir werden Sie über die Ergebnisse des Bluttests informieren, und ich kann Ihnen versichern, dass wir weiterhin alles tun, um Sky und Doug zu finden.«

Draußen in seinem Wagen las Kane auf Jennas Handy die SMS von Rowley.

> *Holt erzählt fast dasselbe wie Ella Tate. Haben überprüft, wo er sich aufhielt, als die Vermissten verschwanden. Er hat handfeste Alibis. Werde Aussagen aufnehmen und E-Mail-Adressen anfordern. Jeff Knox wohnt Blackwater Motel Zimmer 26.*

Kane gab Jenna das Telefon zurück und ließ den Motor an. »Das schließt aus, dass Holt etwas mit den Entführungen zu tun hat«, sagte er zu Jenna gewandt, »und ich habe eine Theorie, warum der Mann mit dem Beil Ella nicht mitgenommen hat. Er ist überzeugt, dass man ihm nichts nachweisen kann, macht sich aber gleichzeitig Sorgen wegen unserer Ermittlungen. Vielleicht geht er davon aus, dass eine labile junge Frau mit Gedächtnisverlust ausreicht, um begründete Zweifel an seiner Schuld aufkommen zu lassen, falls wir ihn fassen und er vor Gericht kommt.«

»Er ist aalglatt und versucht, uns auszutricksen.« Jenna seufzte. »Und im Moment gelingt ihm das ziemlich gut.«

FÜNFUNDVIERZIG

Nachdem er noch ein paar Auskünfte eingeholt hatte, fuhr Rowley zu der neuen Bäckerei von Ty Aitken. Zu seiner Erleichterung hatte sie geöffnet. »Solche Läden gibt es heute kaum noch«, sagte er zu Webber gewandt. »Das ist wie bei Aunt Betty's Café. Sie backen alles frisch vor Ort. Die meisten anderen Läden hier bekommen ihre Backwaren aus einer Fabrik. Der Geruch von frisch gebackenem Brot erinnert mich immer an meine Oma.«

»Und mich an meine. Sie hat immer selbst Brot gebacken und dann dick Butter darauf gestrichen.« Webber schmatzte. »Es gibt nichts Besseres.« Er überflog seine Notizen. »Dieser Typ will also gesehen haben, wie Knox eine Frau in sein Motelzimmer getragen hat. Das allein macht Knox aber ja noch längst nicht zum Täter.«

Rowley zuckte die Schultern. »Wenn Sheriff Alton will, dass wir ihn befragen, dann wird sie schon ihre Gründe haben. Knox ist vorbestraft, und falls die Frau auf die Beschreibung von Sky Paul passt, könnte er ein Verdächtiger sein. Im Moment treten wir auf der Stelle. Wir haben keinerlei Indizien und keinen Verdächtigen.«

»Okay, lass uns sehen, was Aitken zu sagen hat.« Webber setzte sich seinen Hut auf und kletterte aus dem Wagen.

Rowley stapfte über einen Haufen grauen Schnee hinweg, der von Bonbonpapieren übersät war, und folgte ihm in den Laden. Überrascht nahm er das Läuten der Glocke über der Eingangstür zur Kenntnis. Es klang, als wäre er in die Fünfziger zurückgereist.

Die junge Frau an der Kasse lächelte sie beide an. »Ich fürchte, ich kann Ihnen kaum noch etwas anbieten, Deputys. Den ganzen Tag war der Laden voller Kunden.«

Rowley warf einen Blick auf das übrig gebliebene Gebäck und die Brote in der Auslage und lächelte sie an. »Wir suchen nach Ty Aitken. Ist er hier?«

»Das bin ich.« Ein Mann Anfang vierzig betrat den Verkaufsraum und wischte sich die Hände an einer Schürze ab, die weiß vom Mehl war. »Was kann ich für Sie tun?« Rowley stellte sich und Webber vor. »Wir haben über einen Informanten erfahren, dass Sie Jeff Knox dabei beobachtet haben, wie er am Freitag letzter Woche eine Frau in sein Motelzimmer getragen hat.« Er holte Notizbuch und Stift heraus. »Ist das wahr?«

»Kommen Sie mit nach hinten.« Aitken bedeutete ihnen, ihm zu folgen. »Ich erzähle Ihnen, was ich weiß.«

Sie folgten ihm in einen Raum neben der Backstube, in dessen Mitte ein Tisch und Stühle standen. An den Wänden waren ein paar Spinde, außerdem gab es eine Küchenzeile mit einer Spüle. Becher hingen an Haken neben einer Kaffeemaschine, und in einer Ecke brummte ein Kühlschrank. Rowley nahm Platz, aber Webber blieb neben der Tür stehen und lehnte sich mit einer Schulter an die Wand.

Rowley schlug sein Notizbuch auf. »Okay, was genau haben Sie gesehen?«

»Normalerweise arbeite ich von zehn Uhr abends bis fünf Uhr morgens. Jetzt gerade bin ich nur ausnahmsweise hier, weil wir einen Großauftrag haben«, sagte Aitken und rollte die Schultern, um sie zu lockern. Er sah müde aus. »In der Nacht hatte ich gerade den Teig angerührt und zum Gehen beiseitegestellt. Dann habe ich das Auftragsbuch gesucht. Mir fiel ein, dass ich eine Bestellung für eine Geburtstagstorte aufgenommen hatte, aber meine Notizen dazu hatte ich zu Hause vergessen. Um diesen Teil des Geschäfts kümmert sich normalerweise meine Frau, aber es war zu spät, um sie anzurufen, also bin ich nach Hause gefahren. Und unterwegs ...«

Rowley hob eine Hand. »Um wie viel Uhr war das?«

»Kurz vor drei.« Aitken rieb sich das Kinn. »Ich habe ihn ganz deutlich gesehen. Jeff Knox zog eine junge blonde Frau vom Rücksitz seines Autos und hievte sie sich über die Schulter. Sie zappelte, aber sie schrie nicht.« Er runzelte die Stirn. »Ich weiß, dass Knox ein zwielichtiger Kerl ist, also habe ich meine Scheinwerfer ausgeschaltet und bin an den Bordstein gefahren. Knox hat die Frau zum Motelzimmer geschleppt. Ich konnte gut ins Zimmer sehen. Er ließ sie auf das Bett fallen. Da sie nicht protestierte, nahm ich an, dass es einvernehmlich war, und fuhr weiter.«

»Ist Ihnen bekannt, dass zwischen hier und Black Rock Falls mehrere Personen verschwunden sind?« Webber richtete sich auf. »Es ist überall in den Nachrichten.«

»Wissen Sie, bei meinen Arbeitszeiten komme ich selten dazu, Nachrichten zu schauen.« Aitken runzelte die Stirn. »Wer ist denn verschwunden?«

Rowley blickte von seinen Notizen auf. »Eine junge Frau namens Sky Paul, blond, relativ klein, Anfang zwanzig.« Er bemerkte Aitkens erstaunte Miene. »Wir glauben, dass ein Mann sie an jenem Freitag gegen Mitternacht entführt hat.«

»Erinnern Sie sich, was für ein Auto Knox fuhr?«, fragte Webber. Er stützte sich mit beiden Händen auf dem Tisch ab und starrte Aitken an. »Kann gut sein, dass Sie Zeuge eines Verbrechens geworden sind.«

»Verdammte Scheiße! Nein, an die Marke kann ich mich nicht erinnern, und wegen den blinkenden Lichtern an dem Schild über dem Motel bin ich mir nicht einmal sicher, was für eine Farbe der Wagen hatte. Es war ein Lieferwagen, vielleicht silbern oder weiß.« Aitken sah Rowley in die Augen. »Glauben Sie, er hat sie umgebracht?«

Rowley lehnte sich in seinem Stuhl zurück. »Wir brauchen mehr Beweise, bevor wir uns ein Urteil bilden können. Sheriff Alton wird wahrscheinlich einen Durchsuchungsbeschluss für sein Motelzimmer beantragen. Sie müssten bitte noch offiziell zu Protokoll geben, was Sie gesehen haben. Geht das, Mr. Aitken?«

»Na klar.« Sichtlich erschüttert, erhob sich Aitken. »Aber ich brauche erst einen Kaffee.« Er ging zur Küchenzeile und holte drei Becher. »Ich bin todmüde.«

»Okay, so lange können wir warten.« Webber warf Rowley einen kurzen Blick zu. »Ich hole die Formulare aus dem Wagen.«

Etwas später, nachdem die Aussage zu Papier gebracht war, ging Rowley zurück zu seinem Wagen, unter dem Arm eine Papiertüte mit Kuchen und Keksen. Er warf einen Blick auf die Uhr. Es war kurz vor fünf, und die Schlechtwetterfront kam immer näher. Er setzte sich hinter das Lenkrad. »Ich hoffe, wir schaffen es noch bis nach Black Rock Falls. Sie rufen besser mal Sheriff Alton an und sagen ihr Bescheid.«

Webber spähte in die gefüllte Tüte mit den Leckereien. »Falls wir stecken bleiben, werden wir immerhin nicht verhungern.« Er zog sein Handy heraus und rief Sheriff Alton an. »Ma'am, sieht so aus, als hätten wir einen Verdächtigen.«

SECHSUNDVIERZIG

SONNTAG, WOCHE ZWEI

Der Sonntag kam, und Jenna hatte das Gefühl, gegen eine Wand anzurennen. Es schien, als würde jedes Mal, wenn sie in ihrem Fall ein Stück weiterkamen, etwas passieren, das die Ermittlungen wieder ausbremste. Da Knox Dauermieter im Blackwater Motel war, reichte die Erlaubnis der Besitzerin nicht aus, um sein Zimmer zu durchsuchen. Um Scherereien zu vermeiden, falls sie Knox überführten und der Fall vor Gericht käme, brauchte sie einen Durchsuchungsbeschluss, ausgestellt vom Richter von Blackwater. Da Blackwater außerhalb ihres Zuständigkeitsbereichs lag, musste sie das Blackwater Sheriff's Department um Hilfe bitten.

Sie hatte die Unterlagen an den Richter gemailt, aber der hatte sich geweigert, aufgrund von Hörensagen einen Durchsuchungsbeschluss auszustellen, und um weitere Informationen über Knox gebeten. Es war sinnlos, mit dem Richter zu streiten, also hatte sie sich daran gemacht, die Datenbanken von Blackwater zu durchsuchen. Sie hatte Kane nicht darum gebeten, aber er hatte trotzdem bis tief in die Nacht geholfen, Informationen über die Vergewaltigung der Anhalterin und zwei Fälle von Gewalt gegen Frauen zusammenzusuchen und für Richter

Eaton in einer übersichtlichen Datei zusammenzustellen. Doch obwohl sie hinreichende Verdachtsmomente hatten, war sich Jenna nicht sicher, ob das ausreichen würde. Richter Eaton schien wenig kooperativ, und zu allem Überfluss mussten sie jetzt warten, bis er von der Kirche zurück war, bevor sie wieder mit ihm sprechen konnten.

Jetzt waren sie auf dem Weg zu Wolfes Haus, um seine Töchter abzuholen. Sie würden sie bespaßen, bis Wolfe die Autopsie von Mrs. Palmer abgeschlossen hatte, dann würden sie die Mädchen nach Hause bringen und sich wieder mit dem Richter unterhalten. Der Sonntag war ohnehin gelaufen. Falls der Richter tatsächlich noch heute am Sonntag den Durchsuchungsbeschluss ausstellte, müssten sie als Nächstes den Sheriff von Blackwater überreden, ihnen einen seiner Deputys zur Verfügung zu stellen, um bei der Durchsuchung zu assistieren, und sich dann durch die Unmengen von Schnee, die über Nacht gefallen waren, nach Blackwater hindurchkämpfen. Sie war so müde, dass sie unwillkürlich aufstöhnte, zwar leise, aber laut genug, dass Kane es mitbekam.

»Alles okay mit Ihnen?« Kanes Augen blieben auf die eisbedeckte Straße gerichtet, aber er drückte ihren Arm. »Oder bin ich wieder zu schweigsam?« Er warf ihr einen kurzen Blick zu, dann schaute er wieder auf den Highway.

Jenna wandte sich ihm zu. Das gleißende winterliche Licht hob die scharfen Konturen seines Gesichts hervor. Er war dünner geworden, hatte kein Gramm überflüssiges Fett mehr am Körper, und in seinen Augen lag ein gequälter Blick, der ihr ein flaues Gefühl im Magen verursachte. »Nein, es liegt nicht an Ihnen. Ich habe nur gerade daran gedacht, dass wir immer noch keinen Durchsuchungsbeschluss haben. Wobei ich mich schon freuen würde, wenn Sie mir sagen würden, was es ist, das so offensichtlich an Ihnen nagt. Vor Ihrer Kopfverletzung hatten wir so eine enge Freundschaft. Die vermisse ich.«

»Ich erinnere mich daran«, sagte Kane und seufzte tief. »Ich will unsere Freundschaft auch zurückhaben, Jenna, aber im Moment bin ich einfach nur wütend.«

Besorgt runzelte Jenna die Stirn. »Etwa auf mich?«

»Nein, doch nicht auf Sie.« Kane stieß ein bellendes Lachen aus. »Ich weiß wirklich nicht, wie Sie es mit mir aushalten. In den letzten Monaten muss ich so eine Nervensäge gewesen sein!« Er schluckte. »Dass ich mich nicht an einem Einsatz beteiligen kann, um den Mörder von Annie auszuschalten, macht mich völlig fertig.«

Jenna biss sich auf die Unterlippe. Er erwähnte nur selten den Namen seiner Frau. Annie war in Kanes früherem Leben als Special Agent bei einem Bombenanschlag ums Leben gekommen. Die Terroristen hatten mit der Autobombe eigentlich Kane erwischen wollen, Annie war ein Kollateralschaden. »Es gibt doch gar keinen Einsatz. Erinnern Sie sich? Wolfe hat Ihnen davon erzählt. Der Präsident hatte den Ermittlungen höchste Priorität eingeräumt, aber die Terroristen waren verschwunden, als hätten sie sich in Luft aufgelöst. Wenn die da drüben irgendeine Spur finden, egal was für eine, werden sie sich darum kümmern, und Sie werden benachrichtigt«.

»Das ist nicht das Problem.« Kanes Hände verkrampften sich am Lenkrad. Jenna hörte seine Lederhandschuhe knarzen. »Meine Erinnerungen an die Tage vor dem Bombenanschlag sind jetzt so klar, dass ich überzeugt bin, dass es gar keine Terrorzelle war.«

Verblüfft holte Jenna tief Luft. »Wer würde Sie denn sonst töten wollen?«

»Ein Insider, jemand aus meinem direkten Umfeld.« Kane verzog den Mund. »Jemand, dem ich vertraut habe.« Er blickte sie an, und sie sah in die Augen des berechnenden Auftragskillers für die Regierung, der er in seinem früheren Leben gewesen war. »Ich nehme an, der Präsident hatte einen ähnlichen Verdacht, deshalb bin ich hier bei Ihnen. Der eventuelle Doppelagent sollte glauben, ich sei tot.«

Endlich kam sie dahinter, warum Kane und Wolfe nach Black Rock Falls geschickt worden waren, um beim Sheriff's Department als Deputys zu arbeiten. Sie selbst hatte ihr Leben als Undercover-Agentin Avril Parker aufgegeben, im Zeugenschutzprogramm ein neues Gesicht bekommen und war zu Jenna Alton geworden. Als Kane und Wolfe aufgetaucht waren, war sie automatisch davon ausgegangen, dass die beiden nach Black Rock Falls gekommen waren, um sie zu beschützen, aber sie hatte sich geirrt. Offenbar vermutete das Weiße Haus, dass ein Doppelagent versuchte, Kane zu töten, und wollte deshalb sicherstellen, dass er von Leuten umgeben war, denen er vertrauen konnte. Jenna wurde ganz unruhig, als sie daran dachte, was das bedeutete. Sie lehnte sich in ihrem Sitz zurück und starrte in die verschneite Landschaft. Nachdem sie eine Zeit lang gegrübelt hatte, wandte sie sich wieder an Kane. »Wie kann ich helfen?«

»Gar nicht.« Kane tippte sich mit einem Finger an den Kopf. »Es ist alles hier drin, in kleinen Bruchstücken. Ich brauche nur etwas Zeit, um die Bruchstücke wieder zusammenzufügen. Ich gehe im Kopf diverse Gespräche durch und versuche herauszufinden, was nicht zusammenpasst.« Er schnaubte. »Aber das wird dauern, Jenna, vielleicht mehrere Monate, und Wolfe wird derweil Informationen für mich zusammentragen müssen. Aber eines Tages werde ich den Verräter finden, und dann werde ich ihn fertigmachen.«

Jenna drückte seine Schulter. »*Wir* werden ihn fertigmachen, Kane. Sie sind jetzt nicht mehr allein.«

»Ich weiß.« Kane hielt am Straßenrand an und wandte sich ihr zu. »Sie sind wirklich eine gute Freundin. Und die toleranteste und geduldigste Frau, die ich kenne. Ich habe viel darüber nachgedacht und würde gerne an damals anknüpfen, wenn das für Sie in Ordnung ist. Vielleicht mal wieder ausgehen, ins Kino und hinterher in ein schönes Restaurant.«

»Zusammen ausgehen, hm?« Jenna knuffte ihn in den Arm,

um zu sehen, ob der kalte, distanzierte Kane endlich aufgetaut war. »Meinen Sie das ernst? Sie machen nämlich keinen Hehl daraus, dass Sie immer noch Ihre Frau lieben.«

»Ja, das meine ich ernst.« Kane lächelte sie müde an. »Ich weiß noch genau, wie es zwischen uns war, bevor der Kopfschuss mein Gedächtnis durcheinandergebracht hat, und ich glaube, wir tun uns gegenseitig gut.«

Jenna fühlte sich, als wäre sie noch einmal sechzehn. Sie sah ihm in die Augen und nickte. »Dann lassen wir es also ganz langsam angehen?«

»Ja.« Er berührte ihre Wange. »Ganz langsam.«

Als sie vorm Haus der Wolfes vorfuhren, stürmten Julie und Anna Wolfe sofort aus der Tür, um sie zu begrüßen. Sie plapperten durcheinander und redeten so schnell, dass Jenna laut auflachte. Als sie sich umdrehte, war Anna Kane bereits auf den Rücken geklettert, und er stapfte mit ihr durch den Garten, um sich den Schneemann anzusehen, den die Mädchen Anfang der Woche gebaut hatten. Jenna wandte sich Julie zu, die sie mit Fragen bombardierte. »Ja, du darfst auf Lady reiten; sie macht ihrem Namen alle Ehre. Aber nur die Auffahrt hinunter bis zu meiner Einfahrt und wieder zurück. Dein Vater hat uns strikte Anweisungen gegeben, dafür zu sorgen, dass du nicht von meinem Grundstück reitest.«

»Anna kann nicht auf Daves Pferd reiten, das ist viel zu groß.« Julie runzelte die Stirn. »Vielleicht kann sie mit mir zusammen reiten?«

»Anna reitet mit mir.« Kane tauchte hinter ihnen auf, grinsend wie ein Pavian. »Und nach dem Reiten dürft ihr Jennas Kekse essen.«

»Geben Sie ihnen nicht zu viel Zucker!« Wolfe tauchte in der Tür auf und grinste. »Ich muss mit ihnen zusammenwohnen, und so aufgedreht wie jetzt sind sie im Moment ständig.«

Kane ging zurück zu seinem Wagen, um Dr. Weavers Laptop zu holen, den Wolfe untersuchen sollte, und Jenna folgte den anderen ins Haus. Die Mädchen verschwanden in ihren Zimmern, um ihre Sachen zu holen.

Jenna wandte sich an Wolfe und flüsterte: »Reden Sie in den nächsten Tagen doch bitte mal mit Dave. Ich kann jetzt nicht deutlicher werden, aber er muss sich dringend mit jemandem unterhalten, dem er vertraut.«

»Gerne«, sagte Wolfe mit besorgter Miene. »Machen Sie sich Sorgen wegen seiner Kopfverletzung?«

Jenna schüttelte den Kopf. »Nein, nicht wegen der Verletzung, es ist etwas anderes.« Die Haustür schwang auf, und Kane trat ein, den Laptop unter seinem Arm. »Wo soll ich den hintun?«, fragte er Wolfe.

»In mein Arbeitszimmer.« Wolfe führte ihn in einen Raum am Ende des Flurs.

»Hallo, Jenna.« Emily kam auf sie zu und umarmte sie. »Wie geht es Ihnen?«

»Mir geht's gut«, sagte Jenna und lachte. »Aber mir würde es besser gehen, wenn ich diesen Fall schon gelöst hätte; er raubt mir den Schlaf.«

»Dad wird in ein paar Stunden neue Erkenntnisse für Sie haben, und er meinte, der Bluttest von Ella Tate müsste auch schon da sein.« Emily schob sich das lange blonde Haar über die Schulter. »Ich hatte nicht das Gefühl, dass Ella etwas mit Skys Verschwinden zu tun hat. Sie wirkte auf mich ganz authentisch. Sie wissen schon, fassungslos und ein bisschen verwirrt. Ich habe mich ein bisschen damit befasst, wie Menschen in bestimmten Situationen reagieren, und ihr Verhalten ist ganz typisch für jemanden, der ein traumatisches Erlebnis hinter sich hat.«

In den letzten Monaten hatte Jenna Emily immer mehr schätzen gelernt – persönlich und auch fachlich, wenn sie sich über Verbrechen unterhielten. Sie nickte. »Stimmt, aber eine Mörderin könnte sich genauso verhalten, vor allem nach einer Affekttat. Psychopathen können die besten Analytiker hinters

Licht führen, aber die meisten normalen Leute, die jemanden töten, warum auch immer, stehen ebenfalls unter Schock und sind zu einem gewissen Grad traumatisiert.«

»Also sollte ich mich wohl nicht vorschnell mit meiner ersten Diagnose zufriedengeben.« Emily seufzte. »Das ist komplizierter, als ich es mir vorgestellt hatte.«

»Ach, eigentlich nicht.« Kane war lautlos hinter ihnen aufgetaucht. »Oft hilft einem sein Bauchgefühl, und mit der Zeit werden deine Intuition und deine Fähigkeit, Menschen zu lesen, immer besser werden. Du machst das schon ganz gut. Und wenn du erst einmal alle Aspekte kennst, kommt alles Weitere von selbst.«

Gerade als Jenna sich umdrehte, kamen die Mädchen mit Mänteln, Mützen und Handschuhen ausgestattet den Flur entlang. »Ihr seht aus, als wärt ihr bereit zum Aufbruch.« Von der anderen Seite kam Wolfe auf sie zu. »Rufen Sie mich an, wenn Sie fertig sind, dann bringen wir sie nach Hause«, sagte Jenna. »Falls wir den Durchsuchungsbeschluss bekommen, fahren wir anschließend nach Blackwater, um Knox zu befragen.«

»Wenn Sie das Motelzimmer forensisch untersuchen, versuchen Sie, eine DNA-Probe von Knox zu besorgen. Ich werde ein Spurensicherungs-Set zusammenstellen, das können Sie abholen, wenn Sie nachher die Mädchen heimbringen.« Wolfe rieb sich das Kinn. »Es wäre gut, wenn Sie herausfinden könnten, wann das Zimmer zuletzt gereinigt wurde; wenn er dort permanent wohnt, könnte das eine Weile her sein. Vielleicht finden wir ja wirklich was.«

»Das ist eine gute Idee.« Jenna wandte sich zum Gehen. »Los, Mädels, die Pferde warten.«

SIEBENUNDVIERZIG

Olivia versuchte verzweifelt, trotz der Beruhigungsmittel wach zu bleiben. Voller Angst warf sie den Kopf hin und her und zwang sich, die Augen offen zu halten. Sie holte tief Luft und drehte den Kopf, um Doug im Nachbarbett anzuschauen. Ein Schrecken durchfuhr sie und jagte Adrenalin durch ihre Adern, das sie wieder wach machte. Sein blasses Gesicht ruhte friedlich auf dem blütenweißen Kissen, aber ein großer Bluterguss zog sich von der Schläfe bis zur Wange. Überall an ihm waren Schläuche angebracht, einer kam sogar aus seinem Mund. Die Maschine neben seinem Bett gab ein regelmäßiges puffendes Geräusch von sich, als würde sie atmen. Olivia unterdrückte ein Schluchzen. Die Verrückten hier hatten ihn an ein Beatmungsgerät angeschlossen, was nur bedeuten konnte, dass er nicht mehr selbstständig atmen konnte. Bruchstückhaft kamen die Erinnerungen an ihren Fluchtversuch zurück. Wie sie den Ausgang aus dieser Hölle gefunden hatten und Doug seine Hände zum Kampf erhoben hatte. O Gott! Jim hatte ihn mit der Trage gerammt und dann mit etwas Schwerem geschlagen, und Doug war zu Boden gesackt.

Als sie auf dem Flur Stimmen hörte, verfiel sie erneut in

Panik. Sie musste hier raus! Olivia strampelte mit den Beinen, aber die Fesseln saßen zu fest, als dass sie hätte entkommen können. Sie atmete ein paarmal tief durch, dann schloss sie die Augen bis auf einen winzigen Spalt, durch den sie unter ihren Wimpern hervorschauen konnte. Es gab nur eine Möglichkeit, zu erfahren, was Jim vorhatte, nämlich indem sie sich schlafend stellte und ihn belauschte. Die Maschine registrierte ihren rasenden Puls, und sie zwang ihren Körper, sich zu entspannen.

Die Türen schwangen auf und Jim und der Pfleger kamen herein.

»Warum schlägt ihr Herz so schnell?« Jim näherte sich dem Bett. Sie konnte ihn riechen. »Was hat das zu bedeuten?«

»Wenn du sie ständig betäubst, ist ihr Blutdruck viel zu niedrig, und sie wird verhungern.« Der Pfleger legte ihr eine Sauerstoffmaske an. »Wie lange soll sie noch hier liegen?«

»Nicht mehr lange.« Jim räusperte sich. »Wobei ich sie schon noch gerne ein bisschen länger hierbehalten würde.«

»Sie wird bald sterben.« Der Pfleger stellte die Infusionen neu ein. »Ich werde die Medikamente für eine Weile aussetzen. Sonst werden noch ihre Organe angegriffen, und dann wird sie niemandem mehr nützen.« Er ging hinüber zu Dougs Bett, Jim folgte ihm. »Willst du wirklich riskieren, dass uns die ganzen Bestellungen durch die Lappen gehen?«

»Ach was, ihre Organe sind doch prima«, schnaubte Jim. »Solange ihr Herz schlägt, ist sie als Spenderin geeignet.« Er lehnte sich über Doug. »Mit dem hier werde ich ein Vermögen machen.«

Was erzählt er denn da? Ich bin doch gar keine Organspenderin. Entsetzt biss Olivia die Zähne zusammen und versuchte, nicht zu schreien. Zitternd vor Anstrengung zwang sie sich, langsam und gleichmäßig zu atmen. *O lieber Gott, die wollen meine Organe stehlen!*

»Dougs Operation ist für Dienstag angesetzt, und wir werden Olivia operieren, sobald die Bestellungen bestätigt sind.« Jim klang mürrisch. »Die Scheißbullen sind überall, für eine Weile werde ich's nicht riskieren können, neue Leute herzubringen. Mit dem ganzen Medienrummel finden die jeden in der Stadt verdächtig. Wir müssen die Füße stillhalten, mindestens bis der Schnee schmilzt.« Er ging zur Tür. »Wenn Olivia weg ist, räumen wir das Zimmer hier aus und desinfizieren alles von oben bis unten. Die Cops haben nix gegen uns in der Hand, und ich werde nicht riskieren, dass sie was finden, sollten sie auf die Idee kommen, hier alles zu durchsuchen.«

Während die Schritte der Männer verklangen, zerrte Olivia an ihren Fesseln, bis ihre bandagierten Handgelenke bluteten. Sie schlug ihren Kopf auf das Kissen und schrie, bis sie heiser war. Die Zimmertür wurde geöffnet. Jim kam herein und schaute sie an. Sie schluckte ihre Angst hinunter und starrte finster zurück.

»Was ist denn los, Olivia?« Er kam näher und grinste. »Hast du gerade geschnallt, dass wir dir ohne Narkose die Nieren rausschneiden werden?«

Wut stieg in ihr auf. Sie warf den Kopf herum und hob die Schultern vom Bett. »Du verdammter Mörder!« Sie spuckte ihn an und sah, wie der Speichel an seinem Kittel hinunterlief.

»Du kannst nix dagegen tun, Olivia.« Jims Augen hatten sich in dunkle Schlitze verwandelt. »Ich freu mich schon drauf, zuzusehen, wie du Stück für Stück auseinandergenommen wirst. Und dann hab ich meinen Spaß mit dir.« Er gluckste. »Spuck mich an, so viel du willst. Ich werde dich nicht sofort töten. Du darfst noch mindestens einen Tag hier mit mir verbringen. Aber lange musst du nicht mehr warten, Olivia. Ich hab schon Käufer für so ziemlich jedes Stück von dir. Du bist echt Gold wert.«

Zitternd vor Angst und Abscheu starrte Olivia ihn an. »Fahr zur Hölle, du Wichser.«

»Ach Liebling«, sagte Jim und schlenderte zur Tür, »da bin ich doch schon längst!«

ACHTUNDVIERZIG

Jenna hob Anna hoch und setzte sie vor Kane aufs Pferd. Er drückte das Mädchen an seine Brust und lächelte.

»Seien Sie vorsichtig. Wollen Sie wirklich ohne Sattel mit ihr reiten?«

»Klar.« Kane legte einen Arm um Anna und schnalzte mit der Zunge. »Bis später!« Sein Pferd setzte sich in Bewegung und lief den Feldweg hinunter. Julie ritt neben ihm auf Lady.

Das Handy in Jennas Tasche klingelte. Sie stieg mit ein paar schnellen Schritten die Treppe hinauf und ging ins Haus, wo es mollig warm war. Der beruhigende Duft der Kekse im Ofen erfüllte die Luft. Sie nahm den Anruf entgegen und ging in die Küche. »Sheriff Alton.«

»*Hier ist Daisy Lars von der Two Trees Ranch. Mein Mann Stan hat mich vorhin angerufen und gesagt, er hat Chuck Burns, der hier den Abschleppwagen fährt, also den hat er letzten Freitag gegen ein Uhr nachts gesehen, wie er mit einem gelben Auto am Haken durch die Stadt gefahren ist. Und weil der Mann im Fernsehen gesagt hat, dass alles vertraulich behandelt wird, dachte ich, ich rufe mal an. Stan ist erst in ein paar Tagen wieder hier, er sitzt in Helena fest wegen dem Wetter.*«

Jenna schnappte sich einen Stift und schrieb die Informationen auf den Notizblock, der neben dem Festnetztelefon lag. »Warum hat er Ihnen das erst jetzt erzählt?«

»*Er wusste nichts von den vermissten Personen, bis ich das erwähnt hab. Er ist schon seit einer Woche unterwegs. Er fährt einen LKW für Mackenzie.*« Daisy räusperte sich. »*Ich habe ihm erzählt, dass hier niemand mehr sicher ist, und dann ist ihm eingefallen, dass er das Auto gesehen hat.*«

»Ich verstehe. Haben Sie eine Nummer, unter der ich Ihren Mann erreichen kann, Mrs. Lars? Und Ihre Kontaktdaten hätte ich auch gern.«

Mrs. Lars nannte Jenna die Informationen, und sie schrieb alles auf. »Kennen Sie Chuck Burns persönlich?«

»*Er ist nicht gerade jemand, mit dem wir verkehren würden, Sheriff. Aber ich weiß, dass ihm der Schrottplatz hier in der Stadt gehört.*« Mrs. Lars holte tief Luft und zögerte, als wäre sie sich nicht sicher, ob sie weiterreden sollte. »*Ich weiß nicht, ob ich noch mehr sagen sollte. Ich möchte nicht, dass der auf einmal wütend vor meiner Tür steht.*«

Jenna hätte ein Monatsgehalt gegeben, um den Klatsch und Tratsch über Chuck Burns zu erfahren. Sie musste Mrs. Lars dazu bringen, weiterzureden. »Keine Sorge. Was in den Nachrichten gesagt wurde, stimmt. Ich verspreche Ihnen, dass Ihr Name nirgendwo auftaucht. In den Berichten werde ich Sie als ›vertraulichen Informanten‹ bezeichnen.«

»*Okay*«, sagte Mrs. Lars. Sie sprach jetzt leiser, und ihre Stimme nahm einen verschwörerischen Tonfall an. »*Ich habe gehört, dass er ein Krankenwagenjäger ist. Sie wissen schon, jemand, der durch die Straßen fährt und guckt, ob es irgendwo einen Unfall gab. Sein Schrottplatz verkauft recycelte Autoteile, genau wie der von Sawyer draußen am Highway. Aber ich glaube, Burns macht sich nicht allzu viele Gedanken darüber, woher die Autos kommen, wenn Sie wissen, was ich meine.*«

»Verstehe.« Jenna lehnte sich gegen den Küchentisch; Kane

und Rowley waren bei beiden Schrottplätzen gewesen und hatten nichts gefunden. »Wollen Sie damit sagen, dass er gestohlene Autos auseinandernimmt und die Einzelteile verkauft? Meine Leute haben nämlich letzte Woche seinen Schrottplatz durchsucht, und da schien alles in Ordnung zu sein.«

»*Neben seinem Schrottplatz befindet sich eine alte Autowerkstatt, die vorne noch Zapfsäulen aus den Vierzigerjahren stehen hat.*« Durch den Hörer war deutlich zu hören, wie aufgeregt Mrs. Lars war. »*Burns gehört der gesamte Gebäudekomplex. Stan hat mir erzählt, dass er oft sieht, wie Burns spät nachts Fahrzeuge durch das alte rostige Werkstatttor winkt. Seltsam, wenn man bedenkt, dass die Werkstatt eigentlich seit fünfzig Jahren oder noch länger geschlossen ist.*«

Bingo! Jenna ballte die Hand mit dem Stift in einer Geste des Triumphs zur Faust und grinste breit. »Vielen Dank, Mrs. Lars, Sie waren sehr hilfreich. Wir werden uns bei Ihnen melden, wenn wir noch weitere Informationen benötigen.«

»*Keine Ursache*«, sagte sie knapp und legte auf.

Jenna stieß einen kleinen Jubelschrei aus, rannte den Flur hinunter und warf einen Blick aus dem Fenster, um nach Kane und den Mädchen zu sehen. Kane hatte alles unter Kontrolle und ritt langsam den Feldweg entlang, hielt Anna fest im Arm und plauderte mit Julie. Sie drehte sich um und lief in ihr Arbeitszimmer, wo sie auf dem Rechner eine Liste aller Eigentümer von Grundstücken in ihrem Bezirk hatte. Seit sie nach Black Rock Falls gekommen war, hatte sie schon oft festgestellt, was für eine Fundgrube von Informationen der lokale Klatsch und Tratsch war. Sie setzte sich an ihren Schreibtisch, rief auf ihrem Computer die Datei auf und überflog die Seiten. Tatsächlich gehörten Chuck Burns der Schrottplatz, das angrenzende Gebäude, das als außer Betrieb genommene Tankstelle aufgelistet war, und ein weiteres Gebäude, das der Besitzer als Lagerraum nutzte. Wenn Chuck Burns wirklich gestohlene Autos auseinandernahm und in Einzelteilen weiterverkaufte, wie Mrs. Lars angedeutet hatte, dann war er vielleicht vorbestraft.

Sie rief die lokalen Datenbanken ab, und bald hatte sie herausgefunden, dass er tatsächlich einiges auf dem Kerbholz hatte. Er hatte in Wyoming eine Haftstrafe wegen Entführung verbüßt und war wegen Handels mit gestohlenem Eigentum zu einer Geldstrafe verurteilt worden. Sie stellte eine Akte zusammen, die sie gleich morgen früh dem Richter vorlegen würde, um sich einen Durchsuchungsbeschluss für Burns' Immobilien zu holen. Auch wenn der Schrottplatz sonntags geschlossen hatte, wollte sie sich sofort auf den Weg machen. Falls die alte Werkstatt Fenster hatte, könnte sie vielleicht sehen, ob dort Skys Auto stand. Sie atmete tief durch, um sich zu konzentrieren. Im Moment waren ihre Indizien gegen Burns nur Hörensagen. Außerdem benötigten sie noch handfeste Beweise gegen Knox.

Da Jeff Knox ihr Hauptverdächtiger war, brauchte sie alles, was sie nur finden konnte, um den Richter in Blackwater dazu zu veranlassen, einen Durchsuchungsbeschluss für das Motelzimmer auszustellen. Sie glaubte nicht wirklich, dass die Anzeigen wegen Körperverletzung, die sie gefunden hatten, dazu ausreichen würden, zumal der Richter in einem anderen County saß und ihren ersten Antrag bereits abgelehnt hatte. Diesmal gab sie Knox' Namen in die landesweite Datenbank ein. Sie starrte erstaunt auf den Bildschirm, so viele Ergebnisse tauchten auf. Auch der Staatsanwalt in Deep Valley County hatte Knox wegen Vergewaltigung einer Anhalterin angeklagt, aber wie bei dem Vorfall in Blackwater war es nie zur Verhandlung gekommen. *Zwei von zwei.* Sie kaute auf ihrer Unterlippe. *Wie kommt es, dass zwei Frauen ihn wegen Vergewaltigung anzeigen und dann die Anzeige zurückziehen? Ob er sie bedroht hat?* Sie musste mit den Opfern sprechen, um herauszufinden, warum sie nicht mehr hatten aussagen wollen.

Sie gab die Namen der beiden Frauen in die Suchmaske ein und schluckte. Beide waren als vermisst gemeldet. Sie waren spurlos verschwunden, genau wie ihre drei Vermissten. Sie fügte diese Informationen ihrer Datei hinzu und mailte sie an Richter Eaton in Blackwater. Das sollten jetzt wirklich genug Indizien sein, um ihn dazu zu bringen, einen Durchsuchungsbeschluss für Knox' Motelzimmer auszustellen.

Gerade als sie fertig war, klopfte es an der Haustür, und die beiden Mädchen riefen ihren Namen. Jenna klappte ihren Laptop zu, ging zur Tür und öffnete. »Kommt rein ins Warme.« Mit rosigen Wangen und aufgeregt plappernd kamen ihr die Mädchen entgegen. Sie half ihnen aus ihren Jacken und hängte sie an den Haken neben der Haustür auf. »Ich habe Kekse in der Küche, und Dave sagt, ich mache den besten heißen Kakao der Stadt.«

»Er kümmert sich noch um die Pferde.« Anna strahlte sie an, als sie alle zusammen in die Küche gingen. »Er meinte erst, wir sollten ihm helfen, weil man sich so bei einem Pferd bedankt, wenn man es geritten hat. Aber dann meinte er, er würde sich für uns bei den Pferden bedanken, weil uns so kalt war.«

Jenna schaute auf die Uhr und runzelte die Stirn. Die Zeit war wie im Flug vergangen. »Kein Wunder, dass euch kalt war, ihr wart ja eine Stunde lang draußen.«

Als Kane zur Tür hereinkam, hatte sie die Mädchen bereits ins Wohnzimmer vor den Kamin gesetzt, wo sie Fernsehen schauten. Nachdem er seine Jacke und die vom Schnee feuchten Stiefel ausgezogen hatte, nahm Jenna ihn mit in die Küche und brachte ihn auf den neuesten Stand. »Ich habe die Datei an Richter Eaton gemailt. Ich denke mal, wir sollten bis nach dem Mittagessen warten, bevor wir ihn anrufen.«

»Ja, ich denke, wir sollten ihm genug Zeit geben, sich alles durchzulesen.« Kane knabberte an einem Keks. »Wolfe ruft bestimmt bald an. Wenn wir die Mädchen zu Hause abgesetzt haben, könnten wir bei Chuck Burns' Schrottplatz vorbeifahren. Ich bezweifle, dass er heute aufhat, und wenn doch, könnten wir uns unter einem Vorwand ein bisschen umsehen und nachschauen, ob er ein gelbes Auto dort hat.«

Jenna griff ebenfalls nach einem Keks. »Ich würde höchstens langsam vorbeifahren. Ich will ihn nicht aufschrecken. Wenn er glaubt, dass wir ihm auf der Spur sind, vernichtet er am Ende noch irgendwelche Beweise.« Sie seufzte. »Wir sollten lieber warten, bis wir einen Durchsuchungsbeschluss haben.«

»Das klingt nach einem Plan. Wir könnten bei Aunt Betty's zu Mittag essen. Dann habe ich Zeit, mir die Informationen über Knox durchzulesen.«

Jenna grinste ihn an. »Ihr Tank ist ständig leer. Haben Sie jemals *keinen* Hunger?«

»Wegen der langen Arbeitszeiten.« Kane griff nach einem weiteren Keks. »Ich brauche eine Menge Treibstoff, um mit Ihnen mitzuhalten.«

Jenna lachte. »Okay, dann überbrücken wir die Zeit halt bei Aunt Betty's. Dort ist es wärmer als im Büro, und ich muss auch etwas essen. Ich bin erschöpft, und die Kälte ist nicht gerade hilfreich.« Sie seufzte. »Nach Blackwater zu fahren, um gegen einen potenziellen Entführer einen Durchsuchungsbeschluss zu vollstrecken, ist nicht gerade das, was ich mir unter einem gelungenen Sonntagnachmittag vorstelle.«

»Mit Julie und Anna hatte ich auf jeden Fall viel Spaß.« Kane schob seinen Becher auf dem Tisch hin und her und seufzte. »Ich wollte auch immer Kinder haben. Sie sind anstrengend, aber trotzdem bin ich ein bisschen neidisch auf Wolfe. Er hat ebenfalls seine Frau verloren, aber sie hat ihm drei ganz tolle Töchter hinterlassen.«

»Ich finde, wir haben es doch ganz gut getroffen.« Jenna presste die Worte über ihren Kloß im Hals hinweg. »Er hat uns als Familie adoptiert, und wir dürfen ein paar Stunden lang Spaß mit seinen Kindern haben und sie dann wieder abgeben.«

Sie zuckte die Schultern. »Sie arbeiten so viel, Sie hätten gar keine Zeit für Kinder.«

»Da haben Sie wohl recht«, sagte Kane und seufzte.

Jennas Handy klingelte. Es war Wolfe.

»*Die Autopsie hat ergeben, dass Mrs. Palmer beim Unfall gestorben ist, nichts Verdächtiges, und der Bluttest bei Ella Tate war positiv. Es scheint also, als hätte sie Ihnen die Wahrheit gesagt. Bei der Menge, die sie noch im Körper hatte, muss sie das Mittel umgehauen und komplett durcheinandergebracht haben.*«

Eine Welle der Erleichterung durchfuhr Jenna. »Das ist eine gute Nachricht. Sind Sie für heute fertig?«

»*Ja. Ich bin schon wieder zu Hause.*« Er räusperte sich. »*Noch etwas. Ich habe mir Dr. Weavers Laptop angeschaut, und sie hat tatsächlich ihre eigene HLA-Typisierungsdatenbank erstellt. Ich denke mal, wir sollten sie zu ihrem Motiv befragen. Mein Gefühl sagt mir, dass sie irgendetwas im Schilde führt.*«

Jenna runzelte die Stirn. »Meines auch, aber die Entführung hat im Moment Priorität.«

»*Alles klar. Haben sich meine Mädchen gut benommen?*«

»Perfekt wie immer, und heute Nacht werden sie garantiert gut schlafen.« Jenna lächelte Kane an. »Sie sind etwa eine Stunde lang geritten.«

»*Großartig. Können Sie sie gleich nach Hause bringen? Emily macht gerade Mittagessen.*« Wolfe senkte die Stimme und flüsterte: »*Ich würde Sie ja bitten, zum Essen zu bleiben, aber ich weiß nicht, ob ich es Ihnen empfehlen sollte.*«

Jenna kicherte. »Alles klar, wir sind in einer halben Stunde da.« Sie legte auf und sah Kane an. »Wir sind startklar. Mrs. Palmers Tod war ein Unfall, und Ella hatte K.-o.-Tropfen im Blut, wie ich vermutet hatte.«

»Ein Mord weniger, den wir untersuchen müssen.« Kane richtete sich auf. »Ich ziehe mir meine Uniform an; wenn wir den Durchsuchungsbeschluss bekommen, fahren wir ja gleich weiter nach Blackwater, oder?« Er blickte auf Duke hinunter, der sich auf dem Teppich zusammengerollt hatte. »Macht es Ihnen etwas aus, wenn ich ihn hierlasse? Er ist völlig erschöpft.«

»Natürlich nicht.« Jenna griff nach ihrem Handy. »Ich werde den Sheriff von Blackwater vorwarnen, dass wir wahrscheinlich heute Nachmittag einen seiner Deputys benötigen werden. Falls wir in Knox' Motelzimmer Spuren finden, brauchen wir jemanden vor Ort, damit wir die Zuständigkeiten klären können.«

NEUNUNDVIERZIG

Gerade als sie bei Aunt Betty's ihre Mahlzeit beendet hatten, rief Richter Eaton an, um Jenna zu ihrer großen Überraschung mitzuteilen, dass er den Durchsuchungsbeschluss unterschrieben hatte und in einer Stunde ein Deputy des Blackwater Sheriff's Department am Blackwater Motel auf sie warten werde. Sie hatten noch länger mit Wolfe gesprochen, und er hatte ihnen geraten, das Zimmer zu versiegeln, falls sie etwas Wichtiges fänden, und ihm die Spurensicherung zu überlassen. Jenna war einverstanden; notfalls konnte der Deputy aus Blackwater Knox in Gewahrsam nehmen und zur Befragung festhalten, bis die Spurensicherung abgeschlossen war.

Am Schrottplatz von Chuck Burns vorbeizufahren, brachte keine neuen Erkenntnisse. Alles war verrammelt. Das rostige Rolltor der Werkstatt sah aus, als wäre es seit Jahren nicht mehr geöffnet worden, und die Fenster an der Vorderseite waren von einer dicken Schmutzschicht überzogen. Jenna blieb nichts anderes übrig, als bis zum nächsten Morgen zu warten und ihm mit einem Durchsuchungsbeschluss in der Hand einen Besuch abzustatten.

Die Sonne stand schon tief am Himmel, als sie auf den

Highway nach Blackwater abbogen. Kane saß am Steuer. Jenna war noch nie gern im Schnee Auto gefahren, und als sie den ersten Hügel hinunterfuhren, wusste sie wieder, warum. Auf beiden Seiten des Highways bildete der Schnee, den die Schneepflüge zur Seite geschoben hatten, riesige Wälle, zwischen denen sich die schwarze Fahrbahn dahinschlängelte wie eine mitten in die Landschaft gemeißelte Rodelbahn. Sie schaute weg von dem steilen Gefälle vor ihnen und blickte durch das Seitenfenster. Hier und da glitzerte Eis, und die letzten Strahlen der Wintersonne färbten die weiten schneebedeckten Felder und Wiesen orange.

Auf dem Weg durch die weiten, offenen Ebenen, die hinter den gewaltigen Wäldern lagen, kamen sie an mehreren Ranches vorbei. Die Dächer waren mit Schnee bedeckt, die Zäune bis zum obersten Draht im Schnee versunken. In der Ferne scharrte ein Elch auf der Suche nach etwas Essbarem auf einer geräumten Einfahrt, dann hüpfte er durch tiefe Schneewehen in Richtung eines kleinen Waldstücks. »Kaum zu glauben, dass es Tiere gibt, die dieses Wetter überleben.«

»Die sind anpassungsfähiger, als man denkt.« Kane blickte in Richtung des Elchs. »Aber es ist ziemlich ungewöhnlich, dass sich eines der Tiere bei diesem Wetter von seiner Herde trennt. Ich glaube, sie bleiben zusammen, um sich warm zu halten.« Er schaltete das Radio ein. »Sie wirken ziemlich angespannt. Fahre ich zu schnell?«

Jenna lachte, aber es klang gezwungen. »Nein, alles in Ordnung, ich weiß ja, dass ich bei Ihnen keine Angst haben muss. Aber seit ich letztes Jahr mit meinem Wagen ins Schleudern gekommen und auf dem Dach gelandet bin, habe ich im Auto oft so ein flaues Gefühl. Unter diesen Bedingungen lange Strecken zu fahren, macht mir ohnehin keinen Spaß, vor allem, wenn die Sonne schon untergeht. Wobei ich zugeben muss, dass die schneebedeckte Landschaft wunderschön aussieht.« Sie machte eine ausladende Geste in Richtung der spektakulären Aussicht. »Tödlich, aber wunderschön.«

»Normalerweise finde ich am ersten Tag, dass der Schnee ganz malerisch aussieht, und ab Tag zwei wünsche ich mir, es wäre Frühling.« Kane blickte sie an. »Erzählen Sie mir mehr über Jeff Knox. Was halten Sie von ihm?«

Jenna wusste, dass er versuchte, sie von der Fahrt abzulenken. Sie holte ihre Notizen hervor und blätterte sie durch. »Abgesehen von seinen Vorstrafen haben wir nur das, was Aitken gesehen haben will. Knox' Vergangenheit und die Tatsache, dass jemand gesehen hat, wie er eine Frau in sein Zimmer getragen hat, machen ihn zu einem Verdächtigen. Die auf seinem Führerschein angegebene Körpergröße entspricht in etwa der vom Mann mit dem Beil.«

»Wir könnten noch einmal mit Levi Holt sprechen und ihm sechs Fotos von Männern vorlegen, die ungefähr so groß sind, und schauen, ob er ihn als möglichen Verdächtigen auswählt.« Kane bremste ab, als sie sich der Ausfahrt nach Blackwater näherten. »Wissen wir schon, was für ein Fahrzeug er fährt?«

Jenna atmete erleichtert auf, als die Stadt in Sicht kam. »Ja, einen weißen Pick-up und einen Lieferwagen.« Sie schauderte. »Ich kann mir nicht erklären, warum Leute im Schnee weiße Autos fahren. Die sind doch direkt unsichtbar.«

»Das ist vielleicht gerade der Punkt.« Kane fuhr langsamer, als sie die Stadt erreichten. »Nachts schaltet er die Scheinwerfer aus und wird unsichtbar, aber die Fahrbahn sieht er immer noch gut genug; selbst im Dunkeln hebt sich der schwarze Asphalt vom Schnee ab.«

Sie bogen auf den Parkplatz des Blackwater Motel ein und parkten neben einem Streifenwagen. Jenna schaute sich um. Ein paar wenige Autos standen vor den Zimmern. Das Motel wirkte ziemlich renovierungsbedürftig. An der Fassade blätterte die alte Farbe ab, und die geräumte Einfahrt war von

Schlaglöchern übersät. Sie warf ihm einen Blick zu. »Ich schätze, im Winter steigen hier nicht allzu viele Leute ab.«

»Ich glaube, ich würde hier auch im Sommer nicht absteigen«, sagte Kane und stieg aus. Er zog sich die Mütze über die roten Ohren, wandte sich ihr zu und stieß eine große Atemwolke aus. »Die Wände sehen hauchdünn aus, und das Dach wirkt, als würde es in sich zusammenfallen, wenn es noch ein paarmal schneit. Ich schätze, drinnen ist es eiskalt.«

Ein Hauch von billigem Parfüm stieg Jenna in die Nase, als sie die Lobby des Motels betrat. Sie nickte dem Deputy aus Blackwater zu, der am Tresen lehnte und mit der Rezeptionistin plauderte. Jenna erkannte ihn wieder: Es war Deputy Blake. »Danke, dass Sie heute am Sonntag extra hergekommen sind.«

»Der Sheriff hat mich angerufen, nachdem sich Richter Eaton bei ihm gemeldet hatte, und ich bin bei ihm vorbeigefahren, um den Durchsuchungsbeschluss abzuholen. Ich werde ihn überreichen, und dann können Sie Ihr Ding machen.« Blake runzelte die Stirn. »Glauben Sie, dass Jeff Knox etwas mit den Entführungen auf dem Highway zu tun hat?«

»Schon möglich.« Jenna wandte sich an die Rezeptionistin. »Wann haben Sie das Zimmer zuletzt gereinigt?«

»Vor zwei Wochen, glaube ich«, sagte die Frau hinter dem Tresen. »Er ist ja Dauermieter. Ich putze, wenn er mich darum bittet, was nicht oft vorkommt.« Sie rümpfte die Nase.

Sehr gut. Jenna nickte. »Ist Mr. Knox jetzt gerade in seinem Zimmer?«

»Soweit ich weiß, schon.« Die Rezeptionistin richtete ihr blondes Haar und lächelte Kane an. »Soll ich Ihnen zeigen, wo er wohnt?«

»Wir kommen schon zurecht, danke, Ma'am«, sagte Jenna. Sie verdrehte die Augen, als sie auf die Tür zuging. Dann warf sie Kane über die Schulter einen Blick zu. »Zimmer 26.«

FÜNFZIG

Chuck Burns ging auf und ab. Er wusste nicht, was er tun sollte. Das war das zweite Mal innerhalb nicht einmal einer Woche, dass das Sheriff's Department ihm einen Besuch abgestattet hatte. Sein Herz hatte so schnell gepocht, dass er glaubte, er bekäme einen Herzinfarkt, als er draußen schon wieder den großen schwarzen SUV des Deputys gesehen hatte. Drinnen in der alten Werkstatt hatte er einen gewaltigen Schreck bekommen und sofort das Licht gelöscht. Von draußen würde jeder denken, dass die Werkstatt schon lange geschlossen war. Er hatte sein Handy aus der Tasche geholt und auf stumm geschaltet, für den Fall, dass Sheriff Alton ihn anrufen würde. *Was zum Teufel wollen die denn schon wieder?* Schnell schloss er die Tür zum Lagerraum mit den Regalen voller Ersatzteile, die er aus den Autos ausbaute, die ihm sein Wohltäter vermachte. Dann schlich er zur Tür und lauschte. Sie unterhielten sich über einen Besuch bei irgendwem in Blackwater.

Die Vereinbarung, die er mit seinem anonymen Partner getroffen hatte, funktionierte hervorragend. Er holte irgendwo ein Fahrzeug ab, dann baute er die brauchbaren Teile aus, und der Rest landete in der Schrottpresse. Das Einzige, was er dafür tun musste, war, dem Mann keine Fragen zu stellen. Das Geschäft war ziemlich lukrativ, aber seit die Polizisten auf seinem Schrottplatz herumschnüffelten, ahnte er, dass mehr dahintersteckte, als er gedacht hatte. Er seufzte erleichtert auf, als der schwarze SUV davonfuhr, dann suchte er die Nummer des Mannes auf seinem Handy. Eigentlich sollte er ihn nur anrufen, um zu bestätigen, dass er ein Auto abgeholt hatte. Der Mann hatte ihm das ziemlich nachdrücklich klargemacht. Trotzdem drückte er auf die Anruftaste und wartete.

»*Ja.*« Die Stimme am anderen Ende klang genauso ruhig wie immer.

»Die Bullen waren diese Woche schon zweimal hier, um sich meinen Laden anzugucken. Ich denke mal, die suchen nach dem gelben Auto.«

»*Ist das etwa immer noch nicht gepresst worden?*« Ihm blieb nicht verborgen, wie wütend der Mann am anderen Ende der Leitung war. »*Unsere Abmachung war, dass du die Fahrzeuge zerlegst und dann so schnell wie möglich vernichtest.*«

Burns räusperte sich. »Klar, das hätte ich ja auch, wenn die Polizisten nicht gekommen wären und meinen Schrottplatz durchsucht hätten. Die Teile hab ich schon ausgebaut, aber in die Presse konnte ich es noch nicht tun. Das Risiko, dass mich wer dabei sieht, war zu groß. Die Karre ist dauernd in den Nachrichten, falls du das nicht mitgekriegt hast.«

»*Wann war die Polizei da?*«

Burns rieb sich den Nacken. »Vor etwa fünf Minuten. Ich hab gehört, wie sie über Blackwater geredet haben, sie wollen den Highway Richtung Süden nehmen.«

»*Lass das verdammte Auto verschwinden, um die Polizisten kümmere ich mich.*« Der Mann hatte aufgelegt.

EINUNDFÜNFZIG

Eine große Wolke aus kondensierter Atemluft umgab Jenna, Kane und Blake, als sie über den mit Salz gestreuten Parkplatz des Blackwater Motels zu Zimmer 26 stapften. Sie stand mit einer Hand an ihrer Waffe an Kanes Seite, als er an die Tür klopfte. Die Stimme eines vor sich hin fluchenden Mannes drang durch die dünne Wand, und die Tür wurde geöffnet. Ein strenger Geruch strömte Jenna entgegen, eine ekelhafte Mischung aus ungewaschenem Mann und alten Essensresten. Der Mann, der vor ihnen stand, hatte zerzaustes braunes Haar und dunkle Ringe unter den geschwollenen Augen. Als er sich aufrichtete, sah sie, dass er etwa einen Meter achtzig groß war. Er starrte Jenna an. Auf der Hauptstraße hinter ihnen rumpelte gerade ein lauter Lastwagen vorbei, und Jenna fragte mit lauter Stimme: »Mr. Knox?«

»Das wissen Sie ja wohl, verdammt. Zumindest der da weiß es.« Knox zeigte mit dem Finger auf Blake. »Warum wecken Sie jemanden um diese Zeit? Ich arbeite nachts, da muss ich tagsüber schlafen. Und Sonntag ist mein einziger freier Tag.« Er versuchte, die Tür wieder zu schließen, und staunte nicht schlecht, als Kanes große Pranke vorschnellte und die Tür weit aufstieß.

»Was fällt Ihnen denn ein?«, stieß Knox hervor.

»Wir haben einen Durchsuchungsbeschluss für Ihr Zimmer.« Blake drückte Knox das Dokument gegen die Brust und drängte sich an ihm vorbei ins Zimmer hinein. »Stellen Sie sich an die Wand, Beine auseinander. Haben Sie irgendwelche Waffen hier, dann sagen Sie es besser gleich.«

»Ja, mein Gewehr und eine Ruger LCP.« Knox wurde blass. »Ich hab nix getan. Und Waffenbesitz ist hier legal.«

Kane stellte das Spurensicherungs-Set auf dem Tisch neben der Tür ab, und Jenna tauschte ihre gefütterten Lederhandschuhe gegen Latexhandschuhe und setzte eine Hygienemaske auf, um die verpestete Luft nicht einatmen zu müssen. »Irgendwelche Messer?«

»Klar.« Knox lachte hämisch. »Wollen Sie mich verarschen, Sheriff? Das hier ist Blackwater! Verwechseln Sie das Motel vielleicht mit 'nem Luxusapartment an der Fifth Avenue?«

Sie begab sich in die Mitte des Raumes, und Kane trat an ihre Seite. Sie senkte die Stimme. »Sie fangen hier an, ich werde sehen, ob ich ihn dazu bringen kann, eine DNA-Probe abzugeben, und werde ihm ein paar Fragen stellen.«

»Verstanden.« Kane zog sich Handschuhe über und machte sich an die Arbeit.

Nachdem sie Notizbuch und Stift hervorgeholt hatte, wandte sie sich Knox zu. Er bedachte sie mit einem langen, anzüglichen Blick, der ihr eine Gänsehaut verursachte. Eigentlich wusste sie schon, dass Knox einen weißen Lieferwagen und einen Pick-up besaß, aber sie wollte es aus seinem Mund hören. »Mr. Knox, ich bin Sheriff Alton aus Black Rock Falls. Ich würde Ihnen gerne ein paar Fragen stellen, also wird Deputy Blake Sie über Ihre Rechte informieren.«

Jenna wartete, bis Blake fertig war, dann hob sie das Kinn

und fragte: »Möchten Sie, dass bei der Befragung ein Anwalt anwesend ist?«

»Nee«, sagte Knox und grinste sie an. »Außer 'n geiler Stecher zu sein ist neuerdings 'n Verbrechen.«

»Mr. Knox, es geht darum, dass Sie möglicherweise in eine Entführung verwickelt sind.« Jenna hob die Augenbrauen. »Das ist ein schweres Verbrechen.«

»Ich hab keine Ahnung, wovon Sie reden.« Knox grinste. »Ich muss keine Weiber entführen, um sie in mein Bett zu kriegen.«

Jenna warf einen Blick auf die schmuddeligen Laken und unterdrückte ein Schaudern. Sie konnte sich beim besten Willen nicht vorstellen, dass eine Frau freiwillig dieses Zimmer betrat. »Sie erwähnten, dass Sie nachts arbeiten. Haben Sie einen Arbeitgeber?«

»Ja, ich arbeite für Brightways als Lieferwagenfahrer. Das ist 'n Großhandelsunternehmen. Hauptsächlich Lebensmittel. Für die fahr ich über Nacht.« Knox zuckte die Schultern. »Meine Route geht von hier über Black Rock Falls nach Deep Valley und wieder zurück.«

Jenna machte sich Notizen. Sie war überrascht, dass er von sich aus so viele Informationen preisgab. »Was für einen Wagen fahren Sie?«

»Die beiden Karren vor der Tür.« Knox deutete mit dem Daumen in Richtung Parkplatz. »Bei der Arbeit fahre ich den Van, außer es ist glatt oder es ist nur 'ne kleine Lieferung, dann nehm ich meinen Pick-up.«

Jenna hob den Blick. »Warum fahren Sie ausgerechnet nachts, und können Sie mir sagen, zu welchen Zeiten Sie auf dem Highway unterwegs sind?«

»Na, weil die Läden ihre Regale über Nacht mit frischen Produkten für den Morgen auffüllen wollen.« Knox sah sie an, als wäre sie eine Idiotin. »Ich fahr bei Brightways gegen halb elf los und bin manchmal erst um sechs zurück. Kommt drauf an, wie viele Stopps ich einlegen muss. Wenn es nur 'n paar Liefe-rungen nach Black Rock Falls sind, schaff ich die Strecke bei gutem Wetter in 'ner Stunde oder so.«

»Dann nehme ich an, dass Sie am Freitag vor einer Woche gegen Mitternacht auf dem Highway unterwegs waren?« Jenna versuchte, seine Reaktion abzuschätzen, aber er sah sie mit demselben verächtlichen Blick an wie vorher.

»Ja, kommt hin.« Knox rieb sich das Kinn, dann runzelte er die Stirn. »Da war ich schon früh unterwegs und gegen zwei zurück, vielleicht auch drei, ich weiß nicht mehr genau.«

Jenna wollte, dass er zugab, dass er eine Frau mit auf sein Zimmer genommen hatte. Falls er nicht in Skys Entführung verwickelt war, würde ihm die Frau, mit der Aitken ihn gesehen hatte, ein Alibi geben können. »Gibt es jemanden, der bestä-tigen kann, dass Sie am Samstagmorgen zwischen zwei und drei Uhr hier angekommen sind?«

»Nö. Hab niemanden gesehen. Es war spät, und die meisten Leute hier sind da längst im Bett.« Knox wandte seinen intensiven Blick nicht von ihrem Gesicht ab. »Sonst noch was?«

»Ja.« Jenna ignorierte seinen feindseligen Tonfall und blickte wieder in ihre Notizen. »Ich würde gerne mal Ihren rechten Unterarm sehen.«

»Woher wissen Sie, dass ich ...« Knox schüttelte den Kopf. »Ach, ist ja auch egal.« Er krempelte seinen Ärmel hoch und zeigte einen Verband. »Hab mich letzten Dienstag an 'ner Kiste verletzt, als ich meinen Pick-up gepackt hab.«

Am selben Tag hat jemand Levi Holt angegriffen. Interes-sant. »Wenn Sie sich also am Dienstag verletzt haben, sind Sie dann trotzdem in der Nacht wie üblich Ihre Strecke gefahren?«

»Ja.«

Jetzt habe ich ihn. »Dass der Highway gesperrt war, war also überhaupt kein Problem für Sie?« Jenna räusperte sich. »Ich glaube, ein LKW war umgekippt und hatte seine Ladung verschüttet, sodass der Highway mindestens acht Stunden lang gesperrt war. Wie sind Sie da durchgekommen und wieder zurück, Mr. Knox?«

»Ich hab 'ne Nebenstrecke genommen.« Knox grinste sie triumphierend an. »Die führt über die Strong Ranch. Umgeht die Sperrung. Ist 'ne unbefestigte Straße, aber die räumen den Schnee da immer ganz gut weg. Ich bin nicht der Einzige, der die kennt.«

Dass er so unumwunden zugab, sich in dem Gebiet aufgehalten zu haben, konnte zweierlei bedeuten: Entweder war er sich sicher, dass die Opfer ihn nicht wiedererkennen würden, oder er war unschuldig. Jenna nahm seine selbstsichere Haltung zur Kenntnis und die Art und Weise, wie er sie von oben bis unten musterte, und entschied sich für Ersteres. »Was ist mit Donnerstagabend, wann sind Sie da nach Black Rock Falls gefahren?«

»Ich hatte 'ne Lieferung in der Stadt, das ging ganz fix, da war ich vor eins wieder hier, schätze ich.« Knox sah zu Kane hinüber und schüttelte den Kopf. »Ich mag es gar nicht, wenn wer in meinen Sachen rumwühlt. Ich hab nix getan. Das ist Schikane!«

Jenna sah zu Kane hinüber. Er zog gerade das Laken vom Bett und stopfte es in eine Plastiktüte. Sie tauschten einen vielsagenden Blick. Sie vermutete, dass Kane bereits etwas gefunden hatte, aber er sagte nichts und legte die Tüte zu den Beweismittelbeuteln, die bereits auf dem Tisch lagen. Sie wandte ihre Aufmerksamkeit wieder Knox zu und beschloss, nicht auf seine Bemerkung einzugehen. »Hatten Sie am Donnerstagabend Probleme mit Ihrem Wagen?«

»Nö.« Knox scharrte mit den Füßen am Boden. »Müssen Sie unbedingt diese dämliche Maske aufhaben? Was ist, haben Sie Angst, dass Sie sich hier was holen?« Er trat einen Schritt auf sie zu und grinste.

»Haben Sie gar keine Manieren?«, fragte Blake und stellte

sich vor Jenna. »Sie sprechen mit einer Dame, nicht mit Ihrer Freundin, dieser Stripperin.«

Jenna warf Blake einen Blick zu, der vermitteln sollte, wie sehr sie sein Eingreifen nervte. »Schon gut, Deputy. Ich bin durchaus in der Lage, mit Mr. Knox fertigzuwerden.« Sie hob ihr Kinn. »Hatten Sie vorletzten Freitag eine Frau hier im Zimmer?«

»Wenn, dann würde ich Ihnen das nicht auf die Nase binden.« Knox grinste sie an. »Ein Gentleman genießt und schweigt.«

Kane trat an ihre Seite. »Ma'am, kann ich Sie mal kurz sprechen?«

Jenna folgte ihm nach draußen und schloss die Tür hinter sich. »Was haben Sie gefunden?«

Kane zog sich die Handschuhe aus und nahm die Maske ab. »Die Flecken auf den Laken könnten Blut sein.« Er zuckte die Schultern. »Ein paar blonde Haare auf dem Teppich und ein paar rote. Das Zimmer ist ein richtiger DNA-Cocktail. Die blonden Haare könnten von der Rezeptionistin stammen, also brauchen wir eine Haarprobe von ihr, damit Wolfe sie vergleichen kann. Ich habe Laken und Bettbezug eingetütet. Die stinken, als wären sie seit Monaten nicht gewaschen worden.« Er hielt einen Satz Autoschlüssel hoch. »Ich werde den Pick-up überprüfen, denn das war das Fahrzeug, das Aitken in seiner Aussage erwähnt hat. Wenn sich da Blut findet und es mit dem von Sky Paul übereinstimmt, dann haben wir vielleicht unseren Mann mit dem Beil.«

»*Falls* sich welches findet und es übereinstimmt.« Jenna ballte ihre Maske und Latexhandschuhe zu einem Knäuel zusammen. »Er war bei allen drei Vorfällen zur richtigen Zeit in der Gegend; er fährt einen weißen Pick-up, aber nicht ständig, und er hat eine Verletzung am rechten Arm. Das deutet zwar alles darauf hin, dass er unser Mann ist, aber viele Leute fahren weiße Pick-ups und benutzen dieselbe Straße regelmäßig und liefern nachts irgendetwas aus. Wenn Wolfe kein biologisches Spurenmaterial findet, werden wir Richter Eaton nie und nimmer dazu bringen, einen Haftbefehl auszustellen. Er wird sagen, dass das alles bestenfalls Indizien sind.« Sie seufzte. »Er wirkt so unbekümmert, das geht mir auf die Nerven.«

»Ja, auf jeden Fall sollten wir ihn weiter im Blick behalten.« Kane lehnte sich mit einer Schulter gegen die Wand und stieß eine Atemwolke aus. »Er zeigt narzisstische Tendenzen und ist sich sicher, dass er keine DNA hinterlassen hat – das allein ist schon ein Alarmsignal.« Er rieb sich das Kinn. »Mit solchen Leuten hatten wir schon öfter zu tun. Sie glauben, sie können uns austricksen. Und ohne eine Spur der Vermissten oder ihre Leichen haben wir im Moment tatsächlich so gut wie nichts in der Hand. Falls Knox der Mann mit dem Beil ist, hat er Oberwasser, und das weiß er auch. Ich finde, wir sollten Mr. Knox noch etwas mehr auf den Zahn fühlen.«

Jenna warf ihr Handschuhknäuel in einen Mülleimer. »Mich hat er nicht davon überzeugt, dass er nichts mit der Sache zu tun hat.«

»Blake scheint zu wissen, wer Knox' Freundin ist«, sagte Kane. »Vielleicht sollten wir herausfinden, wie sie heißt, und mal schauen, was sie dazu sagt. Falls sie die Frau ist, die er in sein Zimmer getragen hat, hat er zumindest mit der Entführung von Sky nichts zu tun.«

Jenna richtete sich auf. Sie musste Knox noch dazu überreden, ihr eine DNA-Probe zu geben. »Okay, Sie checken den Pick-up und den Van, dann sprechen Sie mit der Rezeptionistin und bitten sie, Ihnen freiwillig eine Haarprobe zu geben. Ich nehme an, dass sie sein Zimmer geputzt hat, und wenn nicht, brauchen wir den Namen der Putzfrau. Ich kümmere mich in der Zeit um Knox.«

Sie öffnete die Tür und ging die wenigen Schritte durch das kleine Zimmer, bis sie vor Knox stand. »Mr. Knox, sind Sie bereit, sich einem DNA-Test zu unterziehen, damit wir Sie von unserer Liste der Verdächtigen streichen können? Dann werden wir Sie in Ruhe lassen.«

»Klar.« Knox leckte sich über die Lippen. »Glauben Sie mir, ich hinterlasse meine DNA nirgendwo, wo sie nicht erwünscht ist.«

Jenna ignorierte seine anzügliche Bemerkung, ging zum Tisch und öffnete das Spurensicherungs-Set, aber bei dem Gedanken, Knox zu nahe zu kommen, wurde ihr übel. Sie warf Blake ein Paar Einweghandschuhe zu und gab ihm ein DNA-Kit. »Das überlasse ich Ihnen, Blake.« Sie wandte sich an Knox. »Danke, dass Sie so kooperativ sind.« Als er den Mund öffnete, um etwas zu erwidern, wandte sie sich schnell ab und nahm die Beweismittelbeutel. Sie öffnete die Tür und freute sich über die frische, kalte Luft, die ihr entgegenströmte.

Jenna wartete draußen, bis Blake herauskam, dann legte sie das DNA-Kit in die große Tüte zu den anderen Beweismitteln und sah ihn an. »Kennen Sie den Namen der Frau, die Sie erwähnt haben? Vielleicht war es ja sie, die er ins Motelzimmer getragen hat.«

»Nein. Sie ist rothaarig«, schnaubte Blake. »Eine der Tänzerinnen drüben von der Tittenbar.« Er errötete, sogar seine Ohren wurden rot. »Sorry, Ma'am, ich wollte sagen: Sie arbeitet im örtlichen Stripclub.«

»Okay, ich brauche alle Informationen, die Sie mir über Knox besorgen können. Ich werde das noch mit Ihrem Sheriff abklären.« Jenna tippte sich auf die Unterlippe. »Irgendjemand wird ja wohl seine Freunde kennen und wissen, mit wem er abhängt, in welche Kneipen er geht. Schauen Sie mal, was Sie über ihn herausfinden können. Er ist mir viel zu selbstsicher. Die meisten Leute flippen aus, wenn die Polizei ihr Haus durchsucht. Und ich frage mich: Wenn die Frau, mit der Aitken ihn gesehen hat, wirklich Sky Paul war – wo ist sie jetzt?«

ZWEIUNDFÜNFZIG

Unzufrieden darüber, dass sie bei den Vermisstenfällen so langsam vorankamen, stapfte Jenna durch den frisch gefallenen Schnee zu Kanes Wagen. Während sie bei Knox drinnen gewesen waren, war die Sonne untergegangen, und das bunt blinkende Motelschild spiegelte sich auf der vereisten Fläche des Parkplatzes. Die Welt hatte sich innerhalb weniger Minuten von einem weißen Winterwunderland in einen düsteren Moloch verwandelt. Immerhin entsprach das genau ihrer Stimmung. Alles rund um die Vermisstenfälle nagte an ihr. Wenn Menschen sonst unter solchen Umständen verschwanden, dann schickten normalerweise entweder die Entführer eine Lösegeldforderung, oder die Vermissten wurden tot aufgefunden. Aber manche Fälle wurden nun einmal nie aufgeklärt. Sie stieß einen Seufzer aus, der sie sogleich in eine weiße Kondenswolke hüllte. *Und was jetzt?*

Sie traf Kane am SUV und hörte, wie sich Blake ihnen näherte. Beide drehten sich um. »Gibt es ein Problem?«, fragte Jenna.

»Nein.« Blake lächelte sie an. »Ich wollte nur sagen, vielleicht warten Sie noch eine halbe Stunde oder so, bis Sie losfahren. Die Schneepflüge sind hier gerade erst vorbeigefahren. Die räumen den Highway und streuen Salz, vielleicht sollten Sie ihnen einen Vorsprung geben.«

»Danke«, sagte Jenna. Sie verstaute die Beweismittelbeutel hinten in Kanes Wagen und nickte. »Ich könnte einen starken Kaffee gebrauchen, bevor wir nach Hause fahren.«

»Können Sie uns ein Lokal empfehlen, wo man ein gutes Steak bekommt?«, fragte Kane und sah Blake hoffnungsvoll an. »Wir könnten noch etwas essen, bevor wir fahren. Wenn ich nach Hause komme, werde ich sicher keine Lust haben, noch zu kochen.«

»Gegenüber vom Park liegt der Turf & Surf Grill.« Blake wies in Richtung Stadt. »Gutes Essen, nettes, sauberes Lokal.«

Als sie das Wort »Steak« hörte, knurrte Jennas Magen. Sie warf Kane einen Blick zu. »Das ist wunderbar, danke.« Sie öffnete die Tür zu Kanes SUV. Dann zog sie eine Visitenkarte aus der Tasche und reichte sie ihm. »Rufen Sie mich an, sobald Sie etwas über Knox herausfinden.«

»Das werde ich, Ma'am.« Blake nahm die Karte und ging hinüber zu seinem Streifenwagen.

Etwas mehr als eine Stunde später waren sie auf dem Highway und fuhren zurück nach Black Rock Falls. Die dicken Flocken fielen wie Konfetti auf die Windschutzscheibe und verlangsamten die Scheibenwischer. Die Szenerie um sie herum sah aus wie in einer Schneekugel. Auf dem Highway war nichts los, und in den Scheinwerfern des SUV verwandelte sich die schwarze Fahrbahn vor ihnen in einen Tunnel. Jenna war froh, dass sie nicht allein war. Sie lehnte sich im Sitz zurück und versuchte, sich zu entspannen, während sie den Stimmen im Radio lauschte. Es war ungewöhnlich für Kane, dass er so still war, aber da er seine Konzentration zum Fahren brauchte, beschloss sie, nicht über den Fall zu sprechen. Sie würde ein anderes Thema anschneiden – seine geheime Vergangenheit. »Haben Sie sich jemals gefragt, warum wir drei eigentlich zusammen in Black Rock Falls gelandet sind?«

»Zuerst dachte ich, das sei das Ende meiner Karriere, ein Job am Arsch der Welt. Ich konnte mich nicht an alles erinnern, was vor dem Bombenanschlag geschehen war, also nahm ich an, es sei wegen meiner Verletzung.« Kane zuckte die Schultern. »Bis ich mit Ihnen zusammengearbeitet habe. Ich kenne viele Agentinnen und Agenten, und als ich gemerkt habe, dass Sie eine sind, dachte ich eine Weile lang, ich wäre hierhergeschickt worden, um Sie zu beschützen.« Er lachte bellend. »Aber das war offensichtlich Quatsch.«

Jenna grinste. »Was ist mit Wolfe? Ich weiß, wir können sein Fachwissen als Rechtsmediziner gut gebrauchen, von seinen Computerkenntnissen ganz zu schweigen. Aber warum hat man ihn zu uns abkommandiert?« Sie griff nach ihrem Pappbecher mit Kaffee. »Er ist doch nicht ebenfalls im Zeugenschutzprogramm, oder?«

»Nein, das nicht.« Kane warf ihr einen kurzen Blick zu. »Es ist kein Geheimnis, dass er den Dienst quittiert hat, eine Zeit lang in der IT gearbeitet hat und dann zu Hause geblieben ist, um seine Frau zu pflegen. Das stimmt alles, aber er hat sich unterdessen eine gesicherte Kommunikationszentrale eingerichtet. Ich könnte mir vorstellen, dass er vor mir schon ein paar Agenten betreut hat. Als mir klar wurde, dass Sie ebenfalls eine Agentin sind, habe ich Erkundigungen eingeholt, und das hat für genug Aufsehen gesorgt, dass der Präsident Wolfe hier zu uns abkommandiert hat. Er ist meine Verbindung zum Hauptquartier, falls ich eine benötige, denn im Gegensatz zu Ihnen bin ich nicht im Zeugenschutzprogramm, sondern offiziell untergetaucht.«

Jenna dachte über seine Worte nach. »Sie meinen also, man hat Wolfe hergeschickt, um uns im Auge zu behalten und zu beschützen?«

»Das nicht.« Kane warf einen Blick in den Rückspiegel und runzelte die Stirn. »Ich schätze, sie wollten jemanden hier haben, dem ich vertrauen kann. Wenn er mir irgendwann mitteilt, dass ich in den aktiven Dienst zurückkehren soll, weiß ich, dass es stimmt. Aber nach meiner Verletzung letzten Herbst glaube ich nicht, dass das allzu bald der Fall sein wird. Falls überhaupt.« Er schaute wieder in den Spiegel. »Ich bin mir sicher, dass ich vorhin ein Auto gesehen habe, das uns gefolgt ist, aber jetzt ist es weg.«

»Vielleicht wird der Highway nachts vom Geist eines Truckers heimgesucht.« Jenna grinste und blickte in den Seitenspiegel. »Ich sehe nichts.« Sie bemerkte, wie sich Kanes Kiefer anspannte und ein Muskel in seiner Wange zuckte. Er schaute wieder auf die Straße. Jenna drehte sich in ihrem Sitz um und schaute nach hinten. Ihre Kopfhaut kribbelte, und ihr wurde ein wenig flau. Sie hatte das unangenehme Gefühl, dass jemand sie beobachtete. Aber hinter ihnen war niemand. Sie sah nichts als den schwarzen Asphalt, der sich bis zur letzten Kurve schlängelte, um die sie gefahren waren.

»Drehen Sie sich wieder nach vorne, und schauen Sie nur in den Seitenspiegel«, sagte Kane mit leiser, ruhiger Stimme. »Kurz bevor wir die letzte Kurve genommen haben, habe ich ganz flüchtig etwas Glitzerndes gesehen, als der Mond hinter den Wolken hervorkam.«

Instinktiv zog Jenna ihre Pistole und legte sie sich auf den Schoß. Sie wandte sich Kane zu. »Meinen Sie, das ist der Mann mit dem Beil? Vielleicht sind wir ihm zu nahe gekommen, und er will uns ausschalten?«

»Vielleicht, aber mein Auto ist nicht als Polizeiwagen gekennzeichnet. Woher sollte er wissen, dass wir es sind? Außer es ist Knox, er könnte unser Fahrzeug gesehen haben. Aber mir ist nicht aufgefallen, dass er im Motel aus dem Fenster geschaut hätte.« Kane sah stirnrunzelnd auf ihre Glock hinunter. »Falls er uns bedrängt oder uns rammt, werden Sie beide Hände brauchen, um sich festzuhalten.«

»Okay.« Sie steckte ihre Waffe zurück in das Holster und schaute wieder in den Seitenspiegel. »Ich sehe niemanden.«

Als sie um die nächste Kurve fuhren, heulte hinter ihnen plötzlich ein Motor auf, und wie aus dem Nichts sah Jenna im Seitenspiegel den bedrohlichen Kühlergrill eines Fahrzeugs, das sich ihnen in hohem Tempo näherte. Sie biss die Zähne zusammen und hielt sich fest. »Gütiger Himmel, passen Sie auf!«

»Scheiße!« Kane beschleunigte noch einmal, dann trat er auf die Bremse. Sein SUV rutschte fünfzig Meter seitwärts, bevor er mit einem Ruck zum Stehen kam.

Der weiße Pick-up raste an ihnen vorbei und verfehlte sie nur um wenige Zentimeter. Er schlingerte die Straße hinunter und kam vierhundert Meter weiter in der Kurve zum Stehen. Es sah aus, als würde er auf sie warten. Jennas Herz schlug bis zum Hals, als Kane seinen Wagen wieder auf die rechte Spur lenkte und dann mitten auf der Straße anhielt.

»Haben Sie das Kennzeichen sehen können?«, fragte Kane, den Blick auf den weißen Pick-up gerichtet.

»Nein, das Nummernschild war verdreckt. Das ist bestimmt kein Zufall. Wahrscheinlich ist er uns aus der Stadt gefolgt.« Jenna schluckte schwer. Es kam ihr vor, als wären sie in einem Horrorfilm.

Der weiße Pick-up wendete und hielt wieder an. Die dunklen Scheiben verliehen ihm ein unheimliches, roboterhaftes Aussehen. Die Scheinwerfer blendeten sie. Unter der Motorhaube stieg Dampf auf, als der Motor aufheulte wie ein zorniger Stier und sich der Bug des Fahrzeugs anhob. Entnervt klammerte sich Jenna am Sitz fest. »Was macht er denn jetzt?«

»Das wird eine Mutprobe. Aber dafür hat er sich den Falschen ausgesucht.«

Eine düstere Vorahnung überkam Jenna. *Um Himmels willen!* Ein Blick zu Kane verriet ihr, dass er gerade in den Kampfmodus übergegangen war. Sie registrierte seinen entschlossenen Gesichtsausdruck. In seinem Nacken pulsierte eine Vene. »Sie werden ja wohl nicht unser Leben für eine dumme Mutprobe auf einer vereisten Straße riskieren. Haben Sie den Verstand verloren?«

»Vertrauen Sie mir, Jenna. Keiner will sterben. Er wird im letzten Moment das Steuer rumreißen, in der Kurve die Kontrolle verlieren und im Graben landen.« Er schaute sie an. »Er würde das kaum tun, wenn er nicht angeschnallt wäre. Also spielen wir sein dämliches Spiel mit, und dann fahren wir zu ihm rüber und nehmen ihn fest.«

Jenna ärgerte sich über sein übermäßiges Selbstvertrauen. Sie wandte sich ihm zu: »Mir wäre es lieber, Sie würden aufhören, sich wie ein Teenager zu benehmen, und einfach seine Reifen kaputtschießen. Ich dachte, Sie schießen nie daneben!«

»Und falls das da drüben nur ein Junge in einem Pick-up mit zu viel PS ist, der die Hosen voll hat? Er fährt los, ich schieße auf die Reifen, er überschlägt sich und stirbt.« Kane ließ den Blick nicht von dem weißen Pick-up. »Wären Sie bereit, das zu riskieren, Jenna?« Er ließ den Motor aufheulen, was so viel bedeuten sollte wie: Herausforderung angenommen. »Nein? Dann halten Sie sich gut fest.« Er trat aufs Gas.

Die Reifen des SUV drehten durch, doch dann fanden sie auf der Fahrbahn Halt, und der Wagen schoss vorwärts. Jenna krallte sich mit zitternden Fingern in den Sitz, den Blick starr auf den weißen Pick-up gerichtet, der jetzt ebenfalls auf sie zuraste. Die Scheinwerfer blendeten sie, und sie hielt den Atem an. Ihr Herz pochte ihr in den Ohren, und ihr Magen krampfte sich so stark zusammen, dass sie sich am liebsten übergeben hätte.

In diesem Moment tauchten vor ihnen die grellen Lichter eines Sattelschleppers auf, der hinter dem Pick-up in vollem Tempo um die Kurve kam. Der warnende Ton einer Hupe erklang.

Jenna hätte beinahe aufgeschrien. Wenn sie vor dem weißen Pick-up nach links auswichen, würden sie frontal in den Laster krachen! Aber Kane hielt ohne mit der Wimper zu zucken seinen Kurs. In letzter Sekunde scherte der weiße Pick-up aus und zog rüber, direkt vor den Sattelschlepper. Sie erwartete einen lauten Knall und das Geräusch berstenden Metalls, aber das Einzige, was sie hörte, war die Hupe des Lasters, die in die Nacht hinein dröhnte.

Keuchend und sprachlos vor Angst wartete sie, bis Kane langsamer wurde und am Straßenrand anhielt, dann sprang sie aus dem Wagen und übergab sich. Als sie sich umwandte, sah sie ihren Kollegen mitten auf dem Highway stehen und in die Dunkelheit starren. »Sie sind verrückt!« Ihre Stimme zitterte. »Wir hätten sterben können.«

»Ach Quatsch. Es war klar, dass er uns ausweichen würde. Er ist schon sehr früh immer näher an die Mittellinie rangefahren. Ich dachte mir schon, dass er den Laster als Deckung benutzen würde, um uns zu entkommen.« Kane hielt ihr eine Flasche Wasser hin und zuckte die Schultern. »Der muss neun Leben haben, dass er damit durchgekommen ist.«

Jennas Beine zitterten. Sie nahm das Wasser und spülte sich den Mund aus, dann beugte sie sich vor, legte die Hände auf die Oberschenkel und versuchte, die Angst abzuschütteln und sich wieder zu beruhigen. »Ihn zu verfolgen, wird keinen Zweck mehr haben. Er kennt diesen Teil des Highways bestimmt in- und auswendig und könnte sich überall verstecken.«

»Wenigstens wissen wir jetzt ziemlich genau, wie sein Wagen aussieht.« Kane zog sich die Mütze über die Ohren und rieb sich die Hände, als sie sich auf den Weg zurück zum SUV machten. »Weiß, dunkel getönte Scheiben und an der Beifahrertür Spuren, die aussehen wie der Umriss eines Aufklebers.«

Jenna blieb stehen und starrte ihn an. »Das haben Sie im Bruchteil einer Sekunde erkannt?«

»Ich mache nur meine Arbeit, Ma'am.«

DREIUNDFÜNFZIG

MONTAG, WOCHE ZWEI

Es kostete Jenna einige Mühe, am nächsten Morgen in Kanes Wagen zu steigen, ohne sofort an die Ereignisse des vergangenen Abends zu denken. Das winterliche Wetter hatte die Welt um sie herum voll im Griff und machte die Straßen von Stunde zu Stunde unsicherer. Da sie ohnehin den ganzen Tag gemeinsam verbringen würden, ließ sie ihr Auto stehen und fuhr mit ihm zusammen ins Büro. Nachdem er gestern in einem filmreifen Stunt ihre Leben riskiert hatte, war sie den ganzen Rest des Abends wütend auf ihn gewesen. Aber sie war das Szenario immer wieder durchgegangen, und schließlich war ihr klar geworden, dass sie da draußen – mitten im Nirgendwo und zwanzig Minuten von jeder Verstärkung entfernt – keine andere Wahl gehabt hatten. Kane hatte in dem Bruchteil einer Sekunde die Situation erfasst, eine Entscheidung getroffen und beherzt gehandelt. Wie immer.

»Ich habe schon einen Bericht über den Vorfall von gestern Abend geschrieben.« Kane fuhr langsamer, als sie die Stadt erreichten und sich in die Schlange der Verkehrsteilnehmer einreihten, die im Schneckentempo einem Schneepflug hinterherfuhren. Er warf ihr einen Blick zu und hob eine

Augenbraue. »Halten Sie heute Ihr übliches Teammeeting ab?«

Seit Jenna das Sheriff's Department übernommen hatte, trommelte sie jeden Montag um neun Uhr ihre Mitarbeiter zusammen, auch wenn das in letzter Zeit nicht mehr ausgereicht hatte, um alle immer auf dem neuesten Stand zu halten.

Sie nickte. »Ja, ich habe Rowley gestern angerufen und ihn gebeten, weitere Informationen über Chuck Burns einzuholen. Ich denke, wir haben schon genug Indizien für einen Durchsuchungsbeschluss, aber je mehr wir dem Richter unter die Nase halten können, desto besser. Ich bin gespannt, was er herausgefunden hat. Ich werde alle über Knox und unseren ›Vorfall‹«, sie malte Anführungszeichen in die Luft, »informieren. Wenn das wirklich der Mann mit dem Beil war, haben wir es im Falle von Mrs. Palmer vielleicht doch mit Mord zu tun.«

»Jemanden von der Straße zu drängen, wäre ein Mord, bei dem man keine Spuren hinterlässt.« Kane hielt auf seinem Parkplatz vor dem Sheriff's Department. »Ich rufe Ella Tate an und frage sie, ob sie sich an weitere Details an dem weißen Pick-up erinnert. Bisher hat sie weder die getönten Scheiben noch den Aufkleber an der Tür erwähnt.«

Jenna hielt inne, eine Hand an der Tür. »Also können wir Knox ausschließen? Sie haben sich doch seinen Pick-up angeschaut, aber Sie haben weder getönte Scheiben noch Aufkleberspuren erwähnt.«

»Der hatte getönte Scheiben und ein Logo an der Tür.« Kane zuckte die Schultern. »Das sah nicht wie ein Aufkleber aus, aber vielleicht könnte sich der Deputy aus Blackwater das noch mal genauer ansehen. Ist vielleicht ein Magnet. Die Fahrzeuge gehören ihm, nicht Brightways.«

»Ich werde ihn mal anrufen«, sagte Jenna und stieg aus.

Der Wind hatte aufgefrischt, er wirbelte den Schnee auf und fuhr ihr in die Kleidung. Sie schaute den Bürgersteig hinunter und betrachtete die Passanten, die mit gesenkten

Köpfen, um den Kopf gewickelten Schals und Skibrillen im Gesicht gegen das Wetter ankämpften. Fast hätte sie über den Anblick geschmunzelt, doch dann fiel ihr die kaputte Heizungsanlage ein und die kleinen Strahler, auf die sie angewiesen waren, bis das Problem behoben wäre. In der Dienststelle würde es eiskalt sein. Sie strich sich die Schneeflocken von den Wimpern und folgte Kane ins Gebäude. Angenehm warme Luft empfing sie, und sie starrte Maggie am Empfang entgeistert an. »Wieso ist es hier denn auf einmal so warm?«

»Gestern Morgen rief Shane Wolfe an und meinte, er hätte jemanden gefunden, der unsere Heizung austauscht. Er wollte Sie nicht damit belästigen, weil Sie sich da gerade um seine Mädchen gekümmert haben.« Maggie runzelte die Stirn. »Ich bin hergekommen und habe aufgeschlossen und hier gewartet, bis sie fertig waren. Ich wollte nicht, dass sie ihre Nasen in Dinge stecken, die sie nichts angehen.«

»Sie sind wirklich Gold wert, Maggie«, sagte Jenna und verkniff sich ein Grinsen. Wie üblich hatte Wolfe seine Leute bei der Regierung angerufen, und die hatten das Problem umgehend behoben. »Das ist wirklich eine wunderbare Überraschung. Ich werde mich persönlich bei ihm bedanken.« Sie ging zu ihrem Büro.

Nachdem sie Deputy Blake in Blackwater angerufen hatte, aktualisierte sie ihr digitales Smartboard und schlenderte dann hinunter in die Küche, um die Kaffeemaschine aufzufüllen. Kane und Rowley waren so beschäftigt, dass sie nicht einmal aufblickten, als sie an ihnen vorbeiging. Sie schnappte sich eine Dose mit Schokoladenkeksen und ging zurück in ihr Büro. Ab viertel vor neun füllte sich der Raum mit ihren Deputys. Kane stellte ihr einen Becher Kaffee auf den Schreibtisch, bevor er Platz nahm. Sie bedankte sich bei Wolfe dafür, dass er die neue Heizungsanlage organisiert hatte, und brachte die Anwesenden auf den neuesten Stand in Sachen Knox. Dann sah sie Wolfe erwartungsvoll an: »Hatten Sie schon Zeit, die Spuren zu sichten, die wir gestern in Knox' Motelzimmer gefunden haben?«

»Ich hatte noch keine Zeit, irgendwelche Schlüsse zu ziehen. Die DNA-Tests werden ein paar Tage dauern.« Wolfe rieb sich das Kinn. »Ich kann Ihnen aber jetzt schon mitteilen, dass die Flecken auf dem Laken tatsächlich Blut sind. Ich habe die Probe typisiert, und es ist dieselbe Blutgruppe wie von Sky und Knox, also hilft uns das im Moment noch nicht weiter.« Er runzelte die Stirn. »Mich beunruhigt, dass sich Ihr Vorfall auf derselben Strecke ereignet hat wie der Unfall und die mögliche Entführung von Palmer. Ich habe mir die Fotos vom Unfallort noch einmal angesehen, und wenn Mrs. Palmer ausgewichen ist, um einen Zusammenstoß mit einem entgegenkommenden Fahrzeug zu vermeiden, würde das Ergebnis exakt so aussehen. Da wir keine Anzeichen für eine Kollision gefunden haben, haben wir angenommen, dass sie in der vereisten Kurve die Kontrolle über ihr Fahrzeug verloren hat und von der Straße abgekommen ist. Das passiert zu dieser Jahreszeit häufig.«

Jenna lehnte sich in ihrem Stuhl vor. »Und jetzt haben Sie Ihre Meinung geändert?«

»Ich kann da noch nichts Abschließendes sagen.« Wolfe griff nach seinem Kaffee. »Wenn Sie den Mann mit dem Beil schnappen, kann ich seine Reifen mit den Reifenspuren vergleichen, die wir vor Ort gefunden haben.«

»Ich habe Deputy Blake aus Blackwater gebeten, alle Bekannten von Knox aufzuspüren, insbesondere die Frauen.« Jenna nahm einen Schluck von ihrem Kaffee. »Ich hatte das Gefühl, dass er lügt oder jemanden deckt. In der Nacht, in der Sky Paul verschwand, hat er eine blonde Frau in sein Motelzimmer mitgenommen. Blake kennt die Bewohner von Blackwater. Wir können nur hoffen, dass Knox mit einem seiner Bekannten darüber gesprochen hat. Er ist ein ziemlicher Aufschneider, daher kann ich mir nicht vorstellen, dass er das für sich behalten hat.« Sie wandte sich an Rowley. »Okay, jetzt

zu den Angaben von Mrs. Lars über Chuck Burns. Haben Sie
da irgendwelche zusätzlichen Informationen für uns?«

»Alles, was sie Ihnen über ihn erzählt hat, scheint zu stimmen.« Rowley blätterte in seinen Notizen. »Wir haben schon
einmal mit ihm gesprochen, als wir die Schrottplätze überprüft
haben, aber nichts Verdächtiges gefunden.« Er blätterte in
seinen Notizen, dann hob er den Kopf und sah sie an. »Wie Sie
wissen, gehört Burns die alte Werkstatt neben dem Schrottplatz
sowie ein an die Werkstatt angrenzender Lagerraum. Das sind
mehrere Backsteingebäude. Er ist dauernd auf der Straße
zwischen Blackwater und Black Rock Falls unterwegs, um nach
ausrangierten Autos oder Unfallwagen Ausschau zu halten,
und er besitzt einen weißen Pick-up, den er zum Abschleppen
benutzt. Er ist Krankenwagenjäger und besitzt einen Scanner.
Ich vermute, dass er defekte, stehen gelassene Fahrzeuge im
Wert von unter fünfhundert Dollar sammelt. Die darf er
verschrotten, ohne den Eigentümer zu ermitteln.« Er runzelte
die Stirn. »Niemand wollte sich dazu äußern, ob er gestohlene
Autos auseinanderbaut, aber wenn die Teile keine Identifikati-
onsnummern haben, was ja bei vielen Fahrzeugteilen der Fall
ist, kann es gut sein, dass er sie über seinen Schrottplatz
verkauft.«

Jenna lächelte ihn an. »Mehr brauchen wir nicht. Ich werde
diese Informationen der Datei hinzufügen, die Sie dem Richter
vorlegen können, um den Durchsuchungsbeschluss zu erwir-
ken. Betonen Sie, wie wichtig es ist, dass wir den Beschluss
heute Vormittag noch bekommen, und warten Sie auf seine
Antwort.«

»Ja, Ma'am.«

»Okay.« Jenna erhob sich. »Sobald der Durchsuchungsbeschluss eintrifft, rücken wir aus.« Sie sah Wolfe an. »Wollen Sie
dabei sein?«

»Im Moment eher nicht. Ich muss an den Spuren von Knox

weiterarbeiten.« Wolfe deutete auf Webber. »Aber wenn Sie Verstärkung brauchen, kann ich Webber entbehren.«

»Gut, dann war's das für heute.« Jenna tauschte mit Kane einen Blick aus, und er blieb sitzen, während die anderen den Raum verließen. »Glauben Sie, Chuck Burns wird Schwierigkeiten machen?«

»Ich weiß nicht. Er war misstrauisch und abwehrend, aber er hat uns sofort sein Grundstück durchsuchen lassen. Er hatte nicht allzu viele Unfallwagen dort herumstehen und nichts, was auch nur im Entferntesten wie ein Neuwagen wirkte. Wir haben uns nur kurz umgeschaut und sind wieder gegangen.« Kane zuckte die Schultern. »Aber damals wusste ich ja noch nicht, dass ihm die Gebäude nebenan auch gehören.«

Jenna kaute auf ihrer Unterlippe. »Wenn er Skys Auto woanders versteckt hat, hätte er eh kein Problem damit gehabt, dass Sie seinen Schrottplatz durchsuchen.« Sie lehnte sich mit der Hüfte an ihren Schreibtisch. »Auf mich wirkt Burns von Sekunde zu Sekunde verdächtiger.«

VIERUNDFÜNFZIG

Als er den Parkplatz verließ und zwischen den Backsteingebäuden hindurchging, wurde sein Zorn mit jedem Schritt stärker. Er schloss die verborgene Tür auf, die zu seinen geheimen Räumen führte. Die eiskalten Finger des schmelzenden Schnees, der seinen Nacken hinunterrann, konnten sein Gemüt nicht kühlen, im Gegenteil. Noch nie war jemand so nahe dran gewesen, alles kaputtzumachen, was er sich aufgebaut hatte. Er kam zur nächsten Tür und tippte auf dem Tastenfeld den Code ein. Ein rotes Licht blinkte, um ihm anzuzeigen, dass er sich vertippt hatte. Er stöhnte auf. »Verfickte Scheiße!«

Wieso steckte diese neugierige Polizeichefin bloß überall ihre Nase hinein? Sie war schlauer, als er ihr zugetraut hatte, und der Deputy, der stets an ihrer Seite war, hatte einen Blick drauf, der sich einem direkt in die Seele bohrte. Er schnaubte. Er erkannte einen Killer, wenn er einen sah. Wenn er in den Spiegel blickte, starrte ja auch jedes Mal einer zurück.

Deputy Kane hütete ein Geheimnis, genau wie er. Als er ihn auf dem Highway zum Duell herausgefordert hatte, hatte er nie und nimmer damit gerechnet, dass der Cop die Herausforderung annehmen würde. Schon das bewies, dass Kane ein ganz bestimmter Typ Mensch war – einer, der den Tod nicht fürchtete. Und das machte ihn zu einer akuten Bedrohung für ihn.

Er tippte den Code noch einmal ein, diesmal langsamer, und die Tür klickte auf. Der Klang der Metalltür, die gegen die Wand schlug, hallte in einem Korridor wider, der lediglich von wenigen kleinen Lampen beleuchtet wurde. Nachdem er Jacke und Stiefel ausgezogen hatte, verstaute er beides in einem Spind, in dem sich seine Ersatzjacke und die Arbeitskleidung des Krankenpflegers befanden. Er zog sich den OP-Kittel über und setzte sich zur Verkleidung Haube und Gesichtsmaske auf. Er würde nicht riskieren, dass jemand sein Gesicht sah – nur für den Fall, dass es einem seiner Opfer gelang, zu fliehen.

Jetzt würde alles sehr schnell gehen müssen; er hatte nur wenig Zeit, um die anstehenden Aufträge auszuführen, und er wollte nicht, dass sein Ruf als pünktlicher Lieferant litt, weil Sheriff Alton ihm in die Quere kam. Es war schlimm genug, dass er ihretwegen den Betrieb vorübergehend würde einstellen müssen, bis sich die Wogen geglättet hatten. Allein das würde ihn mehrere Millionen Dollar kosten.

Er hatte sich immer noch nicht wieder ganz beruhigt, als er sich dem Krankenpfleger näherte, den er dazu überredet hatte, für ihn zu arbeiten. Der Schlappschwanz war gerade dabei, Olivia zu waschen. Irgendwann würde er ihn ebenfalls in den Häcksler stecken und mitansehen, wie der Typ ihn entsetzt anstarrte, während die Maschine ihn langsam in kleine Stücke schnitt, aber im Moment brauchte er ihn noch. *Vielleicht später.* »Du hast doch der Ärztin dabei zugesehen, wie sie Organe entnimmt, also weißt du, wie es geht. Doug musst du allein machen. Uns läuft die Zeit davon, und ich hab in der Stadt noch was zu erledigen.«

»Auf keinen Fall!« Der Pfleger hielt in seiner Bewegung inne und schaute ihn über seine OP-Maske hinweg an.

»Zuschauen und assistieren ist das eine, aber so einen kompli-
zierten Eingriff kann ich nie und nimmer selber durchführen.
Ich muss nur einmal zu tief schneiden, und schon ist das Organ
hinüber.« Er zog die Augenbrauen hoch. »Dann ist dein Ruf
keinen Pfifferling mehr wert.« Der Pfleger räusperte sich. »Und
noch was – du musst vor der nächsten Sendung die Medikamente drosseln. Du gibst Doug genug, um einen Grizzly zu
betäuben.«

Frustriert wandte er sich ab und nahm Olivias entsetzten
Blick wahr, aber er hatte leider keine Zeit, sich seinen Fantasien
hinzugeben. Er musste so schnell wie möglich los, um die
Ärztin zu überreden, alles stehen und liegen zu lassen und die
nächste Lieferung fertigzustellen. »Okay, gib ihm weniger, aber
lass ihn am Bett festgeschnallt. Er ist als Erster dran, wenn ich
die verdammte Ärztin hier habe.«

»Was ist mit Olivia?«, fragte der Pfleger und sah ihn an.

Er schüttelte den Kopf. »Um die kümmern wir uns später.
Kriegt sie gerade die Zombie-Droge?«

»Ja, aber die wirkt nicht mehr lange, vielleicht noch zehn
Minuten oder so.« Der Pfleger nahm die Schüssel und die
Handtücher, ging hinaus und ließ die beiden allein.

Es kostete ihn einige Mühe, seine Erregung zu kontrollieren. Anders als Sky würde sie noch leben, wenn er sie in den
Häcksler steckte. Der Maschine beim Töten zuzusehen, befriedigte ihn mehr als alles andere. Früher hatte er seine Opfer am
liebsten erwürgt. Beim Erstechen hinterließ man zu viele
Spuren. Zugegeben, die Leichen am Straßenrand verrotten zu
lassen, war eine ganz schöne Verschwendung gewesen. Aber
das hatte sich jetzt geändert. Jetzt verschwendete er nichts
mehr.

FÜNFUNDFÜNFZIG

Beflügelt von Jennas Überschwang nahm Kane hinterm Steuer
Platz. Er wartete, bis sie sich angeschnallt hatte, bevor er
zurücksetzte, vom Parkplatz fuhr und in Richtung von Chuck
Burns' Schrottplatz abbog. Die Reifen griffen gut auf dem
frischen Streusalz, das den schwarzen Asphalt bedeckte. Er
beschleunigte und ließ die festlich geschmückte Hauptstraße
hinter sich. »Ich hoffe, wir finden diesmal etwas Handfestes.«

»Die Zeit ist bislang unser größter Gegner«, konstatierte
Jenna. »Dass sich Mrs. Lars erst gestern bei uns gemeldet hat
und wir dann noch warten mussten, bis der Richter den Durchsuchungsbeschluss ausstellt, war ungünstig. Burns hatte inzwischen jede Menge Zeit, um Beweise zu vernichten.« Sie
wedelte mit dem Dokument. »Ich wünschte, wir hätten den
gestern schon bekommen.«

Kane zuckte die Schultern. »Dann hätte uns Knox durch
die Lappen gehen können. Er sah bisher am verdächtigsten aus,
und er steht immer noch auf unserer Liste.« Er brachte seinen
Wagen vor dem Schrottplatz zum Stehen, Rowley parkte den
Streifenwagen dicht dahinter. »Wie wollen Sie vorgehen?«

»Wir beide gehen zu Burns hinein. Rowley und Webber

sollen hinten herum zur Rückseite der alten Werkstatt gehen, falls er versucht zu fliehen.« Jenna kletterte aus dem SUV und gab den anderen ihre Anweisungen, dann betrat sie mit Kane den Schrottplatz.

Sie ging voran, als sie das Büro betraten, wo Chuck Burns hinterm Schreibtisch saß. »Mr. Burns, wir haben einen Durchsuchungsbeschluss für Ihre Räumlichkeiten.«

»Kein Problem, ich hab Ihnen doch gesagt, dass Sie sich gerne umsehen können.« Burns stand auf und wischte sich die fettigen Hände an einem fleckigen Lappen ab. »Ich hab nix zu verbergen.«

»Der Durchsuchungsbeschluss erstreckt sich auf alle Ihre Räumlichkeiten hier, einschließlich der alten Werkstatt und der Lagerräume, die Ihnen gehören.« Jenna knallte den Durchsuchungsbeschluss auf die Schreibtischplatte. »Wenn Sie Schlüssel haben, sollten Sie alle Türen öffnen, sonst werde ich meine Deputys anweisen, sie aufzubrechen.«

Kane versuchte, den ranzigen Geruch von Männerschweiß und schmutzigem Motoröl zu ignorieren, und legte eine Hand auf die Waffe; falls Burns vorhatte, zu fliehen, dann würde er das in den nächsten Sekunden versuchen.

Aber der Mann wurde lediglich blass und lehnte sich gegen die Wand. Er wirkte, als wäre alles Leben aus ihm herausgesaugt worden.

»Geben Sie mir die Schlüssel, Mr. Burns«, forderte Kane ihn auf.

»Klar, mach ich.« Burns' Blick wanderte von ihm zurück zu Jenna, dann trat er an den Tresen und griff nach etwas, das sich darunter befand.

Wehe, das ist eine Waffe. Ich will dich nicht töten müssen. Wir brauchen Antworten. Kane hatte den Gedanken noch gar nicht ganz zu Ende gedacht, da hatte er schon seine Glock gezogen. »Das würde ich an Ihrer Stelle nicht tun.«

»Noch einen Schritt, und Deputy Kane pustet Ihnen die

Finger weg.« Jenna hatte ihre Glock auf Burns' Brust gerichtet. »Hände über den Kopf! Treten Sie vom Tresen weg!« Sie tauschte einen vielsagenden Blick mit Kane.

Kane ging um den Tresen herum und zog eine Schublade auf. Darin befanden sich ein Schlüsselbund und eine Smith & Wesson 500. Er pfiff anerkennend. Dann steckte er seine Glock in das Holster, zog sich ein Paar Latexhandschuhe über und nahm die Pistole aus der Schublade. »Sie hatten doch nicht etwa vor, mich zu erschießen, was, Burns?« Er lächelte den zitternden Mann an. »Und nur fürs Protokoll, ich habe nicht auf Ihre Hand gezielt, sondern genau zwischen Ihre Augen, und ich schieße nie daneben.« Er entlud die Waffe, ließ die Patronen in die Schublade fallen und verstaute den schweren Revolver in seiner Jackentasche.

»Zeigen Sie mir, welches die Schlüssel für die Werkstatt sind.« Jenna hielt ihre Waffe weiterhin auf ihn gerichtet. »Und legen Sie ihm danach Handschellen an, Kane. Ich will keine Überraschungen.« Sie informierte Burns über seine Rechte. »Gehen wir.«

»Bewegung!« Kane gab dem gefesselten Burns einen sanften Stoß in den Rücken und führte ihn zur Tür hinaus und zur alten Werkstatt nebenan.

»O Gott. Gehen Sie da nicht rein.« Burns' Kopf sank ihm auf die Brust, und seine Schultern sackten zusammen. »Sie verstehen das nicht.«

»Oh, ich verstehe das sehr gut.« Jenna steckte den Schlüssel in das Vorhängeschloss am Werkstatttor. »Haben Sie mir etwas mitzuteilen, Mr. Burns?« Sie sah ihn auffordernd an. »Nein? Dann sollten wir uns das wohl selbst ansehen.« Sie beugte sich vor und schob die Tür auf.

Die Tür bewegte sich ohne das laute Knirschen, das Kane bei einer so alten, rostigen Tür erwartet hätte. Er packte Burns' Arm und spürte die Muskeln des Mannes in seiner Handfläche zittern. Licht strömte in den dunklen Raum und traf auf die polierte Oberfläche eines gelben Wagens neueren Typs. Oder zumindest auf das, was davon übrig war, denn das Auto war fast komplett auseinandergenommen. Es war der gleiche Wagen wie der von Sky Paul. An den Wänden standen Regale voll mit Autoteilen, ordentlich mit Etiketten versehen, auf denen Marke, Baujahr und Modell des Fahrzeugs angegeben waren.

Jenna funkte Rowley und Webber an und forderte sie auf, zu ihnen zurückzukehren. Dann wandte sie sich Burns zu. »Wo ist Sky Paul?« Jenna steckte ihre Waffe in das Holster. »Das ist ihr Wagen. Am besten, Sie sagen es uns jetzt, bevor meine Deputys den ganzen Laden auseinandernehmen.«

Burns zitterte, sagte aber nichts.

Kane drückte Burns' Arm gerade fest genug, um ihm zu zeigen, dass er es ernst meinte. »Wo ist Sky Paul?« Er funkelte ihn an. »Wenn Sie kooperieren, wird der Staatsanwalt Sie nicht allzu hart anpacken.«

»Ich kenne niemanden, der Sky Paul heißt.« Burns hob den Kopf, und ein entschlossener Ausdruck huschte über sein Gesicht. »Ich hab die Karre am Straßenrand gefunden, in der Nähe vom Industriegebiet am Highway. Die hatte irgendwer da abgestellt.«

»Warum haben Sie das nicht gemeldet?« Jenna stemmte die Hände in die Hüften und durchbohrte ihn mit ihrem Blick. »Dass wir nach diesem Auto suchen, war doch überall in den Nachrichten.«

»Ich sag jetzt gar nix mehr.« Burns drehte den Kopf und spuckte auf den Boden, Jenna vor die Füße. »Ich kenn meine Rechte, ich will 'nen Anwalt.«

In diesem Moment kamen Rowley und Webber durch den Schnee auf sie zugeeilt. Kane schob Burns in Rowleys Richtung. »Nehmen Sie Mr. Burns mit zum Streifenwagen, und setzen Sie ihn hinten rein.«

»Ja, Sir.« Rowley ergriff Burns' Arm und führte ihn weg.

»Okay«, sagte Jenna. Dann rief sie: »Lassen Sie uns die

Hütte auseinandernehmen. Suchen Sie nach Kellerräumen. Webber, ich will Spurenmaterial. Im Auto muss Blut sein. Die Sitze sind dort drüben, überprüfen Sie die ebenfalls.« Sie zeigte auf die beigen Autositze, die an einer Wand lehnten. »Kane, Sie nehmen sich die anderen Gebäude vor.«

Kane wartete, bis Rowley zurück war, und nahm das Schlüsselbund, das noch am Vorhängeschloss hing zu sich. »Zeigen Sie mir die Lagerräume.« Er folgte Rowley auf einem unbefestigten Weg, der erst kürzlich von Schnee befreit worden war. »Das sieht vielversprechend aus. Burns hat hier extra Schnee geschippt. Hoffentlich finden wir Sky Paul, und hoffentlich lebt sie noch.« Er beugte sich vor, um die Reifenspuren zu untersuchen. »Hmm, das sind drei oder vier verschiedene Spuren. Eine davon zu isolieren, wird nicht ganz einfach sein.«

»Irgendetwas Großes ist hier durchgekommen und hat die Äste an den Bäumen abgeknickt.« Rowley ließ den Blick über eine Reihe Lärchen schweifen. »Hier gibt es eine deutliche Reifenspur. Vielleicht ein Lieferwagen?«

Der Anblick des selbstgefälligen Knox blitzte in Kanes Gehirn auf. Sie hatten gar nicht daran gedacht, dass eine ganze Gruppe von Leuten hinter den Entführungen stecken könnte. Er verzog das Gesicht bei dem Gedanken. »Ich hoffe, es geht nicht um Menschenhandel. Zwangsprostitution.« Kane wischte sich Schneeflocken von den Wangen. »Bei so etwas hinterher die Opfer aufzuspüren, ist quasi unmöglich.«

Der unbefestigte Weg führte zu einem massiven separaten Gebäude aus rotem Backstein mit einem kleinen Parkplatz dahinter. Eine Gasse trennte die beiden Gebäude voneinander, und Kane ging weiter voran. An einer Wand waren mehrere Apparate angebracht, die aussahen wie die Ventilatoren einer Klimaanlage. Offenbar wollte man sichergehen, dass es in diesem Gebäude im Sommer kühl war. Er näherte sich einer Metalltür und steckte nacheinander mehrere Schlüssel in das

Schloss. Nach ein paar Versuchen klickte die Tür auf. Er warf einen Blick über die Schulter zu Rowley. »Geben Sie mir Rückendeckung.« Er trat zur Seite und stieß die Tür auf.

Drinnen war es stockdunkel, und Kane fluchte leise vor sich hin. Jedes Mal, wenn er im Fall einer vermissten Person ermittelte, musste er am Ende irgendeinen unheimlichen, schlecht ausgeleuchteten Raum betreten, und das wollte ihm partout nicht leichter fallen. Er hatte seine Pistole im Anschlag, daneben hielt er die Taschenlampe, mit der er vor sich auf den Boden leuchtete. Er ging langsam vorwärts. Rowley hielt sich dicht hinter ihm, sein Atem bildete große Wolken um ihn herum. Ganz offensichtlich zählte das Betreten dunkler, unbekannter Räume auch für Rowley nicht zu seinen bevorzugten Aktivitäten. Weiter hinten im Korridor entdeckten sie ein leeres Büro, in dem alles mit einer dicken Staubschicht bedeckt war, und noch eine Tür. Diese Tür öffnete sich zu einem weiteren langen Flur, der ein wenig schmaler war. Er suchte mit dem Strahl seiner Taschenlampe die Wand nach einem Lichtschalter ab, aber vergebens. Immerhin wurde der Flur durch kleine Lampen im Fußboden erhellt, wie man sie vom Flugzeug kennt. »Sheriff's Department!«, rief Kane. »Ist hier jemand?«

Nichts.

Mit klopfendem Herzen verdrängte Kane das schleichende Unbehagen, das ihm die Wirbelsäule hinaufkroch, und versuchte, zumindest nach außen hin seine professionelle Fassade zu bewahren. Irgendetwas an diesem Ort verursachte ihm eine Gänsehaut, und der unangenehme Geruch, der aus den feuchten Wänden drang, erinnerte ihn entfernt an frühere Tatorte, ohne dass er genau hätte sagen können, warum. Flashbacks früherer Verbrechen tauchten in seinem Kopf auf, als wolle sein Unterbewusstsein ihn vor irgendetwas warnen. Er hielt sich dicht an der Wand und ging den schummrigen Flur entlang, bis sie zu einer weiteren Metalltür kamen, neben der ein Tastenfeld in die Wand eingelassen war. Er kannte den

Typ; es war eine bekannte Marke, nicht sonderlich sicher. Er hatte ein Gerät dabei, mit dem er die Tür problemlos öffnen konnte. Aber sein Gefühl sagte ihm, dass ihm das, was sich auf der anderen Seite befand, nicht gefallen würde.

»Und jetzt?« Rowley trat neben ihn und richtete seine Taschenlampe auf den Apparat.

Kane steckte seine Waffe in den Holster und zog ein Gerät aus der Tasche, das an ein kleines Handy erinnerte. »Ohne diesen Decoder gehe ich nie aus dem Haus, der ist sehr nützlich.«

Mit ein paar geübten Handgriffen schloss er mehrere Drähte an das Tastenfeld an, und auf einem kleinen Monitor blinkten verschiedene Zahlen auf. Nach einigen Sekunden blieben die Zahlen stehen, und mit einem Klicken öffnete sich die Tür.

Eine Wolke eiskalter Luft kam ihnen entgegen und brachte den metallischen Geruch von Blut mit sich. Am liebsten hätte er die Tür gleich wieder zugeknallt. Kane blickte Rowley an, dessen Gesicht mit einem Mal aschfahl geworden war. »Das riecht gar nicht gut.«

»Mein Gott, das riecht wie ... Ach du Scheiße.« Rowleys Augen weiteten sich, in dem schwachen Licht sahen sie aus wie große, dunkle Kugeln. »Nicht schon wieder Leichen. Sollen wir nicht lieber gleich Wolfe anrufen?«

Kane schüttelte den Kopf. »Erst mal müssen wir uns das ansehen.« Er klopfte Rowley auf die Schulter. »An so etwas sollten Sie sich inzwischen gewöhnt haben.«

»Mir Mordopfer anzugucken? Daran werde ich mich nie gewöhnen.« Rowley verzog den Mund. »Wenigstens muss ich dabei inzwischen nicht mehr so oft kotzen.«

Eine innere Unruhe überkam Kane, als er den Decoder einsteckte und wieder die Glock aus dem Holster zog. Einen dunklen Raum zu betreten, in dem es nach Tod roch, brachte Erinnerungen zurück, an die er am liebsten nie mehr gedacht hätte. Wie in einem Film im Zeitraffer tauchten die seelenlosen Augen vergangener Opfer in seinem Kopf auf, und er knirschte mit den Backenzähnen. *Nicht schon wieder!* »Ich gehe da jetzt rein. Sorgen Sie dafür, dass die Tür offen bleibt.«

»Verstanden.« Rowley stellte sich mit dem Rücken zur Tür, hielt seine Waffe neben die Taschenlampe und nickte ihm zu. Es wirkte wenig zuversichtlich. »Bereit.«

Kane atmete einmal tief durch, dann trat er durch die Tür und ging, alle Sinne in voller Alarmbereitschaft, langsam hinein, einen Schritt nach dem anderen. Es roch stark nach Blut, und noch bevor es ihm gelang, sich mental in seine professionelle Sicherheitszone zurückziehen, erfasste der Schein seiner Taschenlampe einen kopflosen, gehäuteten Körper, der an einem riesigen Haken hing. Seine Nackenhaare sträubten sich, und sein Verstand spielte ihm weiterhin Streiche. Mit klopfendem Herzen senkte Kane die Taschenlampe; er war sich sicher, dass er gerade den wohlgeformten Rücken einer Frau gesehen hatte. Er drehte sich um und leuchtete in Rowleys blasses Gesicht und seine großen Augen. »Was war das?«

»Eine Hirschkuh, glaube ich«, sagte Rowley. Er schluckte, und sein Adamsapfel hüpfte auf und ab. »Die Tür ist zehn Zentimeter dick. Ich vermute mal, das hier ist eine Kühlkammer.«

Kane leuchtete die Tür ab und suchte nach einem Griff. Über der Tür fand er eine Stange, mit der man die Tür offen halten konnte, und schob sie in die dazugehörige Halterung. »Schauen Sie mal, ob Sie den Lichtschalter finden.«

Wenige Augenblicke später war der Raum von Licht durchflutet. Kane vertrieb die makabren Szenarien aus seinem Kopf und betrachtete das Bild, das sich ihnen bot. In mehreren Reihen hingen tiefgefrorene Elche und Hirsche von der Decke. Die schiere Menge an ausgeweideten Tieren war äußerst ungewöhnlich. In Montana brachen Jäger ihr erlegtes Wild üblicherweise an Ort und Stelle auf, ließen es abkühlen und nahmen es mit nach Hause oder spendeten es für wohltätige Zwecke. Dass sich hier so viel Wild an einem Ort befand, machte ihn misstrauisch. Später würde er das Department of Fish, Wildlife & Parks darüber informieren. Darauf bedacht, nichts anzufassen, ging er dicht an den Wänden des Kühlraums entlang und inspizierte die einzelnen Reihen toter Tiere. Sie hatten nur einen Eingang gefunden, doch das Gebäude war riesig. Es gab bestimmt noch einen weiteren Eingang. Er ging zurück zu Rowley, und gemeinsam traten sie wieder ins Freie, wo eine blasse Sonne schien.

»Was war das denn?« Rowley kratzte sich unter seiner Wollmütze am Kopf.

Kane zuckte die Schultern. »Ich weiß nicht genau. Vielleicht Wilderei? Ich werde FWP bitten, sich darum zu kümmern, aber unsere Priorität sind im Moment die verschwundenen Personen.« Er zog die Außentür hinter sich zu, schloss ab und ging um das Gebäude herum. Rowley folgte ihm.

Nach einer gründlichen Durchsuchung fanden sie nichts als ein paar leere Räume. Enttäuscht zog Kane die Latexhandschuhe aus und seine wärmeren Handschuhe an und schickte Rowley los, um noch einmal Burns' Büro und den Schrottplatz abzusuchen.

Kane ging zurück in die Werkstatt zu Jenna und berichtete ihr, was sie gefunden hatten. Dann erkundigte er sich nach den Beweismittelbeuteln, die sich auf dem Tisch stapelten: »Was haben Sie gefunden?«

»Auf jeden Fall genug, um Burns mitzunehmen und zu verhören«, antwortete Jenna und lächelte. »Blutspuren im Fahrzeug und auf den Sitzen. Außerdem haben wir das Handy von Ella Tate gefunden. Es lag direkt auf der Sitzbank, für jeden sichtbar.«

Kane runzelte die Stirn. »Wolfe hatte kein Glück, als er ihr Telefon orten wollte. Sind Sie sicher, dass es Ellas ist?«

»Ja, aber der Akku und die SIM-Karte fehlen.« Jenna hielt eine Tüte mit Beweismitteln hoch. Das rosafarbene Smartphone steckte in einer Hülle, auf der in Strasssteinen ELLA stand. »Das passt exakt zu der Beschreibung, die sie Wolfe gegeben hat.« Sie lächelte. »Wir haben hier genug Beweise, um ihn vorläufig festzunehmen.« Sie zückte ihr Handy. »Ich rufe Wolfe an.« Nachdem sie den Anruf getätigt hatte, schaute sie Kane an. »Er ist auf dem Weg, wir werden warten.«

Rowley kam zurückgejoggt. »Ma'am«, rief er. »Um die Autos herum liegt einen Meter hoch Schnee. Da war niemand dran, seit wir hier waren. Das Büro hat keinen Keller. Ich kann keine Spur von Sky Paul oder den anderen finden.«

Sie wandte sich an Webber. »Das war's fürs Erste. Wir warten jetzt auf Wolfe.« Sie wandte sich an Rowley. »Bringen Sie Burns aufs Revier, und stecken Sie ihn in eine Zelle. Da kann er sich ein bisschen beruhigen, bis wir zurück sind, und dann rufe ich seinen Anwalt an. Wir kommen nach, sobald Wolfe die Untersuchung des Tatorts abgeschlossen hat.«

»Ja, Ma'am.« Rowley tippte sich an die Mütze und ging zu seinem Streifenwagen. Kane ließ die ölverpestete Luft der Werkstatt hinter sich und trat in den frischen Wintermorgen. Er atmete ein paarmal tief durch und sah Jenna an. »Ich frage mich, ob er auspacken wird. Wir haben immer noch drei vermisste Personen.« Sie stapften durch knirschenden Schnee zurück zu seinem Wagen. »Ich frage mich langsam, ob noch mehr Leute in diesen Fall verwickelt sind.«

»Wieso?« Jenna stützte eine Hand auf die Tür seines SUV.

Kane zuckte die Schultern. »Bauchgefühl. Es gibt zu viele Baustellen, als dass nur eine Person dahinterstecken könnte.« Er winkte mit einer Hand in Richtung Schrottplatz. »Er könnte zum Beispiel mit Knox zusammenarbeiten. Das würde Sinn ergeben. Knox entführt die Leute, und Burns entsorgt die Fahrzeuge. Dann frage ich mich allerdings, wie Doug Paul ins Bild passt. Falls wir es mit einem Serienmörder zu tun haben, fällt es mir schwer, ein Motiv auszumachen. Es sei denn, Doug war ein Kollateralschaden, und er hat Levi Holt mit einer Frau verwechselt.« Er lehnte sich gegen seinen Pick-up. »Wer jemanden entführt und weder Lösegeld verlangt noch in den Menschenhandel verwickelt ist, tut das normalerweise, um sein Opfer zu vergewaltigen, zu ermorden oder beides. Ich habe noch nie von einem Serienmörder gehört, der nebenbei mit Autoteilen und gewildertem Fleisch handelt.« Er schnaubte. »Und Serienmörder sind normalerweise nicht so dumm, dass sie das Auto eines ihrer Opfer einfach so herumstehen lassen.«

»Dann sind Sie also nicht überzeugt, dass wir unseren Täter haben?« Jennas Stirn legte sich in Falten. »Für mich passt alles zusammen. Vor allem, falls Wolfe Beweise dafür findet, dass Burns die Leichen in der Schrottpresse entsorgt hat.«

Kane schüttelte den Kopf. »Wir werden ihm kaum nachweisen können, dass er etwas mit dem Verschwinden von Doug oder Olivia zu tun hat, vor allem, wenn die Fahrzeuge, die er benutzt hat, um die Leichen zu verstecken, bereits recycelt worden sind.« Er stieß eine Atemwolke aus. »Das heißt, falls er die anderen Opfer ermordet hat. Burns passt für meine Begriffe nicht auf das Profil eines Killers, der so schnell eskaliert. Er hat gezittert, als ich ihn am Arm gepackt habe, und hat nicht versucht, sich aus seiner misslichen Lage herauszureden.«

»Die Beweise sprechen gegen ihn, Kane.« Jenna verschränkte die Arme und starrte ihn an. »Was sehen Sie, was ich hier übersehe?«

Kane zuckte die Schultern. »Ich glaube schon, dass er in die Sache verwickelt ist. Aber er ist nicht clever genug, um das alles allein zu schaffen.« Er wies in Richtung Werkstatt. »Und was ist sein Motiv?«

»Vielleicht hat er die Frauen vergewaltigt«, sagte Jenna und starrte ins Leere. »Und ich denke mal, mit Teilen von gestohlenen Autos zu handeln, ist ziemlich lukrativ.«

Kane nickte, dann verschränkte er ebenfalls die Arme. »Am

Highway zu warten und zu hoffen, dass er eine Frau entführen und ihr Auto stehlen kann, kommt mir ein bisschen extrem vor, wenn er ebenso gut auf einem Parkplatz ein Auto stehlen könnte. Und ganz ehrlich: Bei diesem Wetter draußen im Freien jemanden zu vergewaltigen, wäre gar nicht so einfach. Er muss die Frauen woanders hingebracht haben – wir haben hier alles abgesucht, und es gibt keine Anzeichen dafür, dass jemand in letzter Zeit im anderen Gebäude war. Und im Büro auf dem Schrottplatz gibt es kaum einen halben Quadratmeter Platz.« Er trat mit der Spitze seines Stiefels in den Schnee. »Außerdem müssen wir Doug Paul in unsere Überlegungen miteinbeziehen. Er spielt Eishockey bei den Larks, also wird er körperlich ziemlich fit sein. Wie hat Burns ihn überwältigt, Ella betäubt und dann ganz allein Olivia aus dem Autowrack geholt?«

»Das sind alles gute Argumente, die ich in Betracht ziehen werde, sobald Wolfe die Räumlichkeiten untersucht hat.« Jenna strich sich den Schnee von der Jacke und öffnete die Tür zu Kanes Wagen. »Ich bin überzeugt, dass Burns schuldig ist. Die Beweise liegen direkt vor unserer Nase.«

Kane begegnete ihrem Blick. »Und ich überzeugt, dass Burns nur die Spitze des Eisbergs ist.«

SECHSUNDFÜNFZIG

Doug erwachte vom Geräusch streitender Stimmen. Sein Kopf pochte, und die Zunge klebte ihm am Gaumen. Dass ihm Jim die fahrbare Trage in den Bauch gerammt hatte, war das Letzte, woran er sich erinnern konnte, abgesehen von dem stechenden Schmerz in seinem Kopf, bevor er ohnmächtig geworden war. Aus dem Augenwinkel sah er, wie der Pfleger und Jim auf ihn zukamen. Er blieb ganz still und versuchte, nicht zusammenzu-zucken, als der Pfleger sich ihm näherte und ihn berührte.

»Er wird nicht mehr lange durchhalten, wenn du ihn weiter so behandelst.« Der Pfleger blickte auf ihn herab. »Seine Organe sind nichts mehr wert, wenn sie beschädigt sind. Sieh ihn dir an. Was meinst du, was sie von seinem Zustand halten werden?«

»Ist mir egal, was sie sagen.« Jim schlug mit der Faust auf den Beistellschrank neben Dougs Bett, sodass die Utensilien darauf wackelten. »Die arbeiten für mich, genau wie du, und sie sollen erst mal herkommen, um die Bestellungen zu erledi-gen. Ich gehe jetzt zu ihr und treffe die letzten Vorbereitungen, dann komme ich zurück, um draußen alles fertig zu machen. Pack alles ein, was wir nicht mehr brauchen, ich bringe es an einen sicheren Ort, wenn ich zurückkomme.« Er machte auf dem Absatz kehrt und stürmte zur Tür hinaus.

Doug presste die Zähne zusammen, als der Mann ihn wusch und den Verband an seiner Wunde wechselte, dann aber vergaß, ihm die Gurte wieder anzulegen, mit denen er fixiert gewesen war. Sein Herz pochte bei dem Gedanken an einen neuen Fluchtversuch, und der Herzmonitor piepte schneller, aber der Pfleger hinter dem Vorhang war entweder zu sehr mit Olivia beschäftigt, um es zu merken, oder es war ihm egal. Doug versuchte, sich zu bewegen, und stellte fest, dass seine Gliedmaßen funktionierten. Mit langsamen, bedächtigen Bewegungen zog er die Kanüle mit dem Tropf aus seinem Arm und presste den Daumen auf die Einstichstelle, um den Blutfluss zu stoppen. Dann steckte er die Kanüle in die Matratze. Das Ganze war so anstrengend, dass die Maschine jetzt noch schneller piepte, und er hörte, wie der Pfleger leise fluchte. Doug schob seinen linken Arm unter die Bettdecke, den rechten ließ er oben unbedeckt liegen.

Der Vorhang öffnete sich und schloss sich wieder, und der Pfleger blickte auf ihn herunter.

»Ich habe ihm ja gesagt, dass die Medikamente dich umbringen werden. Jetzt ist es zu spät. Ich lasse dich nicht extra leiden.« Der Pfleger stellte den Tropf ein, dann drehte er sich um und sah ihn an. »Na toll, jetzt schwitzt du auch noch. Ich wette, du hast Fieber.« Er beugte sich über das Bett, um die Bänder an Dougs Handgelenken zu befestigen.

Doug benutzte jedes bisschen an Kraft, das er aufbringen konnte. Er ballte die Faust und schlug sie dem Krankenpfleger an die Schläfe, dann noch ein zweites Mal. Der Mann fiel auf ihn drauf, er öffnete und schloss den Mund lautlos wie Fisch auf dem Trockenen. Doug riss die Kanüle aus der Matratze und steckte sie dem Pfleger in den Hals. Er hielt ihn fest, bis seine Glieder schlaff wurden. »So. Wie gefällt dir das?« Schmerz durchzuckte ihn, und er sank keuchend zurück ins Laken.

»Was ist los?«, rief Olivia. Ihre Stimme klang, als hätte sie geweint. »Alles gut bei dir?«

Doug beugte sich vor, riss den Vorhang zurück und sah ihre tränennassen Wangen. »Geht schon.« Er rollte den Pfleger von seinen Beinen, befreite sich von den übrigen Schläuchen und Drähten und stand taumelnd auf. »Du siehst aber gar nicht gut aus. Warte, ich mache dich los.« Er schlurfte zu ihrem Bett und löste die Fesseln an ihren Handgelenken. »Weißt du, ob Jim da ist?«

»Er war vorhin da, aber er musste in die Stadt, was organisieren. Er hatte echt schlechte Laune. Irgendwas ist schiefgelaufen. Ich glaube, die Cops sind ihm auf der Spur. Er will uns die Organe rausschneiden und uns dann verschwinden lassen, bevor sie die Anlage hier finden.« Olivia blinzelte die Tränen weg und sah zu ihm auf. »Willst du echt noch mal versuchen zu fliehen? Jim wird uns nur wieder verprügeln und hierher zurückschleppen.«

Doug ging zurück zu seinem Bett. Er löste die Magnetkarte vom Kittel des Pflegers, dann tastete er ihn ab, und in der Hosentasche fand er ein Schlüsselbund. »Diesmal haben wir eine Karte, um die Tür zu öffnen, und einen Autoschlüssel.« Er legte die Sachen auf den Schrank und sah sie an. »Hilf mir, ihn aufs Bett zu legen. Wir schnallen ihn fest und knebeln ihn.«

»Er muss hier irgendwo Kleidung für draußen haben. Wir müssen was zum Anziehen finden, sonst erfrieren wir da draußen.« Olivia packte die Beine des Pflegers, um sie auf das Bett zu heben. »Nimm einen Arm. Du kannst ihn nicht allein heben.«

Doug fixierte und knebelte den Pfleger. Er zog die Decken von den Betten und wandte sich an Olivia: »Wir wissen nicht, wann Jim zurückkommt, wir müssen es riskieren. Nimm seine Schuhe, die werden dir passen. Ich ziehe mir die Gummistiefel in der Ecke da drüben an. Beeil dich!«

Er schlich zur Tür hinaus und lauschte, aber alles war still.

Das Büro war leer, ebenso der Raum mit den Spinden. Aus dem Schrank mit der OP-Kleidung nahmen sie sich Hosen und Oberteile und zogen sie an. Sie wickelten die Decken um sich und liefen so schnell wie möglich den dunklen Flur hinunter und in den großen Raum mit der Tür, die in die Freiheit führte. Er sah sich nach etwas um, das er als Waffe benutzen konnte, überlegte es sich dann aber anders – er war so schwach, dass er ohnehin kaum würde kämpfen können. Der Schmerz hatte ihn komplett ausgelaugt, und es fiel ihm schwer, zu atmen. Keuchend stützte er sich mit einer Hand an der Wand ab, dann zog er die Magnetkarte durch den Schlitz, und mit einem Klicken öffnete sich die Tür. Im Flur dahinter war es bitterkalt, aber Doug fand einen weiteren Spind. »Bingo!« Er holte zwei Winterjacken heraus und reichte Olivia die kleinere.

»Bei mir sind Handschuhe und eine Mütze in den Taschen – sieh mal bei dir nach.« Olivia schlüpfte in die Jacke und knöpfte sie zu, dann zog sie die Handschuhe an und setzte die Mütze auf. »Jetzt müssen wir nur noch sein Auto finden.«

Sich die Sachen überzuziehen, war für Doug so anstrengend gewesen, dass ihm der Schweiß den Hals hinunterrann. Es kam ihm vor, als wäre sein Kopf voller Watte, seine Sicht war verschwommen. Er schüttelte kurz und heftig den Kopf, dann taumelte er Olivia hinterher. Sie bog um eine Ecke, und er folgte ihr. Am Ende des Ganges standen sie vor einer weiteren Tür. Sie ließ sich problemlos öffnen. Als er vorsichtig hinausblickte, schlugen ihm ein arktischer Luftzug und Schneeflocken ins Gesicht, gefolgt von einem entsetzlichen Gestank. Er blinzelte, die verschneite Umgebung blendete ihn. Offenbar befanden sie sich in einem Industriegebiet. Rote Backsteinmauern ragten zu beiden Seiten hoch auf, und vor ihm konnte er schneebedeckte Maschinen erkennen.

»Hier ist niemand.« Olivia zog an seinem Arm. »Beeil dich, er kann jeden Moment zurückkommen.« Sie packte ihn am Arm und schleifte ihn über die Auffahrt.

Doug schirmte seine Augen ab, damit sie sich an das helle Licht gewöhnen konnten, und schaute sich um. »Da drüben auf dem Parkplatz steht ein Pick-up.« Er drückte auf den Knopf am Schlüsselanhänger, und die Lichter blinkten auf. »Bist du fit genug, um zu fahren?«

»Ja«, antwortete Olivia, und ihr Atem bildete eine Dampfwolke. »Ich weiß, dass du Schmerzen hast, aber wir müssen jetzt so schnell wie möglich in das Auto da steigen.«

Sie schlitterten über die vereiste Auffahrt, stiegen über den Maschendrahtzaun und kletterten in den Wagen. Noch bevor Doug seinen Sicherheitsgurt angelegt hatte, hatte Olivia bereits den Wagen angelassen. Sie warf ihm einen Blick zu. »Wie lange muss ich den Motor im Leerlauf lassen, bevor wir losfahren? Ich will nicht, dass er kaputtgeht.«

»Fahr einfach ganz langsam los. Bis wir den Highway erreichen, ist der Motor warm genug.« Er drehte die Heizung auf und sah sich im Fahrzeug nach einem Handy um. »Warum hat der Typ kein Handy?«

»Ich würde sagen, er will nicht, dass man ihn orten kann.« Olivia war vom Parkplatz gerollt und fuhr eine lange Straße hinunter, wobei sie in den Reifenspuren eines anderen Autos blieb. »Ich bezweifle, dass es legal ist, Leute zu entführen und ihnen Organe zu entnehmen.«

Sie erreichten den Highway. Als sie sich der Ausfahrt nach Black Rock Falls näherten, legte Doug Olivia eine Hand auf den Arm, um sie daran zu hindern, abzubiegen. »Wir haben noch genug Benzin. Fahr nach Blackwater. Ich will nicht, dass wir Jim auf seinem Rückweg begegnen. Wir erzählen dem Sheriff dort, was passiert ist, und der wird Sheriff Alton kontaktieren.«

»Alles klar.« Olivia beschleunigte. »Ich habe nichts dagegen, so weit wie möglich weg von diesem widerlichen Typ zu sein.«

Doug lehnte sich in seinem Sitz zurück. »Ich werde dafür

sorgen, dass er nicht damit davonkommt.« Er unterdrückte ein verzweifeltes Stöhnen, als er daran dachte, was seine Schwester Sky wohl in Jims Händen erlitten hatte. »Wenn es sein muss, werde ich ihn jagen wie ein Tier und mit bloßen Händen in Stücke reißen. Genau das ist er: ein Tier.«

SIEBENUNDFÜNFZIG

Der Duft von frisch gebrühtem Kaffee und Donuts begrüßte Rowley, als er das Büro betrat, nachdem er Burns in die Zelle gebracht hatte. Er ging zu der kleinen Küchenzeile im hinteren Teil des Raumes und bediente sich. Im Hintergrund hörte er die aufgeregte Stimme einer Frau und Deputy Walters' beruhigend monotonen Bariton. Da er sich nicht einmischen wollte, setzte er sich an seinen Schreibtisch, um einen Bericht zu schreiben.

Er hatte gerade seine Donuts verspeist und lehnte sich in seinem Schreibtischstuhl zurück, um den Kaffee zu genießen, als Walters auf ihn zustürmte. Er hatte ein Gesicht wie eine Gewitterwolke. »Ist was?«, fragte Rowley.

»Vielleicht, vielleicht auch nicht, aber ich bin mit Beatrice Paul zur Schule gegangen, und ich mag es nicht, wenn man mich anschnauzt, als wäre ich ein seniler Tattergreis.« Er setzte sich auf Kanes Stuhl und fuhr sich mit der Hand durch sein graues Haar. »Sie behauptet, sie hätte vorhin im Ort eine Frau gesehen, die den Pullover ihrer Enkelin trug, und da die junge Frau als vermisst gemeldet ist, habe ich die Chefin angerufen, und die hat mir gesagt, du sollst losfahren und ein Foto von dem

angeblichen Pullover machen. Sie meinte, du sollst bitte herausfinden, woher die Frau den Pullover hat, und sie dann sofort
anrufen.«

Rowley sah auf und erblickte eine ältere Dame, die mit
entschlossenem Gesichtsausdruck auf sie zuging. Er setzte sich
auf. »Kann ich Ihnen helfen, Ma'am?«

»O ja, das können Sie.« Sie zeigte mit dem Finger auf
Walters. »Dieser alte Narr hört nicht auf mich. Ich habe gese-
hen, wie Dr. Weaver vor nicht einmal zwanzig Minuten Skys
Pullover trug.«

Rowley senkte die Stimme und fragte in einem ruhigen,
gleichmäßigen Tonfall: »Wie können Sie sicher sein, dass das
Skys Pullover war?«

»Weil ich ihn für sie gestrickt habe.« Sie sah ihn trotzig an.
»Den habe ich ihr letzten Winter geschenkt. Er ist ein Unikat.
Er ist gelb und hat ein rotes Herz in der Mitte. Und er ist sehr
groß. Sky wollte ihn besonders groß haben, damit er über
mehrere Schichten Kleidung passt, und er geht ihr bis zu den
Knien.« Sie blickte ihn an. »Sie muss ihn bei sich gehabt haben.
Verstehen Sie denn nicht? Wenn Dr. Weaver ihn hat, muss
derjenige, der ihn ihr gegeben hat, ihn Sky weggenommen
haben.«

Rowleys Herzschlag beschleunigte sich, als er darüber
nachdachte, was das bedeutete. Dr. Weaver besaß einen
entscheidenden Hinweis darauf, was mit Sky geschehen war.
»Haben Sie sie gefragt, woher sie den Pullover hat?«

»Natürlich.« Mrs. Pauls Wangen liefen tiefrot an. »Sie hat
gesagt, dass ihr Freund ihn auf einem Flohmarkt gekauft hat.«
Sie stieß einen verärgerten Seufzer aus. »Und bevor Sie fragen,
nein, sie wusste nicht, welcher Flohmarkt das war, aber ich
kann Ihnen sagen, um diese Jahreszeit gibt es nicht allzu viele
Flohmärkte.«

Rowley runzelte die Stirn. Er musste diesem Hinweis sofort
nachgehen. Er zog seine Jacke an und setzte seine Mütze auf,

und dann fuhr er in die Innenstadt zu Dr. Weavers Klinik. Er fand einen Parkplatz und ging hinein. Er nickte den Leuten im Wartezimmer zu und ging direkt zur Rezeption. »Ich muss mit der Ärztin sprechen.«

»Oh, gibt es einen Notfall?« Die Rezeptionistin blinzelte ihn über ihre Brille hinweg an.

Rowley schüttelte den Kopf. Eiskristalle flogen in alle Richtungen. »Nein, eine polizeiliche Angelegenheit.«

Er wartete, bis sich die Tür öffnete und ein Patient hinausging, dann betrat er, bevor die Sprechstundenhilfe ihn aufhalten konnte, das Sprechzimmer der Ärztin. »Dr. Weaver, es tut mir leid, dass ich Sie bei der Arbeit störe, aber ich muss Sie nach dem Pullover fragen, den Sie tragen.« Er musterte den Pullover. Er war gelb und hatte ein rotes Herz. »Darf ich ein Foto davon machen, und darf ich Sie fragen, woher Sie ihn haben?«

»Wenn es sein muss.« Dr. Weaver kam hinter ihrem Schreibtisch hervor und stellte sich vor ihn hin. »Ich habe das dieser Verrückten schon gesagt: Mein Freund hat ihn auf einem Flohmarkt in der Stadt gekauft. Er ist so gut wie neu, und auch wenn er ein bisschen eng ist, ist er sehr schön warm.«

Rowley machte mit seinem Handy ein Foto. »Wo finde ich Ihren Freund?«

»Den haben Sie ganz knapp verpasst.« Dr. Weaver lächelte ihn an. »Jetzt ist er gerade wieder auf dem Weg zur Düngerfabrik. Da hat er ein paar Wartungsarbeiten zu erledigen, sie werden ihn leicht finden. Ich würde sagen, er ist vor etwa zwanzig Minuten gefahren.«

»Okay.« Rowley rieb sich das Kinn. »Wie heißt er, und wo erreicht man ihn?«

»Wyatt Sawyer. Ihm gehören die Fleisch- und die Düngemittelfabrik vor der Stadt.« Sie lächelte ihn an. »Hätten Sie gewusst, dass alle Abfälle aus der Fleischverarbeitung, Knochen und so weiter, im Dünger landen? Blut-Knochen-Dünger nennt man das. Das Werk ist direkt neben der Fleischfabrik.« Sie sah zu ihm auf und ihre Augen funkelten vor Stolz. »Deshalb kauft er auch so gerne Sachen auf dem Flohmarkt, er mag es einfach nicht, wenn etwas weggeworfen wird.«

»Verstehe. Würden Sie mir bitte seine Telefonnummer geben?«

Er schrieb sich die Nummer auf, bedankte sich und ging zur Tür. Er würde zur Fabrik fahren und mit Mr. Sawyer sprechen müssen. Aus den Akten ging hervor, dass er bei seinem letzten Gespräch kooperativ gewesen war, und Rowley bezweifelte, dass er Probleme machen würde. Nachdem er Maggie im Büro mitgeteilt hatte, wohin er als Nächstes unterwegs war, machte er sich auf den Weg zum Industriegebiet. Es hatte wieder angefangen zu schneien. Er schaltete das Radio ein, wählte seinen liebsten Country-und-Western-Sender und sang lautstark mit, um sich auf der Fahrt die Langeweile zu vertreiben.

Die Landschaft von Montana sah in jeder Jahreszeit vollkommen anders aus. Der Schnee hatte alles mit einem weißen Tuch bedeckt und das Grasland in eine eisige Kältesteppe verwandelt. Ein paar Elche suchten Schutz unter den vereinzelten Kiefern, aber es schien geradezu unheimlich still zu sein, und ihm wurde klar, wie verängstigt Ella Tate gewesen sein musste, ganz allein hier draußen. Sie hatte ihm so leidgetan, als er sie aufgegabelt hatte, und er war heilfroh, dass der Bluttest bestätigt hatte, dass sie die Wahrheit gesagt hatte. Sie musste durch die Hölle gegangen sein. Und wieder zurück.

Er bog in die schneebedeckte Straße ein, die zum Industriegebiet führte, und folgte dem vereisten Asphalt zu den zwei Fabriken. Die Straße sah aus, als würde sie regelmäßig benutzt. Die Düngemittelfabrik konnte er schon im Auto am durchdringenden Geruch identifizieren. Dem Gestank nach zu urteilen, wurden auch jetzt, während der weihnachtlichen Betriebsferien, Fleischabfälle und Knochen zerkleinert und verarbeitet.

Als er auf den Parkplatz rollte, sah er einen Mann auf sich zukommen, der ein Handy in der einen und eine Schaufel in der anderen Hand hielt. Er trug einen dunklen Kapuzenpulli, eine passende Hose und Arbeitsstiefel mit Stahlkappen, war knapp einen Meter achtzig groß und hatte breite Schultern. Der Mann beäugte Rowley misstrauisch. Dann steckte er das Telefon in die Tasche und lächelte ihn an. Rowley stieg aus. »Mr. Sawyer?«

»Das bin ich.« Der Mann blieb ein paar Meter vor dem Auto stehen und stützte sich auf seine Schaufel. »Was kann ich für Sie tun, Deputy?«

Rowley ging die Details ihres Falls und die Fragen, die er stellen musste, im Kopf durch und machte einen Schritt auf ihn zu. »Ich würde Sie gerne nach dem Pullover fragen, den Sie Dr. Weaver geschenkt haben.« Ihm fiel ein, dass er vergessen hatte, Maggie anzufunken und ihr mitzuteilen, dass er angekommen war. Er hob die Hand. »Moment, ich habe mich noch gar nicht bei der Zentrale gemeldet.«

Er wandte sich ab, um wieder in den Streifenwagen zu steigen, doch im nächsten Moment durchbrach der dröhnende Klang eines Gongs in seinem Kopf die Stille, und sein Gehirn explodierte vor Schmerzen. Verwirrt taumelte er und fiel gegen das Auto. Was war geschehen? Langsam drehte er sich um. Er sah Sawyer nur verschwommen, aber trotzdem bemerkte er den kalten Blick in seinen Augen und sah, wie sich sein Mund zu einer dünnen Linie verzogen hatte. Er schüttelte den Kopf und wollte etwas sagen, aber Sawyer hob erneut die Schaufel und trat so schnell auf ihn zu, dass Rowley keine Chance hatte, sich zu wehren. Schmerz durchfuhr ihn, und der Aufprall der Schaufel ließ seine Zähne hart aufeinanderprallen. Ihm wurde flau im Magen, und der viel zu helle Parkplatz wurde unscharf. *Verdammte Scheiße, der bringt mich um.*

ACHTUNDFÜNFZIG

Jenna konnte nicht fassen, was Wolfe ihr erzählte. »Was soll das heißen: ›kein Blut‹? Es muss hier doch Spuren geben. Es ist mitten im Winter, und Burns musste die Leichen entsorgen. Der Schrottpresse macht einfach Sinn!« Sie steckte die Hände in die Taschen. »Er kann ja schlecht Löcher in den gefrorenen Boden graben, um sie verschwinden zu lassen, oder?«

»Nein, aber *wenn* wir davon ausgehen, dass die Opfer tot sind – und für diese Theorie habe ich bislang noch keine Beweise gefunden –, könnte er sie irgendwo versteckt haben.« Wolfe bedachte sie mit einem etwas herablassenden Blick. »Es ist ja nicht so, dass man sie vor der Schneeschmelze finden wird, und tiefgefrorene Leichen hin- und herzubewegen ist sicher einfacher als verrottende Leichen.« Er seufzte. »Es dauert mindestens drei Tage, bis sie auftauen, und damit hätte er jede Menge Zeit, sie in den Schacht einer verlassenen Mine zu werfen, wenn die Straßen wieder frei sind.«

»Jenna«, sagte Kane berührte ihren Arm. »Soll ich Duke holen? Wenn es auf dem Grundstück Leichen gibt, dann wird er sie aufspüren.«

»Nicht unbedingt.« Wolfe zog die Handschuhe aus und

setzte die Maske ab. »Der Schnee ist toll für die Spurensuche, weil wir Fußspuren et cetera verfolgen können, aber Duke ist nicht auf Leichen trainiert. Hunde nehmen den Verwesungsgeruch wahr, aber wenn eine Leiche gefroren und mit Schnee bedeckt ist, wird sie quasi steril. Dann gibt es einfach keine Gerüche, die ein Hund erschnuppern kann.«

»Wie kommen Sie eigentlich darauf, dass sie tot sind, Ma'am?« Webber warf ihr einen zweifelnden Blick zu. »Das Blut im Fahrzeug passt zu dem einen Schlag, der in der Zeugenaussage erwähnt ist. Laut Ella war Sky nach dem Angriff noch am Leben. Haben Sie schon mal an Menschenhandel gedacht? Zwangsprostitution? Das würde mehr Sinn ergeben als Mord.«

Jenna war genervt. Sie hatte fest mit Blutspuren gerechnet, und jetzt versuchte Webber auch noch, ihre Autorität zu untergraben. »Natürlich habe ich das, aber die Opfer, die Menschenhändler sich aussuchen, sind normalerweise viel jünger, etwa im Teenageralter, und in guter Verfassung. Außerdem wäre Doug Paul bei diesem Motiv eher eine Problem als ein Zugewinn.« Sie starrte ihn an. »Ich bin überzeugt, dass es sich hier um Mord handelt, und bis zum Beweis des Gegenteils werde ich unseren Fall als Mordfall behandeln.«

»Um das hier als Mordfall zu betrachten, bräuchte ich wesentlich mehr Beweise.« Wolfes Mund wurde schmal. »Es tut mir leid, Jenna. Was wir haben, reicht einfach nicht aus.«

Jennas Telefon klingelte. »Das ist Maggie. Ich gehe besser ran.«

»*Offenbar hat eine Frau heute Morgen in einer Tüte Dünger etwas gefunden, das wie ein Zahn aussieht. Sie war gerade dabei, in ihrem Gartenschuppen Blumenzwiebeln einzutopfen.*« Maggie klang, als müsste sie sich für die Störung entschuldigen. »*Ich habe ihn hier. Ich denke mal, der Gerichtsmediziner sollte ihn sich anschauen. Sieht aus, als hätte er eine Füllung.*«

Jenna schluckte entsetzt und berührte Wolfes Arm, um ihm

zu signalisieren, dass es Neuigkeiten gab. »Haben Sie auch die Tüte mit dem Dünger?«

»Klar, die steht hier auf dem Tresen und müffelt vor sich hin. Stammt aus der örtlichen Fabrik hier in Black Rock Falls.«

»Okay, stecken Sie sie in einen Beweismittelbeutel und versiegeln Sie ihn. Wolfe kommt später vorbei und holt sie ab.« Sie trennte die Verbindung und erklärte Wolfe die Situation.

»Wahrscheinlich ist es nur ein Tierzahn mit Dreck drin«, konstatierte Wolf, »aber ich werde auf dem Weg zurück ins Labor beim Revier vorbeifahren und ihn mir ansehen.« Wolfe rieb sich das Kinn und warf einen Blick zurück auf den Schrottplatz. »Wenn es Sie beruhigt, werde ich nach Einbruch der Dunkelheit noch einmal herkommen und die Schrottpresse mit Luminol besprühen, falls ich etwas übersehen habe. Aber eigentlich habe ich jeden Zentimeter abgetupft, und das Ding ist sauber.« Er warf einen Blick auf seine Armbanduhr. »Heute Nachmittag habe ich Zeit, alles zu untersuchen, was wir sonst noch gefunden haben. Falls ich hier doch noch etwas finde oder falls der Zahn tatsächlich von einem Menschen stammt, rufe ich Sie an.«

»Okay, danke. Wir fahren zurück in die Dienststelle.« Sie sah Kane an. »Schließen Sie hier alles ab. Ich möchte keine Beschwerden riskieren, falls Burns freikommt.« Jenna versuchte, die widersprüchlichen Meinungen ihrer Deputys aus ihrem Kopf zu verbannen, um die Fakten zu ordnen. Sie lehnte sich gegen Kanes SUV und schaute sich um.

In dem alten roten Backsteingebäude am Rande der Stadt war einst die Goldbörse für die Bergleute untergebracht gewesen. Anderswo im County war der Goldabbau immer noch rentabel, aber die Minen um Black Rock Falls herum warfen nur noch so wenig ab, dass das Risiko die Mühe nicht wert war. Sie blickte die Straße hinunter. Abgesehen von den Geräuschen ihrer Kollegen war nur das Knacken der gefrorenen Äste zu hören. Im Winter war es still in ihrer Stadt, aber sie verwandelte sich nicht in eine tote weiße Wüste. Es überraschte sie immer wieder, wie viele Tiere man trotz des Schnees überall sah, und selbst die Vögel schienen sich an die kalte Witterung anzupassen.

Das Handy in ihrer Tasche klingelte. Sie warf einen Blick auf das Display und runzelte die Stirn. Es war das Sheriff's Department von Blackwater. Der Name des neuen Sheriffs war ihr entfallen, obwohl Maggie ihn ihr aufgeschrieben und ihr den Zettel auf den Schreibtisch gelegt hatte. Sie ging ran. »Sheriff Alton.«

»*Hier spricht Sheriff Buzz Stuart aus Blackwater.*« Stuart räusperte sich. »*Ich komme gleich zur Sache. Ich habe hier zwei von Ihren Einwohnern, Douglas Michael Paul und Olivia Kate Palmer. Sie sagen, ein Mann hätte sie entführt und im Industriegebiet neben dem Highway gefangen gehalten, keine halbe Stunde von Black Rock Falls entfernt. Ich nehme an, das sind die Leute, die Sie in der Fahndungsmeldung und in den Medienberichten erwähnt haben?*«

Verblüfft winkte Jenna Kane zu sich und stellte ihr Handy auf Lautsprecher. »Ja, das sind zwei der vermissten Personen. In welcher Verfassung sind sie?«

»*Mr. Paul braucht sofortige medizinische Hilfe, er hat eine Wunde am Oberkörper, und Miss Palmer hat eine Kopfverletzung. Mr. Paul will hier nicht weg und ist wild entschlossen, mit Ihnen zu sprechen. Ich habe das Black Rock Falls Hospital angerufen, und sie schicken Sanitäter rüber. Sie sollten innerhalb einer Stunde hier sein.*«

Jenna tauschte einen Blick mit Kane aus. Ihr Herz pochte. »Geben Sie Mr. Paul mal das Telefon.«

Sie hörten erstaunt zu, während Doug ihnen erzählte, was passiert war. Angewidert und alarmiert starrte Jenna Kane an und beobachtete, wie sich verschiedene Emotionen in seinem Gesicht abzeichneten. Sie richtete sich auf. »Sie haben gesagt, dieser Mann heißt Jim? Können Sie ihn beschreiben?«

»*Ja, kräftig, etwa eins achtzig, dunkles Haar, weiß. Er muss einen Schnitt auf der Brust haben. Olivia hat ihn mit einem Skalpell gestochen. Ich denke mal, das musste genäht werden.*« Man konnte deutlich hören, wie wütend Doug war. »*Er ist bärenstark, und der Pfleger hat ihn ›Boss‹ genannt. Ich glaube, ihm gehört der Laden. Das Krankenzimmer befindet sich unter der Düngemittelfabrik, und direkt neben dem Eingang steht eine große Maschine, ein Schredder oder so was. Wir haben den Pfleger gefesselt und ihn auf einem der Betten liegen lassen.*«

Jenna spürte, wie sich Unruhe in ihrem Bauch breitmachte. »Was ist mit Sky?«

»*Keine Ahnung.*« Doug sog scharf Luft ein. »*Ich nehme an, sie ist tot. Nach dem, was wir mithören konnten, handelt Jim schon seit einer ganzen Weile mit Organen. Ich habe das ungute Gefühl, dass sie mir schon eine meiner Nieren entnommen haben.*«

Jenna sah Kanes entsetzten Gesichtsausdruck, dann ging er weg und zückte sein Handy. Sie runzelte die Stirn und widmete sich wieder dem Telefonat. »Okay, wir fahren sofort los und sehen uns dort um. Lassen Sie sich von den Sanitätern in die Notaufnahme bringen, ein Deputy wird dort auf Sie warten. Wir unterhalten uns später in der Klinik. Ich sorge dafür, dass Sie auf die gesicherte Station gelegt werden, dann kommt niemand an Sie heran.« Sie trennte die Verbindung, rief Deputy Walters an und erklärte ihm, was er zu tun hatte. Dann musterte sie Kanes blasses Gesicht. »Was ist los?«

»Steigen Sie ein.« Kane setzte sich hinter das Steuer, ließ den Motor an und fuhr los. »Dieser Jim, den sie erwähnt haben, könnte Wyatt Sawyer sein, der Besitzer der Düngemittelfabrik. Ich habe vorhin gehört, wie Rowley anrief und sagte, er sei auf dem Weg zu ihm, um sich mit ihm zu unterhalten.« Er warf ihr einen grimmigen Blick zu. »Ich habe ihn gerade angerufen, und er geht nicht an sein Handy. Wir müssen ihn vor Sawyer warnen.«

»Ich hatte ihn zu Dr. Weaver wegen Skys Pullover geschickt.« Jenna schluckte schwer. »Was macht er denn auf einmal in Sawyers Düngemittelfabrik?«

»Ich habe mitbekommen, wie er Maggie erzählt hat, dass Weaver den Pullover von ihrem Freund Wyatt Sawyer bekommen hat. Rowley ist zu ihm hin, um mit ihm zu sprechen.« Kane starrte grimmig vor sich hin. »Schnallen Sie sich an.«

Mit klopfendem Herzen legte Jenna den Sicherheitsgurt an, da schlingerte der SUV bereits die Straße hinunter und bog um die Ecke. Kane nahm die Seitenstraßen, um den Verkehr auf der Hauptstraße zu umgehen. Als er auf den Highway schoss, schaltete Kane Blaulicht und Sirene ein und beschleunigte, dass der Motor aufheulte. Er hatte sich wieder in eine Kampfmaschine verwandelt, sein Gesicht war eine Maske der Entschlossenheit. Es war, als hätte der Deputy einem Geheimagenten Platz gemacht. Er fuhr wie ein Besessener, der keine Angst vor dem Tod hat.

Als sie die Stadt hinter sich ließen, flogen die schneebedeckten Wiesen wie undeutliche weiße Flecken an ihr vorbei. Atemlos vor Angst, griff sie nach dem Funkgerät. »Vielleicht hat er da draußen keinen Handyempfang. Ich werde versuchen, ihn über Funk zu erreichen, und dann Maggie anrufen, vielleicht gibt es schon etwas Neues. Er muss sich ja zumindest gemeldet haben, als er bei der Düngemittelfabrik angekommen ist.«

Nachdem sie mehrmals vergeblich Rowleys Streifenwagen angefunkt hatte, teilte Jenna Maggie über Funk ihr Ziel mit und forderte Verstärkung an. Plötzlich meldete sich Wolfe über das Funkgerät. Sie schaute Kane an. »Ja, Wolfe, was haben Sie herausgefunden? Over.«

»*Der Zahn stammt von einem Menschen. Wir sind auf dem Weg. Over.*«

»Ich habe ein ganz übles Gefühl bei der Sache«, sagte Kane.

Seine Fäuste umklammerten das Lenkrad, während er noch mehr Gas gab, um seinen SUV über die vereiste Fahrbahn zu jagen. »Ein Zahn im Dünger. Jetzt wissen wir, wie er Skys Leiche entsorgt hat. Ihr Auto haben wir auch. Außerdem ist ein Pfleger beteiligt, und um die Organe zu entnehmen, muss er auch noch einen Arzt in seinem Team haben.«

Jenna versuchte, sich nicht auszumalen, was Sky durchgemacht haben musste, und sich stattdessen auf die Fakten zu konzentrieren. »Oder eine Ärztin. Ich tippe auf Dr. Weaver.«

»Oh, ganz sicher«, bestätigte Kane. »Ihr Freund ist Wyatt Sawyer, und er geilt sich daran auf, dass seine Freundin den Pullover eines seiner Opfer trägt. Er ist ein cleverer Typ und war zu schlau, den Schrottplatz seines Cousins zu benutzen, um Skys Fahrzeug zu entsorgen. Ich frage mich, wie lange die dieses Spiel schon treiben.« Er schnaubte angewidert. »Der Mistkerl verprügelt und betäubt seine Opfer, um sie zum Schweigen zu bringen, und verkauft dann ihre Organe. Ich dachte, ich hätte schon die schlimmsten Killer erlebt, aber der hier stellt sie alle in den Schatten.« Er warf ihr einen eiskalten Blick zu. »Wir müssen dort sein, bevor er sich auch noch Rowley vornimmt.« Er trat das Gaspedal durch.

NEUNUNDFÜNFZIG

Benommen, aber immer noch auf den Beinen, wich Rowley dem nächsten Schlag aus, und das metallene Schaufelblatt prallte gegen die Tür seines Wagens. Das Geräusch hallte an den roten Ziegelwänden wider. Er schüttelte den Kopf. Er begriff nicht, was hier vor sich ging. Warum wollte Sawyer ihn töten? Er stand noch immer in der offenen Tür des Streifenwagens, und Sawyer hatte sich vor ihm aufgebaut. Rowley griff nach seiner Waffe, doch Sawyer ließ die Schaufel auf seinen Ellbogen niedersausen. Ein unerträglicher Schmerz schoss ihm den Arm hinauf, seine Finger wurden taub, und seine Glock fiel zu Boden und versank in einer Schneewehe. Sein Handy vibrierte in seiner Hosentasche. Hilfe war nur einen Anruf entfernt, aber er hatte keine Chance, ranzugehen. Als Sawyer erneut die Schaufel hob, hielt sich Rowley schützend die Arme vor den Kopf. *Ich muss weg vom Wagen und ins Freie, bevor er mir den Rest gibt.*

Dem nächsten Schlag konnte er wieder ausweichen, und er tat einen Schritt nach vorn, aber Sawyer stieß ihn mit der Schaufel in die Brust und lachte hämisch.

»Jetzt gehörst du mir.« Sawyers Augen blitzten drohend

auf. »Du hast keine Chance gegen mich. Dich zu töten wird mir so einen Spaß machen!«

Eine Welle der Verzweiflung und Angst erfasste Rowley, aber er verdrängte diese Gefühle. Er war fest entschlossen, dafür zu sorgen, dass dieser Irre damit nicht durchkam. Im Zweikampf hätte er eine Chance, aber er war immer noch zwischen Fahrzeug und offener Autotür eingekeilt. Sawyer hatte die Oberhand. Wenn er ihn noch ein paarmal am Kopf traf, wäre er erledigt. Er hatte keine Wahl: Er musste sich aus dieser Situation befreien, oder er war tot.

Plötzlich erinnerte sich Rowley an seinen Tracker. Wolfe hatte sie alle mit einem Notrufsender ausgestattet, der die gleiche Technologie nutzte wie ein Satellitentelefon. Er griff sich an die Brust und drückte auf den Knopf neben seinem Abzeichen.

Sobald sie das Signal empfingen, würden Jenna und Kane mithören und seine Position orten können und ihm zu Hilfe eilen. Er musste nur lange genug überleben. Damit waren seine Überlebenschancen wieder auf etwas über Null gestiegen, und als hätte ihn jemand erhört, fiel ihm ein Ratschlag von Kane ein: *Wenn du in die Enge getrieben wirst, greif an!* Er knirschte mit den Zähnen, als er Sawyers amüsierten Gesichtsausdruck registrierte, und sah ihn trotzig an. »Geben Sie sich Extrapunkte, wenn Sie einen Unbewaffneten angreifen, Sawyer? Sie sind nichts weiter als ein Feigling.«

»Na, da hör sich mal einer den tapferen Deputy an.« Sawyer ging ein paar Schritte zurück und grinste. »Okay, machen wir uns einen Spaß draus. Der Wagen federt sowieso meine Schläge ab.« Er winkte ihn zu sich heran. »Dann zeig mal, was du draufhast.«

Rowley hatte speziell für Situationen wie diese trainiert. Er drehte sich zur Seite und trat zu, einmal, zweimal, dreimal, aber Sawyer wehrte die Tritte mit dem Stiel der Schaufel ab. Schwindelig und verletzt tat Rowley ein paar unsichere

Schritte vom Streifenwagen weg, behielt Sawyer aber dabei im Auge.

Der Mann lächelte leicht und wirkte auf unheimliche Weise selbstsicher. Er schwang die Schaufel, als warte er auf Rowleys nächsten Schachzug. Er spielte mit ihm wie eine Katze mit einer Maus. »Ist das alles, was du draufhast?« Sawyer lachte. »Was hast du, den schwarzen Gürtel in Dämlichsein?«

Nicht bereit, nachzugeben, richtete sich Rowley auf und starrte ihn an. Obwohl sein rechter Arm praktisch unbrauchbar war und ihm der Schmerz in den Kopf stach wie ein langes Messer, nahm er Kampfhaltung ein. Vor diesem Wahnsinnigen würde er nicht klein beigeben. Bald würde Hilfe kommen, und bis dahin musste er ihm so viele Informationen entlocken wie möglich. »Sie können nicht gewinnen, Sawyer. Verstärkung ist unterwegs. Sheriff Alton weiß, dass Ihnen die Düngemittelfabrik gehört, und sie ist auf dem Weg hierher.«

»Das glaube ich nicht. Du hast doch vorhin vergessen, dich bei der Zentrale zu melden, oder etwa nicht? Und was glaubst du, wie lange ich brauche, um dein Funkgerät unbrauchbar zu machen?« Sawyer grinste ihn mit aufgerissenen Augen an. »Ich habe schon größere Männer als dich ausgeschaltet, und du bist verletzt. Bald bist du erledigt. Ich hab schon Schweine gesehen, die weniger geblutet haben als du.«

Etwas Warmes rann über Rowleys Wange, und leuchtend rote Flecken bildeten sich im Schnee zu seinen Füßen. *Ich blute.* Er starrte ungläubig auf das Blut und versuchte, sich zu konzentrieren. Dann setzte er zu einem weiteren gezielten Tritt an, diesmal gegen Sawyers Knie, aber er traf ihn nur mit halber Kraft am Oberschenkel. »Sie haben mir den Arm kaputt gemacht, aber ich habe immer noch meine Füße.«

»Nicht mehr lange.« Sawyer entblößte zwei Reihen blitzend weißer Zähne, als er grinste, dann hob er die Schaufel und ließ sie durch die Luft sausen.

Jesus Maria! Weil die Kopfverletzung Rowleys Reaktionsvermögen beeinträchtigte, hatte er keine Chance, dem Schlag auszuweichen. Ein stechender Schmerz schoss durch sein rechtes Knie, er knickte ein und fiel mit dem Gesicht in den Schnee. »Ich bin verletzt.« *Hoffentlich hört Kane mit.*

Ein weiterer heftiger Schlag gegen seinen Kopf schickte kaum erträgliche Qualen durch Rowleys Nervenenden, weiße Sterne tanzten ihm vor den Augen. Sawyers leises Kichern und die Angst, im Schnee zu sterben, sandten Adrenalin durch seine Adern und verdrängten den glühenden Schmerz. Er blinzelte sich das Blut aus den Augen und zischte: »Jetzt werde ich langsam sauer.« Dann rollte er sich zur Seite und trat Sawyer mit aller Kraft, die er aufbringen konnte, gegen die Knie.

Zu Rowleys Entsetzen machte der Tritt dem Mann gar nichts aus, er stand einfach nur da und grinste ihn an. Panik stieg in ihm auf, und er schluckte die eiskalte Luft hinunter. Der von seinem Blut purpurrot getränkte Schnee verschwamm vor seinen Augen. Seine Muskeln zitterten, es kam ihm vor, als schwebe er am Rande der Realität. Er schüttelte den Kopf und versuchte verzweifelt, am Leben zu bleiben; Hilfe war unterwegs, er musste bei Bewusstsein bleiben. Er grub seine Finger in das Eis und versuchte, Abstand zu Sawyer zu gewinnen. Aber es war zu spät. Sawyer stieß ein triumphierendes Grunzen aus und ließ sich mit beiden Knien auf Rowleys Oberkörper fallen. In einem Schwall von Dampf drang alle Luft aus seinen Lungen, da hatte Sawyer bereits mehrere Kabelbinder aus der Gesäßtasche gezogen. Rowley wollte sich wehren, aber Sawyer war unglaublich stark, und wenige Augenblicke später hatte er ihn gefesselt. Er starrte hinauf in Sawyers schwarze, unnachgiebige Augen und hoffte, dass Kane oder Wolfe ihn hören konnten. »Ich bin verletzt, ich brauche Hilfe.«

»Mit wem redest du denn da?« Sawyer sah ihn erstaunt an, dann grinste er. »Ich hab dich wohl ein bisschen zu hart auf den Kopf gehauen. Hab dein Hirn durcheinandergebracht, was? Werd bloß nicht ohnmächtig, sonst kannst du das, was jetzt kommt, gar nicht genießen.« Er verpasste Rowley eine heftige Ohrfeige.

»O Gott.« Rowley knirschte mit den Zähnen, um gegen die Schmerzen anzukämpfen.

»Der kann dir jetzt auch nicht helfen.« Sawyer beugte sich über ihn und starrte ihm in die Augen. »Ich freu mich jetzt schon darauf, was du für ein Gesicht machst, wenn der Häcksler Hackfleisch aus dir macht.«

Rowley lief es kalt den Rücken hinunter, als Sawyer ihn an den Füßen packte und ohne große Mühe über den Parkplatz in Richtung des Häckslers zerrte. Jetzt erst verstand er, was Sawyer vorhatte. Ihm wurde angst und bange. Er kämpfte verzweifelt darum, bei Bewusstsein zu bleiben, und versuchte, Sawyer zur Vernunft zu bringen. »Es ist noch nicht zu spät. Sie können einfach abhauen. Ich werde auch nichts sagen.«

»Oh, du wirst alles Mögliche sagen, wenn du stirbst. Am Ende wirst du sogar nach deiner Mami rufen.« Sawyer zerrte ihn in den Innenhof. »Wenn erst mal das Fließband läuft und dich in den Häcksler befördert, wirst du schreien, und keiner außer mir wird dich hören.« Er kicherte und trat näher an die Maschine heran. »Es gefällt mir, wenn sie schreien.«

SECHZIG

Jenna hielt Kanes Satellitentelefon in beiden zitternden Händen, während sie den furchtbaren Angriff auf Rowley mitanhörte. Mit einem entsetzlichen Gefühl im Bauch blickte sie Kane an. »Wir werden es nicht mehr rechtzeitig schaffen.«

»Doch, das werden wir.« Nervös bewegte Kane seine Finger am Lenkrad. »Jake wird sich wehren. Sie hören ja: Er mag verletzt sein, aber er ist noch am Leben.«

Voller Angst um Rowley starrte Jenna auf das Display. Er musste nur noch ein paar Minuten durchhalten. Sie wünschte sich, er könnte sie hören. »Wir kommen, halten Sie durch. Kommen Sie schon, Jake, wehren Sie sich!«

Die Schläge und das Stöhnen zu hören, schnürte ihr den Magen zu. Ihre Hände zitterten bei jedem Wort, das Rowley aussprach. Mitanhören zu müssen, wie ein guter Freund um sein Leben kämpfte, zerriss ihr das Herz. Sie sah Kane an. »Fahren Sie schneller, wir müssen zu ihm. Bitte, Dave, wir *dürfen* ihn nicht sterben lassen.«

In waghalsigem Tempo überholte Kane zwei Sattelschlepper. Der mächtige Motor heulte auf, und die Motorhaube wackelte, als der SUV weiter beschleunigte. Jenna wurde in ihren Sitz gepresst. Kane hielt seinen Wagen jetzt direkt auf der durchgezogenen Mittellinie. Vor ihnen war der Highway frei, aber selbst Kane war nicht unbezwingbar. Wenn die Fahrbahn irgendwo vereist war, würden sie mit voller Geschwindigkeit in den Graben rutschen. Sie klammerte sich am Sitz fest. »Ach du Scheiße.«

»In der Mitte der Fahrbahn ist im Moment am wenigsten Eis, und jede Sekunde zählt.« Der Nerv in seiner Wange zuckte, als die Bäume in einem Mischmasch aus Braun und Weiß vorbeiflogen. »Gut festhalten!«

Jenna hielt den Atem an, als Kane vom Highway abfuhr und in der Kurve auf dem Eis ins Schleudern geriet. Aber er brachte das Fahrzeug schnell wieder unter Kontrolle, und schon fuhren sie die Straße zur Düngemittelfabrik hinunter.

Kanes Handy in ihrer Hand übermittelte, was Rowley durchmachen musste. Seine Stimme war jetzt nur noch ein Flüstern.

»*Sawyer schleppt mich zu einer Maschine. Es ist ein riesiger Häcksler.*« Rowley keuchte bei jedem Wort. »*Ich werde das nicht überleben. Schnappt euch diesen Mistkerl, Wyatt Sawyer ist der Mann mit dem Beil.*« Er holte tief Luft und seine Stimme klang ruhig, fast resigniert. »*Es war schön, euch alle gekannt zu haben.*«

Jenna kämpfte gegen die Tränen an, ihre Brust zog sich zusammen, und sie hielt ein Schluchzen zurück. »O mein Gott.«

»Da steht Jakes Pick-up.« Kane fuhr am Parkplatz vorbei und lenkte seinen Wagen auf dem Gehweg auf das Gebäude zu. Weiter hinten sah Jenna einen Mann, der Rowley an den Füßen in Richtung einer riesigen Maschine zerrte. Sie steckte das Telefon in die Halterung und zog ihre Waffe. Ein Betonpfosten teilte den Gehweg, hier war die Fahrt zu Ende. Als der SUV zum Stehen kam, war sie bereits aus der Tür und rannte los. Schon nach ein paar Schritten glitt sie auf dem vereisten

Weg aus. Die frostige Luft schmerzte ihre Lungen. Sekunden später war Kane an ihrer Seite. Er hatte seine Glock gezogen. Sie rappelte sich auf und lief weiter. »Sheriff's Department! Lassen Sie das sofort sein!«

Zu ihrem Entsetzen ignorierte Sawyer sie und hob Rowley auf das Fließband, als ob er gar nichts wöge. Er sah sie an, zuckte die Schultern und ging dann in aller Seelenruhe hinüber zur Maschine. Jenna rannte weiter – sie musste Rowley retten. »Halt, oder ich schieße!«

Aber Sawyer grinste nur und zeigte ihr den Mittelfinger.

Jenna zögerte keine Sekunde. »Erschießen Sie ihn, Kane!«

Zwei Schüsse ertönten, und Blut spritzte aus Sawyers zerschmetterten Knien, doch bevor er zu Boden sank, stolperte er nach vorne und drückte einen roten Knopf an der Maschine. Der gewaltige Häcksler erwachte zum Leben, das Förderband setzte sich in Gang und bewegte sich langsam auf die scharfen Messer zu, die in einer großen Öffnung bedrohlich aufblitzten. Zum ersten Mal in ihrem Leben hörte sie Rowley fluchen, als er sich im verzweifelten Versuch, von dem breiten Förderband herunterzurollen, hin und her warf.

Jenna steckt ihre Waffe in den Holster und sprintete die letzten paar Meter. Ihre Lunge schmerzte vor Anstrengung, als sie sich auf Rowley warf, um ihn vom Fließband zu zerren. Sie drehten sich seitwärts, blieben dann aber stecken. Die Maschine gab ein schreckliches Schleifgeräusch von sich, und sie sah ganz nah vor ihnen die tödlich scharfen Klingen, die sich im Inneren des Häckslers drehten und sie beide gleich in Stücke reißen würden. Sie fand keinen Halt auf dem rutschigen Band und ihre Hände zitterten vor Panik. In wenigen Sekunden würden sie in den klaffenden Schlund befördert werden. Sie drehte sich um und sah, wie Kane auf sie zugerannt kam. »Tun Sie doch was!«

Sein Gesicht war eine Maske der Konzentration. Kane hielt seine Pistole mit beiden Händen umklammert. Ein weiterer

Schuss ertönte, und der rote Knopf an der Maschine zersprang in tausend Stücke. Die Zeit schien stillzustehen, bevor der Motor der stinkenden Maschine aufheulte, zitterte und erstarb. Jennas Herz pochte, als sie einen Seufzer der Erleichterung ausstieß. Dann rappelte sie sich auf und blickte hinunter in Rowleys blutüberströmtes Gesicht. »Was bin ich froh, dass Kane nie danebenschießt.«

EPILOG

Jenna war nie sonderlich überrascht, wenn ein Verbrecher seine Komplizen ans Messer lieferte, um selbst eine mildere Strafe zu bekommen. Der Staatsanwalt nahm sich das schwächste Glied der Kette vor, einen Krankenpfleger namens Geoffrey La Rocca, und dieser verriet ihm die Namen aller Beteiligten. Wyatt Sawyer, der sexsüchtige Vergewaltiger, hatte den anderen gegenüber damit geprahlt, dass er auch in anderen Bundesstaaten Frauen getötet hatte, deren Leichen er am Straßenrand hatte liegen lassen. Damit war der »Roadside Strangler«, wie die Medien ihn getauft hatten, drei Jahre nach seiner zwölfmonatigen Mordserie in Wyoming endlich entlarvt. Sawyer verhörten sie im Krankenhaus, seine Hände waren mit Handschellen ans Bett gefesselt. Ein wenig schien das wie ausgleichende Gerechtigkeit. Nachdem sein Anwalt ihn davon überzeugt hatte, dass die Geschworenen ihm mehr gewogen wären, wenn er ein volles Geständnis ablegte, ließ Sawyers Zorn nach. Stattdessen begann er damit zu prahlen, wie er sein ganzes Leben lang immer alle überlistet hatte. Er lächelte Jenna müde an und gab dann unumwunden zu, dass er sie und Kane hatte töten wollen.

Später untersuchte Kane Sawyers weißen Pick-up und fand Aufkleberspuren an einer Tür – es war das Fahrzeug, das neulich auf dem Highway in letzter Sekunde vor ihnen ausgewichen war.

Jenna hörte aufmerksam zu, als Sawyer erzählte, wie er auf die Idee mit dem Organhandel gekommen war. Als er die weltfremde Dr. Weaver kennengelernt hatte, hatte er ihr weisgemacht, dass er Bedürftigen helfen wollte und ihnen dringend benötigte Spenderorgane liefern konnte, wenn sie sich um die Entnahme kümmerte. Er hatte genug Geld, um sich eine kleine Klinik einzurichten, und indem er sich mit hohen Beträgen bei den richtigen Leuten einkaufte, bekam er Zugang zum Schwarzmarkt. Der Handel mit illegalen Organen war weitverbreitet, und junge Menschen gaben in den sozialen Medien so bereitwillig ihren aktuellen Aufenthaltsort preis, dass es nicht weiter schwierig war, ein paar potenzielle Spender zu entführen.

Die meisten seiner Opfer waren Frauen, weil sie sein Bedürfnis, einen Menschen zu töten, in besonderer Weise befriedigten. Er erzählte freimütig, dass er sie, wenn sie nicht auf dem OP-Tisch gestorben waren, bei lebendigem Leib in den Häcksler gesteckt hatte. Mit den Männern ging es schneller. Er verkaufte ihre Organe und entsorgte sie innerhalb weniger Tage. Da ihm sowohl die Fleisch- als auch die Düngemittelfabrik gehörten, hatte er für den Organtransport die Kühlwagen der Fleischfabrik und für die Entsorgung der Leichen die Zerkleinerungsmaschine der Düngemittelfabrik nutzen können. Die Leichen zu den Fleischabfällen zu geben und zu Dünger zu verarbeiten, war ganz einfach gewesen, und niemand hatte etwas gemerkt.

Sawyer hatte festgestellt, dass Menschen für Geld alles taten. Einen Krankenpfleger zu finden, der seinen Job verloren hatte, war ein Leichtes gewesen, und den Burns hatte er rekrutiert, um die Fahrzeuge der Entführten abzuholen.

Bei seiner Erzählung wurde Jenna ganz schlecht. Er schien regelrecht stolz auf seinen ausgeklügelten Plan, und es machte ihm sichtlich Spaß, ihnen alle Einzelheiten zu erzählen. Auf die Frage, wohin das Geld von den Organverkäufen ging, erklärte er, dafür habe er ein Offshore-Bankkonto. Das FBI forschte nach, fand aber weder vom Konto noch von Sawyers Kontakten eine Spur.

Jenna musste zugeben, dass es ihr einige Genugtuung bereitete, Dr. Weaver zu verhaften; auch wenn die Frau sie durchaus etwas verunsichert hatte, war ihr Bauchgefühl richtig gewesen. Als sie die unterirdische Klinik in der Düngemittelfabrik durchsuchten, entdeckten sie auf dem Computer im Büro ebenjene Daten zur Organzuordnung, die Dr. Weaver gesammelt hatte. Die Datenbank ließ vermuten, in welchem Maße Sawyer sein Unternehmen noch hatte ausweiten wollen. Hatte er geplant, sich immer, wenn eine Bestellung hereinkam, in der Stadt einen passenden Spender zu besorgen?

Der Staatsanwalt klagte Dr. Weaver wegen illegaler Organentnahme an lebenden Menschen und vorsätzlichen Mordes an. Die Ärztin weigerte sich auszusagen und verriet nicht, wie viele Opfer sie getötet hatten. Wenigstens hatten sie den Zahn, und wenn Wolfe daraus brauchbare DNA extrahieren konnte, waren sie vielleicht in der Lage, einen weiteren Vermisstenfall aufzuklären. Das Problem war, dass in den ganzen USA so viele Menschen einfach spurlos verschwanden.

Für eine gewisse Erleichterung sorgte auch Wolfe, als er seine Erkenntnisse zu Dr. Weavers Background vorlegte. Eine umfangreiche Untersuchung durch das FBI von Dr. Weavers Vorleben und ihren Kontakten in den letzten zehn Jahren ergab keinerlei Verbindung zwischen ihr und Viktor Carlos oder dem Kartell. Endlich konnte Jenna wieder aufatmen – und Kane ebenfalls.

Als sich Kane an weitere Details aus der Zeit unmittelbar vor dem Bombenanschlag erinnerte, half Jenna ihm, indem sie

zuhörte und sich Notizen machte. Er gab all seine Verdachtsmomente an das Weiße Haus weiter. Jenna wusste, dass Kane
unbedingt an der Ergreifung der für den Tod seiner Frau
verantwortlichen Männer mitwirken wollte, aber der Präsident
hielt das offenbar für keine gute Idee. Als Wolfe Kane schließlich die Nachricht vom Tod der Verantwortlichen übermittelte,
nahm er diese in seiner üblichen professionellen Art zur
Kenntnis und schwor, nicht mehr darüber zu sprechen. Jenna
war erleichtert. Sie spürte, dass damit eine große Last von ihm
abgefallen war. Vielleicht konnte er jetzt endlich nach vorne
schauen.

Jenna betrat das Krankenzimmer und nahm neben Kane und
Wolfe Platz. Sie lächelte Rowley an. Nachdem sie ihn in die
Notaufnahme gebracht hatten, war sie so sehr mit den ganzen
Festnahmen beschäftigt gewesen, dass sie gar keine Zeit gehabt
hatte, ihn zu besuchen. Immerhin hatte sie ihn angerufen und
sich die täglichen Berichte von Kane und Wolfe angehört. »Es
tut mir leid, dass ich nicht früher vorbeikommen konnte. Wie
geht es Ihnen heute? Sie sehen nicht so aus, als würden Sie bald
entlassen werden. Haben Sie Ihre Verletzungen vor mir
verheimlicht?«

»Mir geht es gut, Ma'am.« Rowleys blutunterlaufene Augen
blickten sie aus einem geschwollenen Gesicht voller Hämatome
an. »Wie ich Ihnen schon sagte, ich habe einen angeknacksten
Ellbogen und ein geprelltes Knie. Der Rest von mir ist in
Ordnung.«

»Abgesehen von der schweren Gehirnerschütterung, einer
Platzwunde am Kopf und einer gebrochenen Rippe, meinen
Sie?« Wolfe runzelte die Stirn. »Nur gut, dass die Kollegen
noch rechtzeitig zur Stelle waren.«

»Der Tracker, den Sie mir gegeben haben, hat mir das
Leben gerettet«, sagte Rowley und lächelte schief. »Aber ich

glaube, die Rippe hat mir Sheriff Alton gebrochen, als sie sich auf mich geworfen hat.« Er versuchte zu grinsen, dann begegnete er ihrem Blick. »Das war ein Scherz, Ma'am, Sie haben Ihr Leben für mich riskiert, und das werde ich Ihnen nie vergessen.«

»Danke.« Jenna lächelte. »Eins muss ich aber noch wissen.« Sie drehte sich um und sah Kane an. »Warum haben Sie Sawyer nicht erschossen?«

»Er war unbewaffnet.« Kane zuckte die Schultern und streckte sich lässig. »Ich dachte, Sie würden ihn bestimmt noch verhören wollen. Ihr Befehl, ihn zu erschießen, war ja wohl eher dem Eifer des Gefechts geschuldet.«

»Stimmt, wir haben von Mr. Sawyer eine Menge erfahren.« Jenna nickte und wandte sich dann an Wolfe. »Was ist eigentlich mit dem Zahn?«

»Ich habe das DNA-Profil an alle Behörden geschickt. Wir werden sehen, ob es zu einer vermissten Person passt. Ich habe den Fall offengelassen und alles an die CSI-Einheit in Helena übergeben.« Er lächelte. »Übrigens habe ich auch Olivia und Doug besucht. Es geht ihnen den Umständen entsprechend gut, wenn man bedenkt, dass Doug eine Niere entfernt wurde, aber sie brauchen noch psychologische Betreuung. Die Ärzte haben Doug mitgeteilt, dass er noch mindestens eine Woche im Krankenhaus bleiben muss.«

»Ach, noch etwas«, sagte Kane und lächelte Jenna an. »Nachdem die Rezeptionistin des Blackwater Motel mitbekommen hatte, dass wir hinter Knox her waren, rief sie Maggie an und erzählte, dass sie die Blondine war, die Knox in sein Zimmer getragen hat.« Er schmunzelte. »Sie hätte sich schon früher gemeldet, aber sie war um ihren guten Ruf besorgt.«

»Man sollte sie wegen Beweisvereitelung belangen«, sagte Jenna und seufzte. Sie war erschöpft von dem stressigen Fall. Sie wollte nur noch nach Hause, am Kamin sitzen und sich ein wenig entspannen. »Ist noch etwas Dringendes reingekommen, um das wir uns kümmern müssen?«, fragte sie Kane. Heute wurde der Notruf auf sein Handy umgeleitet.

»Nein. Ich finde, wir sollten einen Weihnachtsbaum besorgen und vielleicht noch ein paar Geschenke.« Kane lächelte sie an, nahm ihre Hand und drückte sie. »Ich denke mal, wir haben uns alle eine Auszeit verdient, oder?«

Jenna zuckte die Schultern und blickte erstaunt auf seine Hand, die ihre hielt. So hatte er sie vor den anderen noch nie berührt. Sie blickte auf und sah, wie Rowley und Wolfe über beide Ohren grinsten. Sie befreite sich aus Kanes Griff und räusperte sich. »Ich habe noch ein paar Dinge im Büro zu erledigen.«

»Ach, das kann warten.« Kanes Augen funkelten schelmisch. »Vergessen Sie nicht, dass wir mit Wolfe und den Mädels Weihnachten feiern wollen.«

Ist es etwa schon so weit? Jenna blinzelte. »Wann ist denn Weihnachten?«

»Morgen.« Kane grinste. »Einmal werden wir noch wach ...«

EIN BRIEF VON D.K. HOOD

Liebe Leserinnen, liebe Leser,

vielen Dank, dass ihr euch für meinen Roman entschieden und mich in *Wo Engel sich fürchten* auf ein weiteres spannendes Abenteuer mit Kane und Alton begleitet habt. Wenn euch das Buch gefallen hat und ihr euch über meine neuesten Veröffentlichungen informieren möchtet, könnt ihr euch gerne unter dem folgenden Link in meine Mailingliste eintragen. Eure E-Mail-Adresse wird nicht an Dritte weitergegeben, und ihr könnt euch jederzeit abmelden.

www.bookouture.com/bookouture-deutschland-sign-up

Es ist wunderbar, dass ich weitere Geschichten über Jenna Alton und Dave Kane schreiben darf und dass ihr dabei seid. Ich bin sehr dankbar für all die wunderbaren Kommentare und Nachrichten, die ihr mir zu dieser Thriller-Reihe schickt.

Ich wäre euch sehr dankbar, wenn ihr eine Rezension hinterlasst und mein Buch Freunden und Familie empfehlt. Ich freue mich sehr, von meinen Leserinnen und Lesern zu hören, also zögert bitte nicht, mir jederzeit Fragen zu stellen. Ihr könnt über meine Facebook-Seite, Twitter oder meinen Blog gerne Kontakt zu mir aufnehmen.

Vielen Dank für eure Unterstützung, D.K. Hood

BLEIB IN KONTAKT MIT D.K. HOOD

www.dkhood.com

 facebook.com/dkhoodauthor

twitter.com/dkhood_author

instagram.com/d.k.hood

DANKSAGUNG

Ich danke Veronica Slater und Jason von ganzem Herzen dafür, dass sie sich T-Shirts mit meinen Buchcovern haben drucken lassen und so in meiner Heimatstadt und anderswo für mich Werbung laufen.

Ein besonderes Dankeschön geht an Noelle Holten und Kim Nash für die fantastische Online-Werbekampagne. Sie sind Teil des großartigen Teams von Bookouture, das hinter den Kulissen so hart dafür arbeitet, meine Bücher zu veröffentlichen.

www.ingramcontent.com/pod-product-compliance
Lightning Source LLC
Chambersburg PA
CBHW032145190726
48290CB00005BB/1424